昨夜星辰昨夜風

昨夜星辰昨夜風

追憶二十世紀最後的文化名人

陳丹晨

香港城市大學出版社
City University of Hong Kong Press

國際統一書號：978-962-937-588-1

出版

香港城市大學出版社
香港九龍達之路
香港城市大學
網址：www.cityu.edu.hk/upress
電郵：upress@cityu.edu.hk

The Last Time the Stars Shone and the Wind Blew:
Reminiscing about the Cultural Celebrities of the 20th Century
(in traditional Chinese characters)

ISBN: 978-962-937-588-1

Published by

City University of Hong Kong Press
Tat Chee Avenue
Kowloon, Hong Kong
Website: www.cityu.edu.hk/upress
E-mail: upress@cityu.edu.hk

Printed in Hong Kong

目錄

代序（晚晴） ix

自序 xvii

來自二十世紀的傳承

文化巨人的音容笑貌——讀《百年國士》札記 1

在錢鍾書先生寓所瑣聞（上）

「我根本就沒有看見……」 10

「無妄之災」 15

也是舊事 21

「文藝女神不會喜歡……」 28

「我實在有點氣悶……」 34

「就算是幫……的忙吧！」 38

「活而則躍嘛！」 43

在錢鍾書先生寓所瑣聞（下）

兩手乾淨的讀書人 50

與權勢榮譽保持距離 55
瑣聞補敘 64

傅雷與美

關於傅雷精神的反思 78
傅雷精神再思考 84
傅雷的藝術人生 97
美的殉道者 110

巴金的精神遺產

「奴在身者」和「奴在心者」——
讀巴金《隨想錄》札記 116
關於《沒有神》的一點考釋 132

追憶故人往昔

懷念楊晦先生 140
愴然而涕下——送憲益遠行 145
老學生眼中的吳小如 149
冬日拜謁小如師 156
追思吳小如師 160
懷念亦代前輩 165

懷念詩人馬長風 170
淡淡之交君子風——憶黎丁 175
戴厚英二三事 179

難忘前人悲情人生

邵荃麟的悲情人生 186
我的第一個上級——羅俊百年祭 206
憶馮牧 226
憶羅蓀前輩 229
懷念潔泯 236
黃宗江和《坦白書》 242
他留下的絕筆…… 247
斯人獨憔悴——懷念唐因 252
亡友老顧印象記 264
洪君彥的非正常生活 274

遙記港台文人身影

遙祭梁羽生 284
羅孚的傳奇人生 290
余思牧與《作家許地山》 296
「神秘的」無名氏 300

附錄

生存的歧路——
中國作家生存狀況（二十世紀中後期）漫記 310
風雨畸零舊賓客——陳丹晨訪談 341

後記 360

代序

昨夜星辰依然燦爛

與丹晨先生相識相交，皆因一句話。

那是 1999 年在青年湖的一次茶聚上。當時我在《北京觀察》任編輯。編輯一職是我的最後一個工作崗位。那時我已是不惑之年，至 99 年，也僅有幾年的資歷。

北京出版社原社長、我們雜誌特聘副主編鄭澘先生的一句話「一個編輯三年建立不起一個好的作者隊伍就不是一個好編輯」對我刺激很大。

舒乙先生是我們的編委，在編委會上講到蕭乾先生當年為《大公報》組稿時，每每在中山公園「來今雨軒」訂上一桌飯，邀上一群相關的作家，稿子便有了。這事啟發了我，急於效仿。於是請舒乙先生出面幫我邀請幾位名作家，舒乙先生欣然答應了。

青年湖茶聚便是其一。茶室在湖心島上，三面環水，十分清雅，舒乙先生選的，離中國作協宿舍近，圖的是省時省錢。

社長與我同赴茶聚。我還特意提前「踩點」，在不遠的「金山城」預訂了晚餐。

那個午後，邀請的客人除鄧友梅先生尚在外地，其他幾位先生都到了——謝永旺、陳丹晨、閻綱、周明。卻沒成想，舒乙先生前一晚有急事趕赴四川了，舒乙先生不在，我一下沒了底氣。

落座之後，只見周明先生拿出一信，原來是舒乙先生臨行前特意趕寫的，並囑他當場宣讀，信中說社長和我「是好人」，「他們的雜誌辦得不錯」，「請各位務必給他們撰稿」……，茶聚頓時熱絡起來。

社長介紹了雜誌社的情況，也傾吐了組稿的難處；我說起因為雜誌性質所限，時有我們不便用的稿子，轉到其他雜誌，便發頭條。幾人當中，只曾給丹晨先生寄送過刊物，因我訂閱《隨筆》，常見丹晨先生的文章，尚未見過面。不想丹晨先生爽然道：「沒關係，我們讓晚晴當『第一退稿人』好了。」這話，着實令我感動，是我之前之後十幾年編輯生涯中聽到的最溫暖最欣慰的一句話。

儘管舒乙先生不在場，我們依舊聊到了傍晚。

走到「金山城」門前，幾位先生突然異口同聲說，免了，別讓雜誌社破費了。說罷，轉身回家。閻綱先生特意從昌平的會上趕來，午飯還沒吃，又空着肚子走了。

此後，幾位先生一直惦着我。我們的雜誌是一本政治性綜合刊物，對於稿件的要求比較「苛刻」。幾位先生都是名家，與文字打了一輩子交道，為還我的「稿債」卻每每頗費心思。凡賜稿與我，必囑我不要勉強。

這之前，舒乙先生還幫我找到一本中國作協全委會的通訊錄，我如獲至寶。那些年，無論從哪個渠道見到心儀的文章，我都會想方設法找到作者，寫信、通話，乃至屢屢上門，誠懇約稿。

《北京觀察》當時相對開放，讀者層次較高，不謙虛地說，是它最有影響力的時候。

青年湖之後，類似的聚會漸多起來。我這個「白丁」時時渴望與更多的「鴻儒」相識，奉他們為師長。在與他們交往的過程中，我開始用他們的目光反觀自己、審視自己、檢驗自己。即使離開雜誌轉入其他領域，這樣的交往漸漸少了，他們依然是我生命中不曾遠離的觀照，從無間斷。

前幾日，見到丹晨先生轉來劉錫誠先生新作《我們有個玫瑰之約》，猛然悟到「我有個玫瑰之夢」，因劉錫誠先生「玫瑰之約」中的好幾位作家都曾賜教於我，這是一群求真、求實、求上，極具個人修養和社會擔當的人。丹晨先生、劉錫誠先生和這些師長的贈書都一一珍藏在我的書櫃裏。「玫瑰之約」讓我感歎這個世界之小的同時也感慨當年自己的舞台之大，使自己得以夢圓。

今年疫情猖獗時，人人自危。我突然懼怕某一天厄運降到自己頭上，遂想到對關鍵時刻所有幫助過自己的人，應該道聲感謝，惟恐此生來不及。

我撥通了丹晨先生的電話，只是報了《北京觀察》和自己的姓氏，不想，電話那端傳來「噢，是晚晴啊！」青年湖之後雖還曾有過一次相聚，但也已過十數年，丹晨先生依然記得我！

感恩科技的發展，我添加了丹晨先生的微信，可時通信息；並索書、購書；凡有關丹晨先生的資料、文章，我亦一一瀏覽。

得知年近九旬的丹晨先生現仍每日著述、編書，十分感動，備受鼓舞。

及至見到《昨夜星辰昨夜風》的目錄和部分章節，眼前頓時一片璀璨——儘管昨夜有風有雨，風雨過後，昨夜的星辰依然燦爛；儘管書中書寫的都是昨天的人物、昨天的故事，但各個如同瑰寶，在我們民族的文化歷史上，依舊熠熠閃光。

本書開篇即〈文化巨人的音容笑貌〉，乃丹晨先生用一月之功讀畢《百年國士》之後的札記。這部由王大鵬主編的大著，洋洋一百六十萬字，記述了四十八位二十世紀中國文化名人的生平，這四十八位文化名人皆為陳寅恪先生所釋「能傳承文化的人」。丹晨先生熱情推薦此書，因為他相信這些文化名人的人生「對引導人們走向現代文明之路是大有裨益的」。如今這些人不僅遠去，也漸漸淡出人們的記憶，而今天的我們其實愈發需要這些文化巨人的薰陶和濡染，讀丹晨先生文不免心顫。

書中予以濃墨的是錢鍾書、傅雷、巴金三先生。

我也曾接觸過以魏晉士林人格自詡的文人，但一遇名利便即刻失態，將迎合乃至諂媚的作品流傳。丹晨先生雖青少年時便參加革命，有「紅袍」在身，但在惡劣的社會環境下，不沉淪，寧可遠離，埋頭於清濁分明的文字中。丹晨先生說「錢先生有潔癖，已為大家所知」，及至拜讀了丹晨先生和有關先生的文，並有了一些交流，方知丹晨先生的潔癖，正是由於親炙錢先生等前輩，從他們身上習來的。「風雨雞鳴」、「憂世傷生」、淡泊名利、始終不渝，丹晨先生用他的筆直抒他的愛與憎，警示我輩及後人。〈兩手乾淨的讀書人〉（錢寓所聞）便是一例。我也曾努力結識乃至笨拙地描摹過一些「特正」的人、「胡蘿蔔也不屑」的人。這其實是一種傳承，這樣的傳承不是靠「傳道受業解惑」，而是一種氣質，悄無聲息地滲透進我的血液和骨髓，我視之為真正的薪火相傳，無比珍視。

《傅雷家書》雖兩度拜讀，但丹晨先生的文更提亮了傅雷先生在我心中的色彩。傅雷先生這樣一個「三無」自由職業者，他的色彩，就在書齋裏，在自己的「小園子」裏。那色彩不是躲避，而是堅守，是為美，為真理。曾見到丹晨先生在《美和死亡》中引用美國女詩人艾米麗•狄金森的詩句「『為美而死』與『為真理而死』是一回事」，以此緬懷傅雷夫婦的遠行，那是因為在丹晨先生眼裏，傅雷先生是赤子、是英雄、是「另一個世界的人」。正是那些傅雷先生一樣癡情於理想和美的人激勵着丹晨先生思考，抒寫，擔當一個作家的責任。

丹晨先生致力於巴金先生的研究四十年。通過四十年的追尋，四十年的思索，四十年的書寫，丹晨先生將一個完整的巴金先生呈現在世人面前。丹晨先生的《隨想錄》札記，就是通過巴金先生從「奴在身」到「奴在心」，又從心到身的演變過程，揭示了人在一種特定環境下的靈魂沉浮。札記不僅詮釋了丹晨先生對於「奴性」的思考，同時鮮明地展示了丹晨先生的理想與追求。四十年過去了，放眼四周，奴「在身」、「在心」之人非因發展減少反而增多了，更可悲的是，甘心為奴者更多更兇猛了。這是嘔心瀝血書寫《隨想錄》的巴金先生沒能看到的，更是在每張稿紙上都留下「講真話」的巴金先生所不恥的。

這每一筆濃墨，無疑是種選擇，因為書寫的都是丹晨先生所心儀的人；這每一抹重彩，無疑是種必然。因為丹晨先生就是那樣的人。所以丹晨先生才可能在追尋中與他們的靈魂相識，在思考中與他們的精神契合。

記得邵燕祥先生在丹晨先生《風雨微塵》一書中，評價丹晨先生「明敏又溫潤」。「明敏」，丹晨先生的文無不透着風骨，明察秋毫、深明大義，敏感、敏鋭，敢説、敢當，狷介不羈的個性隨處可見；「溫潤」，也在丹晨先生的文字中不做作不掩飾地汩汩流淌。楊憲益、吳小如、梁羽生、黃宗江、邵荃麟、羅孚……丹晨先生總是在這些師長、朋友最需要的時候給他們送去溫暖，在他們離開後又以文字作為心香祭悼和傳播他們的故事。更不消説二十年前青年湖那一刻，丹晨先生對吾輩的理解和支持我就已然深深領受。

一個民族的正史，作為文化人，理應付諸筆墨，丹晨先生砥身礪行；一個民族的正史，作為明智的文化管理者理應給作者和讀者乃至人民大眾更廣闊的空間。當今圖書出版諸多不易，城市大學出版社編輯出版「知識分子隨筆系列」不僅是難能的義舉，更是做出了榜樣。

應該説，此書能夠呈現在讀者面前終究是一種補償，不僅是對作者的補償，更是對歷史的補償，對文化的補償。我們歷史中曾有過的每一顆星辰都應該在其應有的位置上，閃耀其光芒，照引我們前行。

當下的我們不僅需要這樣的書，我們的子孫後代更是需要這樣的書。遺憾的是一部匪夷所思的電影、一個不着邊際的動漫常常能夠讓我們和後代沉淫，這樣的書卻往往沒有更多的人關注。

我渴望多讀到一些這樣的書，因為這樣的書會讓我或者我們少一些當下人的戾氣、俗氣、燥氣，多一些書中人的正氣、文氣和靜氣。

丹晨先生正在寫自述，總是說「可能寫不完，寫到哪裏算哪裏」。這話雖不無心酸，但我的眼前始終是一個孜孜不息的身影。我有幸拜讀到尚未發表的一章，記述的是丹晨先生在北大經歷的「反右」運動，我由衷感謝丹晨先生的信任。丹晨先生還送我一本關於北大的回憶錄，包括當年的「右派」學生關於那場運動的回憶，我很想更多地了解那段歷史，因為我的父輩也曾有過那樣的遭際。

當我得知這套叢書中還有邵燕祥先生一本，心中更是欣慰。因我與邵先生的聯繫比丹晨先生還要多一些。我也借此對所有曾經幫助過我的師長朋輩表達積存已久的謝意！

晚晴於 2020 年 12 月

自序

歲暮殘冬，窗外曾經滿園都是金黃燦爛的秋色，隨着落葉無聲飄落，在軟弱慘澹的陽光下，化成了嚴寒的蕭瑟。

回顧這一個庚子年，全世界的人都過得好辛苦。瘟疫的陰影仍還徘徊不去，使人心驚惶恐，不敢稍有懈怠。想到不久前迎接新世紀來臨時，人們是多麼歡快，充滿期待和希望，怎麼也不會想到還有這樣從天而降的災難。

我癡癡地想，人類是不是該放緩腳步，不要讓無饜的擴張欲望沒有邊界，不要再無休止地過度開發，不要再無節制地竭盡自然資源。如果我們更多地把智慧用在創造一個沒有戰爭、沒有貧窮、沒有疾病，沒有貪腐，而是心平氣和、安居樂業的世界，是不是會減少或避免一些意外的禍殃。

就在這疫情蔓延的日子裏，我無奈地困守斗室，從書櫃隨意找了一本薄伽丘的《十日談》讀了起來。這位十四世紀啟蒙主義作家描述了佛羅倫斯當年遭遇的一場瘟疫，屍橫遍野，十室九空。有十位青年男女躲在一個世外花園，每天輪流講故事度日。在那些風趣橫生的情節裏，他們沒有忘記對虛偽、卑鄙、邪惡的封建神權統治進行辛辣的揭露、諷刺和鞭撻，撥開了蒙昧主義的迷霧和禁錮，熱情頌揚了人性的解放和自由。作者薄伽丘因此生前遭到圍攻，死後墓塋橫遭拆毀。到了十五世紀，這部著作還曾被教會或禁或焚燒。但是那些謾罵詆毀者終於像瘟疫一樣散去，薄伽丘和他的《十日談》卻為歷史證明，是文藝復興最早的報春鳥，人文主義的代表作。有人把他與但丁的《神曲》相提並論。但丁曾被馬克思譽為「他是中世紀的最後一位詩人，同時又是新時代的最初一位詩人。」借用一句古詩：「爾曹身與名俱滅，不廢江河萬古流。」倒是很貼切地說明了歷史老人的公正。

由此我想起了許多前輩師友也曾為人的權利呼喚戰鬥，經歷磨難屈辱，卻始終堅守知識分子的獨立思考和自由精神，奉獻出了他們畢生的精力、智慧，以至生命。因為工作關係，我與他們有所交往，得到親炙聆教的機會。他們的睿智和風範，他們的事蹟和著作都是我所敬重和仰慕的；有的堪稱二十世紀後半期的思想文化巨人；一代又一代的青年都是讀他們的書，吸取他們的思想文化營養成長的。正像我在讀《十日談》時感受到的鼓舞和希望一樣，覺得應該讓人們更多了解這些先賢們的故事，思考我們的人生走向；這也是我長久以來關注他們命運的原因。

中國知識分子歷來有兩個傳統，一個是儒家的「學而優則仕」，讀書做官，報效國家。但也有前提是「不降其志，不辱其身。」「富貴不能淫，貧賤不能移，威武不能屈」；另一個是老莊出世思想，垂之後世就是魏晉文人風度，個性解放，有意識遠離權力中心，始終保持讀書人的本色。他們中的多數，無論面臨有多少誘惑，有過多少曲折，都不能改變他們讀書、思考、寫作、研究的文學藝術生涯，以「為天地立心，為生民立命……」為己任。於是，他們就有一個共同的追求，就是講節操、風骨，「寧為蘭摧玉折，不作蕭敷艾榮。」陶潛的「寧固窮以濟意，不委屈而累己；既軒冕之非榮，豈縕袍之為恥。」這些傳統品性風範，在我認識的前輩中被很執着地承續下來，成為他們立足人生的信念。譬如錢鍾書一生與政治仕途絕緣，閉門著述巨著《管錐篇》留傳後人，被譽為博學中外所罕見的學術大師。傅雷曾被動當了幾個月的政協委員一心出力建言，反倒換來一頂右派帽子，在貧病多重壓迫下，完成了《幻滅》、《藝術哲學》等多種重要著譯，為譯界奉為一代宗師。最後為了維護人格和生命的尊嚴而殉難。巴金經歷更為曲折，晚年自我痛苦反思，在眾聲毀譽喧嘩、年邁病痛中還堅持寫作不止，以《隨想錄》聞名於世。還有更多的作家學者，其中也有年輕的學生，像他們一樣，在波譎雲詭的風雨中，在漫漫長夜中，執拗地追尋真理不息，哪怕只是點點星火也給予人們一絲光亮和溫暖，最終像星光璀璨在歷史長河中，繼續照耀着前行的路。

先賢們的思想文化遺產值得我們珍視承續。特別在今天的中國，知識分子的迷失墮落現象，可能是史所未有的。瘟疫流行之際正好讓我們靜下來，看一看，聽一聽，先賢們的懿行風範也許有益於我們的反思，有益於我們建設一個健康的正常的社會。

我就自己所見所聞所感記錄成此小書，不揣淺陋奉呈於讀者面前，也許還有一點參考價值。

陳丹晨

2020 年 12 月 8 日於瘟疫陰影下勉為此序

來自二十世紀的傳承

文化巨人的音容笑貌
——讀《百年國士》札記

陳丹晨

人們一說起辜鴻銘，馬上眼前就會出現一個腦後拖着一條大辮，頑固保守復古的遺老形象，卻不一定知道此公是最早把儒家經典《論語》、《大學》、《中庸》翻譯成英文，是中國向西方世界弘揚孔教的第一人。在中國屢受列強欺凌的年代，他敢於尖銳批評洋人，但又受到洋人極大尊敬的學者。托爾斯泰與他有書信來往，從他那裏了解「中國覺醒了」。著名丹麥批評家勃蘭兑斯稱他為「現代中國最重要的作家」。他與英國毛姆、印度泰戈爾都有交往。他不修篇幅，穿的袍褂胸襟上的油垢可以當鏡子照；他玩世不恭，人家賄賂他買選票，他隨手把錢去送給了妓女，把行賄人連罵帶趕說：「你瞎了眼睛，敢拿錢來買我！」如此這般許多趣事奇事，使人一改舊印象，覺得他相當可敬和可愛。

蔡元培已是無人不知的大教育家。他對腐敗的舊北大進行大刀闊斧的改革，改造成中國第一所現代大學，第一所男女同校，教授治校的大學，第一個提出辦學理念是「思想自由，兼容並包」，主張一切學問當以科學為基礎。他到任的第一次演講就告誡學生「當以研究學術為天職，不當以大學為升官發財之階梯」。羅家倫認為「以一個大學來轉移一時代學術或社會的風氣，進而影響到整個國家的青年思想，恐怕要算蔡孑民時代的北京大學」。一百年過去了，這樣的辦學理念和成就仍為人們極高的推崇，但在今天的大學裏卻還難以望其項背。而蔡元培作為北大校長雖十年有半，實際在校主持工作卻只有五年有半，竟做了這麼多的彪炳歷史的大事，真值得今日校長們深思。但他卻是個性情寬厚溫和的好好先生，對教授，對學生愛護備至，只是一遇大事，就「奇氣立見」。五四時期，學生鬧事，政府抓人，蔡元培就聯絡其他校長向警廳保釋領人。政府大施壓力，要他解聘陳獨秀，制約胡適。蔡慨然說「這些事我都不怕……北京大學一切的事，都在我蔡元培一人身上，與這些人毫不相干。」傅斯年說：當時北京城裏，「只是些北洋軍匪，安福賊徒，袁氏遺孽，具人形識字者，寥寥可數，蔡先生一人在那裏辦北大，為國家種下讀書愛國革命的種子，是何等大無畏的行事！」

還有一個章太炎，早年反滿清，坐監獄；駁康有為，與梁啟超論戰；與孫中山一起革命，也與孫對峙過；反袁世凱被幽禁。魯迅說他：「以大勳章作扇墜，臨總統府之門，大垢袁世凱包藏禍心，並世無第二人；七被追捕，三入牢獄，為革命之志終不屈不撓者，並世亦無第二人，這才是先哲的精神，後生的楷模。」「中華民國」一詞創自於他，在亞洲近代史上最早提出「反對帝國主義」的是他。從事社會革命如此轟轟烈烈，做學問一樣「淵博鴻深」，胡適尊他是「清代學術史的壓陣大將」。于右任稱他是「中國近代之大文豪」。他的門下弟子多為清末民初的大學問家。他的奇事趣事更多，有人覺得他怪誕而呼為「章瘋子」他卻不以為忤。

我無法繼續列舉，因為這些文化大家的生平太豐富多彩，豈是這樣簡介可以敍說得清的。我是因為近期讀了王大鵬主編的《百年國士》[1] 一書後忍不住要寫這篇小文與讀者分享。這部書共四大卷，長達160萬字左右，商務印書館出版，選了二十世紀文化名人48位。每位有小傳，約數千言；有傳主的親屬弟子友人所寫的自述、回憶、專訪等文字數篇，多為第一手資料，摹寫其形狀風貌個性極為真切自然，幾乎活生生地躍然紙上。所以我這個視力嚴重下降的人竟然興致勃勃每天連續一篇不拉下地費一月之功讀完了全書。除上述幾位，還有梁啟超、齊如山、張伯苓、王國維、連橫、陳獨秀、于右任、李叔同、魯迅、馬一浮、蘇曼殊、熊十力、沈兼士、李大釗、陳寅恪、劉半農、胡適、趙元任……等等48位大家或稱為泰斗、大師、權威、文豪……怎麼稱頌都不為過，一個個的名字都是如雷貫耳、擲地有聲、在歷史上有着卓越成就和貢獻的文化巨人。王大鵬君選用了「國士」這個詞，是喻其為二十世紀本國最有代表性的優秀知識分子。

關於「國士」一說，如以最早在《戰國策》、《史記》中所用的意思看，就是指一國中「士」中最傑出的有代表性的。司馬遷曾稱李陵「有國士之風」。在三家分晉的故事中，有一個刺客豫讓，先為范中行做事，不受重視。後投智伯，智伯亡於趙，豫讓就屢次化妝以至不惜殘身苦形去刺殺趙襄子未成遭擒。人家問他為何如此？他說：「范中行氏皆眾人遇我，我故眾人報之；至於智伯，國士遇我，我故國士報之。」趙襄子歎稱他為「忠義之士」。這裏是把「國士」說成一種待遇了。明代方孝孺說；「國士，濟國之士也。」批評豫讓不為國家做事，光顧

1　見《百年國士》四卷本，商務印書館2010年初版。

着報仇，「以國士而論，豫讓固不足以當矣！」可見對「國士」是有多種歧解的。即使那時一般的「士」，有的也是很自負的。顏斶見齊王，齊王叫他上前，他卻叫齊王上前，侍衛們就吼他說：「你怎麼可以這樣？他是君王，你是士。」顏斶說：「我上前成了我慕他的權勢，他上前是表示尊重士。」齊王發怒了，責問說：「王者貴乎？士貴乎？」顏斶說：「士貴呀，王不貴啊！」他講了一番根據。齊王要封他做官。顏斶辭謝不受說：「譬如一塊玉長在山上，你把它加工製作，他就不可貴了。」「士生於鄙野……」一旦做官受祿，就會「形神不全」。不如回家「晚食以當肉，安步以當車，無罪以富貴，清淨貞正以自虞。」顏斶就這樣以草野之士為貴，活得滋潤，未必成為「國士」就有什麼了不得了。

季羨林先生在本書序中也說到《史記》中有「若韓信者，國士無雙」一說，但他按現代人的理解，引用了陳寅恪的話：「凡一種文化值衰落之時，為此文化所化之人，必感痛苦，其表現此文化之量愈宏，則其所受之苦痛亦愈甚……」他還進一步明確解釋說：「就是能傳承文化之人。」王大鵬君也認同此說，所選的國士都是在文化事業上有傑出貢獻的，甚至不是一項兩項，而是許多，且開風氣之先，往往是拓荒者、奠基者，他們的學問不僅淵博高深，而且總是氣勢如虹，影響深遠，垂之後世。譬如蘇曼殊，如今人們已經不大熟悉他。然而，他卻像當年唐僧取經，「隻身徒步，萬里投荒，穿越險山惡水，遭遇猛虎毒蛇，犯難圖遠，執意南行，傾其全部心力弘揚佛法，艱苦開拓中土佛教界與南亞諸佛國的交往之路，在佛教史上的貢獻，為中國百年第一人。」他在泰國等南亞諸佛國講佛學，被佛學界尊為「曼殊大師」。他著《梵文典》八卷，陳獨秀稱他的梵文研究是「千古絕學」。他又是第一個翻譯英詩，將拜倫《詩選》譯介給中國讀者的譯者，被認為「是他開初引導了我們去進一個另外的新鮮生命的世界。」他也是最早的外國詩歌評論者。他創作的《斷鴻零雁記》等許多文言小説被認為是「我國近代言情小説的開山之作。」錢玄同説他「思想高潔，所為小説，描寫人生真處，足為新文學之始基乎？」周作人説他「可以當得起大師的名號」。他的詩和畫都受到郁達夫、于右任等許多大家的高度讚賞，以為精妙絕倫。文學史家們都給予了很高的評價。

更重要的是，他們總是把改造社會視為己任，在反對專制獨裁，爭取民族覺醒和進步，自由和民主的活動中，有他們活躍的身影。連蘇曼殊這樣亦僧亦俗的佛教大師，當年也是反清志士，所撰討袁檄文傳誦天下，辛亥革命成功卻固辭不做官，為章太炎讚為「可謂勵高節，抗浮雲者矣！」孫中山讚他是「革命的和尚」。他們蔑視權勢，糞土金錢，無論富貴、威武、貧賤，都不降其志，不辱其身，真正堅持了中國傳統文化中的士所追求的氣節和操守。讀這些故事，很自然地深深地為他們那種昂首闊步、雄視四方的氣勢和眼界所折服，為之振奮提神。這些文章中寫了他們許多軼事極見其真性情，容不在這裏饒舌，且留給讀者去一一品味吧！

説到這裏，人們很自然地會想到，這些歷史人物在二十世紀前半期尤多創造和施展的空間和土壤，他們辦報撰文、遊訪各國，學習觀摩，革命改良，學書學劍，深思放論，無所顧忌……儘管沒有人天天喊着要創新卻能一個勁兒創出新來，沒有人三天兩頭熱炒或自炒大師卻出了一批又一批的超級大師，思想文化學術卻有了繼往開來具有歷史意義的發展，有了真正堪稱面貌煥然一新的兼有中西優秀文化傳承的中國現代文化，推動了歷史車輪。這是為什麼呢？那時或晚清專制，或民國軍閥橫行，權勢金錢當然是主宰着一切。但知識分子並不都像如今有些人那樣困頓猥瑣，匍匐在權力和金錢面前搖尾乞憐，狗苟蠅營；卻出現了那麼多能夠代表民族靈魂的驚天地泣鬼神的「國士」，這不使我們感到汗顏羞愧不應警醒嗎？

當然，在此書選錄的人物名單中，可能見仁見智，會有不同意見，何況人非聖賢，也不可能是完人。對此，季先生在他的序言中也談到了，認為：「這同樣是很自然的。但是，我覺得，這些『國士』們大體上能夠得上傳承文化的水平。」我所以強烈地推薦此書，相信對引導人們走向現代文明之路實在是大有裨益的。

2012 年 5 月

在錢鍾書先生寓所瑣聞（上）

「我根本就沒有看見……」

陳丹晨

六十年代初我在《中國文學》(外文版)雜誌社工作，上面派給我其中一份工作是負責編選古典文學作品，然後交由英文組翻譯出版。這樣，我就常常要到一些老專家那裏組稿。那時當編輯不像現在不管對方是什麼人也都是發個短信、打個電話就可以把稿子約來，而是上門拜訪，恭恭敬敬請教、請求。老輩們一般也很和善親切，承他們照顧青睞，答應寫成稿子後，往往還要又一次上門去取。如此往返談說聊天，有時沒有任務也會去走動，漸漸就成了老輩們的小朋友。我就是在那時認識了錢鍾書先生和楊絳先生，承他們不棄，我常常以不速之客去到他們那裏拜訪問候，總是受到親切的接待，交談甚歡。

我第一次去到乾麵胡同錢府，記得已是1963年，為了邀請錢先生為外國讀者寫一篇關於宋詩的文章。起因就是因為前幾年錢先生出版了《宋詩選注》，我讀了錢先生的序言和注釋，簡直喜歡得「若狂」，我從來沒有讀到過古典文學研究文章可以寫得這樣內容資料豐富密集、深邃且又幽默，真是佩服到近乎崇拜。儘管這本書在當時受到批判被視為資產階級大白旗的標本，但我只是以「對外宣傳的需要」為由，誠心敦請錢先生寫稿。錢先生當然沒有答應，我也理解他的心情，因為受到批判不想再惹麻煩或已了無興趣。但是，我卻由此拜識了錢先生。

錢先生雖然不答應寫文章，但卻很有興致與我聊起天來。我說：「錢先生您是我的老師，我是您的學生。」我的理由是當年我入大學時，錢先生所在的文學研究所還歸屬於北大，文研所辦公室就設在學校新建的哲學樓，我們經常路過那裏，總會很好奇地想到裏面有許多聞名已久的、我極仰慕的老專家們，他們理應都是我的老師。

他認真地搖搖頭說：「你不是我的學生。」我特別愛聽他那一口精緻婉約、機智輕盈、帶着濃郁的無錫鄉音的普通話，所以我第一次見面就敢與他半開玩笑說：「錢先生，那麼我就做您的私淑弟子吧！」他笑容可掬但又堅決地說：「你走不了我的路⋯⋯你在學校時，聽過誰的課？跟過那個老師？⋯⋯」

那時給我們講過課的老師多着呢！游國恩、楊晦、林庚、吳組緗、王瑤、高名凱、王力、魏建功、周祖謨、蕭雷南、吳小如、陳貽焮⋯⋯我剛說出游國恩先生的名字，錢先生就接着說：「啊，你是游先生的學生，好，很好，你就好好跟着游先生學嘛！」後來我知道錢先生不輕易收學生，不輕易認學生。就如楊絳先生後來所說的：「他不開宗立派，不傳授弟子。」（《楊絳全集》第2卷，第314頁）雖然他過去一直在大學執教，但他不好為人師，不與年輕人以師生關係相處，而是喜歡作為朋友交往。所以他稱任何年輕人都是喚名字而不帶姓。老輩們處處遵循着傳統的禮節，即使這些日常的細節也可感受到他們的風範，稱呼晚輩也絕不連名帶姓直呼以此為不合禮數。後來我下鄉去參加「四清」，剛從中山大學畢業的袁寶泉接替我的部分工作，他也去看望過錢先生。「四清」回來我再去錢府時，錢先生就會親切地多次問及「寶泉近來怎麼樣？」就像關心自己的子弟一樣。每次聽到他談及我的老同事羅新璋、老同學王水照時，他們都是外文所、文研所的青年才俊，他總是用一種欣賞的口吻稱他們「新璋」如何如何，「水照」如何如何。有一次，他和楊先生一起談到當時「幹活的都是年輕人，得名得利的是那些老的」，很為之不平。因為大學畢業幹了許多年，專業水平都很出色，但卻拿着五十六元的工資，幹着相當於講師教授的活，而出頭露面的是那些名人老專家。他們很看不慣。關懷愛護同情年輕人的心情躍然可感。

但是就像人們都已知道他的恃才傲物，對同輩名人的品評就沒有那麼客氣了。他也不是像楊先生所說的那樣從不議論臧否人物，其實卻從中可以感受到他的是非好惡還是很鮮明的。有一次，我們聊到我極尊敬的幾位老先生馮至、唐弢……我在大學念書時，馮先生正是西語系主任。反右派前，因為學生開會談到肅反運動中冤案受委屈的情況，馮先生當場為之動容，表示同情以至落了淚，答應向上面反映。後來此會被稱為反黨的「控訴會」受到嚴重的批判，我好幾次聽到學校黨委開會時以此事作為反面例子。馮先生和唐弢先生都是剛入黨不久的新黨員。我相信此事對馮先生造成很大的心理壓力，如他自己所說的「我卻一向是小心謹慎地生活着……」於是，後來這種積極靠攏黨組織、遇事順從上面意思表態以示進步……等等，在錢先生眼裏卻很為反感。他一聽提到馮先生就搖頭說：「風派！」提到唐弢先生也是說：「風派！」我卻認為馮、唐兩位前輩都是忠厚善良的長者，說他們是風派，我還真有點接受不了。但我完全理解這正是錢先生的政治潔癖所致。

1979 年，我聽說人民文學出版社要重印羅曼·羅蘭的《約翰·克里斯多夫》，還聽說羅大岡先生要求為此書作序。於是就對錢先生說起此事：「羅先生在文革時不是寫了一本《論羅曼·羅蘭——評資產階級人道主義的破產》批評羅曼·羅蘭嗎？一開頭的序言名字就叫《向羅曼·羅蘭告別》，現在怎麼又要寫正面介紹的文章了呢？這個彎他怎麼轉呢？」錢先生笑笑說：「他什麼時候都不甘寂寞。我聽說人家不同意他寫，是他自己硬要爭取。」其實羅先生對羅曼·羅蘭確是有很深研究的專家，因為政治上跟風才寫了這樣的書得以出版。錢先生似乎不屑多談此事，卻神秘地對着我說：「你知道傅雷生前不要別人為這本書寫序，只要一個人寫，哪是誰啊……」他看着我一臉困惑的樣子，邊笑邊指着自己說：「他就要我寫。」

後來羅先生沒有寫成，錢先生當然也沒有寫，但是我卻感到了一個很不尋常的現象：錢先生平日對他人讚揚自己並不看重，甚至覺得說好話的人並不一定真正懂他。但這回對傅雷的話卻很看重，似乎引以為「榮」。因為他和傅雷都是孤傲的人，但彼此卻是惺惺相惜的知交，互相尊重。五十年代初，北京出版領導機構開了一個翻譯會議，會上定了五十種名著和譯者的名單，錢先生不滿意所指定的某些譯者的水平，在給傅雷信中說：「數一數二之書，落於不三不四之手。」對一些譯者的評語不可謂不尖刻，卻大得傅雷共鳴。傅雷對楊絳先生的新譯《小癩子》的譯文十分推崇，認為好得很，還推薦給友人宋淇翻譯時做參考。有一次，錢先生給傅雷信中談到葉君健翻譯梅里美的《嘉爾曼》時，調侃挖苦說：「葉譯句法必須生鐵打成之肺將打氣筒灌滿臭氣，或可一口氣念一句耳。」

最好笑的是，談到曹禺。文革後，我記不得從哪裏聽到傳說，說錢先生看不起曹禺。我很奇怪，像曹禺這樣中國第一流的劇作家，錢先生怎麼會看不起呢？而且他們當年還是清華老同學。所以在一次聊天時，我就問錢先生：「聽說您看不起曹禺。真的嗎？」

錢先生馬上作嚴肅狀否認説：「沒有，沒有……」接着他又若無其事似地慢悠悠地輕快地説：「那時我根本就沒有看見他……」

我聽了不禁為錢先生的幽默大笑出聲：「錢先生您這比看不起還厲害……」

這時，錢先生自己也嘿嘿地笑出了聲，笑得那樣開心，一副戲謔不虐的樣子。顯然，這是玩笑話，也是半真半假的玩笑話。前些年曾看到謝泳寫過一篇〈錢鍾書眼中的曹禺〉也説到錢對曹的劇作評價不高，可見這個玩笑也非全是玩笑。

雖然，我聽到錢先生聊天時隨意點評過一些人，但都不是出於什麼個人恩怨，也無任何惡意，總是關乎做人和學術方面的事。從中也可見錢先生為人「耿介拔俗之標，瀟灑出塵之想」。政治上的潔癖、學業藝術上高標峻嚴，都使他是非好惡清濁分明，而不顧及這個渾濁虛偽的「盛世」裏，常常清濁不分混沌一片，會使人感到他有點過分苛求尖刻，以為他太狂傲了，但不正是我們這個社會所稀缺和需要的嗎！如錢先生自己所説的：「人謂我狂，我實狷者。」狷者，有所不為也。楊絳先生也不承認錢先生「驕傲」，她解釋説：「他知道的太多，又率性天真，口無遮攔，熱心指點人家，沒有很好照顧對方面子，又招不是……但錢鍾書也很風趣，文研所裏的年輕人對他又佩服又喜愛……」[1]

2013 年 7 月 15 日潮熱多雨之日

1 參見〈坐在人生的邊上——楊絳先生百歲答問〉，載《文匯報》2011 年 7 月 8 日「筆會」副刊。

「無妄之災」

1965 年秋天的一個上午，葉君健照例到《中國文學》編輯部上班，然後找我到他辦公室談當期雜誌的稿件。他談着談着，忽然習慣性地撫摸着右額的鬈髮，一副困惑不解且又不勝感慨地多少帶着一點嘲諷的意味，說：「昨天我們毛詩（毛澤東詩詞）英譯定稿小組開會，喬冠華平時不常來，昨天他來了，剛坐下，看見對面坐着錢鍾書，突然就劈頭蓋腦地對錢痛斥了一番，說他『狂妄自大，目中無人，自以為是⋯⋯』等等等等，罵了一大通，不知怎麼一回事？我們都驚訝得不得了，又插不上嘴⋯⋯」那幾年我偶然會到錢先生府上走動，我一直很敬重甚至喜愛錢先生就如今天流行的說法是他的「粉絲」，所以一聽到與他有關的事，就非常關心以至緊張地問：「為什麼呀？」

老葉——編輯部上上下下都這麼稱呼副總編輯葉君健，他仍然還是很無奈的樣子，說：「不知道呀！」

「是不是他們過去有什麼過節啊？」

「那就不知道了！也沒聽說啊！反正很怪的。」他確也不知其中什麼原因。

「那麼錢先生是什麼態度，說什麼了嗎？」

「他什麼也沒說，就是低着頭一言不發，就這樣挨訓。」

「後來呢？」

「後來就不了了之了。大家也不吭聲。喬罵完了，大家也就說別的了。」

《中國文學》是一個對外宣傳的英、法文版雜誌。總編輯是茅盾掛名，葉君健是這個雜誌最早的創辦人，從五十年代初開始，一直是他在實際負責主持。那時他任副總編輯，負責中英文終審定稿。因為他還寫作小說，每天只上半天班。另外兩位黨員負責人一個去參加山西忻縣「四清」了，一個患肝炎在家歇息，所以有關日常具體編輯業務由我在主持應付。文革前，《中國文學》對毛澤東詩詞先後譯載過四次：1958 年第 3 期譯載《沁園春·長沙》等詩詞 18 首，1960 年第 1 期譯載《蝶戀花》等詩詞 3 首，1963 年第 1 期譯載《清平樂·蔣桂戰爭》等詞 6 首。這三次都是由楊憲益翻譯的。1960 年底，中宣部文藝處長袁水拍對譯文提出一些質疑和批評。葉君健不是黨員，就覺得茲事體大，正想有人能對此予以領導和負責，就請示並徵得上級機關同意，成立了一個毛詩英譯定稿小組，由袁水拍任組長，成員開始有葉君健、錢鍾書，後有新華社英共專家艾德勒，稍後又增加了喬冠華。後來還加上趙樸初等，對全部毛詩譯稿進行核校、潤色、審定。第四次在 1966 年第 5 期譯載《七律·人民解放軍佔領南京》等詩詞十首則是由這個定稿小組直接翻譯的。有一次我偶然看到葉君健寫的〈毛澤東詩詞的翻譯 —— 一段回憶〉一文中，對楊憲益翻譯毛詩一事竟隻字不提，卻只強調了葉是翻譯者，似乎與事實相差甚遠，所以當我寫到有關錢先生在毛詩英譯定稿小組中「受辱」一事時，仍不由自主地先插進來說明此事，以正錯訛。

既然楊憲益翻譯了那麼多次毛詩，1963 年那次還是我作為中文編輯組負責人具體經手發稿給英文組楊憲益翻譯的，為什麼老葉的敘述全過程中沒有說及楊。如果這事發生在文革中因楊憲益被投入獄中則猶可說，但到了文革以後這就有點說不過去了。同樣，作為主要譯者楊憲益沒有成為定稿小組成員又是什麼原因？這都是因為六十年代中蘇分歧以後，楊憲益曾經講過一些支持赫魯曉夫批判斯大林、以至涉及批評毛的言論，被內定為涉嫌修正主義分子，在政治上不信任他。那時對毛的個人崇拜已到相當狂熱的程度，讓一個政治上「有問題」的人翻譯他的詩詞無疑是對他的褻瀆和大不敬，更不知會帶來什麼樣的災難性後果。因此到了第四次即 1966 年譯載的詩詞 10 首就沒有讓楊翻譯，更沒有讓他參加英譯定稿小組。文革時，群眾寫大字報揭發批判雜誌社黨員負責人的罪狀和編寫的《中國文學大事記》中，就曾嚴詞責問：「就在這一年（1963 年）的一月份，我們偉大領袖毛主席的詩詞六首發表了……但可恨的是這六首詞竟由反革命修正主義分子楊憲益翻譯的」。這也從側面證明了楊憲益確曾翻譯了毛詩。

在當時的《中國文學》雜誌社內，葉君健是領導，實際的第一把手，在組織、領導以至翻譯修訂毛詩工作中是有重要的關鍵性的貢獻的；楊憲益除了翻譯家外沒有什麼特別的職銜，但確是一位毛詩的多次翻譯者。因此在敘述往事時，理應對各自的工作和貢獻做實事求是的介紹，這才是尊重歷史的應有態度。老葉對錢先生無辜受辱挨罵雖沒有作什麼具體評論但卻明顯表示了同情，說明他是明辨是非的，公正的。但在對待楊憲益問題上卻是欠妥的。

現在回頭還來說錢先生的事。那天因聽了老葉的話後，心情一直不大平靜。所以過了幾天我就去看望錢先生。當我問及此事說：「錢先生，聽說你那天在英譯定稿小組挨批了，為什麼呀？……」

錢先生擺擺手，一副尷尬的樣子，很不情願再提此事說：「……嗨！無妄之災，無妄之災！……」我看他說到這裏，不想再說什麼了，也就不好意思再追問下去，就說點別的事岔開去了。

但是，我一直想着此事。錢先生和喬冠華都是1929年同期入清華大學的同學；錢先生入的是外文系，喬冠華先入國文系，後轉哲學系。那時大學生少，同年級不同專業的同學照樣會有交往的機會。但從現有的他們兩位傳記來看，好像並無太多的接觸。也許是我的孤陋寡聞，只看到有一本《外交英才喬冠華》（李連慶著）的書中稱他們兩位在學校時經常在一起「切磋，做學問」，但沒有詳細敍述細節，也沒有說明此說的出處。他們離開清華以後，喬冠華先後留學日本、德國，後來主要在南方活動，成為有名的國際問題專家，主持報刊筆政，撰寫的國際時事評論名噪一時。1939年入黨，後來又活躍在外交戰線，五十年代初任國際新聞局局長，1964年剛剛升任外交部副部長。而錢先生主要是在大學裏執教，後到文學研究所從事研究工作，儘管學界都知道他是一位學識淵博的著名大學者，但始終是與仕途、政治無關的沒有任何顯赫的頭銜、身份的一位平民知識分子。兩位走的不同的人生道路，在不同領域裏各領風騷。他們都才華過人、睿智博學，但又都恃才傲物，超然不群。如前面引述李連慶著的那本書裏就曾說喬冠華「是個多才多藝的人。他性格外露，狂放不羈，喜怒哀樂，溢於言表。他有時又恃才傲物，看不起庸碌之輩。」而錢卻是狂傲而內斂，評點世事也是機智幽默含蓄而不會怒目金剛、張揚狂放。他們之間的關係，我們外人當然難以說清。

楊絳先生在《我們仨》中，記述到有關喬冠華的有兩處：一處是說，1950 年是喬冠華介紹錢先生到毛選翻譯委員會工作的。

另一處，楊先生說：「我至今不知『五人小組』（指毛詩英譯定稿小組）是哪五人。我只知這項工作是 1964 年開始的。喬冠華同志常用他的汽車送鍾書回家，也常到我們家來坐坐，說說閒話。『文化大革命』中工作停頓，我們和喬冠華同志完全失去聯繫……」

這麼說來，喬和錢那時的關係應該是不錯的。那麼這次喬突然發難，且當着眾人完全不顧情面，想起來該不會是對老同學的一點幽默夾着一點警示，怒斥是半真半假的，人們既不能完全當真，但也並非全是玩笑。（當時在場的老葉完全沒有這種感覺）我想：喬是高官了，（特別是剛升官不久。從他後來在文革後期的表現，例如跟風批判周恩來等，此公對升官還是很看重的。）是老革命，是領導幹部了；在他眼裏老同學的政治表現太差了，太落後了：不問政治，不要求進步，不靠攏組織，沒有積極表現，卻還是被人尊為大學者。這在 1965 年那個突出政治、政治掛帥，以階級鬥爭為綱、對文化界各種大批判已聲勢浩大地展開之時，也就是文革前夕政治形勢愈趨緊張的情況下，顯然是很不合調的。所以碰上了就得幫助幫助、提醒提醒他。如果，喬也只是一位普通文人學者而非高官，他是絕不可能以這種居高臨下、訓斥的口吻對待錢的。而錢先生為人本來就低調，對方即使位顯權重，如喬對他辱罵也好，另一位也曾是同時期的清華校友胡喬木在文革後更是高級政要對他禮遇有加也好，他都一樣寵辱不驚，波瀾不起。對喬的痛斥即使心裏也有反感委屈以為「無妄之災」，也只能默默地隱忍咽吞了。看來這既是官民身份之差別，也是性格學養之差異，在這時也都自然地淋漓顯現出來了。

2013 年 8 月

也是舊事

人到晚年，有許多時間會在重溫舊聞往事中杳無聲息地度過。想起與錢鍾書先生曾經有過的交往點滴，如今仍還會不勝神往，特別是在文革期間的幾次相遇似乎還留下了一點歷史的印痕。這裏借用錢先生大作《也是集》的書名「也是」說點舊事。

那正是史無前例的文化大革命剛剛興起不久，天天都會耳聞目睹許多恐怖而又荒誕的事，打砸搶抄（家），揪鬥「壞人」，商店被改名，有些人連自己的名字也滿懷豪情地改成紅色的「衛東」、「衛青」、「衛彪」……等等。

那時我雖在西郊上班，家卻住在東城地壇北側。8月初的一個星期日，我與妻商量平日在機關裏不知外面情況，這會就近去王府井看看社會上有什麼動靜，只是有點好奇想見識見識。到了八面槽附近已近中午，看見往日有名的餐館萃華樓牌子已被摘掉，因為所有大飯館都被看作是資產階級享樂的罪惡淵藪，如今門口掛着一個小牌牌被改名為「工農食堂」。我想我們低工資，平時囊中羞澀，如今雖非工農大概也可以進去享受一下了。

走進食堂，看見裏面一無裝飾，除了桌子板凳別無其他，許多桌子上杯盤狼藉，沒有人來收拾。食客倒是人頭攢動、熙熙攘攘，排着隊到一個窗口買票，又到另一個窗口領取飯菜。

原來這是革命措施不再有服務員服侍資產階級老爺太太，供應的也都只是二三種大鍋菜，一概由食客自己動手端菜取飯。就在這時，我意外驚訝地發現人群中有一對老夫婦顫巍巍地端了飯菜到桌上，那不是錢鍾書先生和楊絳先生嗎？我趕緊走近去喚了一聲「錢先生，楊先生！」他們也感到意外，勉強笑着回應了我和我妻，隨即又低着頭一邊倒弄飯菜，楊先生一邊說：「我們阿姨走了。發現這個地方離家不算遠，還比較方便，到這裏吃飯，隨後多買一二個菜帶回去，可以再應付兩頓。」她說的「阿姨走了」是指街道不許他們再雇請保姆了，原有的也因此被打發走了。

他們已經吃完了，還自帶二三個飯盒，把多買的菜、飯裝上。這個事情就是楊先生在做，錢先生緊挨着楊先生旁邊幫忙，但只見兩手在空中忙乎，卻不知從何下手。真是如楊先生在有的文章中說他「拙手笨腳」。

那是文革興起後紅衛兵運動最狂亂恐怖的所謂「紅八月」時期，現在知道的是：楊先生是這年 8 月 9 日被揪出的，錢先生是 8 月 12 日被揪出的。也就是說我遇見他們正是這個時期。我非常關切地問候他們近況怎麼樣？他們淡淡地說：「還好」，「沒事」。看到他們雖還平靜卻仍可從他們的臉上感到一絲難以掩飾的驚惶，又看見他們那種溫馨情景，我想起了「相濡以沫」的成語，就應是描寫他們這個樣子的。

我送他們到餐館門口，看着他們緊緊相挨着的身影慢慢地遠去。在那個雖說是和平年代卻像兵荒馬亂似的亂哄哄的氣氛，總有種前途茫茫不知明日是何處的感覺，不免為他們的處境擔心。

到了1968年，造反派間爭鬥得不可開交時，又搞了一個「清理階級隊伍」運動簡稱「清隊」，於是就查各種各樣人的歷史。我當時被當作「保皇派」、「修正主義黑幹將」靠了邊，既不工作，也不參加運動。有一天因為惦記錢先生，就對一位平時私交較好的年輕人李廷修建議，可否去學部藉口通過錢鍾書調查某人的歷史問題，我直說不過是為了想看望錢鍾書而已。李原是復員軍人轉業學了一段時間英語後分配到雜誌社工作的，現在是被認為比較保守的一派頭頭。年輕人單純，他一口答應，就開了介紹信叫上我一起去學部。

到了文研所後，那裏的革委會就去把正在院子裏勞動的錢先生叫來。他穿着一件圓領的短袖汗衫，深色的短褲，衣衫和兩手都還沾着一點泥漬，低着頭慢慢地走了進來。我一看見他，這哪裏是平日神采飛揚、幽默靈慧的錢先生，忍不住心裏發酸，趕緊站起來迎上去喚了一聲：「錢先生！」

他抬頭看見是我卻很平靜，沒有什麼反應，因為不知我是什麼來意。我拉過一個板凳請他坐下，問候他：「錢先生，你還好吧？勞動重嗎？」他稍稍點了下頭仍很平靜地說：「還好，勞動不算重。」我說，「我們就是來問問你關於某人過去在國外的情況，不知你了解嗎？」他說他與此人不是同一個時期在英國，所以並不了解。我們此行本不是想了解什麼，就不過是想看看錢先生的近況是否安好，但又不能直說更多的題外話，所以沒說幾句話就結束了。我悄悄地對着錢先生說了句「請多保重！」。不知他聽清了沒有。我送他到門口。小李陪着我完成了這個願望，心裏對他滿懷着感激之情。

從此年復一年，在你爭我鬥，又是軍管，又是下放幹校勞動，又是查516整治人，又是林彪事件……等等亂哄哄的被裏挾被擺佈被整治的驚惶恐怖氣氛中度過。在此期間，我全家被下放河南汲縣幹校三年後於 1972 年底才回北京，有了一段短暫的假期，我就頻繁地走訪師友。當時我每逢熟人都有一種恍若隔世的感覺。因那時一般人們都不敢串門怕被誣説黑串聯，也不知對方有沒有問題怕被沾連，因而都多年未見；也還由於許多人都被下放去了幹校，重逢像是劫後餘生，很自然地訴説這幾年的坎坷經歷。我到北大去看望老師季鎮淮、吳組緗，他們雖都吃了不少苦心情也極不愉快但還健安，只是不便説太多對文革不滿的話。

我還去看望文研所的幾位前輩，到永安南里看望唐弢先生，去東四頭條胡同看望余冠英先生。余先生已從原來稍微寬敞的住所被趕到一個逼窄的房子裏，高大的身軀無力地坐在椅子上直歎氣，説：在破四舊打砸搶的高潮時，亂糟糟的氣氛中，「我許多書都處理當廢品賣了！」他説那時他又沒有這個體力精力，就自己坐着，讓小孫子一本本遞給他過目説：「不要！」就扔在一邊，這樣大批的書都扔了！

我去乾麵胡同看望錢先生，叩門很久，沒有人應。我又不願隨即離去，於是又繼續多打了一會門，忽然聽到裏面終於有了女聲問「誰啊？」這真使我絕望中感到意外的驚喜：「楊先生，是我，陳丹晨！」門開了，有一個鏈鏈勾着，只露了一個門縫，楊先生在門裏面看到了我的臉，才把門打開，並且慌慌張張地把我拽進了裏屋。本來就是溫柔敦厚的楊先生這時卻異乎尋常地像是受驚的小鳥般壓低着聲音緊張地悄悄地説：「我們裏面搬進來一家人。我們平時沒有客人來，來的都是他們的客人，所以我們從不去開門。今天他們都出去了，我聽着你打門沒個完，才來應你的。還正巧！」

錢先生沒在家。從楊先生那裏得知他們也被下放幹校二三年，剛回北京才半年多。楊先生指着裏面那家說：「他們老是欺負我們。罵罵咧咧，罵我們是反革命家屬！」

我說：「這從何說起？這頂帽子也不是隨便可以戴的。」

楊先生說：「那是指我們的女婿王德一在運動中被整得自殺了，他們就以此為罪名來打擊我們。」她說，那個男的還好一點，那個女的特別壞，經常尋釁找事！所以搞得關係很緊張。後來錢先生回來了，我們又隨意聊了一會我才辭去。

沒想到過不多久，我就聽說錢楊兩位與鄰居打架動了武，錢先生被打翻在地等等，並因此逃到他女兒的學校裏去了。我為之大吃一驚，想錢先生這樣溫文爾雅的大學者怎麼可能與人打架呢？憑他那樣手無縛雞之力打起架來怎麼能不給人打倒呢？現在也不知是什麼樣了呢？這都是我當時聽到的傳聞，連對方是誰都沒有弄清楚。

我一直很牽掛錢先生楊先生，後來也是從傳聞中得知，錢先生又搬遷到文研所的一間平房裏住下了，我想那辦公室裏怎麼能長期過日子呢。因為那些年自己也有不少煩心事，所以一直沒有抽空去看望他們。直到 1977 年初，有一位當時與我走得比較近的外文所作者，知道我關心錢先生的近況，所以得到新消息就很快告知了我：錢先生剛搬到南沙溝新居了！同時告訴了門牌號碼。

有一天我在上班之前坐了電車 114 路到釣魚台國賓館門口下車，那條西郊馬路很幽靜，幾乎沒有什麼行人，路兩邊綠樹參天枝葉婆娑。我過馬路時稍稍奔了幾步，那邊路傍樹下有一位婦女正對着我看，我走近了才意外發現正是楊絳先生。楊先生卻笑咪咪地打趣說：「我以為是誰呢？對面這個翩翩少年怎麼那麼臉熟，是你啊！」

楊先生說她正在散步，覺得這裏環境好，安靜。所以早起出來走走。錢先生不活動，沒有相伴。接着我就和楊先生一起走回了他們的新居，進去見到錢先生就問候。錢先生也打趣說：「東方紅先生來了！」把我名字比附當時最流行的「東方紅」的，後來還有艾青老，他們兩位說話向來都是最風趣的。這次看到錢先生他們見面就開玩笑，顯然情緒很好很輕鬆。我想一則是喬遷到一個高大軒敞的新居而又安定下來了；二則「四人幫」剛剛垮台不久，大家都有一種解放感，很自然地感覺少了一些威脅和恐懼，顯得輕鬆和愉快。

新居並無什麼裝飾，錢先生坐東向西使用一張大書桌，楊先生挨着西側臨南窗置放着一張小書桌，錢先生抬眼就可看到她。那書桌雖是有了些年頭卻是很講究的老家具。他們兩位每天像上班族一樣按時坐到書桌前終日讀書寫作，從無休息之說。

我們很自然比較多地談到幾個月前「四人幫」就擒的話題。那天是 10 月 6 日我在報社加班校看完次日要刊出的文藝版並簽字付印，回到家裏已是午夜 12 點，剛剛躺下就寢，聽見門外有人敲門，是文藝部同事張景德奉總編輯莫艾之命坐報社的車接我馬上回去。我心裏想不清到底發生了什麼事，疑疑惑惑到了報社就直接上樓去莫艾的辦公室，走到門口看見一個陌生人高大的身軀攔着我，指着對面房間，意思是莫艾在那裏。我看到莫艾原來房間裏好像還有別的不止一個人的身影。正猶豫時，聽見莫艾在喚我。我很奇怪他怎麼坐到秘書的辦公室裏，但已沒有心思問了。他指着我剛剛發給夜班的文藝版大樣說：「你再仔細校看一遍，看到這樣的內容和人名都刪去。看完了就送回。」他說話時很平靜，我一看他指的是江青、姚文元的名字但又不説出聲，心裏全明白了，故也不問原因，就回到自己的辦公室，校看了一遍只出現兩處《部隊文藝座談會紀要》，所以很容易删除解決了。我也由此知道那天晚上主要的中央報刊都被控制起來了，不像現在有的文章説10月6日晚除了電台電視台其他新聞單位是第二天才派人接管的。

這也是我在錢先生面前聊天的內容之一，因是親身經歷那個歷史時刻，當作新聞野史説給老人們聽聽解解悶。我們還談了不少對文革現實不滿的話。那是十年來被壓抑之情開始能夠稍有釋放，都想説説心裏話。我還第一次看到錢先生這樣動感情暢論時事。我辭別時，錢先生説：「我正要寄個信，與你一起下去吧！」

我們一邊走一邊説，錢先生接着剛才的話説：「現在有許多事很不像話。一個文物局高官竟然把孔府的硯台——這是國寶啊——送了康生！」他説話時那種憤懣的樣子至今還記得，他還因此感慨地教育我説：「小鬼頭！要學好啊！」

我們走出南沙溝宿舍區南口往東側，就是三里河小郵政所，錢先生去寄信，我才離去。我想，告別文革，真有點像戲曲裏的唱詞：舊社會（文革）把人變成「鬼」（牛鬼蛇神），新社會（文革後）把「鬼」變成了人！

2013年8月24日

「文藝女神不會喜歡……」

一

有一次，我問錢先生：

「錢先生，你看到香港報刊對你的報導了嗎？」

「説什麼事？」他鋪開了紙，磨磨墨，正將筆伸在硯池裏蘸着。

「説你有兩位夫人，還説楊（絳）先生死了……」

「哦！……看到了。還有説我有三個老婆……唉！這些東西都讓他們去説吧！愛説什麼就説什麼。」

「也有説他第一個老婆，也就是我，死了。後來又娶了一個楊絳……你看，我變成三位一體了。」楊絳先生站在旁邊，溫柔地微笑着嘲諷説。

「我寫一篇報導去澄清一下。」我小心翼翼地問。

他放下了筆，眼鏡後面閃爍着機警、智慧的眼神看我一眼，接着就抱拳向我一拱手説：「謝謝！你可不要寫，你若要寫，下次就不歡迎你再來。」説完，他就埋頭去寫他的字了。

近來國內外朋友向錢先生索要墨寶的愈來愈多了。他的書法瀟灑飄逸，俊美而有風骨。過去外界只知道他是學貫中西、博古通今的學者，卻並不太熟悉他還是個書法成就相當高的書家，只是近些年才漸漸為人注意。我寫了一本小書，也來請錢先生題寫書名，錢先生慨然允諾，一下子橫豎各寫了幾條。楊先生先接過來鑒賞、品評：

「有點斜了……不行……還是打格重寫吧！」楊先生一邊將那幾條書名遞給我，一邊又另找了一張紙，拿起鉛筆和銅尺劃了幾道線，請錢先生再寫幾條。可以看出楊先生做事極細緻嚴謹、一絲不苟。這樣的鑒定、打格、寫字的事情，也是他們經常合作的。

記得有一次錢先生拿着新出版的楊先生翻譯的《堂·吉訶德》問我：

「你看，這字誰寫的？」

我看看書名，又看看錢先生的神情，遲疑地說：「你寫的。」

他笑着默認了。他笑得那麼愜意而快樂。是為了對自己的題字滿意，還是為了給楊先生的譯著題字而高興，也許兩者都有。

這次，楊先生又拿着《圍城》笑着說：

「這是我寫的，寫得不好，我想到下次重印時，另寫一個。」

「我覺得寫得挺好的。」我很真誠地說。

「不！字是他寫得好，寫得漂亮，我寫得笨。這兩個字我要重寫。」楊先生堅決地又是這麼溫柔地笑着說。

錢先生又拿着《管錐篇》問我：

「這是誰寫的？」

我又遲疑了。我覺得有點像錢先生的字，但又覺得不像。

「為什麼？」錢先生問。

「好像這字秀氣了些，不大像你的字。」

錢先生笑了，指着楊先生說：「女人家的字麼，嫩一些……」他的揶揄使楊先生忍俊不禁大笑起來。

原來，他們兩位的著作經常互題書名。錢先生的《管錐篇》、《圍城》等是楊先生題寫的書名，楊先生的《堂·吉訶德》、《春泥集》以及不久前發表的《幹校六記》都是錢先生題寫的。早在1946年，錢先生在〈《圍城》序〉中就說：「這本書整整寫了兩年。兩年裏憂世傷生，屢想中止。由於楊絳女士不斷的督促，替我擋了許多事，省出時間來，得以錙銖積累地寫完。照例這本書應該獻給她。」但又覺得，「隨你怎樣把作品奉獻給人，作品總是作者自己的。」因此，我想他們互題書名大概也正是表現了他們幾十年從事文學創作、學術研究共同凝聚融和的藝術精粹和深沉感情的象徵吧。

錢先生輕易不大贈人以書和字，我曾有幸得到他的贈書包括《圍城》、《宋詩選注》等四種，楊先生的《堂·吉訶德》等兩種。有一次，我向他索要《談藝錄》，他不肯。但他看我非常想得到，就說：「這樣吧！我給你寫幾個字。」當時我沒有立時請他寫。過了一些日子，在給他信中順便提起他還欠着這事，他在覆信中就開玩笑地說：「屢承惠顧，均不能酬尊願，抱愧之至！昨日得書，方知《文藝報》第一期，亦出嘉惠，感荷感荷！寫字贈書，有言在先者，決不賴帳，金釧兒所謂：『是你的總是你的。』……」

錢先生是我極尊重仰慕的老師，儘管我沒有趕上錢先生在清華執教的時代。當我進入北大讀書時錢先生已經轉到曾屬北大的文學研究所工作。這些年那許多次的談話聊天不比上課更豐富更生動麼？遺憾的是，我有私淑之意，卻不能學其萬一，所以應該說是一個不爭氣的學生。但是錢先生卻把我當成一個小朋友，從來極為親切隨和，說話寫信也是這樣頗多戲謔。

二

楊先生說：「我們倆人今年都是七十歲了，不過錢先生是足歲，我是虛歲。」

如果從他們兩位外貌舉止看，至少都可以少看十歲。錢先生的深邃機智，楊先生的溫柔婉約，都顯得既是學者儒雅的風度，又保留着年輕時的靈韻健談。

很多人把他們看成是不問世事、幽居在書齋裏的學者。其實，在平靜恬淡的表面下，隱藏着兩顆憂國憂民的火熱的心。試想，能夠寫出《圍城》、《丙午丁未年紀事》的作者的心，又怎麼可能對於現實生活是冷漠的呢？

每次，我去看望問候兩位先生，他們總是滿懷興趣詢問社會上的各種事情。他們也常常鮮明地直率地評論各種各樣問題。

我曾經請教錢先生：「為什麼高等學術研究機關的有些學者不致力研究學問，卻喜歡計較追逐『名位』，爭着當個什麼委員，出席個什麼會議，見個什麼報……等等。學者、學者，應該靠學問去贏得群眾的敬服，而不是靠經常出現在某些社會場合，發點什麼慷慨的時論。」

錢先生指着我說：「小鬼頭啊！你怎麼到現在還不懂：在中國，孔老夫子的名言到現在還是有用的：『學而優則仕』嘛！當學者，也還是為了想當官嘛！」

這話講得真是鞭辟入裏。錢先生平日最厭惡那些在名利場加官場裏混來混去的知識分子，滿口都是迎合別人口味的虛情假意，他罵他們是市儈、風派。有一次，他邊說邊比劃，說：「有的人不久前還激烈地表示要把某人打翻在地再踏上一隻腳，現在又慷慨地表示要在這個人領導下意氣風發搞革命。有的人在學術問題上也是這樣翻來覆去，既要充當某個學問的權威，又去迎合政治風向把這學問說得十分不堪，來表示自己的革命。有的人在生活上錙銖必較，在對待外國人的態度上有失體面，缺乏一個大國學者的堂堂正正的風度。」

每當他生動地描述這些人物和事件時，他就顯得激動、憤懣，但又是機邃、幽默而尖銳，使我常常想起《圍城》中的某些人物和細節。因此，我就向他建議說：「你再寫一個新的《圍城》吧！這些材料足夠你寫的了。」

他卻安詳地笑笑，搖搖頭說：「現在該你們去寫了。」

從這些憤世嫉俗的議論中，你能說他不問世事嗎？

錢先生正準備繼續寫《管錐篇》，楊先生準備寫小說。錢先生不肯多講他的寫作計劃，只是說：「我現在要應付各方面的事，忙得很，能做多少就做多少，光做計劃沒有意思。還是我在〈《圍城》重印前記〉中說得對：『開得出菜單並不等於擺得成酒席。』談了很多計劃，做不成也沒有意思。她——」他一邊說，一邊咯咯地笑得特別歡，戲謔地指着楊先生，抱拳作了一個揖，說：「她要寫小說。我說過，文藝女神不會喜歡像我這樣的老頭子，至於是不是喜歡老女人，也許有例外，這我就不管了……」

1981年7月5日下午

陳丹晨

「我實在有點氣悶……」

這已是三十二年前的事了，我曾經寫過一篇關於錢鍾書先生的小文，刊載在香港《明報》上。但在寄稿之前，猶豫再三，還是把其中一段刪除了。這在當時雖是事出有因，事後心裏卻總是不能釋懷。近日在寫這組關於錢先生的短文，想到這件事也不要再付闕如了。

事情是因批判電影《苦戀》引起的。1981 年 4 月，北京一家大報頭版社論對這部電影作了言辭嚴厲的批判，接着幾天又發讀者來信和文章。有些報紙以及《時代的報告》雜誌跟進響應，後者甚至在王府井叫賣「號外」，引起社會廣泛的關注。這是文革結束後第一次較嚴重地政治上綱上線公開批判一部文藝作品。文藝界更是議論紛紛，文藝領導層也有很大分歧，有的主張讓作者修改後再考慮是否可以上映；有的認為根本沒有修改的基礎，主張立即進行批判。但是，電影只在文化界內部放映過幾場，一般讀者民眾不知怎麼一回事，批判一開始就引起了強烈的反彈。

就在一次「學習貫徹中央工作會議文件精神」的座談會上，吳祖光有一個發言，說他出門時他太太新鳳霞叮囑他「今天無論如何不許你講話」，「絕對不要講話」，要汲取五七年講了話被打成右派的教訓。但是，他到了會場還是忍不住發了言。他認為某些批判文章「無論在邏輯的不通、內容的蒼白，和態度上的粗暴都是文化大革命大批判的再現。」「我甚至認為，現在發表這樣的文章，是給我們的黨抹黑，給我們的解放軍抹黑。」他希望「好不容易在付出無數血與淚的代價之後」，能有一個「合理的、友好的、沒有戒備的、暢所欲言的好的環境，」從而產生大批新的年輕作家和好作品。吳祖光的發言剛剛說完，就有人過來與他熱情握手，表示支持。吳祖光怎麼也沒有想到，這個人就是錢鍾書先生。到了散會時，錢先生又走近去與吳祖光再次握手。這件事使祖光大為激動。

過了一些日子，在下一次會上，祖光講述了此事，說：「錢鍾書同志是一個非常有學問、有修養、也是我很敬佩的同志。他因身體不好，很少出頭露面參加這種活動。可是那天表示最熱烈的恰恰是他，我確實感到有點受寵若驚。」他是從錢先生的這個舉動來證明他的發言得到了有力的響應和受到鼓舞，也還可以看出他對錢先生的重視和高度評價。

我想，為什麼錢先生僅僅一個無言的握手讓吳祖光如此感動。一方面是因為八十年代初，「解放思想」的口號鼓舞着人們，同時文革的陰影卻仍還徘徊不去，「心有餘悸」成了人們經常形容當時心態的最有代表性的詞。錢先生能做出這樣的反應也是極不容易的。另一方面，正因為錢先生平日不介入不評說政治時事，難得有此表示更說明其內心之不可抑制的激動。

果然，在下一次我到錢府去問候時，很自然地談起了此事。我說：「錢先生您平時不大介入這類事，這次您怎麼這樣強烈，引得祖光如此興奮？」

錢先生皺着眉頭說：「是這樣的。因為我不習慣在這種場合說話。但我實在有點氣悶。在這次會上，聽了許多人發言，只是聽到祖光的發言，才感到表達了我心裏的意思。」接着他談到對批判《苦戀》的看法，他沒有正面說什麼對這個作品褒貶的話，但對批判文章用了一個英國人的譬喻，說：「現在有一種人對生活的態度是：不願意把灰塵掃到屋外去，寧可掃在地毯下面，以為看不見就算沒事了。」

錢先生、楊先生雖然幽居書齋很少出門，但對外面發生的這類事件非常關心和重視。他們沒有看到電影，但特地專門找來登載《苦戀》電影劇本的雜誌看。他們認為對一個電影不要再這樣搞大批判，可以好好地進行正常的分析和批評。楊先生早年就是一位出色的劇作家，寫過許多優秀的劇作，對戲劇創作十分內行。她說：其實這個作品並不是很成功的，「很多方面是從概念出發的，有許多情節、細節存在漏洞和敗筆。思想、藝術都不算很好。」她舉了一些例子，「譬如其中有一處描寫主人公夫婦回到祖國進入中國領海時，他們的新生兒降生了，於是為孩子出生在新中國而狂歡落淚。作者不懂主人公坐的是外國輪船聖女貞德號，在船上出生的孩子就如出生在他們的領土上，而不在於領海是哪國的。但是，像現在這樣簡單地亂扣帽子，搞政治大批判是不對的。」

從這件具體事情也頗說明他們伉儷並非對社會生活冷漠，對政治時事不關心；他們是有自己看法的，是懷着熱情的。錢先生不滿意會場上許多發言言不及義的情況而獨鍾情於吳祖光，正是說明了他獨恃己見而不從俗。這也使我想起錢先生的老同學曹禺同樣是在會上對《苦戀》發言，說：看了這部電影，「氣憤極了，恨不得一頭把銀幕撞碎！」這種像似舞台上誇張的戲劇性台詞似的語言讓人感到矯情，顯然是迎合某個方面的一種姿態。張光年在他的當天日記中點評說：「曹禺發言激昂慷慨，是表態性的。」後來我遇到巴金老人也問及此事：「為什麼曹禺好像沒有接受文革的教訓？」巴金沉吟了一會說：「一個人有一個人的想法和做法。」也婉轉地表示了不滿意。儘管我對曹禺老先生一直懷着極大的敬意，但從對同一件事他們同為清華同學出身卻作出不同反應來看也表現了不同的為人，說明錢先生在那時有這樣的表示已屬不易了！

2013 年 7 月

「就算是幫……的忙吧！」

陳丹晨

我曾看到有幾位到過錢鍾書先生府上的訪者寫文章說，錢先生家裏書多得到處都是。但是，我卻有着另一個印象：錢先生家中藏書實在不算很多。

錢先生之博覽群書，博聞強記，博學中外、學養淵博深厚……作為學問大家那是盡人皆知的。他愛書，愛讀書，甚至一生浸淫在讀書生活中，只要有書讀，他都可以為之忘情癡迷。但是很有意思的是，據我所知，錢先生並不重視藏書，也不刻意收藏各種版本，更不求藏書之多。在我個人經歷所見所聞，無論前輩或同輩中，從事文史工作的師友，一般來說，有那麼十來個書櫃藏書應是很平常的。相比之下，錢先生的藏書實在是很少的，少到令人不敢相信這是那位蜚聲國內外的學問大家的書房。但是，他卻比誰讀書都遠遠多得多。楊先生就說：「錢鍾書的博學是公認的，當代學者有幾人能相比的嗎？」更不必說有些人家裏的書櫃好像又滿又新，但卻是作秀裝點門面的，並不真正用來增進知識學養的。

記得錢先生剛搬進南沙溝新居後不久，我去問候他們時，看見客廳裏有點空蕩蕩的，只有錢先生座位背後有一個頂天立地的大書櫃，好像是家傳的老家具，裏面滿是舊書。楊先生書桌傍有一個不大的書櫃，主要是中外文工具書。那時物資供應還很差，家具店偶然有書櫃供應，但一進店堂只一會兒就會被「搶光」。我不久前剛買了兩個，也是到家具店打聽今天有貨就早早去排隊買來的。所以我就對錢先生說：「要不要我給你去買兩個書櫃？」錢先生正坐在書桌前一聽就正色說：「不用！我不要那麼多書櫃。」我看他那麼認真的樣子就不再多說了。等到下一次我再去時，發現客廳的北牆立着兩個新書櫃，裏面裝滿了外文書。我奇怪地問錢先生：「這是您新買的嗎？」

錢先生不在意地甚至有點無奈似地說：「那是我的一個親戚一定要幫我買的，其實我並不需要……」

人們也許有點奇怪，錢先生那麼博學，讀了那麼多的書怎麼家裏的藏書反倒不多呢？其實一點也不可怪，他都是或主要是從圖書館裏借來閱讀的。據說錢先生自己就說過：「無數的書在我家流進流出，存留的只是筆記，所以我家沒有大量藏書。」他讀了就過目不忘儲存在腦子裏成了知識的海洋。他的記憶力驚人，為他人所不及。現在我們還知道他讀書同時做了大量的中外文筆記傳流下來積存有上百本。所以他作文說話，中外古今典故出處信手拈來、涉筆成趣。當年他住在乾麵胡同離學部（今社科院）較近，有一次我去看望時，只有楊先生在家。過一會，他回來了，背着一書包、還手提着一包，都是線裝書。那是一種自製手縫的藍色布書包。書是從文研所資料室借來的。據說這個資料室藏書相當豐富，幾乎沒有錢先生不曾過目的。

真正愛讀書的人，什麼時候都擋不住他讀書，楊先生就說錢先生文革時實在無書可讀時就找了一本韋柏斯特氏字典讀得津津有味。而不在於藏書多不多。

說來慚愧，我自稱是錢先生的「粉絲」，但真正讀錢先生的書卻很有限，所以對錢學專家從來懷有敬意，因為真正讀懂錢先生不易也。錢先生寫的學術文章很少用什麼「主義」、什麼

「性」，什麼「我們認為」、「必須指出」以及各種天花亂墜的外來新名詞，更不會説得雲山霧罩，不知所云。他喜歡譬喻，引述中外文學事例作為論據，用來論證自己的觀點。這種實證的方法曾經被那個以論代史的年代譏為資產階級方法。但是，錢先生卻不理會這些無知妄説，逕自默默地堅持自己的研究寫作《談藝錄》、《管錐篇》等等巨作。

我只以錢先生的《通感》為例，這是錢先生很重要的一篇論文，只有六千字左右，卻包容了極為豐富的資料和理論見解，引述了近百條古代詩文中的實例，以及大量外國的和宗教裏的論據，證明藝術創作中常見的「通感」現象：聽覺、觸覺、視覺…… 相互間的移位和借用，可以達到一種意外的更強烈的藝術效果，或別有意味的意境。他引用的例子如細心咀嚼，彷彿每個都會使你經歷一次新的藝術美的體驗。「通感」需要創作者的豐富的藝術想像力和獨有的生活經驗與藝術修養，也是涉及心理學、修辭學交叉的學科所研究的現象；也很自然地會提升讀者的藝術鑒賞力，發現和感染個中的意韻。錢先生在這樣密集繁富的論述中，還一樣輕鬆地間或使用俏皮幽默的語言插敍其間，讓讀者會心地粲然解頤。

所以引述這個例子是想説明錢先生平日聊天説閒話也與這樣作文一樣，廣徵博引，談一件事常引述許多譬喻，舉例英文裏是怎麼樣的，法文裏是怎麼樣的，意大利文、希臘文…… 。把一件事情的來龍去脈、不同民族類似或相左的語言習慣民俗風尚相比較，講得清清楚楚。聽者絕不會誤以為他在故意賣弄，更無「掉書袋」之感，因為他總是談得津津有味，興致勃勃，像在説一件有趣的事，是那麼專注認真，甚至天真得像個孩子。他說得興起時，就會離座走到對方面前，手裏有時還拿着一把摺扇，或在客廳中央走動，還晃動着手勢，講得有聲有色，可以感受到他完全沉浸在講述的事情中去了。無論社會生活中的事，還是書本學術中的事，他都像是在做學問一樣全心投入其中。我常常感到聽錢先生談話，自己就像半個白癡，因為不能完全聽懂，特別是引述外文。但是，我還是能意會到他說的意思，被他那充滿睿智的學識所吸引而神往，被他那幽默機智詼諧的話和動作引得樂呵呵，他自己也會說着說着開心地笑了起來。柯靈前輩曾說：錢先生淵博和睿智，且又「健談，口若懸河，舌粲蓮花，雋思妙語，議論風生，令人忘倦……」確是如此。

錢先生是個純粹的讀書人，好像天生就是到世上來讀書做學術研究的；他和楊先生每天如上班族一樣早早地按時坐在書桌前各自用功，孜孜不倦，竟日不知懈怠，終年如一日。他不喜歡參加外面的社交活動，對政治、仕途更是敬而遠之。

1982 年，我聽說錢先生當了社科院副院長了，很出乎我意外。所以在下一次去問候時就很自然地問起此事：「錢先生，您怎麼答應出山啦？」

他非常無奈似很鬱悶地說：「嗨！這件事是（胡）喬木跟我談了好幾次，說不給我增加任何負擔，不用上班開會參加活動，不安排任何具體任務，絕不打擾我，連一般外事活動也不須參加……就這樣說了幾次，我也沒有答應。後來一次他都說到這樣的話了：『就算是幫共產黨的忙吧！就這樣定了。』話說到這樣，我就不好再推辭了。」我聽了真的非常同情、理解他，因為這實在有違他的初衷、他很重視的清名和潔癖。

以後，也許是我的孤陋寡聞，我幾乎很少聽說他以副院長的身份出現在公開場合，講過什麼話或發表什麼文章，甚至享受有關的政治待遇或其他什麼等等。一切都像沒有這回事似的。

2013年7月27日異常悶熱之際

「活而則躍嘛！」

一

我記不得已經相隔多少時間沒有到錢鍾書、楊絳先生寓所去看望問候了。這既因世事俗務忙忙碌碌，弄得自己再無什麼串門訪友的興趣和時間，也還因為知道他們閉門謝客，倦於應付訪者，所以不便多去打擾。……

數月前電視劇《圍城》播映，引起觀眾熱烈反響，想進一步讀到原著，於是洛陽紙貴，不脛而走，一向被認為高雅的文學作品《圍城》成了搶手貨，書攤小販竟以奇貨可居，高價數倍出售。上海一個書展展廳中，幾千本《圍城》一銷而空。《文匯報》記者報導説，那些「排了三四個小時的隊，依然未能買到《圍城》的書友雙眼露出失望的眼神……」另外，要求訪見錢先生的人和電話則絡繹不絕，弄得一向幽靜的錢府也熱鬧起來，不得安生。有一家報紙報導錢先生的感歎，説：「他們為什麼不讓我安靜一會兒呢？」「我又不是什麼奇怪的動物，為什麼非要參觀一下呢？如果你吃了一個蛋感覺很好，就一定要見一見下這隻蛋的雞嗎？」

錢先生即使不無忿忿的時候，仍然幽默有致。最近，我去看望他們時説到此事，楊先生則是另一種反應。她溫柔地笑着説：「有的人説，只要來看他一眼可以了。你説……！」説着禁不住又笑了起來。他們確實很難理解這些讀者的心理：寫這部妙趣橫生而又耐人尋味的作品，該是怎樣一個睿智機敏的人呢！

錢先生近來因為氣管炎引發哮喘。他在文化大革命時也得過此病，一度有點嚴重，將近一年才恢復正常。這次經過治療已經好多了。楊先生前些日子也病了，高燒攝氏 39 度 1，但白血球倒不高，不過六七千。如今已痊癒。我看她氣色很好，不像大病之後。楊先生聽我這麼説，高興地説：「我是自己鍛煉，注意休息飲食，每天早上仍然外出散步。錢先生雖然病已好了，我仍不讓他多説話。」

「那麼是不是可以到外地去休養一些日子，有些地方景色好，空氣好，很安靜。久居城市裏的人到大自然去，看到眼前一片綠色，⋯⋯ 會感到很舒暢的。北京污染得太厲害，從早到晚，天空總是灰濛濛的。」

「他不願出去。哪裏也不去。如果自己悄悄地去外地，旅行住宿會有很多麻煩。如果接受人家的接待安排，我們也不願意，而且會不勝應付，不得安靜。外地有許多朋友邀請他去遊覽休養，他就是不願意動。我們現在住在這裏總算很知足了！」

楊先生的話使我感覺到內含着一種酸辛的感情。文革時期，他們從乾麵胡同寓所幾經波折遷徙：原來四居室的住房被迫變成兩家人擠住，到農村幹校一去多年，後來又寄住女兒學校宿舍，後又棲身文研所的小平房 ⋯⋯ 為此居無定所，艱難度日，健康也因此受損，直到他們住進南沙溝新居後，才算安定下來。

所以這會聽到楊先生說「住在這裏總算很知足了」的感慨，很自然地與這段屈辱壓抑的生活有了聯想。

二

這時錢先生從臥室裏走出來接聽一個電話後，對我乜視着譏諷說：

「活躍分子來了！」

「我不活躍啊……」我有點委屈，不知道他是否有所指，因為我確實很少參加外面活動，於是我抗辯說。

「他已經不在報館裏工作了，不要再說他了！……」楊先生趕緊在旁幫我解釋說。

「我知道。所以我要說他是活躍分子。現在這樣，正是他活躍的結果。活而則躍嘛！」我因為很久沒有看到錢先生，今日看他樣子顯得蒼老了，瘦了；睿智的眼神中帶着一種嚴厲的意味。

「是的。我知道。我一直沒有聽你的話。但是沒有辦法，我還得聽別的人的話。」二十多年前，錢先生就曾多次諄諄囑咐我埋頭學術，不要旁騖。他自己甘於淡泊，置身名利場外，對政治紛爭從來反感。但他同時卻關注社會現實的變化和進步。過去，我每次到他那裏，他總是很有興趣聽我講些社會生活和文藝生活中的見聞。他完全不是我們一般人想像中的一個不食人間煙火的隱士，而是熱情洋溢、愛憎鮮明，對於生活懷着強烈的激情。猶如他自己在《圍城》序中所説的「憂世傷生」。我一直認為他在冷漠的表面下隱藏着一顆火熱的赤子之心。也許，他不想介入世事。他勸導我的話恰恰正是他自己因《宋詩選注》等著作受批判後不久，仍然這樣把自己的肺腑之言告訴晚輩，這是我一直銘記在心的事情。但是，許多年來，我在報刊編輯工作崗位上，身不由己地在文海浮沉，雖然也多有掙扎，力求清白做人，但於學術研究方面成效甚微。這就是錢先生每次見到我時常要加以教誨的原因。

三

時光荏苒，錢先生和楊先生都是八十高齡的老人了。他們相濡以沫，在這間幽靜的書齋裏各自研究學問、寫作。錢先生的書桌左側靠窗，楊先生的書桌在他前方面向南窗，相距半步，成犄角之勢。這樣，錢先生時時可以看見楊先生；楊先生須顧盼之間見到錢先生。自他們遷入此屋近二十年，這樣的「佈陣」從未變動過。錢先生在此繼續寫作《管錐篇》，楊先生在此譯完《堂•吉訶德》，又寫作了《幹校六記》、《將飲茶》等回憶散文集和長篇小説《洗澡》等。《堂•吉訶德》出版後，曾被譽為文學翻譯的典範和精品。即使這樣，楊先生這次卻對我説：

> 現在有些情況還是很好的。翻譯界敢對一些權威碰碰。傅雷的翻譯是很受推崇的，過去沒有人懷疑有什麼不妥當。最近有人對傅雷譯著中對原著的詞語理解、譯文的表達方面都提出了一些可商榷的地方。對聞家駟新譯的《紅與黑》也有批評，認為只能算是對羅玉君舊譯本的校改，有的地方還

不如舊譯本。以後，也許會對我的譯文也提出批評。我覺得這是很好的學術空氣。我們翻譯文學作品，語文知識再高，也都可能有這樣那樣缺點，所以需要大家互相匡正。過去有一個很好的做法：在文學作品翻譯之後有一道校核的關口。我和校核的人總是合作得很好的。我很歡迎別人提出的質疑和建議，可以引起我進一步的研討思考，用更確切的詞語或句子來表達。

至於《管錐篇》，出版以來飲譽海內外。我每次閱讀，都會為錢先生超凡神奇的記憶和感悟所折服。我又想起去年（1990年）在北大附近暢春園的一次聚會。席間聽吳組緗先生講的兩則有關錢先生的軼事。吳先生與錢先生、曹禺都是三十年代初清華大學同學。有一次，吳先生和曹禺想看英文的「淫書」（吳先生的原話，我理解是指平時人們所說的「黃色」或「情色」的書），知道錢先生博覽群書，就商量着請他介紹推薦三種。哪曉得錢先生隨手拈來一張紙片，竟一口氣開列了四十多種書名，使吳、曹兩位為之咋舌。另一次是聽著名版本專家趙萬里先生講課，原擬講三題，但講完一題後，錢先生在台下就提出其中若干不同意見，使趙先生大為欣賞，下次就請錢先生上台去講，趙先生坐在台下聽。

吳先生是我的老師，講課為人都是非常嚴謹的；當時他說得有板有眼，講得那麼生動，舉座嘆服。

現在國內已有一批專門研究錢先生的學者，人數也許不算太多，但卻日漸興旺而扎實。日前看到有一本專著《錢鍾書》，是美國胡志德（原名「西奧多爾•赫特斯」）所著。這是中西文字中專門系統研究錢先生學術與創作的第一部專著。看來錢學之博大深奧雖為人稱道已久，但得到闡釋和認識還是近幾年才開始的事情。我想起錢先生在一篇講述詩畫關係的論文中曾經引述「說得出，畫不就」，或「畫也畫得就，只不像詩」的話。那麼，許多研究錢學的文章其實往往也有這個特點。錢先生的學術思想理論固然有跡可循，但他那種罕有的精靈般的藝術悟性、藝術感覺、藝術體驗卻是別人只能感受意會而難以言喻了！

1990 年 10 月稿
2017 年 5 月 23 日有所刪節

在錢鍾書先生寓所瑣聞（下）

錢鍾書先生於1998年12月19日歸於道山，當時有幾家報紙編輯約我寫幾句悼念的話，我一直沒有寫。楊絳先生於2016年5月25日謝世，文化學術界很自然有許多悼念文章，沒想到接着還有了一些不同聲音，使我也有了想說點什麼，但一直猶猶豫豫。原因是我曾對一位朋友說過，我了解的錢先生是不喜歡人家對他品頭評足的，無論說好還是說壞，褒貶都引不起他興趣。對錢先生來說，最好讓他不被打擾地安靜地離去。在錢先生生前我寫過兩篇小文，第一篇錢先生對我寬恕不計較了，但警告說：「再寫就不歡迎你再來了！」果然，過了十年後寫的第二篇引起他很大的不愉快。所以我就不敢再寫了。但是，我又覺得關於研究或議論錢先生的文章雖然浩如煙海，卻也還有一些人們沒有說及的情況，可以提供給關心並喜愛錢先生和他作品的朋友作參考。許多年前，我曾與老友羅新璋說到這個想法，他也是受到過錢先生和楊先生很多關心、且是外文所的同事，卻明快地說：「那你就先把它寫出來，不要等到時間久了，淡忘了……」正是在他的啟示和鼓勵下，我在2012年後，陸陸續續寫了一組小文，連同以前寫的，於近期整理修訂後，就是這組以「在錢鍾書先生寓所瑣聞」（下）的由來。

兩手乾淨的讀書人

陳丹晨

我以為錢先生對自己是很明確的一位純粹的讀書人。「讀書人」是中國對「士」的傳統的日常稱呼。雖不能完全等同但基本上是與今天的「知識分子」相對應的。過去讀書人的出路就是做官，我多次聽到錢先生對當今學人仍還奉行「學而優則仕」的厭惡和不滿。那些所謂「致君堯舜上」、「貨與帝王家」等等濫俗的思想是錢先生最看不起的。有人有政治抱負，致力於改造社會，服務社會，當然是很值得欽佩和讚揚的；那與掛着專家學者身份亦官亦學謀取個人私利是不一樣的。錢先生有他自己的想法：絕不介入政治，絕不沾邊。這也只是他個人性情。他對自己定位僅僅是「讀書人」，如錢先生説他自己：「志氣不大，但願竭畢生精力，做做學問。」（《楊絳全集》第 2 卷，第 314 頁）還説：「世界上還有一種人。他們覺得看書的目的，並不是為了寫批評和介紹。他們有一種業餘消遣者的隨便和從容，他們不慌不忙地瀏覽。每到有什麼意見，他們隨手在書邊的空白上注幾個字……」（〈寫在人生邊上‧序〉）楊先生更是多次説他「從小立志貢獻一生做學問，生平最大的樂趣是讀書，可謂『嗜書如命』。不論處何等境遇，無時無刻不抓緊時間讀書，樂在其中。」（楊絳：〈坐在人生邊上〉，《楊絳全集》第 4 卷，第 348 頁）楊先生説她自己也包括錢先生從來就是「迷戀讀書」，三天不讀書就感到「不好過」，一星期不讀書「都白活了」。鄧紹基先生是錢先生文研所的同事，回憶説：有一次談及抗戰期間錢先生曾備嘗旅途顛沛流離的艱辛，錢先生卻説「艱苦是艱苦，但手中拿本書的話，就不艱苦了！」（〈錢先生的為人〉，轉引自《錢鍾書評說七十年》，第38頁）凡此種種，都是因為他們讀書早已脫離和超越了功利的目的，完全是沉浸在智慧的對話、心靈的交流、精神的愉悅和享受中。即使到了文革期間，或下幹校時，哪怕手裏只有一本字典，他也能讀得津津有味。連在海外的余英時先生與他不多的接觸交往後認為「他是一個純淨的讀書人，不但半點也沒有在政治上『向上爬』的雅興，而且避之唯恐不及。」（〈我所認識的錢鍾書先生〉，同前，第56頁）因此他也不在意別人對他的讀書和學問的評價。那些把他說成是「文化昆侖」等等一些大而無當的煌煌冠冕實屬諛媚無聊之詞，另一種說他「把自己塑造成似神的人格」、「是狂妄到極致」、「一種生存策略」等等更屬荒謬的欲加之罪。這一切褒貶與他都是毫不相干的硬加到他頭上，於錢先生固然厭之避之以至哭笑不得，卻是顯出今日文化學術界的輕浮，庸俗和悲哀。

作為一個純淨的讀書人，其實也是中國傳統文化中的一支，與「學而優則仕」恰恰相反。春秋戰國時期，那些「士」們都忙忙碌碌奔走遊說在各國諸侯門下期望拜相封爵的時候，卻有一個顏斶竟斷然拒絕齊王的邀請和各種物質享受的誘惑，認為「士」比王更「貴」重，寧可遠離權力中心，生活於鄙野，說：他「晚食以當肉，安步以當車，無罪以富貴，清淨貞正以自虞。」作者點讚說：「斶知足矣！歸真返璞，則終身不辱。」（《戰國策》）也就是說，能保持自己人格的自由和尊嚴，才是最重要的。這正是從老莊以至魏晉士林等形成的另一支中國傳統文化，其遺風流韻為錢先生們所奉行。

近些年，陳寅恪先生的高風亮節多被人們推崇。竊以為錢先生在內心和骨子裏是和陳寅恪殊途同歸的。不同的是：陳寅恪從一開始敢於直截了當坦言自己的不同意見，謝絕到京當「官」。後來二十年也是保持沉默，堅持不認同不合作。錢先生則把自己的思想深藏於心，做一個「安分守己、奉公守法的良民」、「不求有功，但求無過」（楊絳：《我們仨》，第 122、124 頁）而已。兩者其實沒有什麼大兩樣。在一個言路堵塞，沒有發聲渠道，統一思想全面覆蓋以及權力強制下，對於讀書人來說，保持沉默已是相當艱難不易的事了！如果借用諸葛亮的話：「苟全性命於亂世，不求聞達於諸侯」，如此而已。

我們可以從幾十年來眾聲喧嘩的歷史環境，來考察一下錢先生走過來的路徑：他沒有像許多文化名人公開發表過自辱自賤的文字，他也沒有在牆倒眾人推、群起撻伐胡風胡適反右等等政治運動中被裹脅其中批判他人，更沒有在長達十年文革中隨聲附和唱讚歌或落井下石扔石子。就如顧準在文革期間關在牛棚勞改時，曾對老友孫冶方坦然說：「我的手上沒有血」，指的是他沒有整過人害過人。（《顧準全傳》，第 572 頁）也像法國薩特的劇作《骯髒的手》中描寫那樣，那些參與政治活動的人勾心鬥角、互相陷害，他們的手是骯髒的。從那個時代過來的中國知識分子幾乎很少敢說自己沒有弄髒手。但是，錢先生的手是乾淨的：他雖沒有能拯救別人的靈魂，但他拯救了自己的靈魂。雖然這是做人的最低要求，但在中國當代歷史中是很難得的了。記得他在說到那些在政治上翻手為雲覆手為雨、不斷翻筋斗的人時，幾乎是咬牙切齒抑揚頓挫地舉着手演示着說，臉上的表情極為鄙夷厭惡痛恨！他是清濁分明，愛憎鮮明的。

錢鍾書先生一生不喜歡也不介入政治，更不參加任何黨派。當年他不沾國民黨官場的邊，後來也一樣不問共產黨的政治。他只是埋首教書，從事研究，讀書寫作。但他熱愛祖國，熱愛自己的鄉土，熱愛自己的文化，即使環境不如人意，不被人理解，也照樣堅持這樣的信念。這是他的潔癖。我們應該尊重錢先生那種「有所不為」的選擇權利。我們不能像過去年代那樣：要求每個人都必須首先是「革命者」；作為作家詩人，首先應該是戰士；從幼兒開始就要唱着愛黨愛領袖……的歌成長。那種「全民皆兵」強制式政治是荒謬的不現實的。但在今天，因為「沉默」而被痛斥為「一種巧妙的無恥——一種生存策略」，視作「終南捷徑」、「待價而沽」，未免有點構陷之嫌了！

不能把他人強加的不當吹捧當作靶子來批判錢先生，也不能把自己過高的苛求當標準來責備錢先生。但從錢先生本人來說，他可以自省反思，從道德倫理、人文精神層面檢視自己的得失是非。他並不是對社會變革、善惡正邪無動於衷的冷漠的人，相反甚至可以說他也是「風雨雞鳴，憂世傷生」的一員。以我極少的了解，就從他對吳祖光的無聲支持，他曾簽名讚揚學生的正義之舉……等等，雖然都是不足道的細事，但證明他是有正義感的。值得敬重的是他承認自己的弱點，是「懦怯鬼」，沒有敢於堅持正義大聲說出真話。楊絳先生寫了《幹校六記》備受好評。但只是把幹校生活寫成物質條件比較艱困外，相對來說多了一些閒適平和的記事，如有人說是怨而不怒。當時中央機關在各地都設幹校都搞了整人的政治運動最後似乎一個敵人也沒有落實。我本人在外文局的河南農村幹校三年，親身經歷了那場殘酷恐怖的血腥鬥爭，有的人還被迫害致死。這已是眾所周知的了。所以錢先生對此作〈小引〉及時指出：「學部（社科院前身）在幹校的一個重要任務是搞運動，清查『五一六分子』。幹校兩年多的生活是在這個批判鬥爭的氣氛中度過的……」而楊先生的作品中幾乎沒有涉及，因此錢先生帶着沉重的語氣寫道：「我覺得她漏寫了一篇，篇名不妨暫定為〈運動記愧〉。」「……或者（就像我本人）慚愧自己是懦怯鬼，覺得這裏面有冤屈，卻沒有膽氣出頭抗議，至多只敢不很積極參加……」這是錢先生的坦率自責，也是與楊先生不同處，即使毫釐之差。事實上，在當時情況下，要求出現伏爾泰、雨果、左拉那樣大聲疾呼的故事也是不現實的。

與權勢榮譽保持距離

幾十年來，我自己也算是廁身於知識界，看不盡種種怪現狀。偶然參與友人餐聚，會遇到有的學者發名片像路邊發小廣告。名片上的大小頭銜連當過小組長、一級詩人、特殊津貼等等滿滿當當一個不能少。任何研討會都會侃侃而談沒有他不懂的。聽說晚一點發紅包都會焦躁索要。至於跑官走門路那太平常了！有一次聚會沒有請到就會惶惶不安。如有出鏡的機會必搶在中間。報課題項目撈錢已是公開秘密。打聽揣摩上面的口徑和要求命題作文頌這批那。搞學會分配席位成十上百個會長副會長，再加顧問和榮譽。大活人開始編全集造故居自稱人師。聽說有高官權貴點讚了自己幾句話就如聞綸音受寵若驚感恩戴德四處打聽一字一句。能被看中當個官幫忙幫閒幫兇不遺餘力⋯⋯諸如此類可以數不勝數。我在談論錢先生，忽然插上這麼一段閒話，是因為我們在閒談時常會涉及這類現象，錢先生就會搖頭，愛用的一個詞就是「風派！」或說是「優則仕嘛！」或是警誡我「你要學好啊！」。

錢先生有潔癖，已為大家所熟知。他不是一時一地，而是一生如此。抗戰勝利不久，國民黨政府教育部長朱家驊「很賞識」他，曾請他到聯合國教科文組織擔任一個職務，這樣的美差肥缺多少人想要啊！他竟「立即辭謝了」。連楊先生都不解地問他「為什麼？」他說：「那是胡蘿蔔！」是他所不屑的。共產黨革命勝利了，許多文化人在各級政府裏大小有個官職。

錢不僅從不動心，只想像以前一樣做個「安分守己、奉公守法的良民」教他的書而已。不久被徵召去參加《毛澤東選集》的翻譯工作，當時就有人專程來向他祝賀，似乎他當了「南書房行走」。錢先生對此嗤之以鼻說：「這件事不是好做的，不求有功，但求無過。」前些年有人還把此事誇張說：「在某種程度上，這確實抬升了錢鍾書的政治地位」。「『《毛選》翻譯』、『外事翻譯』等身份，使其身罩保護傘」。後來還訛傳他是毛的「英文秘書」等等。（參見《錢鍾書生平十二講》）這實在是無稽之談，天大的誤會。

筆者曾經在外文出版發行局呆過十三年之久，深知外文翻譯者在中國的地位：歷來以黨政軍等重要部門的涉外翻譯為第一線，這裏說的涉外是指直接與外國人打交道的，那才是要求政治上絕對可靠可信的黨員。其次是內部案頭筆譯以及調研之類涉及機密文件資料的，政治條件要求也是相當高的。再其次，如《毛選》和重要文件社論兩會等需要一大批翻譯，一般沒有什麼政治問題的只要求有較高外語水平的都有可能被選調參加。然後才是新聞出版單位的編譯人員，最後就是去中小學校教書。甚至同樣大學畢業生定工資標準，做翻譯的比作別的工種（如編輯記者）少一元錢，這一元錢喻示低一等似的。因為在領導者眼裏，翻譯乃是一種技術性工作，就像木匠泥瓦匠等等一樣依樣畫瓢、照本宣讀而已。五六十年代越來越「左」越無知的環境下，連對作家的創造性勞動都看成不需要動腦子有思想只是一種技術，提倡並流行所謂「三結合」的創作方法：「領導出思想，群眾出生活，作家出技巧。」至於翻譯就更只是純粹技術性的了。五十年代末大躍進時，北大黨委書記陸平在全校大會上說：現在學生都起來了，不僅批判教授還能自己寫書了，老教授們再抱着資產階級思想不放也就上不了講台，將來安排個編譯所只能去搞搞翻譯、資料工作了。1962 年人大會期間，周揚看望巴金、沙汀時，還是出於好心，說：「有的人即使政治歷史上不好，只要有一技之長，比如鑽研過外國名著，與其弄去勞改，不如指定他從事翻譯工作。」（參見《沙汀日記》）這些話反映了當時領導者們普遍的指導思想。所以把他從事翻譯《毛選》的政治「身份」、「政治地位」過分誇大是不符合當時實際的。

事實上，翻譯《毛選》這類工作是沒有多少創造性發揮的空間的。錢先生雖「不求有功」，但也是勤勤懇懇做好他的本職工作，再加上他的超高的學識和外語水平當然得到主事者的倚重和「信賴」，但如楊先生說也並不因此「榮任什麼傳統差事」，即並沒有當個什麼小官，實在談不上什麼「抬升政治地位」。至於說「這件事卻使得他們實際上進入了比較高層的政治領域」，更是誇大其詞，從何說起？！以毛選英譯室主任徐永煐的評語為例：他與錢先生合作非常好，作為頂頭上司和清華前輩，徐和錢結下的友誼據說可稱莫逆。楊先生曾說：「他在徐永煐同志領導下工作多年，從信賴的部下成為要好的朋友。」但是，私交好歸私交，工作好備受稱讚和倚重是一回事；在黨的領導徐永煐眼中，和政治水平高的黨員程鎮球、英共專家艾德勒相比，錢先生仍被列為「舊人」又是另一回事。他說「錢鍾書政治覺悟差一些，而漢文英文卻很好，特別是始終地全面地參加了初版稿和舊版稿的工作……」（徐永煐：《關於英譯毛選稿再次修改問題（致章漢夫、孟用潛信）》）他主張把上述三人集中一起工作是一種「紅專結合」。可見此評語與陸平、周揚等所說的觀點如出一轍。所謂「政治覺悟差一些」，以我經驗推想：

無非是不要求進步爭取入黨，不緊跟上面領導，不熱烈響應各種號召積極表態……諸如此類。說到底，上面重視的還是他的中外文水平，重視技術，利用其「一技之長」的所謂「專」而已。對於錢先生來說，在完成本職工作之餘，從不作他想，只是「偷工夫讀他的書」，「耕耘自己的園地」，這才是「他最珍惜的。」（《我們仨》，第124–125頁）歸根結底，因為他是個純淨的讀書人。

至於錢先生提出糾正孫行者不是鑽進牛魔王而是鑽進「鐵扇公主」肚子裏的典故，這是一件小事。毛用典時誤記這是誰都會有的事。這個故事也不冷僻，一般編輯、翻譯以至校對人員只要稍有責任心都會提出糾正意見的，更不必說像錢先生那樣大學者，看到並糾正一個「硬傷」是極平常很自然的事。即使是毛的文章，又不是政治性問題，五十年代初期個人崇拜還未像後來文革時那樣荒謬離奇到「句句是真理」。所以不宜誇大其「狂」到「連主席的錯兒都敢挑」。就像後來胡喬木請他潤飾詩作，無非對仗是否工整，押韻是否合轍、用典是否恰當……等等純屬技術性的問題，他都照改不誤。這類事都顯現了錢先生作為讀書人的本色，心無芥蒂，遇到學術文化問題都會認真對待，想不到那麼多的人事利害須要計較。

由此還要釐清的是錢先生與二喬（胡喬木、喬冠華）的關係。有人在文章中說因為「朝中有人好辦事」，有了二喬，未當右派，「很可能上面有人包庇他」；認為楊先生在《我們仨》「似乎有意撇清他們與胡喬木的關係」，而「很多事在特殊環境下是撇不了關係的」。（參見《錢鍾書生平十二講》）這些說法實在有點像南方人說的「硬裝榫頭」。是不對的。

錢先生與喬冠華的關係比較簡單。楊先生在《我們仨》中有兩處提到：

一、1950年，喬冠華介紹錢鍾書參加毛選的英譯工作。我需補充說明的是：毛選出版委員會才是黨的高層組成的，由劉少奇任主任，成員有陳伯達、田家英、胡喬木⋯⋯等人。錢先生和金岳霖、王佐良、鄭儒箴、浦壽昌等都是在其下英譯室作具體翻譯工作而已。他們都是英語人才的一時之選，金岳霖、錢先生更是其中翹楚。喬冠華和錢先生在三十年代初，雖曾是清華大學同學，不同專業，過去並沒有什麼深交的記錄。這時喬冠華正任國際新聞局局長，主持對外宣傳包括毛澤東著作的外文出版事宜。他推薦錢先生顯然出於職責和公心、也是工作需要順理成章的事。顯然不宜過度解讀有什麼特殊關係。

二、六十年代曾因翻譯毛詩，他們在一個定稿小組共事過。楊先生說：「喬冠華同志常用他的汽車送鍾書回家，也常到我們家來坐坐，說說閒話。」文革發生後就沒有再聯繫。我想補充的是：喬冠華雖參加了毛詩英譯定稿小組，但他因外交部工作忙並不常來。1966年，當他們完成了翻譯修訂任務後，因為那時階級鬥爭空氣越來越緊張，他們就不敢像以前那樣作為終審定稿逕自刊出。於是英譯定稿小組領導人兼中宣部文藝處長袁水拍就近請示中宣部副部長林默涵，林就攜帶了全部譯稿準備飛往上海去請示江青。江既不識英文，也沒有這方面的具體職務，從未過問過此事。那時她正在搞所謂林彪委託的部隊文藝座談會紀要。據李曙光兄（當時文藝處幹事，文革後任人民文學出版社副總編輯）2003年寫信告我：那時江青在電話裏「訓了他（林默涵），並不讓他去（上海）」。但她還是同意了。

這就是第四次 1966 年第 5 期《中國文學》譯載的毛詩十首（《七律•人民解放軍佔領南京》等）。文革初期，有人揭發林默涵飛上海是為了刺探江青的「情報」，回來就在文聯禮堂按「紀要」的思想和批判口徑向文藝界作大批判動員報告，就是指的這件事。本人還有幸叨陪末座聆聽了此次報告。李曙光兄說：林不是從江青處而是從彭真那裏得到那份「紀要」文本的。至於喬冠華痛斥錢先生就在這個稍早的時期，正是風聲鶴唳形勢下人們精神上緊張的表現也就可以理解了；楊先生則是絕不會談及此類事的。估計這類七七八八、奇奇怪怪的政治，那時連錢先生都未必清楚。至於楊先生敘述文革後期錢先生在袁水拍領導下又繼續進行了毛詩的翻譯定稿等情況，喬已沒有時間參加。所以喬冠華與錢先生的關係僅此而已，沒有什麼特殊可誇大的。

錢先生與胡喬木則是另一種情況：胡也曾在清華上學，但因參加革命活動，在學校裏與錢「沒有相識」。文革後才對錢顯得特別重視友好。楊先生在書中有較詳細記敘：「喬木同志常來找鍾書談談說說，很開心。他開始還帶個警衛，後來把警衛留在樓下，一個人隨隨便便地來了……到我們家來的喬木同志，不是什麼領導，不帶任何官職，他只是清華的老同學。」儘管如此，如楊先生所說：「可是我們和他地位不同，身份不同。他可以不拿架子我們卻知道自己的身份……」

期間得胡喬木關照的事，楊先生記敘的有：文革後期，胡喬木得知錢有哮喘病，「曾寄過兩次治哮喘的藥方」。對楊絳的譯著《堂•吉訶德》、錢鍾書的《管錐篇》的出版都曾給予過關心和幫助。有兩件事特別使他們感懷在心。一件是，1977 年 1 月，他們被分配入住南沙溝「高幹樓」寓所。從一些言談中，楊先生覺得好像是胡喬木幫了忙做主的。這只是不肯定的揣測。事實是：那時分配入住南沙溝的除了一部分部長級幹部，還有一批高級知識分子或文化名人。文研所同時得此房的還有俞平伯，他和錢都是一級研究員。我知道那裏還住有畫家華君武、古元、黃永玉等。我還去看望過遷入那裏我的老師、北大馮鍾芸教授和她的哲學家丈夫任繼愈教授……等等。由此可見，似乎是通過單位或系統分配的，不存在對錢先生的額外照顧因而需對某人心存感激。第二件事，就是錢先生出任社科院副院長一事，楊先生在《我們仨》中也有詳細記敍。我在前面小文中已作了一點點補充。如楊先生說：喬木來串門看望聊天「很開心」，「不拿架子」。但是，事實總是他降貴紆尊，彼此間是不對等的。這點楊先生已說得很明白了，錢楊總是「知道自己的身份」，不亢不卑，更不會摧眉折腰，沒有感到結交權貴的歡欣和抬高了自己。我可以補充的是：每次聽到錢先生說到胡喬木有時光臨，總是皺着眉頭輕輕地「唉」了一聲，好像很無奈的樣子。他從不議論，更不喜形於色。特別是我問到他「怎麼答應出山了！」（同意擔任社科院副院長）他有種說不出來的糾結勉強發出「唉——」聲，透露了他在意想不到對方近乎央求和超常遷就面前極不情願地違背了自己的初衷。他們對胡是「感激」的，感激他的「庇護」（《我們仨》，第 158 頁，未說明具體所指）和關心；但是，精神上又是一種負擔。尤其是憑錢先生的睿智清正，對世事的洞明和人情的練達，他的心裏是絕對明白無誤地知道這也是「胡蘿蔔」。他總想解脫，所以找機會辭職。無論允不允許，他在生活裏除了因病用車外其他已一概不相干了。

楊先生曾談到錢先生在任副院長期間，應命主持過「兩次國際性的會議，一次是和美國學術代表團交流學術的會，一次是紀念魯迅的會……我發現鍾書辦事很能幹。他召開半小時的小會，就解決不少問題。他主持兩個大會，説話得體，也説得漂亮。」（《我們仨》，第 161 頁）楊先生點讚夫君不吝其辭。其實依我了解，錢先生對這檔子事壓根就沒有興趣提及。這也是他們之間的一點點小有不同之處。

總之，錢先生與二喬有一段時間是有交往的。但因為他的清正和潔癖，恐怕心裏想都沒有想過「朝中有人好辦事」的念頭，更沒有想借此託辦什麼好事，始終保持了自己的尊嚴和人格。五七年反右，錢先生沒有被劃右派原因也很簡單：首先錢先生沒有説話。上面無論怎樣動員鳴放，他都沒有興趣介入，也就沒有留下話柄。二喬此時與他沒有什麼聯繫和交往，更談不上對他當不當右派有什麼影響。其次，文研所的環境畢竟與大學裏人多勢眾不大一樣，不像學生被鼓動煽惑起來後無論左還是右都會很狂熱。文研所領導何其芳雖是當時許多文藝批判的主力，但他畢竟是對藝術美有獨特鑒賞和追求的詩人、散文家和學者，愛惜人才，對錢先生一直很尊重愛護。錢先生與俞平伯最早就被評為一級研究員，這在所裏是不多的。對《宋詩選注》的批判也就一陣風過去了。這都與何其芳的主持有關。我的根據是，錢先生談及何其芳時，口氣總是很友好親切，「其芳，其芳」地稱呼，從無不敬的貶語。楊先生也説：「何其芳也是從領導變成朋友的」。1962 年，我和老詩人呂劍一起去西裱褙胡同 51 號拜訪何其芳，談到文研所情況，他對錢先生評價很高，認為對《宋詩選注》有些意見，不過是學術上的歧異而已。所以錢先生沒有成為右派不足為怪，與朝中有沒有人更是無關。

在名利唾手可得的誘惑下不為所動，始終堅持自己的人生信念和品格這是一般人難以做到的。尤其今天的社會裏更是稀有的了。類似例子很多已為大家所熟知。就如文革時 1975 年託病辭赴國務院總理邀請的國宴一事，並非外面訛傳是江青的邀請；雖不算什麼大事，但也非常人所能做到的。須知那正是橫掃牛鬼蛇神，萬眾墮入挨鬥挨批的深淵時，參加國宴全部人員名單報上公佈，中央廣播電台一兩天內不斷反覆播唱，大家豎起耳朵注意收聽誰出席了誰沒有，意味着某人沒有問題了，復出了，受重視了，要受重用了……那是一個讓天下人都知道至少自己沒有問題，是多少人想得而得不到的機會，然而錢先生壓根兒沒當回事。至於普林斯頓大學擬授予「榮譽文學博士」等，他「辭卻了」。法國政府要授予勳章，他以對中法文化交流「並無這方面的貢獻」而「堅辭了」……楊先生到了 2014 年，還堅辭牛津大學艾克塞特學院授予的「榮譽院士」稱號，這是該院第一次授予女性學者。同時獲此殊榮的是西班牙王后。那院長信中再三勸説，「熱切希望她能接受此榮譽」，但這位 103 歲高齡的老人卻説：「榮譽、地位、特殊權利等等，對我來説，已是身外之物」，還是堅決辭謝了！

環顧今日之天下，能有幾位對權勢榮譽名利如此淡泊，終生不變。

瑣聞補敘

關於《也是集》的一點瑣聞

2013 年報上報導楊絳先生關於錢先生著的《也是集》手稿和有關書信將被拍賣的侵權訴訟案最後勝訴的消息。我當然為楊先生毅然決然捍衛合法權益的精神感到欽佩和高興，也想起我與這部《也是集》沾過一點點邊。

那是 1984 年秋，我在香港與梅節和年輕的馬力有過小聚。梅節是紅（樓夢）學、金（瓶梅）學專家，曾是我的老同事。馬力是香港本地人，長得高高個子，很英俊的小伙子。梅節介紹他來北京認識我時，原是一位中學教員，後在銀行工作，酷愛古典文學研究。他也研究《紅樓夢》，以及「楊家將」演義等。敍談時，説起他是錢先生的崇拜者，曾幫錢先生在香港廣角鏡出版社出版了一部《也是集》，錢先生不肯收稿費，他想買點西洋參托我帶給錢先生。我當然一口應承了。於是就一起到藥店買了一盒交給了我。

11 月，我回到北京不久就送了過去。那天錢先生特別高興，笑着説：「嗨……馬力這孩子，説不要稿費怎麼又買這個東西來了……」言談時，我感到他對馬力很欣賞，也很重視此書的出版。錢先生笑嘻嘻地說：「好吧，我也送你這本書！」當場題簽「丹晨賢友存正　錢鍾書」。這次與以前稱呼不大一樣，原來都是稱「丹晨同志」這次稱我「賢友」我很開心。

《也是集》篇幅不大，約七萬字左右，收有《詩可以怨》、《漢譯第一首英語詩〈人生頌〉及有關二三事》、《一節歷史掌故・一個宗教寓言・一篇小說》等三篇論文以及從《談藝錄補訂》中選錄了十四則。其中《詩可以怨》約一萬多字，我以為是錢先生很重要的一篇論文；他認為「中國文藝傳統裏一個流行的意見：苦痛比快樂更能產生詩歌，好詩主要是不愉快、煩惱或『窮愁』的表現和發洩。」（《也是集》，第 2 頁）他列舉了大量中外古代詩論印證此觀點。對於今天強調傳承傳統文化的人們是有非常重要的啟示，值得深思的。

錢先生在書的〈前言〉中說，是李國強邀約他編一本書給他們出版的，是「馬力先生出了個主意，費了些勞動，拼湊成這本小書」。馬力在 1978 年就曾與他人合作編了錢先生著作目錄，可能由此認識了錢先生並得欣賞。他後來進入仕途，歷任《香港商報》總編輯，進而成為民建聯主要領導人等要職，身份甚為顯赫，但於 2007 年英年早逝，享年只有五十五歲。李國強是香港廣角鏡出版社和時政雜誌《廣角鏡》總編輯，這個雜誌銷路和影響都不算大。後來竟然企圖拍賣錢先生以及楊先生、錢瑗等的書信和手稿，未免有點過分了。

使我訝異的是，為了這本書稿，何以使錢先生給李國強前後寫了 66 封書信。儘管這也證明錢先生的重視。我當然不知道這些書信內容，但我仍然困惑不解他怎麼會有這麼多的話可說。

錢（鍾書）吳（組緗）小糾葛的瑣聞

1990 年 4 月 7 日，我在北大西門外的暢春園飯店參加一個頒獎會後的餐聚，見到了久未問候的老師林庚先生和吳組緗先生，當然很開心。恰好與吳先生同席鄰座，不免話多了一些。我也就當閒話笑着問：「吳先生當年您與曹禺、錢鍾書先生都是清華同學。有一次，我問錢先生關於曹禺的事，他竟然說根本沒有看見他。這話比看不起還厲害。」吳先生聽了也就是接着我的話隨便聊嘛：「錢鍾書確是很驕傲的。他連他爸爸都有批評。不過他這個人確實看書多，有學問。」於是他在席間對着大家講了當年錢先生信手開了四十幾本英文（淫）書目等兩個段子，證明錢鍾書確實博覽群書。

就在這稍後，有老友南為香港左翼報刊組稿，邀我寫一篇關於錢先生的訪談。我因為很久沒有去錢府，也知道錢先生關照過不許再寫他，所以不是太想接受此事，但因為是老朋友難得要我做一點事，我又不好回絕。於是遲遲疑疑過了好幾個月才去看望錢先生和楊先生，見面敍說的大致情況在《瑣聞（上編）之七》裏都已報導。為了使稿子內容多點趣味，把吳先生說的兩個段子也插敍在裏面。事後把稿寄給了南。結果她輾轉寄去還是在我常供稿的《大公報》副刊刊出了。後來，《炎黃春秋》在北京創刊，約我寫稿，我就隨着把此稿給了他們，在第二期上刊出。我還參加了在新華社會議室舉行的創刊座談會，聽到社長杜導正講話時舉例提到此稿很適合他們刊物。這都已是第二年（1991 年）下半年的事了。好像錢先生沒有發現因此沒聽說去交涉。

那時，我每隔些時間就給《大公報》寄二三篇小文，陸續刊出後我又會寄去二三篇。自從關於錢先生的稿刊出後，其他稿件擱在《大公報》沒有消息，常聯繫的責編馬文通兄也沒有回音。我深以為怪。時間長了，我問駐京辦事處主任鞏雙印兄，他答應向報社詢問，後來告訴我什麼問題都沒有；但卻仍說不清楚是怎麼一回事。我心裏好納悶。

有一次，我與也常給《大公報》寫稿的邵燕祥兄說起此事。他好像耳聞到一點信息，說：「你不妨問問舒展，也許他知道。」《人民日報》編輯、雜文家舒展與錢先生好像也有很多聯繫，他就是最早提出錢先生是「文化昆侖」的創意者；那時他正多次託我介紹、傳遞稿件給《香港聯合報》，還要我轉請報館發的稿費港幣不要折成人民幣，等等。我都隨即陸續幫他辦了。所以我打電話給他，直言問他是否知道我的稿件滯留報社的原因。他很明確回答我說：「不知道！」我當然完全相信了。

1991 年上半年，有一晚王蒙打電話給我，說：他最近從國外訪問剛回北京。路過香港時，《大公報》社長楊奇請他吃飯，副刊馬文通等編輯作陪。席間談起我的稿子，說是因為引用了吳組緗先生說的開列「淫書」書單的段子，錢先生很不滿意，說完全是失實的，沒有的事。舒展傳的話。他們為了這事感到很傷腦筋，不敢對我直言。

王蒙說：「我告訴你這事，你心裏明白就好了，就不用再去跟別人說什麼。其實我覺得這也不是什麼了不得的大事。名人難免會被人議論、傳播一些事；像這種事有也好，沒有也好，無所謂。這會兒，如果有人說我一下子能開出四十幾本中文的黃色書，不管是不是真的，我不會覺得不高興。都是成人嘛，都是作家嘛，這不是什麼問題。」

這時，蒙在鼓裏半年多的我才恍然大悟：原來是為了這個事，原來是舒展傳的話。我覺得王蒙説得很豁達在理。我既然知道了事情的原委，也就安心不想此事了。直到 1991 年秋天，我應香港中文大學邀請作三個月的學術訪問。到了香港後，有一天到大公報找馬文通兄，對他直言提出批評：「這事應該告訴我。我是你們的老作者了，作為編輯和作者的關係也應告訴我，弄清事情真相，商量應對的辦法。怎麼可以杳無音信讓我蒙在鼓裏。」

文通兄再三向我抱歉，並説：「我們也沒有辦法。信是舒展轉來的，信裏説的很嚴厲，不信我把信拿給你看。」我説：「我不看。信是寫給你們的，我不看別人的信。」

文通兄把過程對我講了，説他們的難處。事情發生後，報社領導有點緊張，也很重視。楊奇社長還把我的稿子調了去看；看後退回來什麼也沒有説。分工管副刊的副總編輯陸拂為很不解説：「丹晨是我的同學，我知道他平時寫稿都很嚴謹的，不會亂寫的。」文通兄説，他們曾到北京向錢先生當面謝罪道歉。既然是我給報社闖了禍，我也不能一味責怪他們。但是，我也因此幾乎不再給他們寫稿了。

1992 年春，我從香港回來打電話給舒展，問他是否知道此事。舒展説：「我不知道。」我説：「聽説你知道。」他竟厲聲責問：「誰説的？」我説：「大公報。」對方頓時沉默了好一會。我説：「我們也是老朋友了，有什麼事你應該和我通個消息。儘管我是當面親耳聽吳先生説的，但錢先生有意見我無話可説。即使你不能在中間起點緩和的作用，勸説錢先生，至少應該讓我這個當事人知道。」

舒展說：「我是怕你知道了，弄得兩位老先生都不高興，甚至鬧出事來。」

我說：「你多少也了解我。我是這樣的人嗎？上次問你，你還說不知道。這不是對朋友應該有的。」

他默然，不再說什麼。我也無話可說了。從此，我也不再提此事，也還覺得不便去向錢先生解釋。

我的事情就這樣悄悄地過去了，沒有張揚為外界所知。沒有想到 1992 年一月號《人物》雜誌刊登了社科院李洪岩先生寫的〈吳組緗暢論錢鍾書〉的訪談文章，裏面也說到吳先生對他談起錢鍾書開（淫）書單等兩件軼事，內容與我所寫的完全一模一樣，引起了錢先生很強烈的反應。舒展在錢先生故去幾年後在多家報刊對許多寫錢先生文章的人痛斥為「因嫉妒而譭謗錢先生的小人」，並公佈了錢先生的批評辨正的意見，說「全無其事」。還有一位轉達錢先生的意見，說吳「顯係信口開河，噓氣成雲」。這些話通過好幾個渠道公之於眾，又引起李洪岩、范旭侖等的辯駁。我與李、范兩位素昧平生，只是讀過他們研究錢先生的文章。有一次與羅新璋談起，我們都認為他們兩位是研究錢先生及其著作最為精到，成就最為顯著的。李的文章也寫得很漂亮。

我想：作為當事人，錢先生的意見應該得到尊重；不過至今我還是不明白他為什麼對這樣一件小事那麼較真。吳先生是我的老師，以我對吳先生的了解，再加上北大學友們對吳先生平時的印象，都認為他是一位耿直而又嚴謹、聲望很高的學者、作家，他似乎沒有必要胡編亂造這些軼事。看來還是因為年代久遠難免各人記憶有所出入。吳、錢兩位老先生都已先後作古，這段公案也就毋須深究了！

錢先生身後的一點瑣聞

當年得知錢先生逝世的消息後，心裏一直很難過，常常想起錢先生生前對我的關愛和教導。所以在半個多月後，1999 年初，我去南沙溝看望楊絳先生。進屋看見過道邊沿地上還堆放着許多鮮花，花籃，水果等。看來一時還來不及或顧不上收拾安置，顯然因為沒有心思，精力體力不夠……到了客廳，保姆進裏屋去向楊先生報告後出來說：「奶奶身體不好在裏面休息，說謝謝你，今天不出來跟你說話了。」我說：「好的。那我給楊先生留個條吧！」就向保姆要了紙和筆，寫了幾句悼念錢先生的話，敬請楊先生節哀珍攝，多多保重。我把條交給保姆就離去了。

大概過了半年左右，吳打電話給我說：楊先生讓他傳話轉告我，上次你去看她因為她那天身體很不舒服，所以沒有見到，她很抱歉。我聽了很過意不去，覺得老人家太周到了。那正是她傷心難過的時候；經過這麼長時間服侍病重的錢先生直到逝世，身體疲累，不能見客，不是太正常了嗎！何況我們晚輩見不見都是無所謂的事。他們這輩老人特別講禮數，我心裏感動很久。到了 2000 年春節，正月初三我又去南沙溝向楊先生拜年。

我到錢府時，楊先生還在院子裏鍛煉沒有回來。我和保姆剛說了幾句話，楊先生就進來了。看楊先生的精神氣色都很不錯，大概已經度過了那段悲傷時期。她說：她練八段錦，堅持不懈。邊說邊還作了幾個動作。我仍坐在那個小沙發，楊先生則習慣性地坐在她自己書桌前的椅子。我們說了一會她的身體情況後，不知怎麼，她說起錢先生故去後，「有的人覺得錢先生走了，錢瑗也走了，就剩下我一個人，都來欺負我。」我聽了，很意外吃驚，說：「是嗎？！怎麼會呢！不會吧！」

楊先生很堅持地說：「就是這樣的。」她說馮宗璞「不像話」。她是指錢先生1979年訪美時在一個座談會上有沒有說過馮友蘭先生的壞話，因此宗璞和楊先生在報上公開發生爭論；說到林非（當年發生打架事）更氣鼓鼓的，指的是文革期間發生與鄰居林非夫婦爭吵一事。前些日子我無意中看到過他們之間這些爭論的文章，但並沒有上心，也沒有認真閱讀。記得文革看望錢先生時，我還不知道也不認識林非、蕭鳳；這些年我與他們夫婦卻有了友好交往。何況這事已過去二三十年了。想到楊先生正在服喪期間，不宜過於煩惱有損健康。我就勸慰楊先生說：「不是過去那麼多年了嘛，就不要再想它了。這都是當時歷史造成的。楊先生您就放下吧！」

楊先生卻很不同意我的說法，態度強硬地說：「不！不是那樣的！這是人的問題⋯⋯」說着，她把一篇剪報給了我說：「諾！這報紙送給你，你拿回去看吧！」我接過來看是楊先生寫的，題目是〈從「摻沙子」到「流亡」〉。因為過去在他們兩位面前說話隨意慣了，從來沒有看見過楊先生這麼惱怒，我想把氣氛緩和一下說：「楊先生您現在怎麼火氣這麼大呀！」

她說：「怎麼是我火氣大！？」雖然楊先生正在不高興時，說話仍還是輕聲細語的。我一看不對勁趕緊又解釋說：「那是我覺得您一向是溫柔敦厚，脾氣好⋯⋯」

她說：「那些人看着就剩我一個了，都想來欺負我⋯⋯我要保護錢先生，絕不會讓人隨便碰他。」她就又談到那些研究錢先生的人，說有四種人：一種是炫耀自己。二是想賺錢。三是欺侮人。四是沒有什麼意思的，都是胡說。提到其中兩位名字說：「范，本來我還支援過他，提供過資料，哪曉得這麼卑鄙。還有李⋯⋯那些人都很卑鄙無恥⋯⋯」我完全不知道其中的事，聽得很惶惑時，忽然聽見另一個聲音在罵罵咧咧「卑鄙！無恥！」

我循聲抬頭看去，發現那保姆正站在客廳東北角門口，臉朝着我開罵，我不免吃驚而愕然。她誤會了，以為楊先生是在罵我呢！她來幫主人助陣⋯⋯這時我和楊先生面對面坐在客廳的西南角，楊先生也發現了，掉頭看見保姆很生氣地叱罵她：「走開！這兒不是你說話的地方！」

那天我們聊了一個鐘點，從 11 點到 12 點，幾乎講的都是這些事，我才告辭離去。這麼多年，我是第一次看到楊先生這麼生氣。我想是因為錢先生故去對楊先生的打擊太大了，愛女錢瑗又早逝，剩她一個人獨處，難免生出許多偏頗的想法。看來很快她度過這個艱難時刻，就轉入到「打掃戰場」，整理錢先生的遺著出版；自己也進入到一個新的創作時期，在百歲高齡期間翻譯、寫作了許多精緻的作品。如她自己後來說的：「⋯⋯我很傷心，特意找一件需要我投入全部心神而忘掉自己的工作，逃避我的悲痛⋯⋯」（〈坐在人生的邊上〉，《楊絳全集》第 4 卷，第 350 頁）另外我也看到吳學昭寫的《楊絳先生回家紀事》中說：楊先生「為保護自己及他人隱私，她親手毀了寫了多年的日記，毀了許多友人來信；僅留下『實在捨不得下手』的極小部分。」（《文匯報》，2016 年 12 月 9 日）想到那次談話，我也就比較理解她的真實想法了。

楊先生給我的剪報〈從「摻沙子」到「流亡」〉，我回到家裏細看，這才第一次完全弄清楚當年（1973 年）他們夫婦與林非夫婦打架的前前後後。後來林非也曾寄給了我他寫的反駁文章。其中過程細節雖各有說法，有所出入，但關鍵的部分卻不是過去傳說的林非把錢先生打翻在地。這裏就依楊先生文中所述，實際情況是：

楊先生說，在雙方衝突過程中，「我給跌摔得暈頭暈腦，自知力弱不勝，就捉住嘴邊的一個指頭，按入口內，咬一口，然後知道那東西相當硬，我咬不動，就鬆口放走了⋯⋯」這被咬的是蕭鳳的手指。這時，錢先生在裏屋聽見外面人聲鼎沸，沖出來「只記得他舉起木架子側面的木板（相當厚的木板），對革命男子劈頭就打。幸虧對方及時舉臂招架，板子只落在胳臂上。如打中要害，後果就不堪設想。⋯⋯」這就是說，是錢先生打了林非，而不是林非打了錢先生。事後，「鍾書餘怒未息⋯⋯鍾書用手一抹說：『這事不再說了！』他感歎說，和什麼等人住一起，就會墮落到同一水平。我很明白，他這回的行為，不是出自本心，而是身不由己，正如我沖上去還手一樣。打人，踹人，以至咬人，都是不光彩的事，都是我們決不願意做的事，而我們都做了——我們做了不願回味的事。」（均見楊絳：〈從「摻沙子」到「流亡」〉，原載 1999 年 11 月 19 日《南方周末》，2000 年 1 月 28 日《中國經濟時報》轉載。）這裏說的錢先生「餘怒未息」，我想應該既是怒對對方，也是怒對自己。而楊先生卻還在絮叨，才惹得錢先生攔阻「這事不再說了！」

所以，我說「這都是當時歷史造成的」，理由是：當時學部主持者出於想解決年輕工作人員的住房困難問題的動機無可非議，但是強制從老專家已有的住房中分出一部分來，顯然是用土改時「打土豪，分田地」的思路。這種現象當然也不止學部如此，北京、上海一些大城市都發生過許多這樣的事。都不是民眾自發搶佔，而是當時主事者決定的措施。多少年一味搞階級鬥爭而不致力於解決、提高民生多建新房，結果就只能採取這種惡劣強制的辦法，來對付文革時的批判鬥爭對象（如所謂反動學術權威），實際上也是對老知識分子的迫害。因為被分房者根本沒有說話的餘地，更不必說抗議反對了。

問題是，如果在一般情況下，後來者入住後對原來的房主，前輩，長者，應多照顧、尊重、謙讓，才更符合正常的人倫關係。我對此深有感受。因為我一家四口住過六年筒子樓，四年兩家六七口人合住一個兩居室小單元的日子。這種情況在我原來工作的機關裏相當普遍。兩家合住在一個逼仄的空間，難免有點磕磕碰碰，只有彼此互相謙讓一些才能相安無事。從這點來說，我後來才得知對方是林非夫婦；我與他們也是很好的朋友，但我還是要說他們確實有些欠缺。至於錢先生、特別是楊先生，本來好好的一家人住的房子擠進來另一家三口人，對生活各個方面造成很多不便和麻煩，心裏肯定是不爽的，時間長了有所反應也是可以想像的。所以追根究源，還是因為文革造成的惡果。

從〈從「摻沙子」到「流亡」〉看到楊先生的坦率和反思使我感動。但是，後來她在編纂全集時把這些爭論的文章都沒有收入。她在〈作者自序〉中作了說明，看來情緒仍然不小，她的心結最後似乎也還沒有放下。

贅餘的話

錢先生和楊先生都是公認的學問大家，我只是他們的一個讀者，自知淺薄，對他們的著作了解非常有限，所以我寫的這些文字完全沒有涉及。因為工作關係有幸拜識了他們兩位，並承他們不棄有過一些交往。鑒於人們對他們的關心和重視，我把所看到的聽到的點點滴滴，也有自己的一些膚淺的感受，力求忠實地按原貌寫出供專家、讀者參考。

我想，凡是社會名人總是要受到人們關注和評論的；不僅現在評論，身後還會有。人無完人，説好説壞都是可能的。千百年來，多少歷史人物迄今還在不斷受到人們的評論和研究，受到歷史的檢驗和批判。想不讓人評論那是不可能的。後人也有自身的時代和學識的局限，以及立場不同，會做出各種評判，眾説紛紜也是很正常的。我忽然想起陸放翁的詩句：「斜陽古柳趙家莊，負鼓盲翁正作場；身後是非誰管得，滿村聽説蔡中郎。」不禁莞爾，想想，大概就是這個意思吧。

2017 年 7 月完稿於京東三元橋畔酷熱如水深火熱之中

傅雷與美

關於傅雷精神的反思

陳丹晨

傅雷夫婦於1966年不幸去世迄今半個世紀，他們的沉冤早已昭雪，傅雷的著譯也都已陸續出版，《傅雷家書》面世以來不知打動了多少天下父母和年輕讀者的心……作為一個傅譯的愛好者和傅雷人格的崇仰者，總覺得傅雷仍然還是一個說不完的課題，諸如傅雷的翻譯經驗、理論和風格，傅雷的音樂、繪畫藝術理論，傅雷著譯的欣賞，以至傅雷的命運特別是他的性格和精神，都值得進一步探討研究。它是一份難得的可貴的文化財富，應該張揚和汲取。許多年來，知識界對中國知識分子問題一直保持關注和研究，我想傅雷是中國知識分子中很有特點的典型之一，研究中國知識分子不能不研究傅雷。

一

傅雷習慣於書齋生活，他真正參與社會職業大概不超過三年時間，每次都是他主動辭職回到書齋裏去過研究寫作的生活。原因是他不習慣、不適應或不滿意那些工作或工作環境。譬如他從法國留學回來，在上海美術專科學校任辦公室主任兼教授，是他一生中從事固定職業時間最長的也不過兩年，他卻幾次辭職，最終還是離去。原因是他與校長、畫家劉海粟私交雖極好，但因劉對別人苛刻，辦學有商業作風，他極看不慣。他夫人朱梅馥多次強調傅雷為人「極有原則」，而不是以個人恩恕得失來待人處世的。朱梅馥的哥哥朱人秀也説：「傅雷的性格剛直，看不入眼的事，就要講，看不慣的，就合不來，後來他選擇閉門譯書為職業，恐怕就是這樣的原因。」青年畫家張弦在上海美專執教時受到不公的待遇，「抑鬱而死」。傅雷為此聯絡了一些朋友為已故張弦舉辦了一次遺作展。他不僅是帶着深厚的友情，更重要的是看重張弦的藝術成就，應該讓世人了解。也正因為這樣觸怒了校長，與劉海粟發生爭執，導致兩個多年的朋友決裂，從此斷交數十年。

同樣為了藝術美的傳播，為了友情，在極艱難條件下，他主動全程籌辦黃賓虹畫展獲得極大成功。諸如此類事，都説明他並不是甘於孤獨寂寞的人。即使回到書齋從事譯述研究，也仍抱着一顆熾烈的心去翻譯羅曼羅蘭的《貝多芬傳》、莫洛亞的《人生五大問題》、羅素的《幸福之路》等等，都是旨在喚醒正在遭受着劫難和磨練的人們的心智，激勵美好的崇高的人生理想和奮發進取的精神。

傅雷上過兩個小學，有一次是被學校開除。上過兩個中學，也被開除過一次，另一次則因在校內鬧事而被迫離去。他上過大學，留過學，但一生無論大中小學都沒有得過一張文憑。他有過幾次參加政治活動的經歷，每次時間極短暫，或因受了挫折，或因熱情參與同時仍然心繫書齋，念念不忘自己喜愛的藝術研究生涯。四十年代抗戰勝利前後，他辦刊物、寫政論、雜文等一系列抨擊時政的文章，提出許多超越黨派觀點局限的見解，結果不為左右所容。直到近幾年人們才認識到他這種可貴的理智之光和獨立思考的品格，説「傅雷是對的。」更有意思的是，1945 年一部分著名人士籌組成立中國民主促進會，傅雷也是發起人之一。當時出席者 26 人，原議選理事 3

人，但到會上一再增加名額竟要選 21 名理事。傅雷不同意這種做法，因為勸阻無效而退出了。五十年代，民主促進會多次勸說傅雷重返而遭辭謝。從這些細節可以看到傅雷重實際、重信諾、認真到迂執的地步。恰恰顯示了他正直倔強的性格，絕不容有半點言行不一。須知那時民主黨派也正參與論功行賞，在朝野分一杯羹、大大小小弄個官做做的時候。傅雷對此毫無興趣，與當時文化知識界熱衷於此的人士相比，真有雲泥之別了！

二

上個世紀五十年代，在毛澤東號召「百花齊放，百家爭鳴」的背景下，又在友人邵荃麟等一再動員下，先後參加了上海政協、作協的活動。他的認真正直的個性又一次淋漓地表現出來。雖然他是一個不屬於任何單位不領分文工資薪水的自由職業者，卻為了政協奔走於文學、音樂、繪畫、出版界之間，深入調查研究，真誠地反映知識分子的處境和問題、意見和建議。他寫出一份又一份詳盡的書面報告和文章，都是想推動文化事業的進步和發展，卻無論如何想不到因此被戴上反黨反社會主義的「右派分子」帽子。這件事嚴重傷害了他的自尊心和美好的理想。當他回到書齋與歷史上的藝術大師們對話作伴，即使在經濟收入受到限制和健康狀況日益惡化的情況下，仍然堅持研究和翻譯，先後譯完了巴爾扎克多種小說和丹納的巨著《藝術哲學》。

這是傅雷一生中在精神和物質上遭受最大壓力、處境最艱難困苦的時候，卻又是他人格和文化創造成就最輝煌的時期。

他像貝多芬一樣是心靈的強者，頑強地維護了個人的人格和尊嚴，固守在自己的精神家園，絕不放逐自己的藝術激情和高傲的靈魂，以個人的力量抵抗狂暴的政治壓力，敢於響亮地回答：「不！」譬如，當他在反右派時發現無辜陷入一個惡意污蔑的陷阱時，就拒絕參加對他的批判會。有位好心的領導想保護他過關，暗示他只要承認反黨反社會主義就不懲處他。他拒絕了。事情拖到第二年春天，又派一位作家朋友作說客勸說：只要求「實事求是做一次自我批評，結束這一樁公案。」沒想到事後還是給他戴上了「右派」帽子。

傅雷沒有固定工資收入，主要靠稿費維持生計。這時出版社不再接受他的著譯。後來又要他改用筆名才能出書。傅雷又一次拒絕了：「不！要麼還是署名傅雷，要麼不印我的譯本。」那時對周作人也是這樣，周就接受改用「周遐壽」名字出書。傅雷卻因此整整六年之久出不了書。

1961 年，上面想給傅雷摘掉「右派」帽子，只要傅雷認個錯，雙方好下台階。傅雷對這個「喜訊」的回答還是一個「不」字，說：寧可戴着帽子也不認為當初有錯。當報上登了他被摘帽的消息，他不僅不像一般人那樣表示感恩，卻說：「當初給戴帽，本來就是錯的。」此話後來成了文化界的一句名言。

傅雷就是那樣將人格和尊嚴看得比任何東西都可貴，才能有這等響亮堅挺的言辭。所以文革風暴剛起，他就已對友人一再表示：「如果再來一次 1957 年那樣的情況，我就不準備再活了。」事實證明，這次運動比上次來得更殘暴、更野蠻，他當然不堪凌辱，只能憤然棄世。

三

作為一個藝術批評家、翻譯家，傅雷始終堅持在自己的崗位上，而不是在廟堂官場裏。即使在五十年代中期一度參加上海政協、作協活動，他心裏一直着急說：「以學殖久荒，尤有應接不暇之苦。」他為「公家」、「分心管這種閒事」費了他不少時間而耿耿於懷。但是「民進」、「民盟」兩個黨派幾次三番勸說他入盟，當中央委員等等諸如此類，他統統敬謝不敏。他曾說：「黨派工作必須內方外圓的人才能勝任。」或者說，縱橫捭闔、虛實是非、瞬息變幻的政治生活對傅雷這樣的知識分子完全是兩種精神世界。何況他對複雜的社會環境就不適應。早在三十年代，他還在青年時期就對此有痛感。他與羅曼羅蘭通訊中就說：「為國家與環境所擠逼，既無力量亦無勇氣實行反抗，惟求隱遁於精神境域中耳。」他承認這是他的短處，不過是不得已而為之。也因此，在血腥鬥爭或人欲橫流的歷史風雨中，傅雷肯定是孤獨寂寞的，甚至有點堂•吉訶德那樣迂執的味道。

但是，這並不意味着傅雷與世隔絕，有意孤立自己。他無數次申明自己「雖在江湖，憂時憂國之心未敢後人；看我與世相隔，實則風雨雞鳴，息息相關。」顯示了傅雷慷慨坦然的襟懷。他還說：即使對他最崇拜的貝多芬來說，也是崇敬他的頑強、奮發、堅韌的性格：「療治我青年時世紀病的是貝多芬，扶植我在人生中的戰鬥意志的是貝多芬，在我靈智成長中給我大影響的是貝多芬……」他要將自己從這些文化大師中承受得到的啟示和恩澤轉贈給大眾，以期對時代有所助益。他教育兒子傅聰時講到自己信守的人生原則是：「學問第一，藝術第一，真理第一。」他還對傅聰解剖過自己的內心世界，說：一方面外界事物的刺激，很容易引起他強烈的反應，「憂時憂國不能自己」；另一方面，「又覺得轉眼之間，即可撒手而去，一切於我何有哉！」即使連最摯愛的妻兒，也隨時可能離他們而去。「個人消滅了，茫茫宇宙照樣進行，個人算得什麼呢！」他說：「這一類矛盾的心情幾乎經常控制了我：主觀上無出世之意，事實上常常浮起虛無幻滅之意。」「不知這是現代知識分子的共同苦悶，還是我特殊的氣質使然。」其實，兩者都是。傅雷沒有着意去尋找或信奉什麼主義，卻吸收了各種中外各種思想文化而形成自己的獨特精神：桀驁不馴，憤世嫉俗，憂時憂國，堅持操守和氣節，絕不臣服任何邪惡力量的倔強性格；同時又有他自喻的「牆洞裏的小老鼠」的意思。楊絳先生在她的文章中解釋說：「他知道自己不善在仕途上圓轉周旋，他可以安身的『洞穴』，只有自己的書齋；他也像老鼠那樣，只在洞口窺望外面的大世界。」這是一個很孤獨的形象，也許正是傅雷精神的悲劇性所在。我這樣談論傅雷精神當然不是倡導學習他，都做傅雷，都躲進「洞穴」，都憤然棄世。但有一點我是確信的：傅雷一生沒有曲折複雜的傳奇性故事，也沒有濟世救人的壯舉偉績，他只是一個平凡的遭遇不幸的自由知識分子，卻給我們留下了寶貴的文化財富，包括他的著譯，也包括他一生鑄造的自尊自強精神。這種精神的存在說明了傳統人文精神的承續不絕，看到我們民族是有綿延永生的希望的。

1997 年 5 月

傅雷精神再思考

陳丹晨

一

1954年1月17日晚，二十歲的傅聰登上北上的列車，先到北京，再赴波蘭參加第五屆蕭邦國際鋼琴比賽，並留在那裏學習。送行的人都傷心得像淚人兒。父親傅雷從次日開始，就連續寫了兩封信給兒子，在訴説離別之苦同時，幾乎都是自責、懺悔、道歉的話。他説：「孩子，我虐待了你，我永遠對不起你，我永遠補贖不了這種罪過……」「就是在家裏，對你和你媽媽做了不少有虧良心的事……可憐過了四十五歲，父性才真正覺醒。」這就是為讀者熟知的《傅雷家書》第一、二封信中的主要內容。人們大概很難想像教子有方的傅雷，怎麼可能會虐待天才的兒子呢？何況這是連一般家庭都是罕見的現象。

傅雷的檢討是指他對傅聰日常教育過於嚴苛有時到了不近人情的地步，包括一年前為了藝術見解不同父子間發生嚴重衝突等等。他的暴烈和固執，在親友中間也是有名的。他的摯友婁適夷親眼看到孩子們在傅雷面前怎樣「小心翼翼，不敢有所任性」，説他的「嚴格施教，我總覺得是有些『殘酷』」。[1] 另一

* 本文中凡未注明出處的引文，均引自《傅雷文集》，安徽文藝出版社1998年版。

1 婁適夷：《傅雷家書•代序》

位摯友柯靈也説他「對許多事情要求嚴格而偏激」。[2] 黃苗子説他「性格急躁」、「性急言直」。[3] 他的夫人朱梅馥更是為此「精神上受折磨」，説他「主觀固執」，「他一貫的秉性乖戾……」。如果僅從這些評語來看，傅雷不只是一位嚴父，甚至似乎有點專制暴君的味道。

但大家同時幾乎都是異口同聲地説他的壞脾氣是有原因的，甚至是有道理的。婁適夷説看到的是「為兒子嘔心瀝血所留下的斑斑血痕」。柯靈説：他執拗，但他「耿直」；固執，但「骨子裏是通情達理的」。朱梅馥説：他「嫉惡如仇」，「為人正直不苟，對事業忠心耿耿……」；因此，對他的「性情脾氣的委曲求全，逆來順受都是有原則的」。

這是親人、摯友對傅雷的深深的理解。他們從他的固執中，「發現它內在的一腔熱情……具有火一般的愛心……」。[4] 從他的「桀驁不馴」，他的「寧折不彎」，看到他的個性中「構成一種強烈的色彩」，那是屬於傅雷所特有的色彩。

傅雷夫婦給傅聰信中，都幾次談到他們父子性格相似之處。爸爸説：「你我秉性都過敏，容易緊張。而且凡是熱情的人多半流於執着，有狂熱傾向。」媽媽説：「你的主觀、固執看來與爸爸不相上下。」令人意想不到的是，他們父子的狂熱和執拗很多時候竟都是在於對藝術美、性靈自然和自由的癡心追求。

2　柯靈：〈懷傅雷〉，參見《柯靈散文選集》，第 107、108 頁，百花文藝出版社 1993 年版。

3　黃苗子：〈懷念傅雷〉，參見《潔白的豐碑 —— 傅雷百年紀念•序》，北京圖書出版社 2008 年版。

4　同注 3。

傅雷說：「我始終認為弄學問也好，弄藝術也好，頂要緊是humain（法語：人），要把一個『人』儘量發展⋯⋯」又說：「藝術家最需要的，除了理智以外，還有一個『愛』字！所謂赤子之心，不但指純潔無邪，指清新，而且還指愛⋯⋯熱烈的、真誠的、潔白的、高尚的、如火如荼的、忘我的愛。」

他們經常探討音樂，從這些偉大的音樂家身上，尋找到了與他們內心最契合的精魂和神髓。巴赫像是「一片海洋，他也是無邊無際的天空，他的力量是大自然的力量，是一個有靈魂的大自然，是一個活的上帝。」莫札特的音樂自然如天籟，天真有朝氣，澄淨如透明，「像行雲流水一般自由自在，像清洌的空氣一般新鮮⋯⋯」貝多芬的力量和意志，與命運搏鬥的非凡的氣勢，歌唱每個人的痛苦和歡樂，晚年趨於恬淡寧靜的自由境界，尤為傅雷父子所喜愛。蕭邦的感傷溫柔和憂鬱似乎是有一種「非人世的」氣息，具有濃郁的詩意和神韻。舒伯特則與沉思默想、遺世獨立的哲思相融匯。這一切都使他們如醉似癡地傾心其間。

在繪畫中，傅雷最欣賞的是希臘雕塑、文藝復興時期的繪畫、十九世紀的風景畫。吸引他的正是其中的自然之美。這種自然美與中國古典文學中的許多詩歌是相通相似的。傅聰就說：他身在異鄉，「精神上的養料就是詩了。還是那個李白，那個熱情澎拜的李白。念他的詩，不能不被他的力量震撼；念他的詩，我會想到祖國，想到出生我的祖國。」人們從他彈的蕭邦樂曲中似乎聽到了李白的詩韻。

傅雷特別喜愛《世說新語》，就是欣賞魏晉文人的風流文采，高蹈曠達，智慧雋永，追求獨來獨往、自由自在。他推崇

《人間詞話》，因為王國維倡導「境界説」，認為境界為最上，自成高格。詩歌藝術有有我之境和無我之境。優秀詩人都應有「赤子之心」，即有真性情，血肉鑄成，甚至「儼有釋迦、基督擔荷人類罪惡之意。」這正是自然之美的極致了。他對黃賓虹的畫獨具慧眼，給予極高評價，就因為黃主張「尚法變法及師古人不若師造化云云，實千古不滅之理……」中西藝術「亦莫不由師自然而昌大，師古人而凌夷……倘無性靈，無修養，即無情操，無個性可言。」

所以傅雷希冀傅聰成為把藝術看得比生命更重的藝術家，保持獨立的人格，性靈的自由，才有真性情和新的獨創。音樂本來就是抽象、空靈、飄忽的藝術，更視追求自由甚於一切。他「熱切期望未來的中國音樂應該是這樣一個境界。」傅聰則説：「人能夠有自由幻想的天地，藝術家是不能缺少這一點的……」從傅雷父子的審美情趣和藝術理念深深感受到他們對自由和自然本真的渴望和強烈的追求；他們個性中的「固執」與對藝術美的執拗和癡情常常是渾成一體的。

二

關於傅雷的譯著，翻譯家羅新璋認為：「從譯筆來看，似乎可分為四九年前後兩個時期。」他是從語文翻譯水平以及翻譯風格變化等着眼的。鄙意認為，如從個人創作心態而論，也如羅新璋論述傅雷在四九年前寫的文藝評論特點是：「張揚生命主義、力的哲學與激情主題，帶有強烈的主觀色彩，論説精闢，予人耳目一新之感。」文風是「踔厲風發」。[5] 那麼傅雷的翻譯也有類似特點，前後期的變化也是很值得玩味的。分期的時限似可稍推遲到五十年代初。他的前期最重要的代表性譯作應是羅曼羅蘭的三大偉人傳和《約翰•克利斯朵夫》等。他讀這些著作時，「如受神光燭照，頓獲新生之力，自此奇跡般突然振作。此實余性靈生活中大事。」所以他曾說，他的譯著中「自問最能傳神的是羅曼羅蘭。」就是說，那時他從事翻譯沒有功利目的，沒有外在因素，完全是因為與自己的思想性情相吻合，借譯作宣洩內心的激情和喜愛，希冀與讀者分享精神上的衝擊和收穫。這是自由選擇的結果，選擇的是追求「堅忍、奮鬥、敢於向神明挑戰的大勇主義」。這樣的工作狀態在五十年代初終於有了變化。

從此，傅雷翻譯工作受到社會諸多的制約：一是出版社的制約：譯著選題要聽從出版社的計劃，連印數、發行、版式設計等等都得由出版方決定。書店裏已經買不到傅雷的譯著，出版社不再印，譯者毫無辦法。其次，意識形態的制約，如《約翰•克利斯朵夫》在反右派時被指責對青年思想起毒害作用，後來就不再重印。巴爾扎克的作品因為是馬克思、恩格斯等所讚賞的，所以出版社要傅雷繼續新譯，後來傅雷覺得不宜多譯，其實也是從意識形態的角度看問題的。再其次，還有一個實際問題即經濟來源受到制約。四九年後，各行各業，各色人等，都成了公家人吃「皇糧」，唯有極個別的如傅雷等，沒有歸屬某個單位領取固定工資，完全靠稿費收入為生。更談不到什麼

5　羅新璋：〈讀傅雷譯品隨感〉、〈妙筆傳神典範長存〉，均參見《江聲浩蕩話傅雷》，第 193、255、256 頁。當代世界出版社 2006 年版。

醫療住房等等的福利保障。他還想像過去那樣做一個自由職業者。但是，出版社都是一色官辦的，只要一家不出他的書，他的生計就成了問題。

更關鍵的是，傅雷從內心深切感受到社會環境對自己的思想、精神和生存的束縛。這對一個把追求自由、自然和藝術美視為生命的人來說是極痛苦和難以忍受的。但這種痛苦和壓抑又不能與人明說，連對妻兒都不便輕易透露。我們只能從他不經意處或實在壓抑得不吐不快的時候洩露出來的點滴就足以感受到他的苦悶了。早在 1950 年 6 月致黃賓虹信中說：「方今諸子百家皆遭罷黜，筆墨生涯更易致禍，慄慄危懼，不知何以自處……」那種惶惑不安的情緒再明顯不過了。十數年後，他終於感歎說：這個社會「可是十年種的果，已有積重難返之勢；而中老年知識分子的意志消沉的情形，尚無改變跡象……」他從當時戲曲改編和演出的混亂情況，竟無人提出異議和批評一例，「可知文藝家還是噤若寒蟬，沒辦法做到百家爭鳴」。儘管他與社會已經疏離很久，但他的觀察卻是相當準確，四年後，文革爆發，證明了他的預言不舛。

所以，他的後期翻譯工作一方面不能像年輕時完全按照自己的激情和想法自由選擇進行；另一方面他又託庇於相對中性的（也是當政者能夠接受的）自己喜歡的如巴爾扎克、丹納等著作的翻譯工作，包括傾情於書法、攝影、養花、欣賞音樂等等來安頓自己的靈魂，遨遊於藝術美的世界裏。他說：「我所以能堅守陣地，耕種自己的小園子，也有我特殊的優越條件……」

對於這樣複雜矛盾的生活環境，他是非常清醒的。他說：「我們從五四運動中成長起來的一輩，多少是懷疑主義者……

可是懷疑主義者又是現社會的思想敵人，怪不得我無論怎樣也改造不了多少……」懷疑主義是現代哲學的起點，即理性主義的出發點，就是對什麼事情都要問一個為什麼，包括對上帝都會有質疑；就是獨立思考不盲從現成的結論，堅持自由的思想，對真理追根究底。1932 年他就説過：「自由思想與懷疑這兩種精神，在所謂『左傾』或某個階級獨裁的擁護者目中，自然地被嚴厲地指斥，謂為『不革命』與『反動』……無異是宗教上的異端邪説……」正是這個社會最不能容忍的。二十年後，他仍還堅持聲稱不想退卻即改造（變）自己。這樣，他的「小園子」也很快就被打得粉碎了！

三

傅雷多次強調自己是五四精神培育起來的，他借議論法國學術界喻示自己屬於「在惡劣的形勢之下，有骨頭，有勇氣，能堅持的人，仍舊能撐持下來」。

人們習慣概括五四精神是科學與民主。如果説辛亥革命推翻了封建皇權專制帝制，爭取政治民主的權利；那麼五四運動則是反對皇權專制文化、爭取思想自由的革命。那時各種新思想廣泛傳播，差異雖多，但幾乎都呼喚自由，追求人性的尊嚴和個人力量。十八世紀美國政治家帕特里克•亨利的名言「不自由，毋寧死」是許多年輕知識分子表示自己決心時愛用的話，文藝作品也常引用宣揚這種精神。後來共產黨人殷夫翻譯的裴多菲的詩：「愛情誠可貴，生命價更高，若為自由故，兩者皆可拋。」也是被廣泛傳誦為人熟知。無疑，爭取思想精神文化信仰的自由是五四精神的核心內容，為人們所爭取。

五四運動發生時，傅雷十一歲，從少年時代起，他就是受這樣新思潮影響成長起來的。後來在法國留學，自由、平等、博愛等當然是他熟悉的。這不僅是1789年法國大革命時高舉的旗幟，即使被共產黨稱為無產階級革命和專政第一次嘗試的巴黎公社，連他們貼在街頭的每份公告（多達398號）開頭都是鮮明印着這個口號。傅雷早期翻譯過莫羅阿的《服爾德（伏爾泰）傳》。伏爾泰是最著名的啟蒙思想家，孜孜不倦地鼓吹自由和捍衛自由。傅雷的「小園子」比喻就是從伏爾泰那裏引用過來的。伏爾泰在小說《老實人》中曾說，不管世界如何瘋狂和殘酷，「種咱們的園地要緊。」據楊絳先生說：傅雷曾把自己比喻為「牆洞裏的小老鼠」，也是從傳記作者比喻伏爾泰為「躲在窟中的野兔」脱胎而來的。[6] 伏爾泰就是遠離宮廷教會等所在的權力中心巴黎，避居在日內瓦湖附近的法爾奈二十年，自由地寫了大量重要著作。傅雷曾説伏爾泰描寫的那種境界，影響他對現實多少帶着超然的態度。凡此可見影響之大。至於受羅曼羅蘭等的思想薰陶，更是人們所熟知的了。傅雷熱愛自由的思想也就成為很自然的事。

傅雷的自由也還表現在對待學校教育上。他自幼除接受家教外，曾上過兩個小學，兩個中學，一個大學，每個學校都只讀過半年一載，或因「頑劣」，或因「言論激烈」，或因參加學生運動等等，被開除或轉校。後又留學法國四年。如此經歷十多年的學校教育卻始終沒有取得一張文憑。這絕不是說他成績不夠格，而是他有意無意對這些世俗規矩並不在意。當他為人

6 楊絳：〈憶傅雷〉，參見《江聲浩蕩話傅雷》，第12頁。

之父後，有一段時間，他就不讓傅聰上學校受教育，而是留在家裏親自選材教課。他對文憑、分數、學位一類並不重視，認為：這類東西作為謀生手段未始不好，「但絕不能作為衡量學問的標識，世界上沒有學位而真有學問的人不在少數，有了很好聽的學位而並無實學的人也有的是。」在今天只認文憑不問真才實學的中國社會裏，人們大概很難想像這樣一位學識淵博中外文化學養深厚的大學問家竟然沒有一張文憑和一個學位。

傅雷一生從事固定的社會職業時間極少，總共大概沒有超過三年。他在上海美專、中央古物保管委員會等二三處也都只工作了一年半載，因和同事相處不合而辭去。他幾乎沒有參加什麼政治文化團體活動。他曾參與發起中國民主促進會不久就退出，後來有朋友再三勸說動員回民盟或民促並許以「高官」之稱，他都以自己脾氣急躁，缺少涵養為由堅決辭謝。五六年後開始因政治氣氛鬆動，他當了二年上海政協委員和二三個月的上海作協書記。但是他的不合時宜的個性和思想，與一般委員代表們不同的是：不是不投反對票不提批評意見不說上面不愛聽的話只以代表或委員的身份為榮譽說些歌功頌德的空話套話（他對此有強烈的不滿）；相反的是放下手裏的譯著，停工脱產，無償地（如今稱義工）從事調查收集民意的工作，寫了十幾份詳細充實的關於出版、音樂、翻譯以至農業方面的意見、建議或調查報告，裏面講的都是問題，不足和建設性的主張，他滿懷希望以知識分子的身份幫助政府做些有益於改進知識分子工作的事，結果「忙得不可開交」，卻落得一頂右派帽子，受到莫名的打擊和批判。這次參與社會活動給他帶來的傷害將是難以估量的，又一次證明他那種特立獨行、自由講真話的精神是不適應世俗社會中虛與委蛇的生活的。

四

所以，他是當時很少有的沒有文憑、沒有所屬單位、沒有固定工資收入的三無的自由職業者；就在書齋裏，種好自己的「小園子」。這絕不意味是逃避；相反的是堅守在學術文化的崗位，繼續創造美的世界，是清醒的自覺的保持知識分子的尊嚴和人格，也是優秀傳統文化的承續。如陶淵明不願「心為形役」，「委屈而累己」[7]這樣的精神。所以，當老友樓適夷寫信責備傅雷用心於書法是「逃避現實」，傅雷很生氣回答他説：他研究書法是為「探學吾國書法發展演變與書法之美學根據，並與繪畫史作比較研究，對整個文化史有進一步的看法」，絕非是為雕蟲小技曠時廢日。至於對於現實社會，「弟雖身在江湖，憂時憂國之心未敢後人；看我與世相隔，實則風雨雞鳴，政策時事，息息相通，並未脱離實際……」只不過不願放棄獨立思考、自由思想而已。

傅雷早年受西方思想影響同時，就強調儒家與老莊思想中的安於平靜，灑脱高蹈等的性靈特徵；不過如今這都已成過去，他為中國現實社會因此造成精神上的缺失而憾惜不已。但是傅雷自己卻頑強堅持在生活實踐中，愈到中年以後更加強烈。他説：「我始終是中國儒家忠實的門徒」。儒家思想當然是入世的，積極的，「齊家治國平天下」。但是，他最看重的是「富貴不能淫，威武不能屈，貧賤不能移」的正氣和節操，這與現在那些把《論語》説成「心靈雞湯」的淺薄之説大不一

---

7 《陶淵明集・歸去來兮辭 / 悲士不遇賦》，作家出版社 1956 年版，第 135、158 頁。

樣。他更認為第一句話「富貴不能淫」最難做到。陶淵明的「我豈能為五斗米，折腰向鄉里小兒」[8]，李白的「安能摧眉折腰事權貴，使我不得開心顏」[9]這樣的文化傳統在傅雷心中是生了根的。所以他叮囑傅聰不要奔走在權貴之門，認為這點傲氣是中國藝術家應有的傳統美德。他自己被打成右派時總不肯低頭；上面摘掉他右派帽子視為恩賜，他卻淡然輕蔑地說我本沒錯。四十年代為親蘇還是親美之爭，他發表了超越黨派偏見的公道話遭到左派的狂攻他也不在乎。無論政治上打擊，還是生活艱難，他都保持尊嚴不屈服。這才是中國傳統文化中應該承續張揚的氣節。想到當年和今日社會都有一些所謂學者專家大師沉迷於蝸角虛名，樂於做權力的臣僕，金錢的婢女，奔波獻媚於二者，說一些違背科學事實專業的話來站台當托，更不必說那些不堪的事，真是斯文掃地。這與傅雷精神相比判若雲泥，完全是兩種人生；也更加突顯了傅雷精神的可貴可敬。

傅雷的性格和思想追求與世俗社會完全相悖，所以他總要碰釘子。這是他的悲劇。從社會來說，不能容納善待這樣一位傑出的耿直的作家學者，則是荒謬和恥辱。但是，傅雷思想精神的深刻還在於他對這樣的悲劇的超越和昇華。就是說，他把藝術、美、真理都看成比生命更重要，更可貴；但他又非常清醒地認識到真正達到完美的藝術境界，完美的世界是不可能的(包括他對自己的譯著經過多少次用心重譯還是不滿意)，除非到了「上帝」那裏才有可能。他知其不可為而為之，仍然一往直前，積極地癡迷地執着地追求不止，總想盡可能離完美更近

---

8 蕭統：〈陶淵明傳〉，參見《陶靖節集》，商務印書館版。

9 《李白詩選•夢遊天姥吟留別》，人民文學出版社 1954 年版。

一些。他有時幻想自己像伏爾泰小説裏描寫的那樣，好像活在另一個星球，來看眼前這個星球上的一切，感到失笑，茫然。總是世俗社會不理解不容他，他就只好構築他的「小園子」，那裏有翻譯、音樂、書法、貝多芬、李白、《世説新語》…… 從早年他就希望「隱遁於精神境域中」，中年以後，還對佛教頗有心得，中國文人對儒道釋往往兼容一爐，對生死觀問題最為明顯。

一方面，他熱愛生活，熱愛生命，戀念人生，為現實世界創造新的精神文化積累。他在沒有任何外來逼迫委派任務的情況下，儘管身體多病，仍然堅持每天八小時工作，甚至更長時間。即使風和日暖，草長鶯飛，他也不捨得離開書桌去放鬆片刻，説：「要做的事，要讀的書實在太多了！」工作對他成了一種激情，一種狂熱。外界的事物也仍然會不斷吸引、影響着他，發生強烈的波動和反應，「憂時憂國不能自已」。另一方面，他又覺得轉眼之間隨時可以撒手而去，飄然遠行。他自認中國讀書人的氣質太重，看人生一世不過「白駒過隙」，人的生命「格外渺小」，因此而「超然物外」，「灑脱高蹈」。還説，哪怕自己喜歡的東西，不過是「社會暫寄在我處的，是我向社會暫借的。」古詩就有：「人生忽如寄」之説[10]。這樣的情緒和思想，他對兒子以及別的親友都曾許多次流露説及。

傅雷從中西文化着重吸取的是中正和平、清明高遠的精神。就如貝多芬的搏鬥的人生和大勇主義精神曾給他震撼，但後期他卻更接受貝多芬晚年的恬淡安詳。人們熟知他深受羅曼羅蘭影響，其實他接受伏爾泰的言行生平思想影響更內在潛移

10 《古詩十九首•今日良宵會 / 驅車上東門》，參見《昭明文選》卷第二十九。

默化。他受中國文化中老莊哲學、佛教教理的影響也都不亞於儒家思想。這不等於他沒有苦悶和煩惱，也不是不曾想過要適應這個強調政治信仰的時代。但他無法強使自己屈從，而是選擇了佛教教理中以智慧達到自然而然的醒悟，化解成活潑生機的力量和健康超脱的心情；認為政治信仰更易使人淪為偏執和狂熱。這樣他的精神昇華了，超越了任何束縛和羈絆，無論生還是死，他都能豁達灑脱，進入到一個自由的境界。傅聰也説過：「我父親認為人有自己的選擇，有最終的自由去選擇死亡……」[11] 這時，我們對他最後的殉難可能有了新的悟解：儘管是在那個瘋狂邪惡的時代發生的悲劇，是那樣慘痛；但想到他生前多年的思考和遺書，他一定是異常冷靜、從容和莊嚴地走向煉獄，幾乎像是涅槃。這正是傅雷精神特有的色彩——一個襟懷坦白、摯愛藝術美的赤子，一個追求自由、堅持獨立思考、堅守氣節、操守和尊嚴的文化英雄。他和這個世俗社會那麼不合調，像是另一個世界的人；但又是那麼熱情真誠想把自己所有的思想藝術成果傳達給別人，造福同胞，是我們這個世界引以為驕傲的長者、文化巨匠。

1966 年 9 月 3 日傅雷夫婦飄然遠行迄今已四十五周年，我們的世界有了變化。我們緬懷前賢，想到他們用生命換來的進步時，除了感恩，還更應想到責任；現實世界正缺少前輩那樣可貴的精神應該重生，把薪火傳遞下去！

2011 年 8 月 24 日

11　金聖華：〈父親是我的一面鏡子——傅聰心目中的傅雷〉，參見《江聲浩蕩話傅雷》第 51 頁。

傅雷的藝術人生

傅雷是大家都已熟知的一位翻譯大家，也都已知道他在家庭教育方面的成功經驗。但是，他還是一位大藝術家，對文學、繪畫、音樂、書法、中外翻譯理論等等廣闊領域裏都曾作出過創造性的業績和貢獻，人們卻未必都有充分的認識和了解。這裏試作一些簡單的有關介紹。

博覽原作，目光如炬

傅雷曾在二三十年代間（1927–1931）留學法國。他學的是文科，對文學、繪畫、音樂尤其癡愛；但他卻不致力於創作，而着意於藝術理論研究。他後來在致黃賓虹信中曾多次自嘲說：「晚學殖素儉，興趣太廣，治學太雜，夙以事事淺嘗為懼，何敢輕易着手。」「晚蚤（早）歲治西歐文學，遊巴黎時旁及美術史，平生不能捉筆，而愛美之情與日俱增……」「晚於藝事，無論中西皆不能動一筆，空言理法，好事而已。為學蕪雜，涉獵難精，老大無成，思之汗顏，私心已無他願，惟望能於文字方面為國畫理論略盡爬剔整理之役，俾後之志士，得以上窺絕學，從而發揚光大。」（《傅雷文集‧書信卷上》，第 57、51、105 頁，安徽文藝出版社 1998 年版，下同）這些話正好說明傅雷的選擇是自覺的，有意的，他想通過形而上的理論研究，推動並有益於藝術創作實踐。事實證明，他確實做到了這點。

但是傅雷從事藝術理論研究卻有着非同一般的特色。他不是像通常人們習慣做的那樣，簡單地局促於某個學科就事論事，而是對文學、（中西）繪畫、音樂、以至書法幾個大的藝術門類都有很深的研究，可說是打通了這些學科，互相觀照比較，尋求其中異同，從而突顯了作品中包括聲音、色彩、光、修辭等等融合構成的形象和感情的節奏感、具象感，深化和提升了人們對藝術美的感受、理解和鑒賞，以獲得所謂藝術上的「通感」。譬如在評論張愛玲的《金鎖記》時，注意到作者對「繪畫、音樂、歷史的運用，使她的文體特別富麗動人。」對其中主人公曹七巧的描寫，傅雷說：「好似項（倫）勃朗筆下的肖像，整個人都沉沒在陰暗裏，只有臉上極小的一角沾着一些光亮。即是這些少的光亮直透入我們的內心。」這正是從畫理中的光的作用來解析欣賞的。反之，如他寫的第一篇美術評論〈塞尚〉，幾乎就是一篇文學語詞富麗的美文。在論述塞尚的成就和特點時，除了指出在光與色的運用上有超凡的創新，更重要的是，「把自己強毅深厚的人格力量全部灌注在畫面上。」這就遠遠超出了一般的繪畫技巧的得失批評，而是從畫家的精神層面上揭示了更深的蘊涵。

傅雷從事藝術理論研究，還有一個與眾不同的特點，即他更多地反覆觀賞研究原作，也就是第一手資料。他精通法文，在法國留學四年間，一方面得以廣泛接觸那裏的文化名人，感受濃厚的人文氛圍，充分吸取西方文化藝術的養分，拓寬了對於外部世界的認知。另一方面，他從容遊歷了巴黎、布魯塞爾、羅馬、日內瓦……等地，在那些享有世界盛名的各個藝術博物館的寶藏前，無數次地日復一日地薰陶沐浴其中，潛心觀賞揣摩了大量西方美術史上的經典名作（原作），精研細究地感悟了各個時期各種流派的發生、演變、成就和特點，以至每一幅畫的局部細微處。他流連忘返，沉浸迷醉，使自己的視野和胸壑變得寬廣絢麗深沉起來，更能準確把握這些藝術珍品的精魂和神髓。對於中國畫也是如此，可謂飽覽數十年，積累了相當深厚的藝術體驗。

作為藝術理論家必須以原作為評論依據，這本來就是常規，不是什麼問題。但是，實際情況又是另一回事。有的研究者即使看了原作也是大而化之，食而不知其味，或「僅眩於油繪之華彩，猶未必以言真欣賞也」。（〈致周宗琦書〉，見《傅雷文集‧書信卷上》，第 290 頁）這裏想特別強調的是，在中國，這恰恰是一個很大的不易做到的問題，尤其從事西方文化研究者。過去有機會留學西方學習藝術，能下如此大工夫，廣為觀摩研究原作的，都是從事創作實踐的畫家，如徐悲鴻、劉海粟，以及後來的林風眠、趙無極、吳作人、吳冠中……等等；卻很少是着意於藝術理論研究並有大成就的。傅雷之外，似乎少有這樣的藝術理論家。其次，在上個世紀中國特殊的封閉的社會環境裏，使許多有志也是有識之士，沒有機會能夠深入廣泛接觸西方藝術尤其是原作，這樣也就談不到真正的了解，遑論研究。為傅雷的《世界名作二十講》作整理的吳甲豐先生，就是一位勤勉的世界美術史專家，八十年代前期，曾對我講過他的苦惱，說：他研究世界美術數十年，卻沒有機會到外國觀摩繪畫原作。這種情況也發生在其他門類，如專門研究外國電影的一位專家邵君也對我說過：基本上看不到外國電影。直到文革後多年，情況才開始有了變化。但是像傅雷這樣多年博覽中外繪畫經典原作的經歷，在那個時期藝術理論工作者中，是不多見的。1961 年他在一次致友人劉抗信中就指出：「你和我一樣明白，複製品不能作為批評原作的根據……二十餘年來我看畫的眼光大變……」（《傅雷文集·書信卷上》，第 29 頁）正是說明了當時的流弊。

因此，比起一般的文學藝術評論，傅雷對這些大的藝術門類的融會貫通，使他的藝術研究本身就具有極高的藝術審美感，豐厚的學術內涵；也因為對原文原作爛熟於心，眼界寬闊，眼光鋭深，鑒賞品評，理論闡釋，也就更為精當深邃，耐人咀嚼，富有創意，使人耳目一新。成為二十世紀藝術評論大家。

多個藝術領域的獨特貢獻

傅雷的藝術思想是很開放的，是在廣泛吸取中西方文化思想後形成的。但是，受影響最深的，主要應是法國藝術史家丹納和作家羅曼羅蘭，以及貝多芬。他到巴黎一年多，就開始翻譯丹納的巨著《藝術哲學》的部分章節，直到五十年代末期繼續譯完全書。在巴黎時，他讀到羅曼羅蘭的《貝多芬傳》，整個精神為之震撼，從此以私淑弟子心儀大師，連續將羅曼羅蘭的三本巨人傳記都譯了出來：《貝多芬傳》、《彌蓋朗基羅傳》、《托爾斯泰傳》。

丹納、羅曼羅蘭等這些大師的思想是很豐富的，很難一言以蔽之。但是，像丹納強調「物質文明與精神文明的性質都取決於種族、環境、時代三大因素」的基本思想，對傅雷還是有很深影響的，他曾不厭其煩地專門抄寫了部分章節（《希臘的雕塑》）寄給遠在國外的傅聰作學習參考用。可見其重視。至於羅曼羅蘭的反對暴虐反對戰爭，主張和平、人道主義，強調個人盡一己之力造福於人類，為此經受心靈磨難，痛苦犧牲，以及命運的播弄，在所不惜。為了堅持這樣的信念，將要不息地奮鬥、求索，不斷地戰勝自我內心世界的弱點和不潔。這樣，即使對於一位普通人來說，只要心靈偉大，品格偉大，就是真正的偉大，真正的英雄。

傅雷正是在這樣思想的影響下做人處世。他的認真執拗的性格，重視操守尊嚴，不僅表現在日常生活中，也同樣貫注在寫作、研究、理論思考。因此，他在藝術理論批評方面獨樹一幟，論述酣暢恣肆，言他人不言，褒貶抑揚，鞭辟入裏。後來他把精力都集中在翻譯方面，理論批評做得少了些。但已有的一些論著卻仍有歷史的現實的重要價值，成了經典之作。

就以文學批評為例，傅雷寫得不多。但是，1944 年以「迅雨」為筆名的一篇〈論張愛玲的小説〉影響深遠。那時張愛玲剛出道，連續發表《金鎖記》、《傾城之戀》、《連環套》等小説，在敵偽統治下的上海，人們感到意外驚訝之餘，卻很少切實的理性的反應。平時對文學不大發表意見的傅雷，卻敏鋭地發現這位新鋭年輕女作家非同一般，就寫了一篇分量沉甸甸的大文，成為四十年代對張愛玲最早也是最肯綮有力的批評的代表作。他從藝術特點切入，在作了精細的分析後斷言：「毫無疑問，《金鎖記》是張女士截止目前為止的最完滿之作，頗有《狂人日記》中某些故事的風味。至少也該列為我們文壇最美的收穫之一。」這樣的評價不可謂不高，現在已成了文學界的共識。同時他也還對張的後續之作作了嚴苛的批評，用意在於對張既是鞭策又是愛護和期許。到了上個世紀八、九十年代後，研究張愛玲成為顯學，人們發現許多精彩意見，傅雷早已説過。有

位張學專家就説：那個時期，「尤以傅雷的評論影響為大，至今亦常被引述。」(見金宏達：《平視張愛玲》，第 208 頁)

關於對西洋畫的評論，主要代表作應是他在三十年代上海美專寫的講義稿《世界美術名作二十講》。對達•芬奇、彌蓋朗基羅、拉斐爾、魯本斯、倫勃朗……等等許多大師的生平和代表作作了極其精細的分析和評論，並將各個時期的畫派演變輪廓也勾勒了出來。基本上成了一部原創的系統的美術簡史的架構，在中國畫界具有開拓性的意義，似乎是前人尚未做過的工作。尤其難得的是，傅雷把他在歐洲看畫時的個人特有的第一手的體驗、感悟、心得，哪怕是感受到的細微意韻，也都寫入其中，這都不是一般教科書裏抄來抄去的套話可比。它既有豐富的知識性，又是作者獨特的真知灼見，高水平的鑒賞性評論。至今仍是後人未能企及的有相當價值的美術史研究經典，是傅雷的一大貢獻。

對中國畫，傅雷有許多尖鋭潑辣、富有氣勢的批評和創見，特別是對明清以來的畫家畫作的品評，主要見於他致黃賓虹及其他友人的信中。他在飽覽了黃賓虹的畫作後，熱情地高度評價黃賓虹為「廣收博取，不宗一家一派，浸淫唐宋，集歷代名家之大成，而構成自己面目。」(《傅雷文集•書信卷上》，第 30 頁）還説：黃心靈默契，隨意揮灑，以至「水到渠成，無復痕跡，不求新奇而自然新奇，不求獨創而自然獨創……生命直躍縑素外也。」(同上，第 56 頁）從四十年代到五十年代，他不斷向公眾或有關方面推薦黃賓虹，稱：黃是「吾國現代傑出之山水畫家，且為康乾以後數百年來有數之大家。」(同上，《藝術卷》，第 236 頁)「至於黃先生為吾國近代造詣最高的藝術家。」(同上，《書信卷上》，第 25 頁）傅雷的評語都非泛泛一般的捧場話，而是極為認真嚴肅的。以黃之成就，都非過譽之詞。問題是當時黃已有了相當畫名，但人們揚抑頗有歧異，更沒有人作這樣崇高的評價，把他置於繼往開來的歷史地位。尤其是 1943 年黃賓虹八秩紀念畫展，完全是傅雷極力鼓動幫助主持下辦起來的。傅雷自己就說：這個畫展，「為他生平獨一無二的『個展』，完全是我慫恿他，且是一手代辦的。」（同上，第 31 頁）當時連黃自己對能否辦成都沒有信心，幾次中途想停下來。因為傅雷堅持，不僅辦成，而且大獲成功。黃賓虹在近代畫界的頂級大師地位從此奠定了。這是作為藝術評論家的傅雷又一大貢獻。

至於傅雷在音樂方面的論述，對貝多芬、莫札特、舒伯特、蕭邦……等等大家的樂曲的精彩深刻的詮釋，大量見於致傅聰的家書中，在培養教育傅聰成長為一位世界頂級音樂家方面的貢獻，則是眾所周知的了。同樣，傅雷在翻譯外國文學方面的卓越巨大的業績，也已是人們公認。但我想稍加補充的是：

傅雷翻譯巴爾扎克小說的成績，為人們更多地讚說。其實，他把羅曼羅蘭及其作品介紹給中國讀者的貢獻之巨，至少不亞於對巴爾扎克的譯介。羅曼羅蘭不僅是諾貝爾獎得主，而且是對當時世界文壇和國際社會都有深遠影響的文化巨人。他的主要著作如《約翰・克利斯朵夫》，三大巨人傳，都是由傅雷譯成的。《約》書有世界影響，同樣也影響了幾代中國青年，從中汲取思想和藝術的營養。尤其是思想方面，在五六十年代精神荒蕪文化貧乏的時期，《約》成了那時少有的一股清新之風，給予當時青年全新的另一種思想文化。也因此受到「關注」，屢受批判、進行消毒，以至封殺。反右派時，曾被指控毒害青年以至墮落成右派的禍害。文革期間，不僅禁絕，還有專家寫了批判性的專著消毒，宣稱其為「人道主義的破產」。這恰恰從另一方面説明此書的思想力量。因此，傅雷對羅曼羅蘭及其著作的翻譯介紹的重要性，過去很少為人們提及，而我認為，這個功績恰恰是應該特別強調並給予高度評價的。他自己也説過，他的翻譯作品中，最滿意的是羅曼羅蘭：「自問最能傳神的是羅曼羅蘭，第一是同時代，第二是個人氣質相近。」(〈致宋淇書〉，見《傅雷文集•書信卷上》，第155頁）這與傅雷對羅曼羅蘭的崇仰信從有關，如上所述，傅雷對羅曼羅蘭是行弟子禮的。

其次，關於巴爾扎克的小説中譯本。主要有兩大家：傅雷和高名凱。傅雷翻譯了14種，始於1944年，主要是在五六十年代；高名凱翻譯了19種，始於1946年，直到五十年代上半期。兩位譯述時間基本上是在同一時期。高名凱先生是三十年代後期留學法國卓有成就的著名的哲學、語言學、文學專家，長期來一直在燕京大學、北京大學任教授，著譯甚豐。高先生是我的老師，我入大學第一課就是聽高先生講《語言學引論》。我想説的是高先生的法文和語言、文學修養，都是第一流的。但是，恕弟子無禮直言，他譯的巴爾扎克小説，卻不及傅雷譯本流傳廣泛，影響大，受讀者歡迎，以至後來高譯幾近絕跡。這是為什麼呢？

這就是我要説的第三點，因為傅雷把翻譯當作一個全新的藝術再創造。這是他在翻譯工作中的自我追求，也是他的翻譯思想決定的。他説：「理想的翻譯彷彿是原作者的中文寫作。」(《高老頭•序》重譯本）特別是文學翻譯絕不僅僅是字字句句介紹原作意思的機器，這不過是形似。他追求的是「神似」。

這樣，「譯者的個性、風格，作用太大了！」(《傅雷文集‧書信卷》第 163 頁）也就是説，翻譯者要像原作者一樣，要像作家、畫家、作曲家⋯⋯這些原創者一樣，把自己的學識、心靈和感情傾注其中，既要把原作者的精神、韻味、風格、文體的獨特性，傳達出來：又要把譯者自己的文學、繪畫、音樂等等的藝術學養統統調動起來，正如傅雷所説：「翻譯應當像繪畫一樣⋯⋯」，譯出一部中文「新」小説來。因此，我們讀傅雷的譯作，一看就知道：這是巴爾扎克的，又是傅雷的。傅雷為了達到這樣的藝術追求，可説是千錘百煉，精益求精。以至不惜花費大量時間和精力，對《高老頭》等幾部多達百萬字的譯本多次重譯，因為他嫌初譯本「文字生硬，風格未盡渾成⋯⋯」(〈致黃賓虹書〉第 89 通，見《傅雷文集‧書信卷上》，第 133 頁）這都是非常人所能做到的。

像傅雷那樣藝術理論批評家、翻譯家，在多個藝術門類，就藝術本身的內在特徵進行深入精細的探索研究，都有重要卓越的獨特貢獻，在上個世紀是不多見的。現在有一些所謂文學史教材，還把那些搞政治大批判的所謂「評論家」當作有成就的權威的代表人物加以吹捧，而完全不提傅雷這樣真正有實績的文學藝術理論批評大家。這種教材既誤人子弟，又不符合歷史事實。該重寫了！

隱遁於精神境域中

傅雷的藝術思想包羅甚廣而豐厚，本文不能詳細列述。只強調幾點：

傅雷主張創作者要師造化，師自然，師生活，師真實。譬如中國畫傳承已久，許多畫家沉溺於對古人古畫的筆墨形式的模仿，日益僵化板滯，了無生機。傅雷指出，這是「泥古」，而非學習古人之正道。他說：「化古始有創新，泥古而後式微，神似方為藝術，貌似徒具形骸，猶人之徒有肢體，而無豐骨神采，安得謂之人耶？」（同上，第56頁）所以，他主張「多聞道以啟發性靈；多行路以開拓胸襟，自當為畫人畢生課業⋯⋯」（同上，第54頁）也就是既要提高學識修養，陶冶性情，又要廣泛融入自然和社會生活，拓寬精神胸襟和思想視野。這裏是就中國畫家而言的，但對其他畫家、作家、音樂家都是適用的。他認為，古人的名作之所以珍貴成功，就是因為「在於自然，在於活」，這才有生氣靈性，有生命活力，從而，「達到超然象外之境」。（同上，第57、135頁）黃賓虹完全同意他的意見，引為知己，說：「所謂師古人不若師造化，造化無窮，取之不盡。」但是，「因悟有古人之法，以寫實而得實中之虛，否則實而又實，非窒礙阻隔不可。」這也正是傅雷的意思。

同時，傅雷又非常強調對民族傳統文化的吸取和發揚，認為：「身為中國人，決不能與傳統隔絕。」（〈致周宗琦書〉）。但不是陳陳相襲，亦步亦趨地模仿、生搬硬套，這樣只「會流於膚淺」。他希望的是，「有中國人的靈魂，中國人的詩意，中國人的審美特性的人，再加上幾十年的技術訓練和思想醞釀，才談得上融和『中西』。」（〈致劉抗書〉，同上，第29頁）他的這些思想在給傅聰信中也曾反覆強調過。這對一位畢生熟悉喜愛西方文學藝術的大家來說，是十分難得和清醒的。他不是僅僅出於一種狹隘的民族觀念，而是真誠地認為中國畫有別於西方之獨特處，如筆、墨，（即為線條、色彩）虛、實，寫骨寫神……等等，確有豐富的表現力和另一番意境和神韻，這與中國人觀察事物的世界觀即中國文化傳統特徵有關。但是，最終還是因為，理想的美，是要用人文主義的目光觀照自然。作家都是將自己的心靈和情感傾訴在作品裏，才能獲得真正的美。傅雷歷來強調作家心靈對於創作的重要意義。

傅雷是一位真誠的唯美主義，理想主義。他對美的熱愛和追求幾乎是無止境的，他希望世界都是盡善盡美的。他對藝術美的癡愛迷醉是如此，他對人生的理想也是如此。因此他不能容忍醜惡粗鄙，憎恨虛偽極端，反對暴虐專制。這樣，他對現實中種種不如意事又不能不失望。他在批評一個藝術作品時，常常會顯得苛刻嚴格，他對近代畫家給予高度評價的不是很多，原因在此。即使他最敬仰的黃賓虹，有時在給予好評後，也一樣嚴肅指出其「佈局有過實者，或因層次略欠分明者」。(〈致黃賓虹書〉，同上，第 121 頁）他與劉海粟是好友，曾撰專文評論過劉的畫，對劉的藝術成就有很高的評價。但因劉處理人事不當，傅雷終於割席而去。可見他為人的狷介耿直。他認為大藝術家創造的藝術美，都是蘊藏在他心中——或者說，正是他的偉大的心靈和情感的盡情傾訴。他自己做人從文也都要求這樣。但是，在這個世界上，恰恰是唯美主義、理想主義者，最容易碰壁，難以見容於世，

也許正因為這個原因，傅雷一生只有極短的時間從事過社會職業，大部分歲月是在書齋裏度過的。即使在四九年後，每個中國人幾乎都有一個單位歸屬，都是領取工薪的公家人，文藝界只有極個別人是靠稿費收入維持生活。我想，一則是他個性所致，不合群。過去在美專、「古物保管委員會」等處短期工作都因不適應人事關係而離去。二則他對國家、時事從來都是

有自己的獨立思考，獨特的見解，卻未必為各個政黨所容，後來歷史事實證明他是正確的。三則，他認為，關心國事並不是非要從事具體的社會政治活動。他感到自己不適應官場遊戲，幾次三番謝絕邀他入民主黨派和其他活動，真可謂「不求聞達於諸侯」了。這中間，包含了一個核心原因，這就是他絕不能放棄或影響他的專業。

傅雷是一位真正的藝術家，像所有的大科學家大藝術家一樣，是那樣執拗地活在他自己的藝術世界裏。只有在藝術世界裏，他才有自我，有生機靈氣，充滿情趣，才能身心自由地神遊其中。他說：「除埋首於中西故紙堆外，惟以繪畫音樂之欣賞為消遣……」即使在最惡劣的環境裏，「憂心如搗」時，展玩黃賓虹的畫，也能使他「神遊化境，略忘塵憂耳」。（〈致黃賓虹書〉，見上第 117 頁）

回顧傅雷一生，大部分時間是在動亂憂患中度過的。他生於清皇朝覆滅前二年，歷經北洋軍閥的禍害，日寇的野蠻侵略，國共內戰，以及四九年後的政治運動……對他這個致力醉心於藝術學術的知識分子來說，是很痛苦壓抑的。從現存的一些書信和文章中，既可看到他對時事都有強烈反應，獨特見解，又可感到他的苦悶。他只是一介書生，只能力求自己人格、操守、氣節上的完善，來抵制外來的壓迫，決不隨波逐流。此外，他深感自己的無奈和無力。他引用過諸葛亮的話：「苟全性命於亂世。」還說，自己「惟期隱遁於精神境域中耳！」即使這樣，他生於憂患，最後還是逃不脫亂世的無情逼迫而殉難。他早年就曾說：「我輩即與世無忤，與人無爭，亦有難以立足之感，愴痛悽惶之情，難以言宣。」沒有想到，到了文革，這個追求骨氣節操的知識分子終於連苟全性命都不能了。借用當年王國維遺書中的話：「經此世變，義無再辱」。對傅雷來說，也是如此。但是，傅雷是殉於理想，殉於藝術美的了。真不知為什麼這個世界連這樣一個無害無爭的人都不能放過！

對此，人們可以責備他缺少抗爭的勇氣，太軟弱，過於沉醉在自己的專業中……等等。但是，如果世界上都是戰士，沒有像他那樣的藝術家，沒有專心致志、心無旁騖的學者，我想，這個世界不僅不能進步，而且也就不復存在。即使今天，淘金者，天下滔滔者皆是也。學者明星化也好，亦學亦官也好，儒商也好……都與時俱進了！但是，關在書齋裏，實驗室裏，潛心做學問，搞研究，執着於自己的專業學術，就過時落伍了，不需要了嗎？我想，傅雷活到今天還會是這樣一個純粹的學者藝術家。在中國，像他那樣的人不是多了，而是太少了！傅雷的心靈骨氣，理論研究和譯介外國文學藝術的成就證明，他是一位傑出的優秀的中國知識分子，他的貢獻是堅實的，有着強大生命力的，還會繼續滋養着後人，世代受益。這時，我又想起羅曼羅蘭在《貝多芬傳》卷首說的話：「我們周圍的空氣多沉重，老大的歐羅巴在重濁與腐敗的氣氛中昏迷不醒。鄙俗的物質主義鎮壓着思想，阻撓着政府和個人的行動。社會在乖巧卑下的自私自利中窒息以死。人類喘不過氣來，——打開窗子吧！讓自由的空氣重新進來！呼吸一下英雄們的氣息。」在二十世紀的中國，傅雷就是這樣的英雄！

2006 年 6–8 月

美的殉道者

陳丹晨

傅雷一生癡愛藝術。他欣賞藝術的美，常常有獨到的發現和感悟，似乎比別人多了一副睿智深邃的慧眼。他總能感受到藝術美的精魂，引發起感情的洶湧澎湃，因為他有一顆天真單純的心靈。他像是活在藝術美的世界裏，孜孜矻矻地追求完美的藝術境界。太惟美了，太理想化了，他就顯得很孤獨，也很痛苦，與世俗似乎有點格格不入。最後，也是為了美，獻出了自己的寶貴生命。

他曾對兒子傅聰説，作為音樂家，「你心目中的上帝一定也是巴哈、貝多芬、蕭邦等等」。其實，這話正是他夫子自道，他自己就是把藝術奉為上帝。所以，他教育傅聰要把學問、藝術、真理看得一樣重要，都要放在人生的第一位。真或善，不一定兼有美，而美，一定是又真又善。他曾説：「這是我至今沒有變過的原則。」

顯然，他也接受了米開朗基羅承襲柏拉圖思想的影響，覺得真正美的極致是不可能存在於塵世的，只有在理想世界中才能找到。藝術家有可能認識她。傅雷把藝術看得如此崇高，聖潔，美好，藝術家就必得懷着一顆像宗教家那樣虔誠的心，哲學家那樣形而上的思想，才能創造出真正達到「超然象外」、「渾樸天成」、「化入妙境」的藝術作品。

他自己無論寫作理論批評文章，還是翻譯外國文學作品，都是一絲不苟，嚴格苛求到旁人看來有點不合情理的地步，這正是他那顆虔誠熱愛藝術之心的自然流露和體現。如翻譯家羅新璋所説，他「是以虔敬的心情來譯這部書的（《約翰•克利斯朵夫》）」。其實，他還「願讀者以虔敬的心情來打開這部寶典」。因為「這是一部偉大的史詩」，「千萬生靈的一面鏡子」，其「廣博浩瀚的境界……的確像長江大河」。可見他對藝術美是何等崇敬熱誠。就如那部《世界美術名作二十講》，在我看來具有開拓性的經典意義的美術簡史性質的論著，把美術歷史知識，美術家的心靈活動，美術作品的深邃和神韻，娓娓敘寫得那樣流暢生動，本身就是一部極佳的藝術品。當年在上海美專教課時作為講義用過，在刊物上發表過一小部分外，後來他卻「秘藏」了數十年，連傅聰傅敏兄弟都從未聽説過。傅敏推論是由於他以為少作，是「不成熟的文字」而「束之高閣」。其心之誠，其意之嚴，由此可見。還有《羅丹藝術論》這樣一部經典著作，他在年輕時就曾譯完全書，根本就沒有與世人見過面。就是説，他從事譯事時常常是不帶功利目的的。至於那幾部名著的翻譯，他時時覺得有許多不滿意處，哪怕百十萬字的譯文，都下決心，充分研究琢磨，一而再，再而三地重譯，甚至迂執到把舊譯付之一炬而不願留存於世。如大家所知道的《高老頭》、《約翰•克利斯朵夫》等名著名譯就是如此，儘管他已經「煞費苦心」，卻「仍未滿意」。因為他追求的是譯出「風格」來，達到「神似」，這又何其難也！同樣，他把那些粗製濫造、「損害藝術品的行為」，「看得像歪曲真理一樣嚴重……」，對「介紹一件藝術品不能還它一件藝術品，就覺得不能容忍。」

一般人以為只有創作才算是藝術，這是世俗的皮相之見。優秀的文學藝術批評和翻譯作品本身也是藝術品。中國許多詩話、畫論，都是用詩一樣的形象的語言表述一種獨特的創造性的理論思維和藝術欣賞，達到情理並茂的優美境界。如傅雷指出的那樣，翻譯就像音樂中的歌唱家、演奏家、戲劇舞台上的演員，雖然都有所本，俗謂「二度創作」，但各自都是獨立的藝術創造。批評家翻譯家都要像搞創作的人一樣進入角色，用自己的心靈、感情與原作融成一體，創造出一個富有神韻靈動的新的藝術世界。傅雷説他翻譯《幻滅》時：「與書中人物朝夕與共，親密程度幾可與其創作者相較，目前可謂經常處於一種夢遊狀態也。」他又説：「翻譯之難，比起演奏家之演繹往昔大師之傑作，實在不遑多讓。」因此，他要求「翻譯應當像繪畫一樣，所求的不在形似而在神似」；「理想的譯文彷彿是原作者的中文寫作」。

傅雷在文學藝術批評和翻譯等文化領域中所作的巨大貢獻和廣泛的影響已為世人公認，筆者在拙文《傅雷的藝術人生》中也有所介紹，這裏就從略不贅述了。但想再一次強調的是：他的著譯實績充分説明，與那些搬弄藝術教條術語的評論文字，與那些艱澀平庸、詞不達意的譯文是完全不同的兩種品格。因為他從事批評、翻譯時，是一種心靈的自然流瀉，是發自靈魂深處純樸的人性的昭示，那麼富有性靈，甚至力求脱盡塵世煙火而臻於純美。他最讚賞的是漢魏文人，《世説新語》，王國維的《人間詞話》⋯⋯都是超凡入聖的，把人的本性的美最充分發掘展示。也許這種美只有在「上帝」那裏才有。他經常説的：「藝術之境界無窮⋯⋯。」「有史以來多少世代的人的追求，無非是 perfection（完美），但永遠是追求不到的，因為人的理想、幻想，永無止境，所以 perfection（完美）像水中月，鏡中花，始終可望而不可及。」話雖這麼説，但他卻是堅持不懈地向着這樣的境界努力，正是他醉心追求的。

所以，他既是美的創造者，又是美的佈道者。當你看到他那執着癡情地詮釋那些文學、繪畫、音樂的藝術美的時候，很自然地會覺得他真像一位忠誠虔敬的美神代言人，只是佈的是美的福音，而不是聖經裏的教義。

美國女詩人狄金森曾動情地吟唱過「我為美而死」的歌；認為這和「為真理而死」都是一回事；「我們是弟兄兩個」。傅雷一生獻身於美，追求美、最終玉碎，也是以身殉於美。在他給內弟的遺書裏，明確無誤地説明自己是清白無辜的。但是，當時暴力迫害的恐怖情景：最不能容忍的是，人的尊嚴和人格被踐踏蹂躪，人的思想的權利、説話的權利、辯白的權利統統被像一塊破布給扔棄了！這時的傅雷，要不在暴虐的鞭子下自責自辱、自輕自賤地苟活着，要不挺着胸膛走向死亡。傅雷曾經非常明白地宣稱：「我始終是中國儒家的門徒……」。儒家的「士可殺，不可辱」的古訓，也就是維護人的尊嚴，尊嚴是人性美的重要體現，絕對是傅雷一生做人遵循的準則，是為他生平無數事實所證明了的。文革來了，鑒於以往政治運動的經驗，他就已存犧牲決心。

面對美的世界的毀滅，美的消失，他連過去賴以為生，相以為伴，可以躲避外面風雨的藝術角落都已不復存在；何況傅雷對美和自由理想的執着癡情的追求本身就是超前的，不為這個中世紀式的社會環境所容忍的。就像茨威格那樣，因為看到歐洲陷於法西斯納粹的黑暗魔掌下，藝術美和自由被扼殺，而結束了自己的生命。傅雷則更是直接面臨暴力的淫威下，只有用自己的軀體、生命作抗衡，作挑戰，給予最後的一擊。這不只是為一己的、而是對人類的尊嚴和人格的維護和捍衛，其抗議聲是要永存於歷史的。那時，當人們私下口口相傳傅雷之死的消息時，曾引發過多麼強烈的深深的震撼和思索：「為什麼發生這樣的事？」、「一個『與世無忤，與人無爭』」的優秀的文化人為什麼都不被容於世？」不要小看這個疑問，它在擊敗貌似不可一世的文革暴政的歷史中寫下了壯烈美的一頁。在歷史悲劇的發展過程中，成了承擔痛苦的象徵。所以我說傅雷是美的殉道者；還借羅曼羅蘭對英雄的解釋，認為傅雷是一位真正的文化英雄

我每讀傅雷遺書，都使自己的靈魂震撼戰慄：在那樣殘暴恐怖的情況下，他還能這麼冷靜細緻追求美的極致，把後事一一交代，連當月房租、火葬費都分厘不差，不欠這個世界一分，真個是赤條條來，赤條條去。傅雷不只執拗耿介，而且一塵不染地清清爽爽地走了，以他一生追求的美好形象離開——不！是永遠留存給了這個世界。

2008 年 8 月

巴金的精神遺產

陳丹晨

「奴在身者」和「奴在心者」
——讀巴金《隨想錄》札記

把反思的利劍刺向自己

上個世紀七八十年代之交，當人們正在敵愾同仇批判文革和「四人幫」時，巴金老人最早提出了「我們不能單怪林彪，單怪『四人幫』，我們也得責備自己！我們自己『吃』那一套封建貨色，林彪、『四人幫』販賣他們才會生意興隆。不然，怎麼隨便一紙『勒令』就能使人家破人亡呢？不然怎麼在某一個時期我們會一天幾次高聲『敬祝』林彪和江青『身體永遠健康』呢？」巴金說這話是在 1979 年 2 月，他剛剛開始寫作《隨想錄》不久。此後在長達八年時間裏陸續寫完此書五卷，他始終堅持對文革以及之前的歷史反思，對他自己的拷問。「要用更多的篇幅談『四人幫』。『四人幫』絕不止是四個人，它複雜得多。」無論別人對他怎樣褒貶，或讚揚或非議，或施壓中傷，他都不動搖自己的信念。他要總結文革歷史教訓，要弄清楚「人又是怎樣變成『獸』的」？但也「有人反覆地在我們耳邊說『忘記，忘記』！」他嚴正地責問「為什麼不吸取過去的教訓？難道我們還沒有吃夠『健忘』的虧……」他多次大聲明確告誡人們：「倘使我們不下定決心，十年的悲劇又會重演。」

他也是最早提出文革「十年浩劫——人類歷史上另一個大悲劇」，在「人類歷史上是一件大事。不僅和我們有關，我看和全體人類都有關⋯⋯古今中外的作家，誰有過這種可怕而又可笑、古怪而又慘痛的經歷呢？」他舉例說到那時，唱「紅歌」，跳「忠字舞」，向領袖表忠心；每天「早請示，晚彙報」，向領袖低頭祈禱；無休止地召開各種各樣的批鬥會，以「高舉」領袖的大旗開始，以「打倒」各種各樣的階級敵人勝利結束；他活了六十多歲從未見過、過去只有在歷史書上看到封建專制皇朝才有滿門抄家這樣野蠻的事現在卻發生在他家和左右鄰舍以及全國；對人的尊嚴的肆意踐踏和成千上萬生命的毀滅，竟成了常態；幾千年中外思想文化傳存被徹底掃蕩；人與人之間像野獸一波又一波地互相撕咬殘殺⋯⋯這種「史無前例」（此說來自官方流行於當時）的反人類獸行氾濫於全國長達十年之久。他說，把它詳細記錄下來，真是罕見的「人類歷史上的奇跡」。

但是，他不同於有的人只控訴遭遇迫害一面，拒絕對自己思想迷失、順從當政者製造浩劫、甚至助紂為虐等等進行反思；也不同於有的人口頭說一聲對不起了事。他卻嚴苛地自我審視，把自己當作箭垛，把反思的利劍刺向自己的靈魂。他說他在文革中曾經身經百（批）鬥。最初當人們對他極盡誣陷、羞辱和批鬥，高呼「打倒巴金」時，他竟也會隨着舉手高呼響應。批鬥會後，那些紅衛兵、造反派，後來的工宣隊軍宣隊，都照例會找他訓話，勒令他寫思想彙報，「⋯⋯要他認罪，承認批鬥我就是挽救我」。他也真的相信他們所說「所宣傳的一切」，認為自己有罪，不斷責罵自己，決心「從頭做起，認真改造，『脫胎換骨，從新做人』」。他迷信領袖如神的喻示，期望從中尋找到一條新的活路。他對牛棚裏的難友、作家王西彥不認罪、對造反派的迫害常有抵制不以為然。因為他有一種苦行贖罪的意識，像托爾斯泰、陀思妥耶夫斯基那樣不抗惡，很馴順，逆來順受。文革後，他寫作《隨想錄》時，想起了童年時代看他的做知縣老爺的父親審堂判案，罰打鄉民皮開肉綻，血流不止，然後挨打的人還要向打他的大老爺叩頭謝恩！想起了封建社會匍匐在皇帝腳下總是稱「臣罪當誅兮天皇聖明」一樣。他痛苦地承認這種種自輕自賤自辱是那樣可悲，愚蠢，出醜，他不僅不隱藏起來，卻還把它一一袒露在公眾面前，說明自己那時已經成了「精神奴隸」。這在中國上下普遍怯於認錯的社會環境裏是需要多麼大的道德勇氣。

巴金說他早年讀過林紓翻譯的英國作家司各脱寫的《十字軍英雄記》，書中有一句話使他忘記不了：「奴在身者，其人可憐；奴在心者，其人可鄙。」他在反思這些歷史事實時不是簡單地展示，而是進行病理解剖，挖掘這些現象發生的深層原因聯想到這幾句話。由此，他在《十年一夢》中說：「我明明做了十年的奴隸。」他詳細剖析了這種精神奴隸的產生和演變過程：面對「『野蠻』征服『文明』、用『無知』戰勝『知識』的時代」，暴力的野蠻強制壓迫，對於手無寸鐵、生存受到威脅的民眾來說不得不屈服順從是很可理解的，但那只是「奴在身者」；人們的不滿和反抗照樣會在心裏滋長發芽，是暴力無法阻止的「腹誹」。當那些以崇高的革命名義、國家利益、美好理想，聲稱文革是要「消滅資產階級思想，樹立無產階級思想，改造人的靈魂，實現人的思想革命化，挖掉修正主義根子」[1]，打造成一個紅

1 〈林彪講話〉，見《人民日報》，1966年8月19日。

彤彤的新世界，「把國際無產階級和世界人民的革命事業推向前進」[2]；領袖的話句句是真理，一句頂一萬句等等蠱惑人心的美麗謊言反覆而又強制灌輸給人們時，像巴金那樣知識分子竟也曾信以為真，開始「把自己心靈上過去積累起來的東西丟得一乾二淨」，「把自己那一點點『知識』挖空，挖得乾乾淨淨」，死心塌地迷信和感恩偉大領袖將會拯救他到彼岸，這時就成了「奴在心者」了！他感到那時多麼可鄙。隨着歷史無情地演進，文革以及前後那些對神萬般粉飾的金箔開始剝落，慢慢地顯出荒誕虛偽、殘忍野蠻的本相，他的思想也起了變化。他描述說：

> 可是我無法再用別人的訓話思考了。我忽然發現在我周圍進行着一場大騙局。我吃驚，我痛苦，我不相信，我感到幻滅。我浪費了多麼寶貴的時光啊！但是我更加小心謹慎，因為我害怕。當我向神明的使者虔誠跪拜的時候，我倒有信心。等到我看出了虛偽，我的恐怖增加了，愛說假話的人什麼事都做得出來！無論如何我要保全自己。我不再相信通過苦行的自我改造了，在這種場合連陀思妥耶夫斯基的道路也救不了我。我漸漸地脫離了「奴在心者」的精神境界，又回到「奴在身者」了。換句話說，我不是服從「道理」我只是屈服於權勢，在武力之下低頭，靠說假話過日子。

當「奴在心者」時所以會有所謂「信心」，是誤以為虔誠迷信領袖就會如神明來護佑自己，於是安心為奴。一旦有了醒悟，看出破綻，明白作偽，原來的崇高輝煌竟是那樣虛幻，就

2 〈中共中央八屆十一中全會公報〉，見《人民日報》，1966年8月14日。

時時感到恐怖險惡的實質。在暴力面前就回到口服心不服的「奴在身者」了。他在文革中的表現當然遠不止這些，但無論是在「身」或在「心」的「奴性」，都是使這場災難得以通行的重要原因。所以，他大聲疾呼：「首先就要肅清我們自己身上的奴性。大家都肯獨立思考，就不會讓人踏在自己身上走過去。大家都能明辨是非，就不會讓長官隨意點名訓斥。」他像一位醫生在作無情的病理剖析，自我袒露這奴性就是心中的「瘡疤」、「垃圾」、「污泥」，要堅決把它挖掉。對於每個經歷文革歷史的人來説作這樣的自我反思是不容易的，很痛苦的。像手術刀下「……每頁滿是血跡，但更多的卻是十年創傷的膿血……我也知道：不僅是我，許多人的傷口都淌着這樣的膿血。」但又必須這樣做，「只是為了弄清『浩劫』的來龍去脈，便於改正錯誤，不再上當受騙……免得將來重犯錯誤。」也正是為了「不讓子孫後代再遭災受難」。《隨想錄》出版至今三十年的歷史已經證明巴金的預言和警告是多麼重要和準確，具有多麼鮮明的現實意義。

「奴在身者」與「奴在心者」

巴金從少年時代起就獻身於反對專制強權，追求自由解放的革命事業；他創作的小説、散文、翻譯的政治歷史思想理論著作，都是呼籲正義、平等、互助；希望一個萬人享樂的社會將會和明天的太陽一起升起，「每個家庭都有住宅，每張口都有麵包，每個心靈都受到教育，每個人的智慧都有機會發展」；

「我在眾人的自由中求我的自由，眾人的幸福中求我的幸福」。1935 年，他曾這樣說過：

> 自從我執筆以來我就沒有停止過對我的敵人的攻擊。我的敵人是什麼，一切舊的傳統觀念，一切阻礙社會進化和人性發展的不合理的制度，一切摧殘愛的努力，它們都是我的最大的敵人。我始終守住我的營壘，並沒有作過妥協。

1957 年 5 月反右派前夕，他在編輯《巴金文集》第一卷時寫的前言中，又一次引用了這段話。那是在前後兩個完全不同的社會政治環境下說的同樣的話，說明他是非常堅持這個人生和寫作的基本態度的。但是，過了幾個月，反右派運動一來，他「也棄甲丟盔自己交了械了」。「為了保護自己我也曾努力扮演反右戰士的角色」，「寫文章同胡風、同丁玲、同艾青、同雪峰『劃清界限』，或者甚至登台宣讀，點名批判」別人，「我今天仍然因為這幾篇文章感到羞恥」。這裏說是扮演了「反右戰士」，其實是在眼看周圍朋友紛紛落馬被揪被鬥的壓力下，為了保全自己做了「應聲蟲」、俯首聽命被驅使批判他人的奴隸，背叛了他生平一貫追求的人生信念。

應該怎樣理解看待這種現象。現在有些年輕學者認為在任何壓力暴行面前都應該堅持自己的信念和操守，都應發聲和抗爭。這當然是完全正確的，對前人進行分析批評也是應該的。但是如果對當時特殊的歷史環境不做深入的分析，沒有身臨其境身受其害的切身體驗，往往也就不易準確理解。試想為什麼歷史上有過多少黑暗時代，不斷出現士人抗爭的故事，至少還可以消極逃避隱世保全名節；何以如今政治運動一來，多少曾經為自由、民主奮鬥的戰士集體噤聲、一面倒、自我羞辱，似乎人人甘心為奴。不僅知識分子如此，連在戰場上不怕犧牲的英雄好漢、在監獄裏堅持不屈頑強鬥爭的革命者在這時也都成了「一個小指頭就可以被打倒的」、「天王聖明臣罪當誅」的奴隸。這是什麼原因呢？

這裏可以舉幾個例子。1955年批判胡風為反革命時，他的朋友、作家呂熒當場站出來說「胡風不是政治問題是認識問題，不能說是反革命……」話音未落，就被在場的其他作家強拉下台被逐出會場從此受到迫害。毛澤東為胡風材料寫的一大批點評中有這樣一段話：

> 當本報（指《人民日報》）公佈了第一、二批揭露材料之後，還有一些人在説：胡風集團不過是文化界少數野心分子的一個小集團，他們不一定有什麼反動政治背景。説這樣話的人們，或者是因為階級本能上衷心地同情他們；或者是因為嗅覺不靈，把事情想得太天真了；還有一部分則是暗藏的反動分子，或者就是胡風集團裏面的人，例如呂熒。[3]

此説直截了當地威懾恫嚇人們除了閉嘴只能順從，只能緊跟，「全國共討之」，也就毫無阻礙地因胡風株連涉案者多達二千多人。1957年北大學生劉奇弟寫大字報僅僅是為胡風呼冤，就被打成右派受難一生。巴金許多次談到法國伏爾泰、左拉、雨果等為當時的冤案呼籲，「冒着生命危險替受害人辯護，終於推倒誣陷不實之判決，讓人間地獄中的含冤者重見光明。」但是，「伏爾泰和左拉要是生活在1967年的上海，他們也只好

3 見《人民日報》，1955年6月10日。

在『牛棚』裏搖頭歎氣。」事實確實如此，在那個一波又一波的政治運動嚴密高壓的時代，所有的公共傳播渠道都是民眾無法接觸到的，你還沒有來得及張嘴就已給打倒了。在中國環境裏是出不了伏爾泰、左拉那樣的人和事，任誰都難以有所作為。

巴金對此的反思是延伸到「1957 年下半年起，我就給戴上了『金箍兒』。他（指《新民晚報》總編輯趙超構）也一樣。我所認識的那些『知識分子』都是這樣。從此我們就一直戰戰兢兢過日子，不知什麼時候會有人念起緊箍咒來叫我們痛的打滾，但我確實相信念咒語的人不會白白放過我們。」「這以後我就有了一種恐懼……我越來越小心謹慎，人變得更加內向，不願意讓別人看到真心。我下定決心用個人崇拜來消除一切的雜念，這樣的一座塔就是建築在恐懼、疑惑和自我保護上面……總之，我給壓在個人崇拜的寶塔底下一直喘不過氣來。」「文革前的十年我就是這樣度過的。一個願意改造自己的『知識分子』整天提心吊膽，沒有主見，聽從別人指點，一步一步穿過泥濘的道路。」

關鍵的原因就在於最基本的生存之權並不是掌握在個人自己手裏，而是絕對為權勢者所控制。先師楊晦先生曾是五四時期北大國文門的學生，他説那時北大的學生很傲氣，流行一個説法：「此處不留爺，自有留爺處；處處不留爺，大爺回家去。」但是現在就像丁玲説的：被打了右派就像《水滸傳》裏的林沖等臉上打了金印，走到哪兒即使回家也都會受到管制和批判。五十年代初期的社會主義改造和知識分子思想改造等等以後，全國所有的人，包括曾經依附於土地的農民種什麼、怎麼種，靠什麼收入；知識分子想什麼、做什麼、寫什麼，都要聽從組織分配指令安排，生死榮辱繫於權勢者一身，所謂「娘打兒子」、「吃飯砸鍋」，也都是説人身完全依附於黨組織，離此就無安身立命之處。

例如傅雷是人們熟知的一位性格相當剛烈有骨氣的人，反右批鬥他幾次，他不服索性不參加會了。他主要是靠稿費收入維持生活的，成了極個別的不屬於體制內領工資的自由作家，實際又並不真正能得自由。劃了他右派後出版社就不出版他的著譯斷了他的生路。稍後上面寬容讓他改個名字才可出版，他寧可不出，拒絕改換名字。同樣政治原因，周作人就接受了這個條件，易名周遐壽得以出版著作。但是，時間長了，貧病交迫之下，「生計即無着落」、「生活亦甚難維持」。他不得不委屈自己前所未有地寫信給曾經友好的文化部副部長石西民請求幫助：「目前如何渡過難關，想吾公及各方領導必有妥善辦法賜予協助。解放以還，出版事業突飛猛進，作譯者並蒙黨及政府多方照顧，惟雷心長力絀，極少貢獻，尤不能以馬列主義觀點分析作品，為讀者做一番消毒工作，為愧恧無窮耳。」[4] 直到最後夫婦為維護尊嚴雙雙自裁前寫的遺書裏，還自污稱：「只是含冤不白，無法洗刷的日子比坐牢還要難過。何況光是教育出一個叛徒傅聰來，在人民面前已經死有餘辜了！更何況像我們這種來自舊社會的渣滓早應該自動退出歷史舞台了！」[5] 不知應該怎麼解釋這種「臣罪當誅」式的「奴在身者」還是「奴在心者」的畸形現象，讀至此令人悲憤且更值得深思。

4 《傅雷文集・書信卷上》第 312、313、315 頁，安徽文藝出版社 1998 年版。
5 同上。

同樣巴金在那時生與死的抉擇中，「我想的是自己要活下去，更要讓家裏的人活下去，於是下了決心，厚起臉皮大講假話……你們要多少假話我就給你們多少……有時我又因為避免了家破人亡的慘劇而原諒自己。結果蕭珊還是受盡迫害忍辱死去……」「我感覺到奴隸哲學像鐵鍊似的緊緊地捆住我全身，我不是我自己。」「我完全是一個『精神奴隸』」。

在中國幾千年封建文化傳統裏，「奴隸哲學」有着深遠的歷史烙印。統治者總是通過各種手段和渠道進行傳播和灌輸。近代先進人士對此頗多揭示和批判。梁啟超在二十世紀初著文稱，中國所以「積弱」、「腐敗」源自「人心風俗」，首要第一件事需要國民「猛省」和改變的是「奴性」。他說：「數千年民賊之以奴隸視吾民……吾民之以奴隸自居，不可言也。」他對奴性作了淋漓盡致的描述：「天賦之人權，應享之幸福，亦遂無不奉之主人之手。衣主人之衣，食主人之食，言主人之言，事主人之事。倚賴之外無思想，服從之外無性質，諂媚之外無笑語，奔走之外無事業，伺候之外無精神。……得主人之一盼，博主人之一笑，則如獲異寶……及嬰主人之怒，則俯首屈膝，氣下股慄……雖極其淩蹴踐踏，不敢有分毫抵忤之色，不敢生分毫憤奮之心。他人視為大恥奇辱，不能一刻忍受，而彼怡然安為本分。是即所謂奴性者也。」[6] 魯迅對此說得更多，他說：「一個活人，當然是總想活下去的，就是真正老牌的奴隸，也還在打熬着要活下去。然而自己明知道是奴隸，打熬着，並且不平着，掙扎着，一面『意圖』掙脫以至實行掙脫的，即使暫時

6 梁啟超：《中國積弱溯源論・積弱源於風俗者》。轉引自《梁啟超學術文化隨筆》，第 23 頁，中國青年出版社 1996 年版。

失敗，還是套上了鐐銬吧，他卻不過是單單的奴隸。如果從奴隸生活中尋出『美』來，讚歎，撫摩，陶醉，那可簡直是萬劫不復的奴才了，他使自己和別人永遠安住於這生活。就因為奴群中有這一點差別，所以使社會有平安和不安的差別，而在文學上，就分明的顯現了麻醉的和戰鬥的不同。」[7] 這也正是巴金所說的「奴在身者」和「奴在心者」的不同表現。

這一切在近代出現的悖論是：一聲「中國人從此站立起來了」，萬眾卻匍匐拜倒在「大救星」、「紅太陽」前應聲高呼萬歲萬歲萬萬歲！那種潛在的「奴隸哲學」意識常常在日常社會政治生活滲透其中順流而出。率土之濱，莫非王臣。臣者，是「事人之稱」、「屈服之形」。[8] 幾千年的帝制死了，人們理應不再甘心做臣民，一百年來孜孜追求共和民主憲政之夢，渴望真正能夠昂首站着說話，做事不必看別人臉色，毋須擔心後果不測，成為掌握自己命運的主人。而文革卻集中表現了億萬民眾被奴役的歷史逆流，不僅底層民眾任意被打被殺被虐待被羞辱，即使對當政者無一害有百利如物理學宗師葉企蓀教授受盡迫害最後精神失常淪落街頭乞食；北大著名學者、曾是西語系主任吳興華教授被遊街乾渴欲飲一口水不得而被強壓喝路邊污水中毒身亡……凡此種種惡性事例罄竹難書。真如老子說的：「天地不仁，以萬物為芻狗。聖人不仁，以百姓為芻狗。」另一種則是惡奴（才），如「中央文革」作為領袖專用的別動隊，非法地淩駕於所有法定的國家機關之上，顯赫一時，窮凶極惡迫

7　分別見〈集韻〉、〈說文〉，引自《康熙字典》未集下。
8　恩格斯：〈英國狀況：評托馬斯•卡萊爾的《過去和現在》（1944 年 1 月）〉，見《馬恩全集》第一卷，第 651 頁。

害眾人；其實也不過是像巴金所描寫他父親審堂時站在兩旁狐假虎威厲聲吆喝動手打板子的「『差役』一類的角色」，看着長官意志、主子眼色行事的奴才、打手。現在有人竟然還把他們吹捧成「文革英雄」，有的甚至冥頑不靈、至死不悟。在個人迷信風行之時，滔滔者天下奴隸甚至包括這類惡奴雖然道不相同卻都歸於一人而已。

時至今日，看見一篇報導稱兩會期間，有一次散會時一記者突然跑上主席台將長官飲用剩餘的水瓶搶入懷中，一時有人紛紛效仿。事情雖細小，報導當作趣聞説事，卻使人感到知識階層仍然那麼醜陋卑微，一副媚態奴性隨時可見！請看三十多年前巴金寫的《一顆桃核的喜劇》，引述了赫爾岑著作中的故事：招待會上，沙俄皇位繼承人吃了一個桃將桃核扔在窗台上，一個官員走來將桃核撿起放在衣袋裏，然後送給了一位官太太，他又將別的幾個桃核送給另幾位，這些官太太都以得到皇位繼承人吃剩的核視若珍寶喜不自勝。據此，巴金寫到江青等送草帽、芒果等給一些單位和人，都被當作聖物供奉起來，還「舉行儀式表示慶祝和效忠」。這些中外不同年代的故事所表現的個人迷信和奴性竟是這樣驚人的相似。可悲的是今天仍然不時重現，還不值得我們深省？

「獨立思考」，「講真話」

儘管如此，巴金等出於對理想社會的追求，也還是想掙扎、發聲、呼籲，改變這種不正常現象。1956 年他寫了一些雜文隨感，贊成百家爭鳴，主張「創作是個人的勞動，作品是有個性的。」他批評教條主義者在權勢的支持下對不同意見任意打棍子，説：「他們的棍子造成一種輿論，培養出來一批應聲蟲，好像聲勢很浩大，而且也的確發生過起哄的作用。」「在中國能夠獨立思考的人還是佔大多數，他們對大小事情都有自己的看法。他們不習慣別人代替他們思考⋯⋯要是他們真的大『鳴』起來，教條主義者的棍子就只好收起來了。」1962年，他又一次強烈批評那些拿着棍子打人的人，「好像我們偉大的祖國只屬於他們極少數的人，沒有他們的點頭，誰也不能為社會主義建設事業服務」；強調鼓勵「大家站出來説真話」，「做一個作家必須有充分的勇氣和責任心。」但每次這些近乎常識常理招來的是圍攻和打壓，後一次因為美聯社摘要播發了巴金的發言説他「提出了給於中國作家以更多的言論自由的要求」，毛澤東看到內參後怒斥巴金要什麼樣自由？是要資產階級自由？由此引發了一系列的追查批判，到文革時成了彌天大罪。

正是因為對個人迷信有着切膚之痛，所以巴金在歷史反思中對此尤多批判。文革是一場浩劫，已成了共識和定論。文革千錯萬錯，最大的罪過是對億萬民眾的奴役和迫害，相對應的是個人迷信個人崇拜形成的個人絕對權威和神化，句句是真理是最高指示只許絕對服從不許質疑和違拗。就像高聳雲端洞察一切的英明神祇絕對統治着匍匐在地芸芸眾生的奴隸。

巴金談到文革前就已是這樣：「這些人振振有辭，洋洋得意，經常發號施令，在大小會上點名訓人，彷彿真理就在他們的手裏，文藝便是他們的私產，演員、作家都是他們的奴僕⋯⋯他們是踏着奴僕們的身體上去的。我就是奴僕中的一個⋯⋯」他説：「我見過一些永遠正確的人，過去到處都有。他們時而指東，時而指西，讓別人不斷犯錯誤，他們自己永遠當裁判官。他們今天誇這個人是『大好人』，明天又罵他是『壞分子』。過去辱罵他是『叛徒』，現在要尊敬他為烈士。本人說話從來不算數，別人講了一句半句就全記在賬上，到時候整個沒完沒了，自己一點不臉紅……他們的嘴好像過去外國人屋頂上的信風雞，風吹哪裏，他們的嘴就朝着哪裏。」他還說：「今天我回頭看十一年中間自己的所作所為和別人的所作所為，實在可笑，實在幼稚，實在愚蠢。但當時卻不是這樣看法。今天有人喜歡表示自己一貫正確，三十年，甚至六十年都是一貫正確。我不大相信。我因為自己受了騙，出了醜，倒反而敢於挺起胸來『獨立思考』，講一點心裏的老實話。」「總之，把自己的命運交給別人，甚至交給某一個兩個人，自己一點不動腦筋，只是相信別人，那太危險了。」

這樣的反思很尖鋭也很發人深思。因為巴金提出了肅清奴性，不做精神奴隸的關鍵之點是：「獨立思考」和「講一點心裏的老實話」即後來反覆論述的「講真話」。他先後寫了七篇以「講真話」為題，與此相關的以談「騙子」為題的寫了四篇，有一卷集名就叫《真話集》，類似思想則幾乎散見在他八九十年代寫的文章中。正如他晚年自己說的：「我留下的每張稿紙上都有這樣三個字：講真話。」他又說：文革後許多年他終於留下一部《隨想錄》，在書中「指出了一條路，一個目標：講真話。」他這麼寫，也這麼做，還告誡朋友如蕭乾：「做你最擅長做的事情，做你最想做的事情，有計劃地搞點東西出來。不要隨便聽指揮，隨便按照『長官意志』辦事，弄得一事無成。」但是，愈到後期他對社會環境認識愈深刻愈清醒，如他自己所說的：「我才明白：講真話需要多麼高昂的代價，要有獻身的精神，要有放棄一切的決心。這精神，這決心，試問我自己有沒有？我講不了真話，就不如索性閉口。」

巴金在1981年寫的〈十年一夢〉與在1993年寫的〈沒有神〉雖很簡短，卻是他晚年寫的兩篇帶有總結性的文章，前者主要講了「奴性」的問題，後者講了文革把人變成獸（牛鬼蛇神）。他現在覺悟了，強調「我不會忘記自己是一個人」，再也不會屈從暴力和謊言被當成「獸」。他說：「沒有神，也就沒有獸。大家都是人。」

人有思想的功能，是與其他動物最大的區別之處；每個人都會有自己獨特的思考，也是人與生俱來的基本權利。「講真話」是做人最基本的道德底線；無論中外古今，從小孩子懂事開始，就會教導他不可說謊，要講真話。這樣做人才是正常的，堂堂正正的，可以立足社會為他人信任並共處。然而，現在卻成了積弊太深，難以醫治糾正的痼疾。有些人聽到「獨立思考」和「講真話」這兩句話，就會驚慌失措，一而再地批判是反動的，是資產階級自由化，是要犯上作亂。當年胡風和有些右派就是因為提倡寫真實而被打倒。沒有了「獨立思考」，億萬顆腦袋只許一個思想，一種聲音；不許講真話，於是假話、大話、空話泛濫成災，爾虞我詐，流毒至今，社會就會處在蒙昧狀態。巴金的呼籲正是指出今天亟需啟蒙，使人們都知道「大家都是人」，都應該享有人的基本權利：認識世界，最重要是尊重事實；無論是歷史還是現實，都要以事實為依歸；追尋事實真相，獨立思考，講真話，才可能有自由獨特的創新和發現；即使面對暴力或謊言，也不會再被「神」任性驅使奴役；有了一顆強大的自由思考之心，將如明鏡看得清清楚楚，這就足夠戰勝一切邪惡了。

恩格斯說得好：為了認識人類本質的偉大，了解人類在歷史上的發展和進步，直到人的自由和自覺地創造新的世界，

「……我們沒有必要首先求助於什麼『神』的抽象概念，把一切美好的、偉大的、崇高的、真正的人的事物歸在他的名下……沒有必要給真正的人的事物打上『神』的烙印。相反地，任何一種事物，越是『神的』即非人的，我們就越不能稱讚它。」[9] 這才是馬克思主義歷史觀。沒有神，人不是獸，不是鬼，更不是奴。人是值得驕傲的有尊嚴的稱呼，應該自己掌握和主宰自己的命運。

想起一個小段子：九十年代，有一對夫婦帶着小孩去見巴金，要求巴金給孩子寫幾個字。孩子得到巴金的題字後，欣喜地跪伏在地致謝。巴金阻止了她，嚴肅地説：「記住，無論在什麼時候對任何人，都不要下跪！」這是巴金對自己痛苦的歷史經驗總結得來的教訓。他從文革時多次被揪鬥罰跪説起：「這奇恥大辱大概就是對我那些年的『個人崇拜』的一種懲罰或者一種酬勞吧。我給剝奪了做『人』的權利，這是自作自受，我無話可説。但是從此我就在想一個問題：不能讓這奇恥大辱再落到我的身上。」所以，他一再疾呼：「大家都是人！」「首先就要肅清我們自己身上的奴性。大家都肯獨立思考，就不會讓人踏在自己身上走過去……」

2016 年 7 月 18 日

9　凡引述巴金的話，均見於《隨想錄》、《再思錄》和《巴金文集》，不另注明頁碼。

關於《沒有神》的一點考釋

1993 年，巴金已近九十歲，身體已經不太好，寫作比較艱難。《新民晚報》有一個專欄「文革軼事」，邀約巴金寫一篇有關文革的文章，巴金寫了一篇三百字短文，題目就叫〈沒有神〉。[1]《新民晚報》開闢這個專欄後，頗有點影響。編者是響應巴金建立文革博物館的建議設這麼一個專欄，發表了的文章被一些中學老師用來作為課外閱讀輔導的資料。學生們開始幾乎不敢相信這真的是在我們國家裏發生過的事。經過學習研討才明白這是真實歷史的一頁。但是，巴金這篇僅僅三百字的文章卻引起某些人的忌諱，下令關閉了這個專欄。

我讀到這篇文章後覺得非常重要，在我自己寫的文章和書裏一再講到，認為是巴金寫有關文革文章中帶有總結性的，指出文革的核心實質的一篇。但是稍後我才發現「沒有神」這個題目，這句話卻是有所本的。它最早出現在工人為爭取八小時工作制的運動中，出現在 1886 年美國芝加哥以及 1889 年法國的五一工人運動中，五一國際勞動節也是由此而來的。當時這些運動都遭到統治者的鎮壓，一些社會主義和無政府主義的領導人為此犧牲流血坐牢。於是由爭取八小時工作制進而成為工

1 〈沒有神〉，原載《新民晚報》1993 年 7 月 15 日。後收入《再思錄》第 85 頁，作家出版社 2011 年版。

人階級爭取解放的政治運動，喊出了「沒有神，沒有主人，萬眾得自由！」的口號，後來流傳很廣。

巴金年輕時非常敬仰兩位著名的國際無政府主義者高德曼、柏克曼。1927 年在法國時還去看望過柏克曼。柏克曼給巴金的信箋上就印着這句「沒有神，沒有主人」的口號，這是他們柏林辦公處的信箋，也是無政府主義者在工人運動中常用的口號。給巴金印象很深，在自己的文章中也多次用過和解釋過這個口號的歷史。

那麼現在為什麼巴金又重新提起這個口號，寫文章用了這樣一句話，絕不是偶然的。簡單地說：因為我們現在還有神，還有主人，仍然是我們社會進步的一大障礙，人還沒有享受到應有的正常的權利。巴金在文章中強調的是「我不會忘記自己是一個人，也下定決心不再變為獸，無論誰拿着鞭子在我背上鞭打⋯⋯沒有神，也就沒有獸。大家都是人。」獸，是從文革時將揪鬥的對象誣為「牛鬼蛇神」引發的比喻。「牛鬼蛇神」這個詞語在《毛選》裏就常用。巴金的話也是從此說起的。我是一個人。大家都是人。這句話很簡單，卻包含着巴金對人的權利，人的自由，人的尊嚴，人的生存和發展⋯⋯等等的肯定和追求。人和獸最大區別就是人有思想，是理性的動物。譬如人和獸都有嘴巴，但是，人的嘴有兩個基本功能，一個吃食物，能夠生存，這點人和獸（動物）基本一樣；另一個就是會講話，表達自己的思想感情。這是老天唯獨賜給人的，是獸所不具有的。如果有神把我們當做獸，有主人把我們當作奴隸，讓我們閉嘴，不讓我們吃飽吃好，不許或不能自由表達自己的思想感情，那麼「無論誰拿着鞭子在我背上鞭打」，我們都要維護做人應有的權利。我理解巴金這句話的重要性就在這裏。

「沒有神，沒有主人，萬眾得自由」，也就是無政府主義者最基本的理念即反對專制強權反對一切強制壓迫人們的具體化形象化的說法。無政府主義也是社會主義的一種。他們設想的理想社會是人類自治，自己管理自己。克魯泡特金的主張就叫「無政府共產主義」，也主張「各盡所能，各取所需」。五四時期曾有人辦新村實驗。後來匡互生辦的立達學園，泉州的黎明中學、平民中學、廣東西江鄉村師範等等這些與巴金有過關聯的學校也都是一種自治的實驗。人與人之間要自由、平等，互助、講正義，有獻身精神，才能建成這樣理想社會。人文倫理、道德完善是無政府主義非常看重強調的內容，沒有這些也就沒有一個理性的正義的社會。所以巴枯寧、克魯泡特金都寫過倫理學的著作。

人們都熟知，被馬克思和後來的共產黨百倍讚揚和肯定的巴黎公社，領導人中有一部分就是無政府主義者。馬克思等認為這是無產階級專政第一次實踐；無政府主義者卻認為是無產階級自治的試驗。1871 年巴黎公社的口號與 1789 年被認為是資產階級革命的法國大革命時喊出的口號「自由、平等、博愛」是一樣的。公社期間發佈的 398 件公告（街上張貼的），每件開頭都是在「法蘭西共和國」大字之下先標示着這三個口號，然後才是正文。[2] 所以過去總把這個口號說成是資產階級革命的口號，這是很大的曲解，事實並非如此。這三個口號的核心內容就是反對專制強權，也就是沒有神，沒有主人，人與人之間應該是一樣的享有自由、平等、博愛的同等權利；人不應該拜倒

2　參見《巴黎公社公告集》，羅新璋編譯，上海人民出版社 1978 年版。

在神和主人面前，任其驅使和鞭打。這是從歷來被認為資產階級性質的1789年革命和1871年被認為無產階級性質的革命，直到今天，應該説是一脈相承的，也正是現代文明最基本的追求。這當然是一種美好的政治理想，真正得到完全實現，還有待時日。巴金的呼籲就是希望人類應該從現在開始，從日常社會生活中開始，朝着這個方向去做。

巴金在年輕時信仰無政府主義，後來從事文學寫作，一直堅持着這樣的信念。即使在四九年後，1956年他強調創作要有個性，呼喚過「獨立思考」。1962年他鼓勵「大家站出來説真話」，要求創作自由。文革後巴金寫的《隨想錄》裏，反反覆覆批判封建專制，反對長官意志，更強烈地要求「獨立思考」，執着地呼喚「講真話」，主張文藝「無為而治」，重提「沒有神」，要做一個人，而不再是神的奴僕，主人的婢女。這時他已不是像年輕時只是從理論上或對當時社會認識出發，而是有了反右派、文革等等政治運動的親身痛苦經歷：思想有過迷失，像是吃了迷魂湯陷入現代迷信；屈從過權勢，背離了曾經有過的信念，寫過假大空的文章；對受迫害的胡風、馮雪峰等等這些作家朋友投過石子，從淪落為「精神奴隸」，「奴在身者」到「奴在心者」。這對一個一生追求自由、正義、互助、獻身的知識分子來説，實在是莫大的恥辱。我們可以由此理解他的這番苦心，理解他所以那樣羞恥痛心，痛加鞭撻，決心洗清污垢，都是出於對歷史和個人的反思，出於對人類的也是對個人的人格尊嚴的嚴格追求。

「沒有神」，其實對許多現代人來説是共同的追求，馬克思主義也是這樣主張的。恩格斯曾這樣説過：「我們認為歷史不是神的啟示，而是人的啟示，並且只能是人的啟示。為了認識人類本質的偉大……明確認識到人和大自然的統一，自由獨立地創造建立在純人類道德生活關係基礎上的新世界……我們沒有必要首先求助於什麼『神』的抽象概念，把一切美好的、偉大的、崇高的、真正的人的事物歸在他的名下。……相反地，任何一種事物，越是『神』即非人的，我們越是不能稱讚它。」[3] 簡單地說，就是不要把人類的一切進步和創造都歸功於神，並因此拜倒在神的面前受他主宰。

還有一段話我覺得也蠻有意思的，也是恩格斯講的，在《反杜林論》中。他批判黑格爾體系存在的矛盾，說：「它以歷史的觀點作為基本前提，即把人類的歷史看作一個發展過程，這個過程按其本性來說是不能通過發現所謂絕對真理來達到其智慧的頂峰的；但是另一方面，它又硬說自己是這個絕對真理的全部內容。包羅萬象、最終完成的關於自然和歷史的認識的體系……」[4] 這些話，都說明誰也不應該把自己說成是老天給他的特權——絕對真理的獨佔者，就像以前封建社會皇帝是天之子，君權神授代表神來管治人民，天子無戲言；或者既承認與時俱進，又把自己說成是絕對真理的化身，神聖不可侵犯。就像文革時，宣傳毛的話是「一句頂一萬句，句句是真理。」從而要求人們絕對信從它。恩格斯說的是黑格爾的例子，但是黑格爾沒有權力，就不能用強權強制人們來信服它。而當強權來強制你時，又該怎麼辦呢？

3　〈英國狀況：評托馬斯•卡萊爾《過去和現在》〉，見《馬恩全集》第一卷，第 651 頁。
4　見《馬恩選集》第三卷，第 64 頁。人民出版社 1972 年版。

我們還是講巴金，講一個有關的「故事」。1985年初，中國作家協會召開第四次代表大會，有兩件重要的事：一是胡耀邦讓中共中央書記處書記胡啟立到會祝賀講話，倡導「創作自由」。二是原先作協和中宣部提出了一個下一屆領導成員名單，準備讓代表們畫圈通過，結果被胡耀邦否定了。他主張由代表們直接自由選舉，選上誰就是誰。後來就按此辦了。這兩件事左右反應都非常強烈。許多老作家興奮得流了淚説：「盼了一輩子才盼到這一天。」王蒙説「中國文學的黃金時代真的到來了。」另外也有一些人認為這個會開成了自由化。巴金因病沒有參加這次會議，只是請別人擬了祝詞稿子在會上讀了下。但是，巴金在聽説了這個會議情況後，寫了一篇《「創作自由」》的隨想，講了一些自己不同的感受和看法。他一方面肯定了會議的成果，另一方面他又説：「『創作自由』不是空洞的口號，只有在創作實踐中人們才懂得什麼是『創作自由』。」他舉了農奴制的沙俄統治時代為例，説那時是沒有自由的，在他們的國家裏，托爾斯泰就沒出過一本未經刪節的版本，也就是説都被官方刪節過的。儘管如此，仍然出現了涅克拉索夫、托爾斯泰等等一大批偉大作家。説他們「都是為了『創作自由』奮鬥了一生。」他們的經驗告訴我們：「『創作自由』不是天賜的，是爭取來的。」怎麼爭取，就是「用自己的腦子考慮問題，根據自己的生活感受，寫出自己想説的話⋯⋯雖然事後遭受迫害，他們的作品卻長久活在人民的心中。」這個意思是，一個人要有一個強大的內心世界，堅守心靈的自由和自我完善，而不是自我束縛、自我規訓、自我監禁，成了精神奴隸，糊裏糊塗，跟風順從，其結果「一切都是空話，連『中國文學的黃金時代』也是空話。」我覺得巴金在這裏説的已不是一般的政治理想，而是從更深的人文倫理、人類心靈等精神文化層面上提出的問題，是相當深刻的，很值得我們探討，這也是巴金留給我們的精神遺產之一。

附：沒有神

巴金

我明明記得我曾經由人變獸，有人告訴我這不過是十年一夢。還會再做夢嗎？為什麼不會呢？我的心還在發痛，它還在出血。但是我不要再做夢了。我不會忘記自己是一個人，也下定決心不再變為獸，無論誰拿着鞭子在我背上鞭打，我也不再進入夢鄉。當然我也不再相信夢話！

沒有神，也就沒有獸。大家都是人。

追憶故人往昔

懷念楊晦先生

陳丹晨

楊鑄世兄通知我參加紀念楊晦先生的會，我很感激有這樣的機會。我想在楊晦先生誕辰 120 周年時，我們這些老學生來懷念師恩，同時回顧和展望文學理論和教學的經驗和前景是非常有意義的。這幾天我似乎一直沉浸在對楊先生的思念。想到他當年對我們的教誨和他的一些言談，仍然深感激動。

我們年級到學校時，楊晦先生大概是五十六七歲，看上去顯得比較蒼老，我總把他當作老爺爺那樣看。無論講課還是開會，還是日常說話，他總是像對自己家的孩子一樣聊家常，很慈祥，很親切，很實在，沒有套話空話，不來虛的。他談事很嚴格，但不嚴厲，總是滿懷着熱誠的期待和愛護，好像恨不得馬上讓我們早點成長起來，早點有出息；每次聽他講話，會場很活躍，不斷會使我們發出會心的笑聲。他是位可敬可親可愛的父輩。

我在校五年，與楊先生私下接觸很少，除了在公眾場合，只有在反右派後期有幾次在燕東園楊先生家裏開會。那是中文系總支開會，楊先生是兼職的總支委員。總支書記先後是兩位新聞專業的老師孫覺和藍芸夫都是非常好的人。還有兩位青年老師給我印象比較突出政治。我去列席參加過幾次會。楊先生在這類會上很少講話，當時我就覺得他心裏有自己看法，或者說他很糾結，這樣對待和處理學生是他一生作為教師所沒有的。1958 年，我們年級搞了一本紅色文學史，輿論宣傳得很厲害，比喻作文教戰線放了一顆衛星。包括社會上以及文學界領導們也都大加吹捧。但楊先生很冷靜，他還是像平時那樣給予很嚴格的要求，不跟形勢說假話。他對把幾千年的文學歷史說成貫串現實主義和反現實主義鬥爭非常不滿，不僅當時就指出錯誤，而且後來還從理論上作了詳盡有力的分析和論述。他對學生響應上面號召批判老教授的歪風也明顯表示有保留。這在當時是很不容易的。1964 年毛澤東嚴厲批評教育戰線。據說就在那年春節毛請了十六個人吃飯，除了高層人士，還有北大、清華兩個學校校長陸平和蔣南翔。據說教育方面左的東西，都是從這次座談會開始的。於是學校各系都據此檢查本單位、本人的右傾思想，唯獨楊先生不但不隨聲附和，而且力持異議，於是招來對他的批判。後來還被校長宣佈為「敵我矛盾」。馮至先生和我的同學劉烜教授都在文章中談到過這些事。這一切凡是過來人都知道，在那種政治環境裏，政治高壓的態勢下，要想堅持說真話是非常不容易的。馮先生說他：「待人處世，不肯敷衍苟且……對反動黑暗勢力從不屈服，顯示出中國知識分子的硬骨頭精神。」這個話正是我對楊先生的深刻印象。

我想楊先生這樣的風範，是與他是「五四」一代人，「五四」一代知識分子群中的一位有關。我們入學後就知道楊先生是參加了「五四」學生運動的一員。那時回望「五四」相隔三四十年，就像現在青年學生回望「文革」一樣也是相隔三四十年那麼陌生，遙遠，幾乎像是看古代歷史一樣。但我們看「五四」是充滿着神秘，崇敬的心情，當做追隨學習的榜樣。所以對楊先生是又尊敬又好奇，好像他身上藏着英雄傳奇的密碼一樣。有時能聽到他講「五四」時期的一鱗半爪，大家都非常有興趣。有一次，他講到那時的北大學生，是很高傲的，會引用流行的一段俗語：「此處不留爺，自有留爺處；處處不留爺，大爺回家去！」那意思不是講求職，而是說北大學生不遷就世俗而隨波逐流。楊先生用這段話告誡我們要有氣節。

楊先生是 1917 年夏考入北大哲學門的。在這之前半年，正是蔡元培先生開始主掌北大，使北大成為真正現代意義上的大學，也正是「五四」新文化運動的開始。楊先生就是在這樣開風氣之先的環境裏成長的新的一代人。與他同期的同學中，後來很多都是重要的歷史人物。老北大是非常腐敗的。最突出的是它像是後補官員培訓班，所以蔡元培到學校第一次講話就強調他「第一要改革的，是學生的觀念。」「說明大學學生，當以研究學術為天職，不當以大學為升官發財之階梯。」因為京師大學堂的時候，學生都是「老爺」。楊先生曾就他那個時候來說，北大學生上街，儘管是穿了藍布大褂（那是土布織的）的窮學生，但是警察見了會對你行禮。因為仍還習慣地把你看成是官老爺，後補老爺。就是在這樣的情況下，北大脫胎換骨成了一座現代先進的大學。所以北大紀念建校一百周年時說成百年輝煌，其實是不對的，前二十年實在不能算輝煌，不然，蔡元培的改革豈非無事生非了嗎？

在蔡元培先生主持下，北大成了新文化運動的發源地。今年是「五四」運動一百周年，有很多紀念文章，對「五四」有許多看法。五四的傳統，「五四」的精神是什麼呢？有說「民主與科學」；有說是「愛國主義」；有說是啟蒙後為革命所替代，使中國走了彎路；有說對傳統文化的徹底否定是過激；有說學生運動施暴打人放火破壞法紀開了壞頭⋯⋯如此這般，但把「五四」新文化運動和「五四」政治運動有關聯又有所區別，還是有了一致的共識。我認為，這些說法都各有一定道理，但最突出的是「五四」的批判精神，對幾千年傳統的皇權專制文化的批判，是不遺餘力，是徹底的堅決的不妥協的，批判的是辛亥革命推翻了帝制卻沒有批判清理的帝制文化即皇權專制文化。無論魯迅、胡適、以及其他所有參與者都是這樣的姿態。楊先生參與學生運動和他的創作或文章也都貫穿着這樣的批判精神。在 5 月 4 日當天他參加遊行直到火燒趙家樓是充滿着革命的激情。他後來寫的《普羅密修士》用詩一樣的語言，對普羅密修士的堅毅不屈的「人格的偉大和高潔」熱烈歌頌，對殘酷專制、倒行逆施的宙斯的痛恨和批判，同樣也是充滿着熾烈的激情。他的代表作《楚靈王》更是對一個暴君的深刻描繪和猛烈的批判。

今天我們重讀這些作品仍然可以強烈感染到作者的「五四」風範。「五四」的先進知識分子對傳統文化的批判絕非是偏激地否定一切，而鋒芒直指的正是皇權專制文化，像魯迅描寫的那樣是「吃人」的文化，是「人肉筵席」。幾千年來在皇權專制統治下的人都是被奴役的匍匐跪拜在地的奴隸。楊先生的小說和劇本也對底層人民的苦難和不幸多有描寫。

批判傳統的皇權專制文化，就是要掙脱舊思想的枷鎖，以人為本，呼喚人的解放，人性的覺醒，人的權利，人的尊嚴，人應該掌握自己的命運等等。所有的民主、科學、愛國……都是從批判皇權專制統治，解放思想作為出發點的。我認為這才是五四精神最重要的核心部分。就像中世紀歐洲文藝復興，是在批判神權統治思想的基礎上，呼喚人文主義，人的回歸等等一樣，「五四」正是繼承了這個傳統，是中國歷史上從未有過的一次偉大的現代思想解放運動。而楊先生就是直接受到這個運動的洗禮，是積極熱情的參與者。正如他所説的：「『五四』時代的青年都有一種朝氣，一種衝勁，以一種『沖決羅網』的精神，跟中國的古老社會決裂，甚或宣戰……」(《追悼朱自清學長》) 這樣的「五四」精神在楊先生一生中表現得非常充分；在他的作品文章中也都鮮明地表現了對專制統治者的抨擊和對底層人民命運的同情，始終有一種悲天憫人的人道精神，堅持「站在平民的立場，作這個時代的人」。(同前)

就以楊先生著名的《曹禺論》為例，在這篇長達近三萬字的作家論裏，貫穿着他對文學創作的基本理念：「思想問題，要直接影響到作者對於社會的認識和了解的，這自然也就直接影響到他的作品上來。」(《曹禺論》) 他在分析曹禺的作品時，不免有苛求和偏頗之處，但是他指出曹禺思想上的弱點確實非常準確，使他「造成了他的高度藝術水準，也造成了他藝術上的一些缺陷。」不僅在當時文壇一片叫好的情況下他獨持己見，引起廣泛注意。曹禺前半生的輝煌創作和後半生一事無成，甚至在文革後依然無所作為，都是因為他沒有獨立思考，平庸跟風的原因；也都證明當初楊先生的論斷是那麼正確。甚至我們還可用以觀察今天的文藝創作的弊病，也正是在於少了「五四」的批判精神，少了「站在平民立場」直面社會現實的作品。而這也正是楊先生孜孜以求的文藝思想。

今天我們紀念楊先生，就像楊先生紀念朱自清先生去世時說的那樣：「活人對於死者追悼紀念的時候，不但是表現追悼紀念者的個人感情，同時也是死者對於社會影響的見證。……」還要「化個人的感情成為社會的感情」，也就是說要在弘揚他的精神和功績同時，化為後人受益承續的文化遺產。

2019 年 11 月 7 日

愴然而涕下
——送憲益遠行

從楊憲益葬禮回來，枯坐冥思，心裏理不出一個思緒，竟怪怪地想，如果憲益還能説話，又將怎麼嘲諷調侃自己，會不會打油戲詩「告別世界不開會，閑來無事且乾杯」[1]……

11 月 23 日上午 10 點，范瑋麗來電話：「楊老今天早晨走了！」儘管我已經有了預感，但還是感到驚怵和哀傷：怎麼那麼快！就這樣歿了！……

因為，三天前，我剛和范瑋麗、趙學齡相約到煤炭總醫院去探望過憲益。那天，他躺在病床，臉上繫着兩條管子，呼吸很困難，聲音像拉風箱似的，據説有時響得連走廊裏都能聽到。但他仍然意識清晰敏快，見到我們，嘴角強綻出一絲平日慣有的那種輕柔的俏皮的笑意。

我因為有點感冒，不敢太靠近他，坐在他對面的小沙發上。瑋麗一直坐在床邊緊握着他的左手，一邊説話安慰他。他似乎很感到溫暖，有點平靜了。看着他正在經受難以形容的痛苦和煎熬，我覺得造化作弄人，平日那麼瀟灑輕鬆，仙風道

1 楊憲益詩：「周郎霸業已成灰，沈老蕭翁去不回。好漢最長窩裏鬥，老夫怕吃眼前虧。十年風雨摧喬木，一統江山剩黨魁。告別文聯少開會，閑來無事且乾杯。」（《全國第五次文代會》，1988 年 11 月作）

骨，如今卻給病折磨的由不得自己了。一種異常的辛酸和痛楚在齧噬着我，只是呆呆地看着他。直到我們離去時，他又是漾着那樣的笑，慢慢地抬起左手輕輕地擺動向我們示意再見。哪想這竟是與他最後的訣別。

我真有些痛悔，為什麼前些年不多去看望他？今年春節後，也是我們三個人一起去小金絲胡同。我已多年沒有見到他。趙學齡是他們家三代的老朋友，與他常來常往，幾次對我說，「他常常問起你。」我很慚愧，這次真心誠意去問候他。他坐在小沙發上，穿着一件灰藍色的毛線開衫，氣色挺好，臉比往常還豐滿白皙了些，仍然那樣悠閒淡定地吸着香煙。五年前，因為淋巴腺癌動了手術，術後恢復得很好。現在他終於放下喝了一輩子的酒，但每天還吸幾支煙。這使我大為驚訝。趙學齡說：「他不在乎，沒事！你看他還是那樣精神十足。」在那個幽靜的客廳裏，沒有客人時，他就一個人靜靜地悠思遐想，讓時光悄悄地從他身邊流逝。

他還是那樣關切地問我在寫些什麼，研究些什麼？我卻老想着他的過分寂靜，問他：「現在來看望你的朋友多嗎？」八十年代他們家成了文化界的沙龍，常常高朋滿座，酒酣耳熱，熱鬧非凡。所以我才這樣問。他說：「不來了！」我記不得他什麼時候生過氣，但從他說話的語氣裏，聽到了一點落寞不快的感覺。因為我不喜歡熱鬧，如今聽說這裏冷清了，我又知道他愛朋友，所以說：我以後會常來看你。但是，後來因為這個或那個原因，一直耽擱到這時才來，他已病倒了！

我是 1960 年底從大學畢業後到《中國文學》做編輯的。從這時起，我和憲益在一起共事了七八年，我們的辦公室總是相鄰或對門，經常在一起聊天。直到文革時，他被莫須有的罪名投入監獄四年我們才暌隔不見了。憲益脾氣好，沒有架子，編輯部裏誰都沒大沒小地稱他「憲益」或「老楊」。從年長、學問來說，他當然是我的老師前輩，因為他的親和率性，我們成了亦師亦友的關係。數十年裏我因工作有機緣認識許多老一輩文化名人，他們都是非常優秀的傑出的，但像憲益那樣，真正視功名利祿如浮雲，把權勢錢財當糞土，寵辱不驚，安危不計，從心底自然而然地不把這些當一回事，只此一人矣！以後如有機會我希望對讀者講講他的故事，可以證明我的這個說法是誠實的，一點不誇張的。

當然，他也不是出世之人，愛妻戴乃迭先逝，就使他傷痛到自己的生命也「感覺到頭了」。他看重朋友，當做他生活中的一個重要部分。到了近些年，如他所說：朋友中「像我這個年齡的，不是死了，就是比我病得還厲害，很少見面了！」這是他最後歲月裏落寞的原因之一。幸而，有小女兒楊熾、外甥女趙蘅常伴在身。還有一個范瑋麗，三年前從國外回來，因為從年輕時就仰慕敬重戴乃迭和楊憲益，用流行的話說，是他們的忠實的「粉絲」，每周都來看望他一二次，陪伴他，與他聊天，關心他的生活，親切真誠如若自家的晚輩，也給了他很大的安慰和溫馨。

他不是有什麼出世思想。所以，他對國家、民族、社會的進步非常關注憂心。記得傅雷曾對兒子傅聰說自己，「雖在江湖，憂時憂國之心未敢後人；看我與世相隔，實則風雨雞鳴，息息相關。」借用此話形容憲益完全貼切吻合。不過他的這番熱心卻未必為人理解，還常受到莫名的挫折。他全身心投入翻譯事業獲得巨大成就，這是大家都看到了的。早在上個世紀六十年代就傳說在全中國，懂古希臘文和拉丁文的只有三個人：周作人、楊憲益、羅念生。那時上面正想組織人翻譯荷馬史詩，憲益就擔當了其中的重頭著作《奧德修紀》、《阿里斯多芬喜劇》等許多種。我至今保存他贈我的這些書和《牧歌》（維吉爾）。但是，更重要的是他在中翻外方面的成績更是無人可及的。他和戴乃迭合作翻譯的中國古代文學，除了已出版的單行本，還有大量發表在幾十年間陸續不斷印行的《中國文學》雜誌，從《詩經》、《離騷》到《紅樓夢》、《聊齋》，到龔自珍，直到魯迅（暫不説其他現當代作品），在這二三千年文學發展歷史中，無論詩歌散文小説戲劇，幾乎有關的代表性經典作家作品相當系統的都翻譯成了英文，而且達到了這樣高的語言文學水平。這是世界上任何別的翻譯家沒有也不可能完成的。試想，如果把他們的這些譯作編纂一起就是一部浩瀚如海的英文版《中國古典文學精粹大全》，如果編印一套英文版的《楊憲益戴乃迭譯文全集》將會多達四五十卷都不止。這些中國優秀的傳統文化借助於他們夫婦的勞動，將會在英語世界讀者中世世代代傳承下去，產生無可估量的影響。因此，我敢不揣冒昧地説他們是絕無僅有的翻譯文化巨匠，是前無古人，後無來者。想到這裏，我為楊憲益、戴乃迭不禁愴然而涕下。

2009 年 11 月

老學生眼中的吳小如

吳小如先生是我的業師，不只是聽過他一年多的課，而且還是我的論文導師，我可算是入室弟子了；但說來慚愧，我不僅未窺吳先生學問的堂奧，甚至連門都沒有真正進入。因此平日都不好意思對他人提及。這是怎麼一回事呢。

記得那是 1957 年新學年開始，按教學計劃規定，我們三年級學生應完成一篇學年論文。中文系公佈了論文題目和指導老師名字，由學生自選。我選的題目是《鮑照》，導師吳小如先生。那時北京大學經過院系調整，大批著名教授雲集，主課如中國文學史的主講老師就有游國恩教授、林庚教授、浦江清教授、吳組緗教授、季鎮淮副教授、王瑤副教授、閻簡弼副教授、蕭雷南副教授等等，真可謂極一時之盛。文學專業的論文導師也都是由正副教授擔任的，其中卻有一位講師，就是吳小如先生。那時吳先生約三十五歲左右，任北大講師已有五年了。他先當浦江清先生助手，浦先生很賞識他，讓他上講台講宋元明清文學史。浦先生逝世後，江隆基副校長當面囑咐吳先生說：「浦先生的課就偏勞你了！」說明學校領導也很重視他。後來他又輔助吳組緗先生，我們就是在這時聽吳先生講「宋元明清」這一段，吳組緗先生只講其中重點的明清小說部分。這在當時，至少我沒有發現有別的講師如吳先生那樣機會的。同樣，能讓擔任論文導師的似也不多見。我覺得吳先生已是介乎年輕教師與老教授之間的一位突出的擔起相當於副教授重任的老師，是備受老一輩重視的。所以，在經過文革長期階級鬥爭歲月後，八十年代初中文系第一次恢復評職稱時，做了 28 年講師的吳小如先生和林燾副教授一起最早被評為教授。他是由林庚、吳組緗先生聯名推薦，一步到位的。

其實，學生也是很調皮的。平時私下常常會議論老師的資歷，名氣大小，發表文章多少，水平如何……等等。我那時沒有選諸如李白、杜甫、紅樓夢、魯迅……這類熱門題目，似乎失去了一個投師名教授的機會，那是出於自己不想湊熱鬧，也可說怕困難，覺得那些題目不易說出新意來。我對魏晉南北朝時期的文學一直很感興趣，《鮑照》這個題目相對來說似較冷僻些；知道吳先生對此有專門研究，同時對他的學問也很欽羨。因為我們剛剛讀完的中國文學史前半段課程中的講義《先秦兩漢文學史參考資料》，是由游國恩先生主持，親自選定篇目並審稿；實際從初始的選注到後來的統稿定稿大都是出於吳先生之手。開始時游先生抓得比較緊，後來看他做得不錯，就放手說：「就照這樣做下去吧！」

這本《先秦兩漢文學史參考資料》選材之精確得當，注釋之詳盡，引述材料之豐富，解說之可信，可說是上個世紀五十年代以來不多見的。雖然學界出版了許多古典作家作品選注本，但我孤陋寡聞，甚至有點武斷認為：很少能超過這部書的水平。因為這個時期的作品多是古籍經典，一方面深奧難懂，一方面前人已作過各種解說，現在將千百年來有代表性的各家歧異的注疏都鉤沉引述於此，直到近代學者如聞一多、余冠英等等的重要看法也都徵引靡遺。這樣廣徵博引並加翔實的考訂箋注，正是顯示了游先生門下特別是吳先生的深厚淵博的學術功力。這是正宗的乾嘉學派學風，真正的訓詁學，如今已是難得的絕學了。吳先生先後曾師從游國恩、俞平伯、周祖謨等先生，學養深厚，對自己研究講解古代詩文時一貫要求：通訓詁，明典故，察背景，考身世，最後歸結到揆情度理，對每首詩每一字都有正確理解。所以，這部書後來高教出版社、中華書局先後都出版過，也為學術界所稱道推崇。據說美國哥倫比亞大學至今仍列為參考教材。這本資料最初是逐頁零星散發給學生用的，作為文學史教研室的集體成果，也沒有署個人名字，即使後來正式出版時也只是在說明中提了一下而已。我自己那份後來裝訂成冊，保存到現在半個世紀了，仍視為珍品。

那時，吳先生已經發表過許多文章，有了一定知名度。他在學校裏用的是本名吳同寶。當時《文藝學習》連載完王瑤先生的〈中國詩歌講話〉後，王先生就推薦吳先生續寫〈中國小說講話〉連載，雖是普及性的，但影響很大，人們更熟知吳小如了。但他對《先秦兩漢文學史參考資料》所做的貢獻，卻只有中文系部分師生知道。因為吳先生的學術功力淵深，又年輕，所以系裏常把他當重要勞力使用：他是開課最多的老師之一，不僅講斷代史，還講幾千年的文學通史，也還按不同文體開講各個專題課，還講工具書使用法等等。他不是泛泛地講些大路貨，而是精細分析，常發他人未發之見，聽者如醍醐灌頂，豁然開朗。他的本職工作是在「宋元明清」那段，但「先秦兩漢」那段有事也找他，後面的「晚清」那段也找他。五十年代末，我參加了季鎮淮先生指導的《近代詩選》編選注解工作，同事者有孫靜、楊天石、孫欽善、陳鐵民、劉彥成、李坦然等同學。因是前人尚未做過的，疑難較多，只得求助於各方，其中就常找吳先生。季先生就說：「吳小如有辦法，找他找他，他能解決。」特別是龔自珍的詩，典故多而生僻，楊天石常送請他幫助，他總是下工夫查證考訂解答，做了許多工作。

那時，他講課之餘，還收了同學們的筆記本，將他講的二十多萬字的「宋元」部分檢查審閱。大學老師一般是不會這樣做的，他卻看得非常仔細，以至在我的密密麻麻的字縫中，發現了問題：在講元雜劇起源時，我記著「吳同寶以為今之梨園戲與南戲有淵源關係」；吳先生即加了夾批說：「這並非我的意見，是梨園戲演員公認的。」在筆記本的末尾，總批：「詳細，清楚，有概括力」。我當然很受鼓舞。但在當時，對於這樣一位才華出眾勤奮嚴謹的學者，卻有一些革命派看不順眼，我就曾聽到過對他的議論，無非是說他「個人主義」、「白專道路」、「思想落後」、「舊意識」等等諸如此類的話。所以，我一直覺得吳先生是備受壓力的。時間長了，吳先生自己平日也很謹慎小心，總是謙和多禮的樣子，想是為了避免麻煩。

當我認了論文題目後，照例應去拜見老師。吳先生住在北大中關園宿舍區。那是個名副其實的村落。一排排土灰色的平房，到處是土路泥地，整個大院可說是灰頭土臉，偶然有幾株細柳垂楊的綠色，給這個灰濛濛的村子增添了一點亮色。家家戶戶門前都圈了一小塊地，種了些向日葵、蔬菜之類、進村就能聽到「雞犬相聞」。這還好像是講師以上的教員和黨委領導住的。吳先生的 81 號寓所是屬於小戶型的，並不寬敞，客廳很小。他平日對學生就像同輩一樣，隨和得沒大小。誰知這樣正經的講學問，談論文似乎也就這一遭。因暑假後，反右派運動又掀起第二波，反得比暑假前要更凶，面更廣，涉及的人愈來愈多。不久校系通知本年度的論文取消不搞了，集中精力搞運動。這樣我的《鮑照》也就煙消雲散。再後來，反右剛告一段落，接着又掀起一股新的反浪費反保守所謂雙反運動，實為大規模批判老知識分子；發動學生批判老師的所謂「拔白旗，插紅旗」。不久進入大躍進更是停課鬧革命，正常教學活動完全停止了，正常的師生關係扭曲成了對立雙方！這種荒誕的氣氛一直延續兩年多直到我畢業離校，這就是我一開始說我沒有學到吳先生學問的緣由。但是，吳先生對待學問，即使窗外風雨雷電，也從不旁騖，不計毀譽，總是埋首學術，堅持不懈。這種窮根究底、執着地求真求知的治學精神一直感染和影響着我。我那時熱衷於古典文學研究，已在《文學遺產》專刊上發表了三四篇論文，畢業後因工作性質決定，未能實現初衷；但我仍記着吳先生對我的教誨。

學年論文以及畢業論文因搞政治運動都取消了，但我有空閒時還到吳先生那裏去走動看望。1958 年暑假，我回家前向吳先生辭行，先生託我到上海取一些舊唱片帶回北京，是他請朋友設法搜求購得的。我記得後來還帶過一二次，每次約十張左右，老唱片都很大很重，有梅蘭芳、楊小樓等等名家，都是二三十年代或更早些時候出品的，很有些年頭了，裝在一個大盒裏。當時京滬線火車要走 36 小時，我們學生坐硬座，背到北京也不容易。我心裏嘀咕：現在正在批判「厚古薄今」，要「破舊立新」，吳先生怎麼還這樣迷京劇？這個時候還搜羅這些舊玩意兒！怪不得人家說他「舊」呢！文革後，不斷看到他寫的有關京劇文章和著作，慢慢地知道他從小就癡愛京劇，十歲時就購置了一台留聲機，開始收藏唱片，數十年來未曾間斷，迄今約收藏了上千張罕見的精品，視為至寶，是國內極少數京劇唱片私人收藏家之一了。他一生至少看了一千五百場京劇，玩票學了四五十齣戲。演出過三次，更重要的是他成了研究京劇歷史發展、理論、表演的專家，其學問之深厚，掌握史料掌故之豐富，欣賞表演的藝術慧眼，如今可說是獨步菊壇了。他的《吳小如戲曲文錄》，長達七十萬字篇幅，就是其中重要的結晶。

文革初期，我曾獨自到北大看大字報，校園裏氣氛相當緊張恐怖，在喧囂雜亂的人群外看見吳先生推着自行車，神色倉皇的樣子。我們心不在焉地說了二三句話就匆匆離散了。他平日謹慎，我想可能還安全；但那時禍事隨時可能降臨到每個人頭上，誰也不曉得自己的命運會是怎樣？果然，後來聽說他被造反派誤認「教授」列為反動權威，打入黑幫隊，被抄家，關牛棚時間也特長，吃了不少苦頭。

後來就是上個世紀後期，吳先生和大家一樣得到了發揮自己才學的機會，他教書，教古代文學史，古代詩詞，古代散文，古代小說，古代戲曲……等等，他寫書寫文章，繼續他的訓詁學，精確講述解析詩詞曲文古籍。他主編的《中國文化史綱要》重印多次，獲「北大優秀教材」之譽，他著的《讀書叢札》、《中國文史工具資料書舉要》受到海內外學術界的重視和好評。他的著作甚豐，有近二十種。現在很風行在電視台向大眾講解古籍，但有的是天馬行空；像他那樣嚴謹做學問的，以後大概不會很多了。有人稱他是「國學大師」，我總覺得這些稱呼如今已太廉價太濫了，並不能說明什麼。如果說吳先生是最後一位訓詁學家，乾嘉學派最後一位樸學守望者，大概還是合適的。

使我驚異的是，吳先生的精神狀態今昔變化很大。他開始把視野從書齋、校園擴大到社會，譬如：對學界某些不良現象頗多批評，即使冒犯某些紅得發紫的名人，也在所不顧。尤其是對一些文化圈中普遍存在的基本語文知識錯誤混亂甚為憂心，由此感到國民文化素質嚴重下降，常常一而再地大聲疾呼；並且鍥而不捨地做着像小學教師做的糾錯指謬的工作。吳先生已不只是埋首書齋的大學者，而是一位憂國憂民敢於直言，用自己的學術關注着民族文化健康提升的為人師表，因而獲得了語文教育界的讚賞和尊敬。

九十年代初，有一次本年級老同學聚會，有的校領導、老師也參加了，還講了話。那時社會上有些革命左派對北大參與社會活動頗多議論，唧唧喳喳、橫加指責，氣氛有點嚴峻。別人發言都很平和，惟獨吳先生很激動地說：「我認為我們北大人就是好樣兒的！」一言既出，舉座皆驚。我幾乎不敢相信：這是平日謙和謹慎的吳先生說的！

又十多年過去了，吳先生八十五高齡了。不久前我和他在一家報社舉行的座談會上相遇。他仍還是那麼生氣勃勃，在會上放言說：「副刊辦得好不好，可以看出一份報紙的品位和社會責任心……應該起輿論監督的作用，但現在實際上常常成了監督輿論……」

如果說吳先生老而彌堅，是一點也不虛誇的。我想起鮑照詩中頗多不平之氣，他的著名的組詩《擬行路難》中，有詩云：「心非木石豈無感，吞聲躑躅不敢言。」但是現在呢？該是「丈夫生世會幾時，安能蹀躞垂羽翼？」真的要向他這種勇敢面對的精神致以敬意。我這個老學生也一樣仍還要恭恭敬敬向先生學習。

2007 年 3 月

冬日拜謁小如師

陳丹晨

冬日晴朗，有一天去到中關園吳小如師寓所問候。他正坐在臥室的床邊沙發上，挨着南窗很近，金色的陽光曬滿他身上，暖暖的，很有神采。床上堆滿了新出的或舊有的書，他可以隨意伸手抽取閱覽，數十年來舊習即使病中還是終日與書為伴，手不釋卷。因為前年有過腦梗後右腿落下了病。後來又摔了一跤，左腿又不好了。現在只能在家裏慢慢地扶着牆稍許有點活動，已是不良於行了。師母長期患病，六次住醫院，前年辭世了。前前後後這一切全是小如師親力親為照拂侍候以至善後。他的顧家是出了名的，因為家累花去不少時間。很不幸的是，他的長子長女也都先後因病謝世。一家有三口人在幾年內相繼歸去，對老年人來說，真是難以形容的打擊和悲傷。小世兄在上海工作生活，鞭長莫及顧不上他。於是就落得他一個人孤寂度日了！今年 5 月，吳門弟子為他的九十華誕慶生，有一位說：「吳先生一生坎坷，晚景淒涼！」說的與此有關。

我坐在他對面，那床邊還剩一小塊地真的只容促膝而談了！我來過幾次都是這樣。不由想起陶淵明的詩：「倚南窗以寄傲，審容膝之易安。」像是在描寫吳先生的情景似的。五十五年前，我第一次走進他的寓所，拜見我的論文導師吳小如先生，也是在中關園。那是與普通北方農村無異，全是平房土路，家家門前圈了一小塊地種點向日葵或菜蔬。全園灰頭土臉，雞犬相聞。這還是有點級別、身份的人住的。那時小如師還是講師，住的也很逼仄。後來拆建成樓房，至今也已年久陳舊了。小如師在此園住了、也與在北大任教一樣，整整六十多年。如今家裏一切如舊，水泥地，舊傢俱，老陳設。他處陋室而談笑自若，從不提及這事，這僅是我發的感慨而已。

我原想他可能精神體力不濟，只能稍坐一會就離去。我們談國事、校事、家事，也談文學、書法、社會新聞，營養保健……沒想到聊天到12點半，我幾次説：「您該吃飯了！我不耽誤您……」他老人家談興正濃，似乎剛説開頭呢！

5月那次慶生活動，到會的都是他的摯友、學生約五六十人，有的還是外地專程趕來的。氣氛非常熱烈，大家敬重愛護老師之情洋溢於會場。我很詫異地問嚴家炎學長，怎麼學校、系裏都沒有一個人來參加？他也茫然。我猜想校領導們大概忙於政績，不會想到還有這樣一位資深的大師級的老教授應有所表示。

感謝陳熙中、齊裕焜、劉鳳橋、吳煜、谷曙光等幾位師友們熱心出力，編輯了近三十萬字的文集《學者吳小如》，收有48篇吳門弟子寫的內容豐富厚實、情真意深的文章。北大出版社不僅慷慨出版了此書，還一次性推出吳小如文選五卷，內容包括《含英咀華——古典文學叢札》、《莎齋閑覽——八十後隨筆》、《看戲一得——戲曲隨筆》、《紅樓夢影——師友回憶錄》、《舊時月色——早年書評集》，多達150萬字。其中三分之一是近十幾年的新作，至於小如師的專著，經典著作的箋注等都不在其內。我想這些都是給小如師最好的最有意義的生日禮物。但僅就這部分著作也已可證明他是一位博古通今，學養淵博深厚的學術大師。他對古典文學的研究、戲曲理論的貢獻、書法藝術的成就，以及獻身於教學的精神和業績，都足以在近代教育、學術界佔有一席位置。我曾說小如師是「最後一位訓詁學家，乾嘉學派最後一位樸學守望者」，因為這門學問現在可能已經成為絕學了。這句話曾被許多師友廣泛認同。恰恰這也正是小如師長期來堅持的「治（古代）文學，宜略通小學」的理念。他的《古文精讀舉隅》、《古典詩詞劄從》、《吳小如講〈孟子〉》、《吳小如講杜詩》等等，以及主要由他箋注、通稿的《先秦兩漢文學史參考資料》都是對中國古代文學典籍的精深研究成果，在海內外學術界有深遠影響。他的研讀闡釋經典與現在流行的説評書似的講壇是完全兩回事，他是學術學問，那是快餐便當。沒有可比性。

我想研究學問總是寂寞的事，古人説的青燈黃卷坐冷板凳，現今何嘗不需要。小如師常自認只是一個「教書匠」，以課堂教學為樂。正是甘於寂寞的謙辭。説來慚愧，我知小如師的書法精美，卻沒有想到，10月的一天，去到僻遠的中關村科技園附近的樓群裏參觀了「吳小如書法館」，使我大感意外訝異，看小如師的楷書驚為天人：嫵媚娟秀且又內斂雄勁，雍容端麗而氣度不凡，宛若看到二王、唐宋前賢的風流遺韻，在當今書法界是不多見的珍品。但他從不露面張揚，除了師友弟子求索，他都慨然書贈，此外只是自娛，故不為世人所知。因他只是視為業餘嗜好：一是京劇，一是書法，其實都成一大家。他的字裏有學問，有文化，有藝術，有氣韻，有真性情，讀來令人心曠神怡，意味無窮。有劉鳳橋君癡愛並悉心蒐求，才把小如師的書法墨寶集腋成裘，建成「吳小如書法館」，還正在編輯、並由天津古籍出版社陸續出版精緻典雅的《吳小如藝術叢書》，已出了三種：《吳小如手錄宋詞》、《吳小如錄書齋聯語》、《吳小如書法選》，為人們展示了這個足以傳世的藝術墨寶。吳門弟子多數都是窮書生，對風橋君的努力成績只能表示無任的感謝了！

於是，我想到現今常聽到有人大聲疾呼要培養大師，多出大師；也確實常見到許多大師們呼嘯而過，真偽如何是不容細究的了。至於真正的大師反倒視而不見，只因他在「燈火闌珊處」，這對某些熱心提倡者來說不免有點悲哀了！

2012 年 10 月

追思吳小如師

陳丹晨

半個月前即 4 月 25 日，收到北大教授吳小如師著的《莎齋詩剩》，是剛剛出版的、被《詩刊》評為「2013 年度子曰詩人獎」的一本舊體詩集，當即打電話給吳小如師致謝並問候，先生說：「身體還好，老樣子！」我聽了放心不少，還說：「老樣子就好，說明您身體還是很穩定。請多多保重，過幾天來看您。」他總是體貼別人，聲音低沉還有點吃力地說：「等天氣好（不陰霾）一點再來吧！」

無論如何沒有想到，半個月後 5 月 12 日早上，北大陳熙中教授電話告知吳先生於昨晚逝世，驚訝哀痛之餘且不敢相信。次日即赴吳宅弔唁哀悼，在那陳舊簡陋的書房裏向小如師遺像致最後的敬意和叩拜。

就在這幾天裏，吳先生的面影一直在我的眼前浮現，他那瘦癯病弱的樣子使人心痛。這幾年我不時去看望他。四年前他因腦梗落下了病，整天只能坐在沙發上不良於行，顯得很疲憊的樣子，連上醫院都很困難。因為住在三層樓，上下不便，只能由常來看望他的好心學生替他去醫生那裏取點常用藥。他太太已逝，子女有早逝的，有住外地的，只剩他獨自過日子。他的工資有一半多付給了保姆，日常生活只能依靠保姆照料。但我每次與他聊天時，他總是愈說精神愈好。往往過了吃飯時間，保姆進屋催了好幾次我才能離去。我們說社會上的事，說學校裏的事，說寫作上的事……都是小如師感興趣的題目。有時我也很害怕把他累着，不敢多留，但他卻說「不妨事」，依然興致勃勃，談得很熱烈。有一次，我對他說：「您好好保重，我們都要多活幾年，要看到中國改革有進步……」他眼睛忽然閃亮興奮起來說：「是的，我們要看到中國進步……」臨走時，還要問「還有什麼書沒有給過你？」讓我帶走他的新出版的著作。

因為我和小如師已是近一個甲子的師生情誼，早就不拘小節了。這些年我去看望他時，總帶點小東西，開始是葡萄酒，他很高興收下了。去年開始，他把帶去的酒和曲奇餅乾堅決要我帶回，最後只剩兩桶茶葉，他像小孩一樣抱在胸前笑着說：「這個我要，可以留下。」我還聽他關照來訪的年輕弟子，叫她把別人送來的水果統統帶走。我開始以為他是客氣，後來才知道他因吞咽困難，這些東西都不能吃了。他每天吃的三頓飯，都是保姆把它打成糊糊。有一次，保姆煎了紅燒魚，端來給他看，煎得金紅色的樣子很新鮮誘人，但也只能打成糊糊。他一向健談，說話有勁。前一兩年雖說精神漸漸疲弱，但說着說着又中氣很足。到今年初聲音就有點含糊氣衰力乏了，聽力也失聰了，我說話要附在他耳朵邊才能聽清。這時交流就有點困難了。我就這樣看着小如師一點一點衰弱下去，像一盞油燈的光亮慢慢地暗淡下來，看着他「蠟炬成灰淚始乾」，心裏像是被折磨成碎片，也不知說什麼話才能安慰他。而他又特別明白，有時會說：「我現在是坐以待斃！什麼事也做不成了！」當年我聽冰心老人也是這麼說，不過老太太是很輕鬆的調侃，說：「這『斃』也還是『幣』！」小如師說的時候，卻讓我有一種悲涼的感覺。

吳小如先生大概是上世紀以來極少數最晚離去的一位國學大師，師友們都認同說他是最後一位訓詁學家、乾嘉學派最後一位樸學守望者。現在他也歸於道山，冷清寂寞的學界什麼時候還將出現這樣博古通今、學識造詣深厚淵博的大學者呢？他遺留給世人的數十部學術著作如《古文精讀舉隅》、《古典詩詞札叢》以及箋注的《先秦兩漢文學史參考資料》是一筆重要難得的文化財富，誰個甘於淡泊來承續此絕學呢？2012 年，他九十壽辰之際，就新出版了十幾部各種文體的學術研究文化隨筆書法藝術的著作，這是一般學人不能望其項背的。

他一而再地聲明自己不是書法家，也從不與書壇交往，更不展覽書法作品，只是「愛好」，在朋友弟子中流傳。八十歲後，揮毫書寫了大量佳作顯示了他的書法藝術進入了化境，成為當代書界一大家，為有心人建館珍藏。他的書法尤其是楷書被認為具有濃郁的書卷氣，嫵媚娟秀且又內斂雄勁，雍容端麗而氣度不凡。當年他的老師俞平伯就讚稱：「點翰輕妙，意愜騫騰，致足賞也。」今人范敬宜稱：「筆墨儒雅倜儻，儼然晉唐朝風範，為之傾倒。」但是，他自己始終謙稱：「斷不敢以書法家自命」。

他的戲曲研究如《戲曲文錄》、《看戲一得》等多部著作所涉京戲歷史發展、表演藝術、重要流派、掌故資料極為豐富，獨具慧眼，道他人所未道，可稱為獨步菊壇的稀罕之作。京劇界演員名家們對他極為推崇。但他也是說：自己不過是個「戲迷」、「票友」，曾有「大半生看戲生涯」因而有「一得」。

他教文學史，既能講通史，也講斷代史；他研究古代文學，既重詩文的字義考據訓詁，又對文本揆情度理；他術業主攻古典，卻還評賞廢名、張愛玲等眾多的現當代作家作品，論述剴切，別有新意。他一生執教四十多年，桃李滿天下，但仍自稱是一個「教書匠」；他的嗜好就是教書講課。八十七歲高齡時，應弟子谷曙光教授之請主動設帳課徒，每星期或半月一次，歷時半年，講授杜詩共十五講。連孔夫子教學生都要收束脩，他卻當義工，這等事如今中國社會恐怕絕無僅有的了；即使聽講者只有三位，他同樣講得「神采飛揚」，讓那幾位高徒像是得了「藝術享受，謦欬珠玉，啟人心智……徜徉在杜詩的藝術世界裏」。後來谷曙光和劉寧兩位學者聽完課整理成書出版即是 24 萬字的《吳小如講杜詩》。之前他的《吳小如講孟子》則被已成教授的弟子譽為「《孟子》研究中的一個新的里程碑」，書稿出版後同樣備受好評，常為高校古典文學教學當作重要參考書。就這樣直到腦梗病發，癱坐終日從此無力再寫字教課，才告別了他終生喜愛的教學和學術生涯。

吳小如先生曾師從朱經畬、俞平伯、廢名等眾多的大師名家，學養深厚淵博，所作的學術貢獻卓越，早已為學界公認瞭解，毋須筆者在此臚列贅說。至於小如師所以對各種美譽頭銜敬謝不敏，一方面固然是對學術的敬畏和尊重，不輕易自許，對浮華世界的蝸角虛名看得淡淡的。另一方面是對現今學界不良之風的厭惡，不與那些不學無術、欺世盜名者為伍。他的舊體詩作中，就有許多抒發這種狂放之情：「姹紫嫣紅真國色，晴窗曉日自生香。但求尺幅怡心目，冷對孳孳名利場。」「中關鬧市不成村，劫後時驚魘後魂。認命爭如遵命秀，孱頭幸有白頭存。餘生惟賸書生氣，舊夢空留春夢恨。又是秋風吹病骨，夕陽何懼近黃昏。」「明燈苦茗幾春秋，咄咄休休咄未休。江海餘生欣有寄，一瓶一缽一風流。」

我曾聽學弟劉煊教授説：當年楊晦先生曾讚揚吳小如是中文系幹活最勤、出力最多的教師。(大意) 那時小如師還是三十多歲的講師。楊先生德高望重、耿直忠厚，曾任中文系主任十多年，作這樣的評價説明他看重小如師。文革時，造反派揪鬥反動學術權威，把還是講師的小如師也打入牛棚就因為把他錯當了教授。幹活多有學問常常會成了罪過而不待見。前些日子，另一位學弟孫紹振教授寫了一篇要搖醒中文系的文章，就是因小如師而引起的。

那天弔唁時，我站在小如師的書房裏，打量周圍如用「茅椽蓬牖」幾個字來形容其簡陋荒蕪似也不為過。幸他生前心胸豁達，全不在意，如他詩云：「晚歲逃名隱朝市，抒懷寄興入詩詞……清夜捫心時自問，蹉跎栗六競何為……殘年倘得獻餘熱，鞠躬盡瘁不敢辭。」好像在回答我：「何陋之有！」但無論如何，我總覺得我們對小如師實在愧疚，愧疚難言！

2014 年 5 月初夏盛暑

懷念亦代前輩

亦代前輩走了，又一位文化名人離開了我們。隨着時光的流逝，輝煌耀目的生命也一個一個消失了。雖説是自然規律，無可抗拒，但每一次都會引起人們的傷感和懷念。我得悉亦代前輩去世的消息後，發怔了好半天。思絮似乎在空中浮游，哀傷中，像穿越了時間的隧道，又回到了四十多年前與亦代前輩曾經有過的短暫相處的日子。

那是 1960 年底，我從大學畢業，分配到中國文學（英文版）雜誌社當編輯。我認識的第一位同事就是馮亦代。當時其他同事或去開會，或去辦事了，只有他一個人呆呆地冷清地閑坐在辦公室裏。他原是編輯部副主任，1957 年打成右派後，就被撤職、降級，雖然仍留在編輯部裏，每天也都要按時上班下班，但有兩年沒有給他實際工作做。就這樣投閒置散，讓他枯坐虛擲光陰三四年了。這是一種無聲的但又很殘忍的精神折磨，好像把一個充滿活力的生命白白地耗盡擠乾。

他是個很隨和親善，也很開朗活躍的人。雖然處在這樣的逆境，仍然一副平和泰然的樣子；白淨略胖的臉上總是漾着微笑。看見我這個新來的年輕人，他就很熱誠接待我，介紹情況。那時他已將近五十歲了，當然是我的前輩，我們很快成了很親近的同事。時間稍長一些，我發現儘管他是這個編輯部的另類，聽領導説他在 1957 年的言論很厲害，對他處理也較重，平時對他還保持警惕；全編輯部開會，他總是坐在後排角落裏，也沒有他發言的份。但他平時人緣很好，對誰都很友善熱情，如今仍然如此；一到私下，大家還是「亦代、亦代」的叫他。編輯部裏有好幾個南方人，見了他就講上海話，他也喜歡講上海話，大家很近乎，好像沒有太明顯的歧視和間隔。

大概這裏是文化單位的緣故，上上下下沒有一個人是被稱呼官職的，即使年長資深的，也一樣直呼其名。副總編輯葉君健，大家叫他「老葉」；楊憲益，叫「憲益」；他太太、英國人戴乃迭，叫「乃迭」；美國人沙博裏，叫「老沙」。對馮亦代，現在不能稱「同志」了，但仍像以前做副主任時那樣，叫「亦代」。我們這些剛參加工作的學生，慢慢地也都跟着沒大沒小地這麼稱呼他們。我可能因此習慣了，至今看見官員，都不大會稱人家什麼長什麼書記等等。

大躍進失敗，帶來空前的全國性大饑荒，整整一年我沒有吃到過一片肉，每月口糧是按大學生標準定量三十斤，在當時算是相當高了，食堂裏每餐只有所謂炒白菜之類，其實就是幾片菜幫子，剛吃完飯就覺得餓，腿浮腫。我住在機關後院的集體宿舍裏，一個房間三個人，也沒有桌子，無法看書做事。每天晚飯後，提着一壺開水，仍舊回辦公室看書寫稿。直到夜深，餓着肚子回去睡覺。

有一天，與亦代閒聊時，説起肚子餓。他教我去買一點麵粉，把它炒熟，南方人叫「炒麥粉」，北方人叫「油炒麵」。因為那時糖果糕點零食一概沒有供應，他才想出這麼個辦法來。他説：「這樣，晚上你餓的時候，就用開水沖一碗喝，再睡。你不能這麼長期挨餓。」其實，那時誰都在挨餓，誰都缺糧少吃的。他也一樣。我很感激他關心，但是我在集體宿舍裏，做不成這個炒麵；再說糧食定量是死的，要挪出幾斤買麵粉，就得從每餐飯裏省扣下來，這也很難。

他想想，我說的也是實情，就說：「我得儂想想辦法。」

過了幾天，他提着一包炒麵給我，是讓他太太做的，而且也不肯收我的糧票和錢。我知道這都是從他們的牙縫裏省下來的，我怎麼可以收呢！兩個人在辦公室裏推來推去（當然是在沒有旁人在場的情況下），最後我還是拗不過他的一番誠意收下了。我對誰都沒有提起過這事。我只是銘記在心，深深地感謝着他：在這個艱難的歲月裏，曾經得到過這位相識不久的前輩的一飯之恩。

但他自己的生活情況卻很困厄。我們的辦公室在大樓最頂層的一個小房間裏，編輯部其他辦公室卻在三樓，所以相對來說，有點小自由。小房間裏擠坐着六個人。坐在他對面的是聞時清，也是上海人，先後在清華、北大學外文的，如今也在做編輯。他們兩個人悄悄地在商量做一筆交易。亦代因為經濟困難，把他大批的英文原版書賣給了聞時清，大概有幾百本。我早在中學時期，就讀過亦代的譯著，知道他是致力於翻譯介紹當代英美文學作品的名家，四十年代初他是較早譯介海明威、斯坦培克作品的，我就是從他的譯著中知道這些作家的。所以從見到他開始就很敬重他。當我從聞時清那裏知道他賣書的事時，而且是他積聚了二三十年的藏書，心裏很是不安。這對一個讀書人來說，該是多麼不得已，該是困難到了極點時才會作出的下策。聞時清也住在集體宿舍，在我對門，我到他房間裏看見過這些書，很多，都堆在一張空床上。聞時清告訴我：「基本上都是三四十年代國外出版的，現在根本無處再能買到這樣的原版書，很珍貴的。」後來，聞時清在文革時不幸因肝病亡故，這些書也不知所終。

從那以後，我心裏老是不大塌實。有一天晚上，我到亦代家去看望他。他住在白塔寺附近紗絡胡同外文出版社宿舍，是個大雜院，他就住在進門左側兩間破舊低矮、極小的平房裏，好像原先是用作堆雜物的，每間不過七八米樣子。裏間有一張床，一張書桌，兩把椅子，就沒有多少空地了。真可謂家徒四壁，別無長物。那個年代，燈光也很暗淡，我們就這樣在昏黃的夜色中清談了一會，説到賣書的事，他倒不大在意，覺得也不是那麼有用了。我從他淡淡的話語中，感受到一絲淒涼。

大概在我到《中國文學》不到半年後，亦代調走了，調到民盟中央宣傳部去，把他剛做不久的古典文學選稿工作交代給我。那時好像整個政治形勢開始有點鬆動緩和，他剛摘了「右派」帽子，這樣安排似乎有改善他的處境的意思。他自己好像也還高興。大家雖然不便説什麼，但都是笑着與他告別的。近些年有人對他在民盟工作期間「告密」一事頗多微詞。我知道的是，對他來説是職責、是工作任務所致。他須常到民盟上層人物去走動，聽到片言隻語回來彙報。當然可能因此被採用到內部動態資料之類上報。這事當然不好，但畢竟與故意害人不同。

從那以後，我沒有再與他有機會多聯繫，雖然也常想到他，想到他對我的關心。然後，像夢魘似的，過了近二十年。文革結束了，他又重返文化界工作。我們有機會在一些聚會上見到，因為相隔太久，初見時特別高興親熱。他胖了，顯得有點老態龍鍾了，但仍然還是那樣平和瀟灑。他在主持《讀書》雜誌編務時，就説：「儂寫稿子把我。」他先住在新街口附近，後來又搬到小西天宿舍。每次見到，他總是像以前一樣熱情招呼我，說：「儂來白相嘛！」說着就隨手找一張紙片，寫上新地址給我。這張自製的名片我保存至今，但是我一直沒有機會去看望他。他和黃宗英結婚後，我見到他向他賀喜，說：「什麼時候我來看你。」他還是那麼熱情說：「隨便儂啥辰光來白相嘛！」但我卻還是沒有成行，也許是我自己年紀大了，也許是我平時太不愛活動，幾乎很少到別人家裏去串門，所以光在嘴上說，卻始終沒有去看望他。

這會，當聽到他去世的消息時，我覺得心裏很沉重，後悔，好像有一份虧欠積壓在自己的心底。多麼好的人啊，文學界少有的好人，從來不張揚，不計較，榮辱不驚，像他的文字一樣如行雲流水，平和淡泊。他對別人永遠是熱心、好客、幫助，卻從不對別人要求什麼。於是，想到我自己，是沒有資格謬稱為他的朋友的，只是作為一個晚輩，一個讀者，情不自禁，寫下一點往事，借以表達在他生前未來得及向他表示的感激、敬意和懷念。

2005 年歲末

懷念詩人馬長風

陳丹晨

《三月》雜誌編輯黎筠在一次電話裏説起她的老師馬長風曾與我有過聯繫，我一時想不起這個陌生名字是誰，直到聽説「葉縣煙草公司」我才猛然想起那裏曾有一位詩人與我有過多次通信。黎筠説：「就是他！就是我的老師馬長風！」我把故人忘了，真是慚愧慚愧，連連向黎筠道歉。

時光荏苒，那是二十多年前，我曾將在紀念胡風誕生九十周年座談會上發言稿在廣州《隨筆》雜誌 1993 年第 2 期刊出。我説到胡風這個名字在過去曾經是一個很「特殊的符號，類似惡魔撒旦的同義詞，誰若與胡風沾了邊誰就倒霉……」。我舉例北大學生劉奇弟因為從法制的角度為胡風喊冤成了右派受難而死；文學界凡要整肅一個作家，如批判秦兆陽、邵荃麟等就説他們的思想與胡風一樣。河南葉縣馬長風先生看到此文後寫信給我，説他就是因為在 1950 年跟隨文聯同事一起拜訪過到徐州參加文學活動的胡風，被打成河南省唯一的胡風分子繼而又成了右派分子，招來二十多年的苦難經歷。

馬長風先生生於 1923 年，二十歲起就一直在報刊從事文學編輯工作並發表詩文；他喜愛艾青的詩，服膺胡風的文藝思想，一心想「能沿着為勞苦大眾而寫作的方向前進」。他是當時很活躍的青年詩人、作家，與河南著名老作家、詩人徐玉諾、蘇金傘、王亞平等都有交往。我看到這樣一位文學前輩的故事非常同情，就覆信告訴他：寧夏人民出版社最近出版了新書

《我與胡風——胡風事件三十七人回憶》，他的遭遇與此書中所述可能會有不同程度的相似。我還建議他把自己的故事寫下來作為歷史的一頁，為後人留下經驗教訓，是很有意義的。

由此，我們之間在那幾年裏，陸續有過幾次通訊，卻一直緣慳一面。但從他信中，感受到他是位非常真誠熱情的詩人，給我寫信只是尋求友誼。他對我提供的信息和建議很重視，馬上就多次寫信給出版社才得以郵購了《我與胡風》一書，不僅自己讀了，還借給好幾位文友傳看。他對寫自己的經歷一事很慎重，說：他要「細讀一遍《我與胡風》，再溫習一遍《胡風集團冤案始末》(李輝著)，我再去寫《只因為見過一次胡風》，一定會寫得好一點。想到這裏，我就非常高興，想寫的勁頭就來了。這是為了對歷史負責嘛！有些人的遭遇，一定比我更慘！」

我不想在這裏敘述長風先生在那二十多年的不幸遭禍，只說兩個小細節足以證明他即使淪落成囚犯、最低微的賤民，也始終保持着做人的尊嚴和樂觀。1958 年，他被判十五年重刑，在經過十一年殘酷的勞改後，帶着四年多未滿的刑期被遣回原籍交給群眾專政：看到家門卻不能回家住宿；罰他在生產隊裏除了吃一口飯全部是幹活無報酬，主要是為全隊各戶起圈挑送大糞，以及隨時派發的累活髒活。刑期滿後仍還繼續。十多年裏，雖然天天與屎尿打交道，他卻把這個髒活做成清潔的活，每天收工後不僅身上不沾一點，連兩個糞桶都會洗得乾乾淨淨。他在詩中描述：「我走在大街上/好像是什麼皇帝要出巡/……把空蕩蕩的一條街/完全讓給我一個人/這是多麼可笑，而又多麼有趣/我大搖大擺地走着……」因為人群既怕聞臊臭，還因他是村裏最大的一個「分子」，都會遠遠躲着他。他自己心底坦蕩蕩，自尊自強，自知清白而無任何罪感。

1980年，長風先生五十八歲，兩鬢斑白之時等來了冤案的徹底平反昭雪，從此過上人的正常生活。但辦事的人只從政治上考慮，把他安排到本縣的煙草公司工會工作，後又被推舉為縣政協常委，卻沒有想到他原是一位有成就的詩人作家。他自己只是每天溫習背誦《離騷》，深夜不輟，讀得有滋有味，又一次被其中的愛國熱忱所感動，更燃起了熱愛生命的激情。他重新拾起被剝奪數十年的筆歌唱、寫作，回歸成了河南活躍的老作家。他的創作活力和成就為許多文友所驚歎。他的詩風獨特，因為一生大部分時間都在農村度過，所以他的詩歌幾乎都是取材農家所見所聞，寫柳樹、雪花，也詠歎雲雀、大雁、以至驢、狗、鼠、羊，還有玉米、紅薯、花果、拾穗、刈麥……等等，看似土得掉渣，卻在散發着濃郁的泥土氣息同時，也顯現了詩人對自然現象和農家生活觀察細微、體悟較深，詠物寓意，諷喻人間世相不失幽默，富有寓言特色，令人咀嚼玩味。譬如寫《小山羊的語言》：「牠叫的短促/是要我快快打開欄柵/牠叫得清脆/是要我看牠面前的嫩草/牠叫得輕微/是要我誇牠吃圓了肚子/牠叫得發澀/是要我陪牠去河邊喝水/牠叫得尖厲/是要我攆走跑來的惡犬/牠叫得響亮/是要我看牠精彩的撒歡/牠叫得溫柔/是要我把牠抱起來親親/牠叫得含糊/是要我猜牠真正的心意」，詩的情趣和語言幾乎都是鄉土本色。又如《走路的姿勢》：

——你為什麼走得這樣快
——因為我以往走慣了
寒風刺骨的路
冷雨砸臉的路
——你為什麼走得這樣穩

——因為以往我走慣了
又窄又斜的路
又陡又滑的路
——怪不得……
怪不得……
——很簡單……
很簡單……

這裏含有反思自己和歷史的意味。甚至像《老榆樹》中，寫道：「你的笑/你的招手/使我想起瘦/想起浮腫/想起青黃不接的荒春/想起你/大慈大悲/一片不留/你的笑/你的招手/使我想起捋/想起籃子/想起城裏全家的囑託/想起了/圓的綠片/美的享受」。這首詩也寓託着歷史的沉思，抒發了饑荒年代靠撿拾榆樹葉充饑的人們的苦澀之情。長風先生詩作甚豐，這裏不過略舉數例而已。

他雖是一位知識分子，但出身農家，與農村生活有着深入骨髓的血緣關係，是位真正的鄉土詩人；唱着這些樸實無華、明白曉暢的語言，抒寫農人的悲歡和希望，表達了對他們的生活和命運的關切和呼喚。可惜的是早期正當他創作臻於成熟展示才華之時過早地折斷了歌唱的翅膀，直到晚年才有機會經過努力勤奮終於給人們遺下了豐盛的果實：台灣出版了他的詩集《路曼曼》，在他 2004 年病故後才結集出版的有《長風文選》。如果不算武斷的話，我總覺得像他那樣的詩人，與現在流行的高大上諛頌之作或故作艱澀深奧的作品是完全不同的，似乎也是不合時宜的，但卻深信正是我們需要的也是最稀缺的。

正如老詩人蘇金傘曾讚歎馬長風的詩：「是詩人對人生哲理的領悟，清新中而蘊含情趣，沖淡中而不乏雋永。」「讀長風的詩。如入幽谷，臨清泉，履春野，一股清新之氣，爽人肌骨，不能不引人沈思和共鳴。」長風先生的學生、也是《長風文選》主編黎筠説：「土地給了他生命太多的啟示，人民給了他創作的熱情和動力。他的作品貼近生活，如掛在屋簷下的一串串土產，在時光中釋放出濃郁的鄉土氣息。」這都是很公允肯綮卻又帶着深情的感受。

因為黎筠的提醒，我想起了長風先生，還從我那雜亂的資料堆裏尋找到他在九十年代給我的五封信，實際應比這還要多幾封。我也重溫了他的詩文。從信中感受到他對我的熱誠的信任和真摯的友誼。我覺得辜負了他的期待，這樣的懺悔已經無補於事。但是我多麼希望他的詩歌遺作能為更多人了解、欣賞，知道當代詩史中還有這樣一位不應被遺忘的優秀詩人。

2017 年 12 月

淡淡之交君子風
——憶黎丁

九十年代初一個清晨，我剛起床不久，外面進來一個人，像旋風一樣進入我家。我一看是黎丁！驚喜之餘，請他坐下敍談，他照例不坐，顯然不準備久留。我也就順着他，兩個人都站着説話。每次又都説得不少，説得很開心。

他説剛剛冬泳完了過來看看我。那時他已是七十多歲的古稀老人。我説你這麼大冬天，你這麼大年紀還冬泳，受得了嗎？我們連少穿一件衣服都不行！他説沒問題，我每年都冬泳，特別舒服！他邊説邊笑，邊張開雙臂活動了幾下，顯得非常自信和快樂，表示他已經很適應很習慣了。後來聽説，他還被評為北京市的冬泳明星呢！

黎丁是我在《光明日報》工作時的老同事，也是前輩資深的老編輯，一向對他很敬重。他個兒高，身板直挺，留着像是怒髮衝冠的寸頭，一口不易聽懂的福建普通話。冬天時穿着一件舊的棉大衣，圍着短到僅一圈的圍巾。精神矍鑠，佈滿皺紋的臉上總是漾着笑意。我到報社工作期間正是文革後期和文革後，人事關係比較複雜難處，但從未聽到哪個人對他有過半點非議。他對誰都溫良恭儉讓，但又明辨是非，遇事主持公道，所以人緣特別好，無論老小都喊他「老黎丁」。

我在九十年代初離開工作崗位，因為比較突然，引起很多朋友關心。但也有疏遠的。黎丁在與我共事時從未到過我家，這時他卻隔些日子就會來訪，許多年來一直如此。我心裏尤其感到溫暖。我了解他就是這麼個脾性。有一次曾與他說起老舍的死，文學界流傳兩種版本：除了大家都知道老舍被紅衛兵、造反派毒打凌辱外；也還有人說是他太太胡絜青、兒子舒乙在家裏與他劃清界限。他受辱挨打回來，家裏對他都很冷淡，使老舍覺得無所依戀而絕望，才去投湖自盡。

黎丁聽了，連着說「不是！不是！」完全否定了這樣的傳說，臉上還帶着幾分氣憤。他說就在老舍死前幾天，他還到老舍家去看望過。他們家情況沒有異樣，氣氛都很正常。胡絜青對老舍態度也很好。依他觀察，這些傳說不可靠不可信。

我相信黎丁的判斷。而且讓我感動的是，在那樣恐怖的氣氛中，與那些受難的友人來往就會被視為黑串聯、黑關係而遭受迫害，他卻還照常到老舍家去看望。這樣的友誼情義，在那時是多麼可貴，對老舍該會有多大的安慰！報社同事們都知道黎丁與文藝界的許多文化名人、作家有廣泛的聯繫，因為他的實在誠懇博得人們的信任。他自己卻總是「公事公辦」，從不因此摻和什麼私事。就像到我家來帶來了友情，卻又站着說話，說了一會，又像一陣風走了。不喝一杯茶，不吃一頓飯，更不說別的了！我相信他去老舍家也是這樣，單純而充滿真誠的友情！尤其在對方處於逆境的時候，他更是表現了他的勇氣和善良。

我在報社工作時，有一次曾與他談起巴金。那是文革時期，巴金的處境很惡劣。我悄悄地對他說，自己曾去看望過巴金。他馬上興致勃勃地說：「嗨！我早就與他有聯繫。」我開始有點不大相信，因為那時用巴金的話來說：馬路上遇到熟人「誰也不敢跟我打招呼」。以前他家裏常常訪客盈門，高朋滿座；現在門前冷落無人上門。黎丁怎麼會與他有交往呢？

黎丁也悄悄地說，他早在 1973 年 1 月就曾給巴金寫信問候，還把北京文學界一些朋友情況告訴巴金，使巴金非常感動。那時許多朋友私下很惦記巴金，苦於得不到確切的消息。黎丁得了巴金回信就將巴金的遭遇傳告給有關的朋友們。接着巴金的十一妹李瑞玨到北京還受到黎丁全家盛情款待。文革後期三四年間他們一直保持聯繫。黎丁寫給巴金至少有十四五封甚至更多的信。黎丁與巴金還有另一層關係：早年他在泉州平民中學讀書時，他的老師葉非英是巴金早年非常要好非常敬重的朋友。巴金三次到泉州，與平民中學、黎明中學關係極深，許多學生受到過巴金的親炙教誨。由於這個原因，巴金應是他的老師輩，在抗戰前 1936 年就認識了。巴金對黎丁也格外關心。有一段時間，黎丁好打牌，巴金還在信中規勸他。黎丁說，巴金寫信總是稱呼他「黎丁兄」，他覺得很不好意思。有一次巴金到北京開會後住在前門飯店，正好在報社對面。我和黎丁、喬福山一起去看望巴金父女，還送他們上火車。黎丁那種落落大方、不露痕跡的樣子，一點看不出他與巴金有着很深的交情。

大概很少有人能像黎丁那樣在文革期間和這些處境險惡的文化人保持這樣廣泛的聯繫。他和沈從文、唐弢、葉聖陶、茅盾……都若無其事常去走動看望。沒有任何功利的目的。當他們復出後情況正常了，他也並不去湊熱鬧。

也是在文革剛結束，姚雪垠的長篇小說《李自成》一時洛陽紙貴，大受歡迎。我之前沒有與姚接觸過，就請黎丁陪我去姚老家拜訪，請姚寫稿。姚雪垠與黎丁熟識，但他還很謹慎，覺得自己還不宜多說什麼。他告訴我們：茅盾曾給他寫了許多次信，談論《李自成》的得失，認為非常精彩。他還把一大疊茅公的原信給我們看。我看到茅公寫的洋洋灑灑成千上萬字漂亮的墨寶幾乎要驚叫出來。同樣，黎丁和茅盾熟識。我很早因工作到過茅盾家兩次，已是文革前的事了，那時他還住在東四頭條胡同的一個小樓裏。所以我與黎丁商量又一起去茅盾家徵求同意發表這些書信。茅盾已有十多年沒有發表過作品。他開始也不大相信他可以公開發表作品了。用現在的話說，這是中國首席大作家文革後用「茅盾」的筆名第一次亮相。那天的《光明日報》成了搶手貨。我又一次看到黎丁在這些他熟悉的名人朋友面前不卑不亢、心地磊落的情景，也從不借此炫耀自己。心裏好生欽佩他。

黎丁為人樸素無華。我覺得他處世有君子之風，與人相交是君子之交淡如水。今人再覓這樣的風度，難矣！

2019 年 3 月

戴厚英二三事

近日正為女作家戴厚英不幸遇害而感傷之際，忽然收到復旦大學教授高雲、吳中傑伉儷惠寄的戴厚英遺稿《心中的墳》，急忙誦覽，欲罷不能，終於徹夜讀畢。讀到在那個黑暗日子裏，她和詩人聞捷的愛情，活生生被法西斯魔獸扼殺的情景，不禁感慨唏噓。我和戴厚英雖然相識很久，但平時卻沒有什麼很多的交往。這本書中附有吳中傑兄寫的懷念厚英文章，説及我曾介紹厚英參加中國作家協會一事，與事實略有出入。中傑兄是厚英的好友，也是此事的當事人之一，可能因為時隔十年，記憶有誤之故。所以，我想索性把我與厚英有限的幾次接觸寫出來，以後如有有心人要為戴厚英立傳的話，也算是提供了一點第一手資料。

一

我最早認識戴厚英是在二十年前。那是 1975 年，我還是在《光明日報》做編輯。報社因為要恢復幾個文史哲經副刊，由副總編輯馬沛文和理論部方恭溫和文藝部的我專程到上海徵集意見，組約稿件。我們住在錦江飯店，因我提名曾經約見過戴厚英，其實我並不認識她，只是聽説文革前，她曾被看做文學界的新生力量受到重視。文革初響應偉大領袖號召造過反，後來上海的頭頭把她網羅到御用的寫作組，不久她又與他們保持距離。所以給我的印象是：這是一個有個性，有主見，有思想的人，所以推薦給老馬。老馬也是個愛才的人，就約見了她。

那天厚英如約到飯店來見面。大家隨意談了些文藝理論問題。厚英好像不大願意多說什麼，只表示對許多問題要重新思考，對當時流行的所謂理論頗有微詞，但又說一時還說不清楚。我們邀約她寫稿，她答應了，但後來並沒有寄稿來，我也不曾再催她。

那次這位瘦瘦黑黑的三十多歲女子，一副矜持落寞的樣子至今仍然清晰存留在我記憶中，其實這是詩人聞捷自殺四年後，她在精神上的創傷恐怕還未平復呢！

轉眼幾年過去了，文革和它的一些顯赫人物也已灰飛煙滅。1982 年秋，我因公到上海住在申江飯店，恰好《芙蓉鎮》作者古華和花城出版社林振名也住在那裏，遇到我閒談時說起戴厚英，古華不久前與她有多次交談，了解很多情況對她很同情，也很不平。他說：戴厚英很有才華，寫的小說也很棒，但她在上海處境不好。寫的小說出版不了，文學界的活動也都不讓她參加。希望我能找戴聊聊，為她呼籲呼籲。

那晚戴厚英和她女兒一起來訪。她女兒好像已經上大學一年級（？），母女倆幾乎齊肩一般高。她談了自己在文革中的經歷，與上海某些作家的恩恩怨怨，說現在有人把她當作文革餘孽對待，被排斥在文學界之外，她的書在上海出版不了，有人還要批判她。她很憤怒。我聽了很驚訝，覺得不可思議，也因為不了解詳細情況，不便在當事人面前直接表態，只表示盡力向有關方面反映，也勸慰了她，希望她與文學界朋友主動改善關係。她認為這幾乎是不可能的事。當時，她還送了我一本她的著作《人啊人》。

十多年前的事，現在回憶起來恍若隔世。尤其讓年輕人聽來更覺荒唐古怪，談論人性怎麼可能會是被禁忌的，豈非海外奇談！但在當時卻是實實在在的事情。像《人啊人》這樣一部描寫校園知識分子生活，呼喚人性復歸的作品本是平常而又正常之極，但在 1980 年剛出版時頗有「轟動效應」，到處傳說議論紛紛。一方面有專事偵伺批判的哨兵們劍拔弩張，想大大批判一番。一方面讀者反響強烈，市面上脱銷，供不應求。僅在出書一年多時間裏，出版社就連續重印了四次。那時有一位文學青年常到我處聊天，求借那本《人啊人》，説到處買不到。最後借走後不再還我。

這個小故事多少也説明《人啊人》在當時的影響確實比較大，但卻沒有改善戴厚英的處境。我在那晚與她母女交談後就曾向上海作家協會負責人談過此事，希望能從廣泛團結作家出發解決這個僵局。他們認為這事不好辦，不是他們不團結她，而是她渾身長刺。後來，我在看望巴金老人時，想請他給予幫助。巴老説：戴厚英給他寫過信，對文革初期造反傷害了許多老作家一事承認了錯誤，現在有了新的認識。巴老給她回信中説：過去的事已經過去，年輕人犯錯誤，改了就好。希望她好好寫作，寫出好作品。我説：您是不是和作協説説，請他們主動做做戴的工作，相逢一笑泯恩仇。巴老無奈地説：「我説過。我説了也沒用的。」

我回到北京，向中國作協建議過問一下此事。我的意思是希望對這樣一位有才華有影響的、即使犯過錯誤的女作家，作協有責任幫助她，團結她。但是並沒有產生什麼積極效果。有一位來自上海的前輩老作家對我説：「丹晨，你就別管這個事情了！戴厚英在文革時批鬥我們是很凶的，有名的『小鋼炮』嘛！」

在後來許多日子裏，批判戴厚英和《人啊人》一事並沒有繼續發展。畢竟時代不同了，對一個作品持有不同看法就要大張撻伐的現象，已經不容易行得通了。但是，對所謂「人性論」仍然斷斷續續時起時伏有過批判，有時還會掀起軒然大波。記得 1983 年初，社科院文學所和《文藝報》一起召開了研討人性、人道主義的學術會議，與會中有人打小報告，引起上面興師動眾追查這次會議，一時弄得非常嚴重。最後還是不了了之。在這同時，人性問題越來越受人們重視，視為正常現象，並沒有因為那些粗暴無理的批判而消失。

二

1984 年秋天，我到上海時，曾去復旦大學探望朋友。在吳中傑、高雲夫婦家裏聊天時，談起戴厚英近況，好像與某些作家的關係沒有什麼好轉。我說，《人啊人》這樣一本有影響的小說在《文藝報》上從沒有評介過。我請中傑寫文章寄給我。

就在那次聊天同時，還談及戴厚英寫了好幾部有影響的作品卻還不是作協會員。我總覺得不管戴在文革時有什麼錯誤，與文學界某些作家有什麼恩怨，都不應該把她關在作協門外，這是不正常的。我這不僅是為戴厚英着想，也是為作協着想。於是，我再一次向上海作協新的領導建議，也通過中傑勸說戴厚英：現在新的領導班子與你沒有過節，相信這個問題可以得到解決。

戴厚英開始表示考慮我的意見，認為完全可以和上海作協新領導班子友好相處。但到了 1985 年八九月間，先後給我信中抱怨作協有幾位老人對她仍有偏見，且繼續在打壓她，列舉了許多事例。她說：「我已四十七歲了，時間不多，精力有限，何必去為無謂的鬥爭消耗自己；我不求官，不求利，不希望享受特權，只要安寧就行了。為此，我想在上海文壇上還是不露面為好。這樣，我或許還能寫出一點東西來。」她還說：「請相信，我在任何時候都不會用那種卑鄙的手段對那些人或其他人。我只想潔身自好，保持自己的人格和尊嚴。」戴厚英後來十年的活動，證明她的這些話不是信口説説的，而是真誠的，實實在在付之實踐了。

就在這時，她和劉賓雁相識了。賓雁非常同情她，而且認為索性直接參加中國作協。後來就由賓雁介紹入了會。賓雁後來遇到我時，還講起戴厚英入會的事，説及戴厚英對我很感謝。

三

現在戴厚英走了。她的死因在中國文學史上似乎很罕見的。像厚英這樣弱女子竟成了謀財害命的對象；兇手竟是她付出許多愛心親情的同鄉人。她生前以強烈呼喚人性而知名並為此受到批判，最終竟又慘死在人性墮滅的兩腳獸的野蠻屠刀下……這一連串的詭異使我喟歎悲愴，這是戴厚英的悲劇，也是我們社會的悲劇，此外還能説什麼呢？

戴厚英年輕時在政治運動中盲從犯過錯誤，傷害過別人；後來有了反思也是真誠的。如果因此歧視她排斥她，是沒有道理的。我想起《聖經》裏有一個有名的故事：耶穌對一群正用石頭圍着砸打一個犯了錯誤的婦人說：「你們中間誰是沒有罪的，誰就可以先拿石頭打她！」結果人群中從老到小一個個地都離開了。難道我們不能從中得到一點啟示嗎？

戴厚英努力寫作，以數百萬字的實績蜚聲海內外，證明她是一位有社會責任感又有獨特藝術風格的優秀女作家。她並未因遠離文壇而影響創作。她是中國文壇以外我行我素獨來獨往的獨行俠。我有一位香港作家朋友幾次對我讚揚戴厚英説：每次戴厚英路過香港，他必與她暢敍，也寫過文章讚評她。如今聽到她的噩耗，使我震驚而不敢相信。由此，我想起最後見到她是在 1986 年上海舉行中國當代文學國際研討會閉幕宴會上。她送我一本剛出版的《空中的足音》，還與我碰杯大聲説：「丹晨兄，願你今後繼續為民請命！」我感到了她對我的謝意。只是我對她並無什麼實際幫助。那天人多，我們沒有機會細敍。現在她已不在人世，我寫這塵封往事，既是説明一些真相，也是借此表述自己的愧恧而又悲憤之情祭獻於她。中國文壇再也不能看到這位獨行俠的身影了。

1996 年 10 月 29 日

難忘前人悲情人生

邵荃麟的悲情人生

陳丹晨

理論家邵荃麟——
為底層人民的命運和神聖權利呼喊

半個多世紀前，我還是一個中學生，從舊書鋪買到了一本陀思妥也夫斯基的小說《被侮辱與被損害的》（文光書店 1947 年第二版）。讀了以後，正如譯者在《譯後記》中說的那樣，使我的靈魂為之戰慄和震撼。我不僅從此對這位俄國作家有了一些認識，還記住了譯者荃麟的名字。他於 1943 年寫的《譯後記》給我的印象極為深刻，有些內容至今不忘。他說，他是在病中翻譯這部書的。生病讀陀氏的書，本就極不適宜。讀了又放不下，常常激動得連夜不能入睡。他為它戰慄，為它流淚，情緒極度沸騰時以至被迫擱筆而無法繼續譯述。他還說，他對這本書「有特別的愛好」，因為它描寫了「人性在極度的凌虐下和殘酷迫害下一種絕望的幾乎是瘋狂的反抗心理⋯⋯他那種從社會底層發出來的憤怒和熱情的聲音是使世界震慄了，在十九世紀四十年代的人道主義運動中，杜思退益夫斯基（即後統一

* 文內所引邵荃麟的話，凡未注明出處者，皆引自《邵荃麟評論選集》，人民文學出版社 1981 年版。又，此處所引《被侮辱與被損害的・譯後記》的文字，見該書文光書店 1943 年舊版。1956 年，該譯著由人民文學出版社重新出版時，譯者重寫了《譯後記》。

譯名「陀思妥也夫斯基」）的聲音無疑是最傑出的……」這些分析和評語，使我很自然地聯想到譯者一定也是一位憂鬱傷感的人，有強烈人道主義同情心的人。

以後，我又有機會讀到荃麟更多的文章，發現他對文學作品描寫底層人物的命運特別關注。面對滿目瘡痍、苦難深重的舊中國，他極力主張作家不要為那些表面上煌煌驚人但卻膚淺皮相的所謂重大題材所迷惑，而是應該踏踏實實地「伸入到黑土的深處」，「和人民共命運」，「去感受同樣的痛苦和憤怒」；「這需要有正視傷痕的勇氣，有刮骨療毒那種忍受力，這需要剔除一切膿瘡的淤血，需要肅清血液中一切封建和法西斯的細菌……」這些基本精神相似的論述，分別見於他在四十年代前半期所寫的《向深處挖掘》、《伸向黑土深處》、《我們需要「深」與「廣」》等論文。這些論述與他對陀氏小說的感動和體驗完全是一致的，即關注、表達在苦難中的被侮辱與被損害的「社會底層」的生活命運。即使在今天，對於我們的作家也是有着深刻的現實意義的。

在這同時期，他寫的一些研究評論作品的文章，同樣闡釋了這些思想觀點。如他寫的關於阿 Q 的系列文章，特別強調了魯迅創作阿 Q 的深刻的典型性，不僅僅在於阿 Q 與阿 Q 主義具有世界性、現代性的普遍意義，最重要的是通過阿 Q 寫出了中國底層人民的奴隸特性，「奴隸的失敗主義」，但又「是在反叛着」；寫出了奴隸的「根性」、「弱點」、「精神病狀」。他說：「阿 Q 的歷史是中國低層的愚昧無知的人民被壓迫的一幅史圖。」（《也談阿 Q》）愚昧無知原是世界上最悲痛最殘酷的事情，魯迅是懷着極其痛苦的心情直面殘酷的人生，「替當時中國人民畫下了一幅最真實的史圖」，而這正是他深刻之處。「這是多麼銳利的筆力啊，世界上是否有（其他）藝術家，曾經寫出比這更令人戰慄的性格麼？」（《關於〈阿Q正傳〉》）試想想，二十年後發生的文革，所以能夠裹脅全國蒼生於其中，不與此有關嗎？

荃麟在許多評論文章中，都不遺餘力地發揮、講述這個基本觀點，如他熱情推薦當時還不知名的青年作家路翎的新作《饑餓的郭素娥》，給予相當高的評價，就是因為它「充滿着一種那麼強烈的生命力，一種人類靈魂裏的呼聲，這種呼聲似乎是深沉而微弱的，然而卻叫出了（許）多世紀來在舊傳統磨難下底中國人的痛苦、苦悶和原始的反抗，而且也暗示了新的覺醒的最初過程。」

荃麟在他的前期著譯中，表現出來的那種悲天憫人的、真誠深厚的人道主義精神，構成了他的思想核心。作為一位馬克思主義理論家，一位憂國憂民的知識分子，他對底層人民的同情和愛心，不是廉價的膚淺的居高臨下的憐憫，也不是僅僅停留在良心和道德的感性層次上。因為他深刻認識到這不是具體的個別人的遭遇問題，而是有關人類歷史命運的問題；他表述的呼喊的是被侮辱和被損害的人們應有的生活和幸福的神聖權利和要求，他憎恨和詛咒的是那些侮辱和損害別人的統治階級。邵荃麟的革命生涯和文藝寫作歷程都是從此開始的。他把自己的生命和改造中國社會，改變低層人民不幸的命運緊緊地聯繫在一起。

革命勝利，奪取政權以後，邵荃麟的生活和寫作內容有了很大的變化，我們在下文中還會比較詳細講到。但是，邵荃麟的基本思想並沒有從他心底消失。所以，當五六十年代之交，大躍進失敗帶來空前的災難，嚴重的饑荒遍及全國，（1959–

1961年間）非正常死亡和減少出生人口數多達四千萬左右（據《解放日報》2005年2月11日連載的〈共和國風雲中的毛澤東與周恩來〉）。就如已故老作家陳登科生前親口告訴我的那樣：「那時我們安徽（餓）死人不是一個兩個，而是一個村子一個村子地（餓）死去的……」因此，1962年大連會議上，趙樹理在講述農村惡化了的可怕形勢後，激動地說：「1960年簡直是天聾地啞！」詩人方冰接着說：「是天怒人怨！」作家們的激憤不是無緣無故的，而是從生活實際中引發來的，忍無可忍的反應。生活在底層的農民百姓正在遭受着如此深重的災難和痛苦，能不觸動邵荃麟，能不引起他深思、戰慄、和震撼嗎？面對這樣的現實，他希望作家們在這個會上，深入地研究文學如何反映人民的苦難。他強調要看到社會主義道路的長期性、複雜性、艱苦性；「粉飾現實，回避矛盾，不可能是現實主義」。他說，「強調寫先進人物、英雄人物是應該的。……廣大的各階層是中間的，描寫他們是很重要的。」（《在大連「農村題材短篇小說創作座談會」上的講話》）他又一次引用了自己在1945年寫的《伸向黑土深處》中的思想：「我們的創作應該向現實生活突進一步，扎扎實實地反映現實。」他肯定了人們在會上一致讚揚趙樹理的創作，因為在大刮浮誇造假風之時，只有趙樹理堅持說真話，表達了農民的真實呼聲。所以荃麟說：「這說明老趙對農村的問題認識是比較深刻的。」

由此，我們可以看到，一位優秀的理論家，一位有良知的知識分子，一位真正為人民謀幸福的革命家，一定是憂人民之所憂，和人民共命運同呼吸。他決不會在人民的疾苦面前閉上眼睛。這是邵荃麟一生所追求的、一以貫之的人生態度。於是，在當時有限的言論空間，他自己講，也推動別人講出反映底層人民苦難生話的真話，儘管還是比較委婉曲折的表述。但已需要相當大的勇氣了。這是人道主義精神的勝利，也是它的偉大之處。

革命家邵荃麟——「朝乾夕惕，忠於厥職」

但是，邵荃麟還不只是一位作家理論家。他最主要的身份是職業革命家，後來是高級文化官員。

1926 年，正在上海復旦大學讀書的邵荃麟，成了早期中國共產黨人之一，從此終身從事革命，始終不輟。他所以作出如此重大的選擇，正是由於要求改造不合理的社會，實現底層人民的神聖權利。這與他上述譯著中表達的是同一個思想信念。他從一開始就懷着滿腔熱情，曾參加了有名的上海工人武裝暴動。雖説是書生一員，卻英勇地參加了街壘戰。後來，他一直在江浙一帶基層，做地下黨的秘密工作。1928 年被選為去莫斯科出席中國共產黨第六次代表大會代表，後因病未成行。如果沿着這條革命之路發展，無疑他將是一位專門從事政治革命以至武裝革命的資深的傑出的職業革命家。

意外的是，在他參加革命二三年後，染患了嚴重的肺結核。那時的肺結核在人們眼中是一種可怕的絕症。他只得暫時養病多年，一方面繼續關心革命，一方面卻與文學結下了不解之緣，大量閱讀文學著作，從事寫作小説、劇本、理論文章。當他健康情況恢復較好，重新工作時，雖然他仍是一位秘密的職業革命家，但從此有相當時間是在文化藝術出版等領域裏活動，並且是以一位有影響的文化人、作家、理論家的身份出現在人們的面前。這種雙重身份一直保持延續在他一生。

但是，對邵荃麟而言，他首先是忠誠堅定的革命者，在秘密地下狀態，冒着生命危險，不屈不撓，始終把革命事業放在第一位，作出了許多重大的貢獻。而文學事業，只是第二位，是服從和從屬於革命需要的。他信奉的思想，不僅表現在日常工作中，也貫穿在文學寫作中。那時他寫的作品文章，是按他自己對生活的觀察和對馬克思主義的理解，加以具體化了的。在地下秘密工作環境中，一般沒有太多外來的干涉。所以，在三四十年代，政治革命家的邵荃麟和革命文藝家的邵荃麟，兩者似乎配合互補，沒有什麼明顯的矛盾。

在這個地下時期，邵荃麟先後主要在浙江、桂林、香港等地活動，已是共產黨在文化界的一位重要領導人。解放初期，他在國務院文委任副秘書長，主持或參與了掃盲、創辦工農速中、建立公費醫療制度、少數民族地區根絕性病計劃等等諸如此類造福萬民的開創性大事。因此，如果評估他前期的工作實踐和文學寫作兩個方面，可以説像古人所要求的那樣，既立功、又立言，都有大成。

但是，1953 年後，他到中國作家協會擔任主要領導(先後任中國作協副主席兼任黨組副書記、書記)，情況有了變化。固然，他在文學界作了大量建設性的工作，寫了一些評論新作的文章，尤其對青年作家的扶植培養愛護，是眾所周知的。但就他的寫作而言，諸如一些重要的文章：如第二次文學工作者（作家）代表大會的總結發言、《文學十年歷程》、批判胡風等，基本上是作為黨的發言人，努力闡釋黨的文藝政策，説服作家按黨的政策來寫作。這些論述，都是從列寧、斯大林、毛澤東、甚至日丹諾夫那裏尋找論據，再加上級領導的意圖和斯事斯地的政策要求，混合而成，很難辨別出多少是他自己獨立思考的成果。這些文字，作為當代文學史料自有它的價值；若從文學理論角度去推敲，其中機械唯物論、教條主義、絕對唯政治化的傾向，還是相當突出的。這與當時整個政治環境和他的「發言人」身份直接有關，不只是邵荃麟個人的問題。但是，作為理論家曾經有過的閃光的獨立的思辨，人們卻不太能感覺到了。

在實際工作中，一波又一波的政治運動把每個人都裹脅進去，在文學界又更加頻繁而嚴重。從反胡風鬥爭，反「丁（玲）陳（企霞）反黨集團」鬥爭，反右派鬥爭……等，邵荃麟都是以黨組領導（先是副書記，後是正書記）身份，貫徹上級意圖，或參與或主持，程度不等，儘管力求表達自己的一些不同意見，但都無濟於事，也脫不了干係。因此，我們發現他在這時的「功」和「言」都出了問題。

現在我們沒有發現他在當時的第一手資料，如日記、書信等，不知道他那時的實際思想狀況究竟如何？因此只能試着從幾個方面當事人的反映來作一些推斷。譬如，先從幾位被批判者的反映來看，對他似乎不僅沒有特別反感，反倒比較理解、寬容。反胡風時，他也寫了長篇批判文章，是從理論上進行批駁的，也有某些惡言相加，這是所有大批判不可缺少的慣用的詞語。但是胡風在文革後寫的回憶錄中卻說：過去在上海、桂林時，「我們兩人的關係一直很好……我和他在文藝問題的看法上從來沒有對立的意見，我認為他是理解我尊重我的。」（《胡風回憶錄》，第 285 頁）從現有的資料看，整個作協的反胡風鬥爭是在周揚、林默涵、劉白羽的領導下進行的，接着的肅反運動具體領導機構即「五人小組」組長也是劉白羽。其間很少有關邵的言行記錄，他因病不怎麼參與。所以胡風的回憶所述，雖指過去歷史情況，但也説明對邵荃麟的基本看法是一貫的。

1955 年反「丁陳反黨集團」時，邵在青島養病，直至 1957 年初回北京上班，因此沒有介入此事，得以全身而未沾（連）。1956 年，對丁陳問題進行重新甄別時，邵「經過深思熟慮、極其慎重」地表態支持為丁陳平反，並認為「丁玲是一位卓越的革命作家，他一向很敬重，説她『反黨』顯然不能成立⋯⋯又強調文藝界應加強團結，過火的鬥爭，誤傷同志，這一慘痛教訓應汲取」。（見丁寧：《忠誠與屈辱》）然而，1957 年反右開始，形勢驟變。中宣部長陸定一多次召見幾位作協領導，當面一再強調：「有一股右的潮流，十分猖獗」；「丁陳是歪風的代表」，對「丁陳鬥爭要繼續」，「堅決把文藝界整頓一下！」在這種情況下，邵荃麟竟被人發現似乎「有些折中，態度不鮮明」。他仍然「還是非常強調實事求是」。（見《郭小川全集》第 9 卷，第 112、116、128 頁）直至總書記鄧小平代表中央對文藝界指示「駁倒右派，鬥爭要狠」後，他才不得不開始轉向；至於心裏是怎麼想的，無人知曉。到了後期，處理丁玲時，他代表黨組與丁玲談話説：政協小組會討論過，丁玲「可以不下去勞動，分配工作，也可以留在北京，從事研究和寫作，稍微降低或保留原工資⋯⋯」丁玲聽了，「的確心動了，如果真能像他這樣説，我全心全意從事《在嚴寒的日子裏》的寫作，這一件心事總算可以了結⋯⋯可是，他個人的這番好心，能夠獲得另外的權威人士的恩准嗎？我實在不敢有這樣的奢望⋯⋯」（見丁玲：《風雪人間》，第 196 頁）果然，最後的結局是「撤銷職務，取消級別，保留作協理事名義。下去體驗生活，從事創作；如從事創作，就不給工資。如參加工作，可以重新評級評薪。」這與邵的善意寬容的設想完全是兩回事。這也正是丁玲已經預見到了的。因為丁玲知道邵的與人為善的方案是難以為另一些人接受的。

同樣，在丁玲丈夫陳明的印象中，「邵荃麟沒有延安整風那一套東西，整丁玲沒有張牙舞爪，比較善良，很多領導人不願見右派，他見了丁玲，還談了全國政協會議情況，並好心建議丁玲下鄉時改一個名字。」（見陳徒手：《人有病天知否》，第124頁）

這些情況都説明邵荃麟在那時的黨組成員中，是個異數。他與周揚們的意見不同但又不得不聽從上級命令；他對革命內部殘酷鬥爭不以為然，但又不得不強打精神表示自己與黨站在一起；他的地位雖高，有了比較溫和的意見卻還是不得不屈從於順風順勢的同僚們極端的戰鬥性，於是就違心地勉強跟隨着當時階級鬥爭潮流走。他對馮雪峰的態度就是很好的一例。

説起邵荃麟與馮雪峰的關係，卻是非同一般。1939年邵任地下東南局文委書記時，曾幫助馮雪峰恢復黨的組織關係。之前馮因與黨內意見不合，回鄉下老家，丟掉了關係。1943年，馮從上饒集中營逃出來到桂林找邵，又是邵向周恩來報告後幫馮恢復關係，並送馮去重慶。這樣的患難之交，如今上級決定在批鬥丁陳以後，開展對馮雪峰的鬥爭，使邵處在極端尷尬的困境。關於邵的反應，也有二種不同的説法：一説，邵荃麟在批判丁陳會上的發言（1957年8月13日），原想避而不談馮的問題。但周揚卻要邵把批馮的內容加進去。（見李向東、王增如：《丁陳反黨集團冤案始末》，第227頁）邵不得不談，但仍還儘量避重就輕，還不忘敍述馮過去的光榮歷史。據説周揚、劉白羽都不滿意；一説，那天「荃麟發言，重點批判馮雪峰，氣不喘，汗不流，一氣講了兩個小時。」（見丁寧：《忠誠與屈辱》）郭小川當日日記：說荃麟發言，對「雪峰這一部分講得特別精彩」。（《郭小川全集》第 9 卷，第 158 頁）無論哪一種說法，反正邵荃麟在那次會上批判了馮雪峰。至於是真心誠意認為馮是反黨分子，還是違心傷害同志，我們不得而知。但有一點事實，反右派鬥爭後，馮雪峰仍然是邵荃麟家中的座上客。邵一點不避諱，不怕沾連。（見黃秋耘：《風雨年華》，第 131 頁）由此可以推想，邵的真實思想是怎樣的了！

上述是那些被整挨批的當事人的反映。這裏再介紹幾位得到過邵荃麟幫助的當事人的反映。老作家黃秋耘在解放前就曾在邵領導下工作多年。五十年代又在中國作協共事，又是上下級關係。黃在五七年已被中宣部點名批判，面臨被打成右派的絕境，是邵「力保」（同前第 184 頁）過關，免去災難。畢竟以邵的地位，保個把小人物還是可以的。但還是有點風險，那些被鬥爭火焰煽動起來的群眾對此就提了許多激烈的批評意見，有的說：「黃秋耘如果不是右派，中國作協就沒有右派了！」反右派以後，邵對一些右派作家的處境很關心，經常向黃秋耘問及，如邵燕祥、王蒙等，說「他們是很有才華的作家和詩人」（同前，第 131 頁）。在黃秋耘的眼中：「邵荃麟是一個正直的人，處處都以黨員的標準來嚴格要求自己。……不過，我總覺得在他身上的文人習氣相當濃厚，溫文爾雅……像他這樣嚴於律己，寬以待人的領導人，我一生中遇到的並不太多。」（同前，第 128 頁）黃秋耘再三強調說，邵荃麟為人一貫寬厚，與人為善；對於作家作品，尤其如此。

曾經在地下時期一起戰鬥過的老作家聶紺弩，是這樣評說邵荃麟的：「其為人也，口無惡聲，胸有成竹，急人之急，損己利人。」（同前，第 127 頁）

曾經一起工作，受過幫助的老作家艾蕪説：「我同他認識多年，從來沒有見他發過脾氣，或者怒形於色。每次和他相見，總覺得是個朋友，或者同志，而不覺得是個領導，頂頭上司。這主要決定於他對人的態度。他不只是平易近人，而且和藹可親，人們願意和他談心，或者表示不同意見。」(〈悼邵荃麟同志〉，見《文藝報》1979 年第 4 期)

另外一位黨外作家巴金的遭遇。在 1958 年毛澤東號召插紅旗拔白旗運動中，大規模批判老知識分子，姚文元與中國青年雜誌就聯手發動批判巴金，形成一個時間長達半年多，部分報刊、青年學生集體圍攻之勢。邵荃麟先後多次過問此事，當然也是得到周揚支持的，所屬文藝報刊不參與這場批判。他與巴金長談，叫巴金不要緊張，也不要勉強做檢討，把巴金已經寫了的有檢討內容的《巴金選集‧後記》從出版社撤回。巴金在文革後回憶説：「荃麟同志當時是中國作協黨組書記，我感謝他對我的關心…… 我心裏想着一個朋友 (指邵荃麟) 。在姚文元一夥人圍攻我的時候，他安慰過我。…… 他為了説服我同意抽去後記，跟我談了一個多小時。我在新版《選集》中又採用那篇後記，不僅是為了解剖自己，也是在紀念這位敬愛的亡友。」(見巴金：《隨想錄‧懷念非英兄》)

當然也有些人另有看法。如前所述，在陸定一明確表示要對丁玲、陳企霞再一次展開鬥爭後，劉白羽就對郭小川「談了好一陣荃麟的缺點」，認為，「荃麟有些折中，態度不鮮明」。(見《郭小川全集》第 9 卷，第 116 頁) 郭小川也有同感。郭最初就是因為陸定一賞識他「有戰鬥力」，才調他到作協任秘書長，後任副書記。郭對邵荃麟，從一開始共事，就嫌他説話囉嗦，「不夠鮮明有力」，(同前，第 40 頁) 另一位中宣部領導林默涵也嫌他「一講就是幾小時」。其實，都是嫌他戰鬥性不強的意思。9 月 16 日批丁陳總結大會，周揚發言即為後來毛澤東欣賞並修改的題為〈文藝戰線一場大辯論〉這篇名文。那天作為黨組書記的邵也發了言，郭小川很是不滿，覺得「講得太長了，真急人……」。林默涵對「荃麟的耽誤時間大有意見」。（同前第 180–181 頁）試想與周揚的發言比較，邵當然相形見絀，大大遜色，不夠有勁了。至於周揚對邵持什麼看法，也無從查考。但到六十年代初，據說周揚在與郭小川談話時，幾次說：「荃麟可以少做工作，你和白羽能幹，多做工作。」「荃麟年紀大了，身體很壞，以後白羽、文井和你多做一些工作……」（參見陳徒手：《人有病天知否》，第 221、223 頁）當時荃麟約五十五歲左右，長周揚二歲，至於身體確實非常病弱。

看來，對邵的反映固然因人而異，但卻殊途同歸，都是說明：邵荃麟在作協這段時間，在頻繁激烈的階級鬥爭暴風雨中，「功」「言」乏善可陳，遠不如以前的革命業績。倒是在鬥爭的反覆曲折過程中，以他的一貫的人道主義同情心，還盡可能給一些處境不幸的同志以幫助，用溫和的與人為善的言行解人之困。哪怕最後並不成功，但總還是作了最大的努力，盡了他的心意。因此，在「立德」方面卻顯示了他作為一個革命者的高尚的人格和良知，因而為人稱道。須知在那個年月，要做到這點是大不易的。就像韋君宜在《思痛錄》裏說的那句名言：「參加革命之後，竟使我時時面臨是否還要做一個正直的人的選擇。」（見《沉痛錄》，第 51 頁）其言之沉痛，發人深思。

我在六十年代初曾見到過這位可敬的領導同志。一次在作協會議室，一次在大雅寶胡同邵府。後者是在晚上。作協有關的幾位領導都參加了。內容是討論《中國文學》的辦刊方針。

如很多人描寫過的那樣，他是那麼瘦弱，穿着一件淺灰色的制服，真的是弱不勝衣的樣子。他是老肺病患者，不知為什麼抽煙卻很多。因為我也曾患過肺病，知道這是很禁忌的。他在會上很少説話；説了，聲音也很溫和，毫無在場有的人那樣唱些革命高調。我的印象裏，他善良親切但又有一點憂鬱的樣子。然後，等到下一次見到他時，是在 1966 年秋，文革腥風血雨正烈之時，在北京展覽館劇場，人們批鬥田漢、陽翰笙、林默涵、邵荃麟四人，都穿着一樣的灰色制服即變相的「囚服」，剃了光頭，揪出來低頭站立在台前示眾，接受種種羞辱和批判。且不説別的人，就説邵荃麟，像他那樣一生信奉馬克思主義，對共產黨及其事業懷着絕對的忠誠，對組織絕對的服從，幾乎可説是「朝乾夕惕，忠於厥職」，但又是有着深厚的人道主義、自由主義思想，時時把底層人民的命運放在首位的革命者、知識分子，在那樣的體制統治下，是不可能有更好的結局的！

苦惱的邵荃麟——
我「幹過什麼對不起黨的事？！」

今天，在紀念邵荃麟誕生一百周年的日子裏，無論從緬懷，還是研究的角度，都不能不對大連會議和所謂「中間人物」論的問題作一次更深入的探討。因為事關對他的理解和認識。我在 1978 年底寫過一篇評述文章（刊載於《文藝報》1979 年第 3 期），現在看來當然是很膚淺的。但明確了幾個基本問題：

一、大連會議是一次文學工作者研究如何反映農村生活的文學創作會議，不是被某些當權者所污蔑的黑會。

二、會議期間談論創作「中間人物」、「現實主義深化」理論，是作家們的一種正常的探討，不是被污蔑的「修正主義」、「資產階級文學主張」；

三、1964 年以《文藝報》編輯部名義寫的批判邵荃麟的文章，引述的大量所謂邵荃麟的觀點、言論、罪狀都是假想的，強加的，憑空捏造的，不能成立的。我是在查閱核對了大連會議全部原始記錄後，才得出這個結論的。

關於這篇文章的內容，不在這裏重複贅說。只想介紹一些寫作和發表過程中的有關情況，有助了解事實真相。1978 年底，在文學界平反冤案開始之時，我向《文藝報》主編馮牧提出邵荃麟的問題，當即得到支持，並命我執筆。文章寫完後，馮牧深知此事的複雜性，故極慎重，將初稿送編委會傳閱並討論。這大概是《文藝報》復刊後唯一的一次編委會。會上，林默涵說：「說邵荃麟是叛徒這個歷史問題，應該實事求是給予平反。關於中間人物論問題，邵荃麟同志明明是說過的。大連會議後，周立波到我這裏說：現在好了，路子寬了，可以寫中間人物了。這是事實。這是一個馬克思主義文藝的根本問題。如果荃麟沒有說過，那就應該平反。現在是確實說了，那就不能平反。」劉白羽在會上則說：「文章要集中火力批判『四人幫』，不要涉及 1964 年《文藝報》的批判文章。」散會後，他對馮牧又特別叮囑一番。馮牧轉告我，我說：「不說 1964 年的批判，就說不清事情的來龍去脈，說不清冤案的真相。」馮牧只得說：「儘量淡化一些吧！」文章發表後，林默涵在一些場合作報告，不點名指控我是反馬克思主義。因為我寫的為邵荃麟平反文章中，批判了「四人幫」的所謂「無產階級文藝的根本任務是塑造英雄人物」的謬論，而他認為這不是謬論，而是馬克思主義文藝觀。

林默涵、劉白羽都是文革前後文藝界的主要領導人之一，也是當年最早發起批判邵荃麟的領導者，當然不願給邵徹底平反，也不願現在提到當年整人的醜事。因此弄清此案發生的原委，既是釐清歷史，也是還邵荃麟的本來面目。

據黎之（李曙光）所述：他是當時中宣部文藝處幹部，經常聯繫中國作協，有時列席黨組會議。他還全程參加了大連會議。因此他是當事人，知情人，他提供的情況應該是可信的。他對此事有比較詳細的記載，見於他著的《文壇風雲錄》，現摘要於下：

一、「我當時（指大連會議期間）的印象是，邵（荃麟）講得比較全面、嚴謹、平穩。沒有特別發揮『中間人物』、『現實主義深化』等論點。」（第 345 頁）

二、大連會議結束，黎之返京後，向中宣部文藝處彙報（1962 年 8 月 21 日），「由於我對『中間人物』等問題印象不深，未談及這類問題。」（第 350 頁）

三、「過了兩天（8 月 23 日），（分工管文藝的副部長）林默涵問我，聽說大連會議上提出寫『中間人物』問題。我說荃麟發言中談到，會上沒有展開討論。他說：他聽周立波給他講，會議開得好，提出寫『中間人物』的問題。這個問題值得研究。」（同前）

四、「9 月 5 日林默涵讓我把大連會議的情況寫個材料，把關於『中間人物』現實主義問題寫一下，並讓我把茅（盾）、周（揚）、邵的講話拿來。…… 林默涵閱後批給周揚，周在他的名字上畫了圈，退給我。」（同前）這裏説的茅盾、周揚講話，即指他們在大連會議上講的話。

五、「9 月 22 日林召集在京文藝報刊和各大報副刊負責人開會，講了毛澤東提出抓階級鬥爭的精神，佈置檢查。會上作為問題他點了『中間人物』。」（第 351 頁）作為修正主義反動理論的代表之一。

六、9 月號《文藝報》上發表了沐陽根據大連會議精神寫的隨筆〈從梁三老漢、邵順寶所想到的……〉，說小說《創業史》裏面寫的最好的是平凡普通的梁三老漢，而不是先進人物梁生寶，這就成了問題。有一天，中宣部副部長林默涵同《文藝報》主編張光年談事，同時也提到這篇文章，說：恐怕《文藝報》要再寫篇文章，表明態度。張光年指着黎之說：「讓黎之也寫篇隨筆，與作者商榷。」（第 352 頁）

可見，從 8 月 21 日黎之向文藝處彙報，到 9 月 22 日林默涵公開指控「中間人物」論為「錯誤理論主張」。整個事件是由林默涵發現、提出、定性、點名、公開，批評，在一個月裏一手鑄成。周揚自己參與大連會議，曾到會講話，表示支持，如今既未主動推波助瀾去批邵，也未制止這種捕風捉影的誣陷，為邵說項，施以援手。這是政治人物的特點。

七、後來，據說「1963 年底和 1964 年 7 月毛澤東關於文藝的兩個批示後，江青下令讓寫出批判『中間人物』論的有分量的文章」。但是，「邵荃麟從未正式發表過關於『中間人物』的言論，大連會議上的講話，只有原始記錄，並未經作者過目。為此，周揚、林默涵和作協負責人反覆研究，只好由《文藝報》編輯部根據一些人的回憶和大連會議記錄，斷章取義，拼湊了一個〈關於「寫中間人物」的材料〉，組織了一個寫作班子，又寫了一篇〈「寫中間人物」是資產階級文學主張〉，點名批判邵荃麟。發表在 1964 年 8、9 期合刊的《文藝報》上。」(第 352–353 頁) 這就是文革前發起批判邵荃麟的經過。

黎之此處所記的關鍵時間和情況有誤。根據林默涵所說的事實應是：在毛澤東第一個批示傳達後，文化部和文聯各協會「在整風中又揭出了許多問題，比如有人主張文學創作要着重寫中間人物等等。中宣部就文聯和各協會在整風中揭發出來的問題給中央寫了一個報告，……」(見林默涵：〈解放後十七年文藝戰線上的思想鬥爭〉，載《文學評論》，1978 年第 5 期) 然後，才有毛澤東的第二個批示，才有《文藝報》對邵荃麟的大批判，並且升級為「反對社會主義」的政治問題，以至撤職等。也就是説，所謂「中間人物」問題是中宣部、林默涵主動先向中央報告，提供材料，並且作為突出的政治問題上報的。而不是江青等率先主動發難的。

黎之在回憶錄裏還記述了一個重要情況：即在上述毛澤東於 1964 年第二個批示下達後，中宣部開始搞文藝整風，林默涵負責評論組，指示黎之編印材料，共有五項：「1、對文化部意見。2、三十年代問題。3、田漢思想、作品。4、中間人物。5、文聯的問題。」(見《文壇風雲錄》，第 452 頁) 可見這時林默涵已把他的一大發現當作五大重點問題之一，也是唯一的要着重批判的反面理論主張了。

文革以後，林默涵在 1977–1978 年間的一些會議上，多次談到十七年文藝戰線鬥爭歷史，在談及江青的《紀要》中誣陷文藝界搞「黑八論」時，他歷數每一個所謂「黑論」包括「中間人物論」、「現實主義深化論」等的揭發批判過程，明確指出「這些黑論實際上都是我們揭露出來，批判了的，根本不是江青發現的，現在她卻無恥地把功勞都搶了過去……。」林默涵的這些發言內容為很多人所熟知。我自己就曾親耳聆聽過。當時就引起人們的議論，引為笑談，說：「怎麼與『四人幫』搶起功勞來了！」林默涵這些發言又一次證實了諸如批判「中間人物」論是由他們當政時搞出來的。

1978 年底《文藝報》編委會討論我寫的為邵荃麟平反文章時，林默涵的意見再一次明確證實：「中間人物」論是由他發現搞起來的。詳情見前所述。

就在那次《文藝報》編委會上，林還說，邵荃麟曾是他的領導。他對邵荃麟是尊重的。他們之間個人關係也是好的。這更說明，邵荃麟的「中間人物」論一案與個人恩怨無關，不像丁玲問題有歷史的宗派的宿怨等等複雜因素；也不像胡風問題有毛澤東介入的因素；也不是像有些人所說的那樣，是因為邵在「大寫十三年」問題上與「文革派」張春橋、姚文元等有過爭論而結怨引發的；更不是文革一網打盡時才發生的。也許正因為這樣，邵荃麟的冤案更值得人們反思，更有典型意義。

關於發生這樣的荒誕事件的原因，除了當時的歷史背景和環境外，只能是：這是一個「哨兵」所為。

什麼叫「哨兵」？那時的權威們一再強調指出：「文藝是階級鬥爭風雨表」；「文藝批評是文藝界主要鬥爭武器」；「某些文藝領導部門是哨兵」（江青就自稱是「流動哨兵」）；文藝界是戰場，戰線，是文化軍隊……在這種思想和機制指導下，有些部門和人員就負起「哨兵」的職責，掌控文藝界動向，用一種特殊的眼光和嗅覺去偵伺、窺測異味，從字縫裏尋覓敵情，向上秘密報告「狼來了！」簡言之，把人民當敵人來對待。邵荃麟的所謂「中間人物」論被列為反社會主義的資產階級、修正主義理論主張，就是這樣製造出來的。

我們還可以轉換一個角度思考：知識分子本來應該從事自己的專業的創造性勞動，從而對社會作出積極的建設性的人文貢獻，無論是自然科學、人文科學、以及文化藝術……等等，都是無例外的理應如此的。當然轉業從政從商……都是正常的，也就另當別論。但是當你從事專門偵伺同志同類同行同事的言行，並且不由分説地據此論罪……等等。這樣，一方面形成知識分子間的互相殘殺，另一方面也造成了大批知識分子道德上人格上的墮落。其原因是出於自保，謀生，邀寵，還是思想極端僵化……？在中國那個特殊政治環境中，發生這樣畸形的怪事，在中外歷史上都是罕見的。它既不道德，也不符合法制。試想那時，連公安部門逮捕人都要作家介入，例如，1955年反胡風時，作家劉白羽領着公安員警去抓捕作家胡風，作家黃秋耘領着公安抓捕《文藝學習》編輯馮大海，上海作家吳強領着公安抓捕作家耿庸……這樣可怕而可悲的事情，在中外文學史和知識分子中絕無僅有！更不必説諸如深文周納，斷章取義，捕風捉影、無事生非、橫加罪名等，更是有的知識分子之所長了。

邵荃麟萬萬想不到，他從年輕時就懷着純潔的美好的理想獻身革命，一生執着地忠於共產黨，忠於共產黨的事業，卻僅僅為了幾句關於寫作方面的話，受盡折磨和迫害，最後，在文革時，瘐死秦城獄中。黃秋耘曾聽與邵荃麟同獄住在對門的劉白羽説，邵臨死前那晚，高聲慘叫許久，「是由於疾病折磨，還是由於被拷打，他也不知道。」（見《風雨年華》，第253頁）

之前，邵荃麟被關在作協機關的牛棚時，已重病在身。他還吃力地對黃秋耘說：「你給我想想看，我參加革命這幾十年以來，有沒有幹過什麼對不起黨的事？」（同前，第 242 頁）這個忠厚誠實的革命者直到生命的終點，還在苦苦追問自己，不明白「這是怎麼一回事？」他是帶着這個苦惱和困惑離開這個人世的。早在 1964 年批判邵的時候，《文藝報》副主編、評論家侯金鏡就非常不解地不平地對黎之說過：像邵這樣一個寬厚善良的人，「他得罪了誰？」（《文壇風雲錄》，第 354 頁）有一次，批判會後，黎之在大門口遇到邵荃麟，邵聲音低沉地說：「黎之同志，你應該幫助我。」黎之聽了，心頭酸楚，幾乎流下淚來。這樣莫須有的冤屈，在發生之初，人們就已看得很清楚。人們的心底，都有一個疑問：這是為什麼呢？

行文至此，我又想起了邵荃麟在 1943 年翻譯《被侮辱與被損害的》後寫的《譯後記》，他說：「為什麼遭受損害？為什麼遭受侮辱？這是苦惱着作者也是苦惱作品中的主人公的問題，同時也是苦惱着當時俄國人民的問題……」這樣的問題同樣又曾苦惱過譯者，現在又還繼續苦惱着邵荃麟。邵荃麟的悲情人生，還有許多和他一樣遭遇的人，都給我們提出了這樣苦惱的問題，使我們無法不繼續追問，反思，尋找解除苦惱的出路，讓這樣悲慘荒誕的歷史不再重複，讓人民真正走上健康自由理性的大道。

2006 年 7 月 12 日為紀念邵荃麟誕生 100 周年而作

我的第一個上級
——羅俊百年祭

陳丹晨

一

羅俊同志是我1960年夏大學畢業後第一個上級。這麼説有點勉強、高攀，因為他是國務院對外文化聯絡委員會副主任，黨組副書記，我是剛從大學出來連工作都還沒有分配確定呢！當時對外文委主任楚圖南是掛名的，副主任兼黨組書記張致祥是實際上的第一把手。這個機構負責對外派遣、領導駐外使館的文化處人員和工作，以及對外文化出版宣傳的任務。這年正是彭德懷事件發生後的第二年，全國都搞了反右傾運動。文委所屬的外文出版社整了許多領導幹部、編輯、翻譯，要進行整肅清洗換血，於是調了一些部隊政工幹部和大批應屆大學畢業生來頂替，多達六七十人都不止。我是其中一個，但報到當天下午就被叫到幹部處幫忙工作。過了國慶日，分配名單公佈後，大學生紛紛赴新單位去了，卻剩我一個人被正式分配在幹部處，使我非常尷尬和不滿，於是向處裏提出要求改分到業務單位工作。

其實幹部處老同志對我都非常親和關照。過國慶時，因為我家不在京，單身一人，曹世之大姐就邀我去遂安伯胡同和她全家一起過節吃餃子看煙火。蘇聯十月革命紀念會在中南海懷仁堂舉行，處裏把邀請函給我去參加。這對一個剛出校門的學生來説，真的是非常特殊優待和關懷，我深深感到溫暖。劉處長是一位「一二九」學生運動出身的老同志，在她的小辦公室裏專門找我談話，勸説我安心留在幹部處，説：「學校裏的一些事我也都知道。你們中文系出來的做幹部工作不能説是專業不對口。文史不分家，文委機關裏也有很多文字工作要做。（幹部）處裏男同志少，常常要派個人跑飛機場接待外賓等等，我們都派不出人。文委幾位副主任也很需要會動筆的秘書，原來有個浩然，不久前調走去專業寫作小説了，如今還沒人接替。將來還有機會派到使館工作。總之，現在分配在幹部處不算埋沒你，你想做文字工作機會有的是。」

劉處長對我可説是苦口婆心地勸説，我就是不聽。因為我也有一番苦衷：我高中畢業後曾在上海市税務局的辦公室、政治處做過秘書、宣傳幹事等工作多年，為了喜愛文學，才放棄工資收入考進大學五年，如今仍然要我回到幹部工作崗位，這五年大學豈非白學？而且我就是一根筋地認定了要在文學工作範圍裏做什麼都行，至於別的什麼好事情諸如仕途、出國等等我連想都沒想。雖然我把這些情況都對領導解釋了，但是領導仍然堅持要我服從組織分配。當時處裏有的老同志看到我那麼堅持，和處長弄得這麼僵，也曾勸處長是否另選一位俄語學院畢業的大學生來頂我，處長就是不同意。於是我苦惱之極，不知如何是好！？

就在我山窮水盡的時候，忽然想到向羅俊副主任申訴。所以有這個狂妄念頭是因為文委幹部工作歸羅副主任分管領導。這位領導很奇怪，有事不是把下屬叫喚到他辦公室去談，常常自己從三樓跑到二樓我們辦公室來談。所以我常有機會看到他，有時他就坐在我背後的小沙發上談事，無論對處長還是一般幹部，他都很隨意，對我這個新來小青年也會打個招呼。羅副主任還是位美男子，昆山人，面貌豐腴白晢，儀態儒雅清朗，有時穿毛料的中山裝，天涼時穿着玄色的中式棉襖，頗有點雍容矜貴的氣派。

平時，他與處長等談事時，也不叫我回避，所以我也有意無意旁聽到了一些事。有一次，他匆匆地趕來問處長們：「最近中央有文件要給一般幹部加工資，這個工作進行得怎麼樣了？」他又說：「已經有許多年沒有給大家加工資了，這次是個機會。但是最近中央又有新的文件下來，通知停止這項工作，但凡已經加了也算數，還沒有加的就不再進行了。所以你們趕快查看一下，在截止之前，能爭取多加一個是一個，儘量爭取不要錯過這個機會。」這個指示使我覺得這位領導真為下屬着想；我也從此學了一點做人的道理：盡一切可能與人為善，盡心盡力為人們辦好事。不要像有的領導總喜歡作讓人不舒服的事，怎麼讓人難受他就怎麼來；開口閉口國家利益，在老百姓疾苦面前閉上眼睛。

還有一件事給我印象也極深。那時幹部處別人都有自己份內的工作，只有我臨時打雜，又沒有印表機影印機之類，處裏面的一些抄抄寫寫的事就會派我做。外文出版社執行上級佈置搞了反右傾運動和大規模的書刊檢查後，要整肅一大批翻譯、編輯，於是不斷上報處理名單。因為屬於機密，名單也是劃了格人工複寫的，報上來後為了送文委領導看需要多份，於是就叫我再複寫照抄。這名單裏有好幾十人，每個人的姓名、年齡、籍貫、身份、問題、政治面目以及處理意見等等都開列如上。少數是要調動工作的，多數是要送東北密山農場勞改的，個別是要逮捕的。這個名單送到張致祥、羅俊那裏，就被打回來，要求外文出版社重新再慎重考慮，減少處理對象。一次打回去後，過了一些日子，他們作了一些變動又送了上來。領導又叫我複寫照抄了一遍，再送上去，又打回來。我已記不得如此反覆了幾次，反正這樣重大的事件經過多次反反覆覆，拖過了一段時間，政治形勢慢慢緩和了，整個處理名單也就作廢了。我想，做領導的也不容易，真的像況鐘的筆有千斤重，人命關天，如果草草率率，只管緊跟形勢服從上級保住自己的烏紗帽，怕被戴上右傾帽子，不知要犯下多麼可怕的罪錯。後來我才知道那時已經有人被逮捕了。這對我來説真是一次深刻難忘的記憶。

因為這些事在我這個旁觀者看來，着實感到文委領導還是善良有擔當的。我現在面臨的問題是不是也可向他們説説呢？這樣會不會讓處長認為我越級反映問題而不高興，因為這是任何領導最忌諱的。但是不向上面反映就不能從這裏脱身，這又是我無論如何都不能接受的。一天，羅俊到幹部處談工作，等他們談得差不多的時候，我轉身對坐在小沙發上的他説：「羅副主任，我想向您反映一點情況，可以嗎？」

他很意外看着我説：「什麼事？」

我把我的情況和要求直説了一遍，忐忑地看着他的面部表情，心想不知他會怎麼説，如果他支持處長的意見我不就完了嗎？沒想到他很乾脆地説：「好嘛，學了專業就去搞業務嘛！」

我怎麼也沒有想到那麼糾結的問題一下子順利痛快地就解決了，鬱悶了多天的心情舒暢極了，連夜寫信告訴遠在上海焦急等待信息的妻子。可是處長不高興了，把我狠狠地批評了一頓，說我越級告狀，目無領導，無組織無紀律，個人主義……等等。這時我也顧不上解釋，批評我什麼都沒關係，只要讓我去搞業務就行。但處長還是下令要我留在處裏暫時工作三個月，我當然不能再講價錢了，只能乖乖地服從。直到年底，處長還專門開了一次批評我的會議，才算讓我離去。

我曾對文革前大學生統一分配的模式私下作過一個不恰當的比喻：就如北方城市裏冬天儲存大白菜，按品質分一級二級三級定價錢，大批人員也是這樣被簡單地分類：政治上定為左中右；業務上被定為上中下，在名單上每個人都被圈在某個類別，按此搭配分發出去。至於個人有什麼要求、特長都反映不出來，也不予考慮。我看到的分配名單就是這樣的。我還看到過一份申訴書，情況與我非常類似，是一位學法文的羅新璋寫的。1957 年他從北大西語系畢業後分配在國際書店賣書，屢次上書要求回歸到外（文）翻中（文）的文學翻譯工作，也是不被允許，且被領導看成個人主義等等。多年來羅新璋不斷申訴備述自己的苦惱，這次終於送到文委秘書長、作家周而復的手裏。他批示說：這樣的人才可以調換工作，但不要分到外單位去，可以留在文委系統自己安排使用。這個通情達理的批示下達後，下面仍然又拖延了很長時間，羅新璋才衝破層層困難，在我之後一年多才被分配到《中國文學》編輯部做法文翻譯和組長，成了我的同事。文革後調到社科院外文所成為著名的法國文學翻譯家。

在幹部處期間，我還曾被派遣隨老同志魯毅去友誼賓館調幹部。那時正逢中蘇關係破裂，蘇聯撤回所有在中國工作的專家，中國則撤回所有在蘇聯的留學生。回國的這些學生都集中在友誼賓館學習，等待分配新的工作。我們去了以後才知道學習同時也還進行政治審查，審查他們與蘇聯人的關係。我發現有一個留學生和他的太太在十年前與我還曾是上海機關裏的同事。他是一位年輕的老革命，因為年輕所以培養他去蘇聯留學，因為是老革命所以同時被派做負責留學生管理工作。初期是一邊倒向蘇聯，不許對蘇聯有絲毫負面意見，否則就會被責為反蘇即反革命的罪名；中蘇分歧以至分裂了，又要對他們與蘇聯人的關係進行審查，凡是有交往、立場不穩、受修正主義思想影響的在重新分配工作時都作另類處理了。像我那位熟人身為留學生代表肯定有許多與蘇方打交道的事，關係會較為密切，於是被當做有問題的對象進行審查。我們去友誼賓館了解情況也很匆忙短促，我沒有可能去找他，也不知他後來如何遭遇。但我算是了解人事工作中的某些情況，引起我思索很久。

在這樣的歷史環境中，我覺得當時文委領導們都還是比較開明，愛惜人才，量才錄用，而不是很僵化的。更使我想不到的是，羅俊聽了我的申訴後，不知怎麼又進一步了解了我的一些情況。其實我的畢業鑒定中政治評語並不好，説我個人主義，紅專問題沒解決好，勞動態度不好、反右派時右傾等等。當時我不服，還簽寫了保留意見。沒想到文委的副主任、處長都沒當回事。至今我也不知原因何在。羅俊不僅作主將我分配到文委系統唯一的文學單位《中國文學》編輯部，還對那裏的領導何路作了推薦，説了許多好話。這都是很久以後我才聽説的。我當然非常感激，儘管我到那裏工作性質並不滿意，因為那是一個外文刊物，我的英文水平只能説是極其勉強的粗通，那時我還一直做着大學裏就有的文學寫作的夢，心裏總會有些遺憾。但我也知道現在能有這樣機會已是極為不易和難得了，我是很珍惜的。從此，也決定了我一生從事文學編輯工作的命運。

二

外文出版社在阜成門外百萬莊，已是城外郊區，北邊是一大片新造的中央機關職工宿舍，往西不遠處卻還是雜草叢生的荒蕪農田。這是一個五十年代新建的單位，前身是國際新聞局。我被分配到《中國文學》編輯部工作不久，外文出版社升級為國務院直屬的外文出版發行局，羅俊成為第一任局長。從部隊調來的閆百真擔任第一副局長。我的妻子顏小珍隨後也調來擔任閆百真的秘書，在局長秘書室上班。這似乎應與羅俊有了較多聯繫的機會，但那時的人事關係簡直無瑕可擊，我與這幾位局長毫無交往；我妻也很少談到局長室的見聞。大家都只顧埋頭自己的工作，更何況我一向以清高自居，不喜歡去接近任何領導，更沒有什麼私下來往。

那幾年全國備嘗大躍進失敗和反右傾運動的苦果，物質供應已到絕境，人們的生活非常艱難清苦。1961 年整整一年我全家老小沒有吃到過一片肉，連蔬菜也是匱乏的，常常是玉米窩頭蘸點黃醬果腹，勉強吃個半飽度日算是不錯了。但是我因為初次從事文學工作特別起勁，何路說我一個人頂三個用。外文出版社原來社領導八個人在反右傾和書刊檢查運動中有六個被打成右傾機會主義分子，一個算是有右傾思想而沒有定為「分子」，所以當時就被調侃稱為「六個半」；其中社長吳文燾等原是資深的經驗豐富的老新聞人都被整肅；出版的圖書、刊物都搞成生硬枯燥陳詞濫調乏味的政治宣傳品，銷路一落千丈。我不知道羅俊作為文委副主任分管外文社是怎麼領導下屬單位反右傾運動的，因為那時我還沒有來此工作。但是，依我對羅俊的觀察和了解，他一定是忠實地執行上面來的指示和要求的，外文社的問題他應該是負有相當責任的。但是，他內心一定是有所保留，畢竟他本身就是一位老知識分子，解放前在一些工業合作、金融銀行任職、大學裏任教，不可能對這種違反科學違反常識的做法完全接受。

恰好這時上面開始調整政策，扭轉毛澤東搞了許多年極左的大躍進路線，指示下面為反右傾中的冤案作甄別平反，推行比較務實的路線。羅俊也就有可能到外文局後，與閆百真一起，作了大量的思想工作，動員職工幹部們在艱苦的物質條件下，重新努力奮鬥改變了外文局的肅殺蕭條的氣氛，走上了一個比較健康的道路。就以我在的《中國文學》為例，前幾年銷路下跌到一千多份，現在直線上升到一萬多份；其他各社也都出現了生氣，面貌有了改變。外文局原有一大批中外文修養相當高的著名的老編輯、老翻譯家如楊承芳、陳麟瑞……等等在這時重新得到尊重和信任，心情開始舒暢，工作也積極起來。好幾次我看到沈蘇儒跟着羅俊出入外文局，似乎安排他做一些重要的任務。這在以前是不可想像的。因為此公的家世和經歷都較複雜，採訪過蔣介石，解放後肯定會被視作異己，在政治運動中難逃一劫。翻譯家楊憲益有一位英國夫人戴乃迭，又有許多附和、讚揚赫魯曉夫和對毛不敬的言論，內部早把他算作修正主義分子，現在也不歧視他了，照樣正常地工作，受到尊重；連毛澤東詩詞也都交他翻譯，這是很信任他的徵兆。還有好幾個上面安排來的人物，記得有曾任外貿部副部長的徐雪寒、新華社副社長的陳適五等等，都是在前幾次運動中被整下來的，有的還是剛從監獄裏出來的，雖然他們還是戴罪之身，羅俊也都接受安排了他們的工作。這些也只是我看到聽到的點滴，似乎也已說明羅俊在貫徹知識分子政策積極一面是比較好的，可能也正是他的內心真正認同的；外文局出現的這種變化和新面貌與當時社會氣氛變得寬鬆都是相通一致的。

但是好景不長，這樣的局面僅僅維持了二三年，又一輪更嚴峻的左的路線又洶洶然地刮了起來。前一陣搞的甄別平反被稱為「刮翻案風」。我曾聽到傳達彭真的話說，要把北京打造成「水晶板」，把「地主富農反革命壞分子右派分子」統統驅趕出去；文革前夕，我看見文化部文件裏說，要在文化部「犁庭掃院」，意思與彭真一樣要把政治上有問題的人徹底打掃清除出去。在大學解放軍的浩大聲勢中國家機關紛紛成立政治部，凡事都要政治掛帥。從來忠實執行上面路線政策的羅俊主持的外文局也建立了政治部，連我們這個只有二三十人的小編輯部也派了專職的政工幹部坐鎮管理大家。這些政工幹部有的本身也感苦悶，因為別人都在忙編輯翻譯，他卻無事可做。有的卻恃着政治優越感看不上知識分子，擺出一副唯我獨革（命）的架勢準備來革別人的命，聲稱：「我一到《中國文學》就感到氣味不對頭。那是個資產階級的環境。我與這個環境格格不入。」另外，外文局還舉辦外語訓練班，招收了一大批家庭出身好的高中生和年輕的復員軍人，進行為期兩年的短期學習，目的又是想改變翻譯編輯隊伍的政治面貌和成分。一切又回到前些年不信任、總想取代或打擊迫害現有的知識分子隊伍的老路上去了！

這期間發生了一件意外的小事：外訓班有一位復員軍人的學員對城裏人特別仇視。星期天他帶着一包糞便到王府井鬧市，專門找那些穿着比較好的行人身上抹，後來被公安發現拘留，送交外文局處理。這種變態的畸形心理正是那時極左的政治宣傳教育滋生的。

不久文革興起，這些外訓班的學生成了運動中最活躍的造反派、紅衛兵。有人說：羅俊給自己招來了掘墓人！也有人說：那位抹糞的學員如果晚一年行動，到了文革時一定是位衝鋒陷陣的革命闖將，造反派英雄！

三

文革開始，「橫掃一切牛鬼蛇神」的口號傳遍各個角落，若說那時草木皆兵、風聲鶴唳，人心惶惶，人人自危，一點也不誇大。國務院外辦政治部也向外文局派了工作組，與局黨組一起展開運動，把幾百個寫大字報的統統打成「逆流」，而且發生了有人自殺，成為文革第一個死人高潮。《北京周報》總編輯自殺未遂。外文圖書出版社副總編輯是從浙江調來不久住在我樓下，文革一來就突然自殺，遺留下妻子、岳母和好幾個幼小的孩子。《中國文學》雖人不多也派駐了工作組和政工幹部一起領導運動。兩位黨員領導和一位非黨的副總編輯，先後因病請假在家。工作組就一個勁對我施加壓力，把我列作審查對象，說我是修正主義文藝路線的黑幹將，要我檢查自己和揭發編輯部領導的反革命修正主義罪行。我非常反感，覺得誰多做工作誰的罪過就愈大，犟脾氣上來，就與工作組和協理員頂起牛來。

有一天，羅俊找政工幹部和我談話，把編輯部兩位主要領導定了涉嫌文藝黑線人物；説陳不是黑線，但要檢查自己工作中的錯誤，同時還要負責主持日常業務工作。談完後，我們起身欲離去，他忽然讓政工幹部先走，説「丹晨留下，我還有事要談。」等政工幹部走後，他有點生氣的樣子，批評我説：「你這個時候就專心做好《中國文學》的業務工作，不要與工作組和政工幹部頂頂碰碰，這對你不好。有什麼問題以後會慢慢地弄清楚。我剛才説你們之間的矛盾以後不要再提了，實際上真能過去嗎？」我看見他的眼神裏流露着關切和焦慮。我一下子明白他的意思了。他是在關心我，點撥我，叫我不要在運動中幹蠢事。儘管到外文局五、六年中與他沒有任何交往，但始終記着他對我調動工作的關心。在我心裏他不僅是我的領導，也還是我的師長。關鍵時候，他給予的幫助和教導關係到我的一生。

8 月 5 日，毛的炮打司令部大字報出來後，全國形勢大變。凡是工作組都犯了資產階級反動路線、鎮壓群眾的錯誤。國務院外事辦公室派駐外文局的工作組撤走了，留下羅俊頂着反動路線的罪名接受群眾的批判，全局運動的火力集中到他身上。但也有分歧：有主張立即打倒，有主張先揭發後定性。據我的經驗和觀察，這次運動與以前一樣為了發動群眾起來鬥爭對象，無論造謠誣陷，無中生有、捕風捉影、上綱上線……都會受到鼓勵和歡迎；講老實話都被打作右傾、運動的絆腳石先把你搬開。那時就是這樣的局面。

那年被稱作「紅八月」是打砸搶抄最瘋狂的時候，羅俊正被機關裏的造反派批判得焦頭爛額之際，家裏也發生了一件不幸的事：他母親一直隨羅俊一起生活。紅衛兵、造反派指控他母親是地主，為了保證北京成為紅彤彤的新世界，就逼迫驅趕這位八十歲老太太立即回原籍。對黨向來忠心不二的羅俊無法應對這樣的局面，真是忠孝難全。老太太為了不使兒子為難，竟在甜水胡同家裏的小鍋爐房自縊。消息傳來，我和妻都不禁為之駭然，驚詫唏噓不已；更不知羅俊那時的心情會是怎樣的。

那種亂哄哄的局面延續到 1967 年 1 月，上海造反派發動了所謂「一月革命」奪了市政府的權，被毛澤東讚揚鼓勵後，全國又興起一場到處奪權之風。外文局造反派隨之把羅俊從局長室攆逐到一樓圖書館門外勒令他天天在此作交代檢查。那正是嚴冬臘月最冷的時候，過道裏風又大，羅俊就找了一個走廊拐角處，在地上鋪了一些報紙，作為暫時棲身之處。人們走過見到也不敢招呼他。

這時辦公室的造反派把我妻顏小珍打作保皇派，罰她到收發室給全局各單位送發報紙。於是她每天就要在大樓裏上上下下走一遍。她必定還到圖書館門外仍像以前一樣送交一份報紙給羅俊；有時還會夾帶一些街上流傳的有中央領導包括中央文革小組講話的傳單抄件，因為羅俊已經被完全隔斷各方面的聯繫，什麼消息都聽不到了。

有一天，原來局長室的幾位秘書劉悦真、劉均領和顏小珍等在一起議論外文局的運動情況，很為動亂發愁；談到羅俊就想如何幫他解脱現在的困境。劉悦真原來在部隊工作過，與陳毅的一位秘書曾是共事過的熟人，陳毅是國務院副總理分管領導外文局的。劉悦真就讓小珍轉告我，讓我起草一封信。她帶着這信騎車去中南海交給那位秘書。當天晚上陳毅看到此信就批了一句話：「讓羅俊休假十天。」批示傳到外文局，羅俊得以回家喘了一口氣。造反派們有點傻了眼，看來上面還是保羅俊，打不倒，外文局的氣氛有了一點緩和。但是，過不了多久，高層發生所謂「二月逆流」，陳毅自身處境險惡，外文局兩派這次看准了形勢齊聲打倒羅俊，羅俊也就應聲倒台了。

文革就像一部長篇連續劇，政治風雲詭秘多變。因為上面規定造反派奪權必須吸收一位領導幹部參與即所謂三結合，才能被確認。羅俊被打倒後就被靠邊受審查去了，造反派們又為爭奪第一副局長閆百真惡鬥不休。到了 1968 年間，又搞起所謂清理階級隊伍，搞得十分恐怖，在地下室進行刑訊逼供，夜裏能聽到受審查人的痛苦慘叫聲。上面派了軍人接管了外文局，在機關後院東側召開全局動員大會，已被揪鬥的「牛鬼蛇神」被罰站在會場一旁黑壓壓的約有五六十人，會場中間坐着的群眾卻稀稀落落的與「牛鬼」人數都差不多了。軍代表在台上竟還説：「外文局的階級鬥爭蓋子還沒有揭開……我們一定要把文化大革命進行到底，把外文局的階級鬥爭查個底朝天。」我坐在下面想：「大概把全局的人都揪出來才能算揭開蓋子底朝天了？」正因為這樣的指導思想，那個時期外文局連續有死人發生，成了文革以來第二個死人高潮。我不知道是打死的還是自殺的。文革的殘酷和恐怖，使人難以忘卻。

有一天，記不得為了什麼事，我騎車經過西單絨線胡同，巧的是竟遇見羅俊一個人在那裏行走。我向他問好後，兩人略聊了幾句；他的處境似乎還能暫時苟安，造反派爭鬥正酣大概有點顧不上他了。他對外文局情況也已不大清楚但渴望知道。他希望我有事可去德內大街找他，那是他夫人黃靜汶住的衛生部宿舍。後來，我去過兩次，在一排平房裏的一間，有一次他不在，但都見到黃靜汶，她是衛生部的一位司長，我們聊了一些運動情況，黃靜汶比羅俊説話要激烈得多。

1969 年 11 月，我全家被下放到河南汲縣幹校，在農村勞動了三年。羅俊也被勒令下放，但他所在的村與我住的相隔十幾里地，所以並沒機會見到。期間軍代表在北京外文局機關和河南幹校又搞了一次大規模清查運動，抓所謂「五一六」分子，隔離審查，逼供信，又整了死了許多人。這是第三次死人高潮！和我同一個辦公室有一位青年女編輯，復旦大學中文系畢業，嫁了一位復員軍人；因她與機關裏另兩位男同事過從甚密，又有書信往來，內容都是纏纏綿綿、互相傾訴感情的東西，用現在的話，不過是一些「小資」情調而已。軍代表竟大張旗鼓在全局範圍進行批判，把書信公佈張貼出來上綱上線，作為資產階級墮落腐朽典型百般羞辱醜化，女青年受不了這樣的壓力和侮辱，有一天早晨從辦公樓頂朝着百萬莊大街跳樓自殺。軍宣隊和《中國文學》當政者還不依不饒，召開批判會鞭屍。

外文局在文革期間到底非正常死亡了多少人，我不知道確切數字，但我印象中似乎有三十多人。後看到《中國外文局五十年大事記》記載説文革期間「先後被立案審查和受衝擊的幹部和職工 524 人均得到平反，20 多位蒙受不白之冤悲憤而死的同志得到了平反昭雪。」（第 335 頁）但有一位知情人告訴我説：文革後，全國公安會議點名外文局在文革時非正常死亡五十多人，是國家機關死亡最多的單位之一。在那個時代，人的生命真是輕於鴻毛啊！

我在這個運動中也莫名其妙地被半隔離審查了八個月，即每兩個星期允許我回龐砦村家裏探望一次，其他時間都被關在幹校；先是批鬥後是懲罰勞動即幹最髒最累的話。三年後我調回北京前問幹校領導要個説法，竟答稱沒有審查過我；回北京問《中國文學》編輯部當政者，回答更是説完全不知此事。這豈不荒誕，然而，這就是文革！

從幹校回到北京，原來的住房已被人佔據，我一家四口只得擠住在醫務室對面一個十二平米的小屋子裏。幾個月後，遷到花園村一棟筒子樓裏臨時住下。如此過了幾年，忽然聽説羅俊在河南幹校被懲罰勞動五年（是所有幹部下放時間最長的）後終於也回來了，也住到這個院子新建的宿舍樓裏，沒有結論沒有工作，賦閑在家又是四年。還聽説樓下住了《中國文學》的一位革命領導，常常對他怒目叱責，他迷惑不解，問別的鄰居：「他為什麼這樣對我呢？」老局長不懂人情冷暖，也只能默然隱忍。

此時我已離開外文局調到一家報社工作去了。1976 年 4 月天安門事件後，氣氛又變得緊張恐怖起來。我妻小珍有點不放心，叫我去看望住在同院的羅俊是否安好。我到他那裏只見他獨自一人，戴着一頂呢子軟帽，穿着呢子背心，似乎有點疲憊落寞的樣子。那年他已是六十多歲老人了，被剝奪工作權利已經十年了；好像沒有人照顧他的生活。我好多年沒見到他，但見到了一時也無很多話可説，那時人與人之間説話都是很小心的。後來有一段時間，我早上出門上班去，常常會遇到他在院子裏散步，他就陪我走一段路到 26 路公交總站看我上車才回去。這樣一邊走一邊説，我因在報社信息多些，故主要是他聽我説。後來不大見到他了，文革也完了，聽説他復出了，出任國務院港澳辦副主任。我當然為他高興。然而，又過了一些日子，聽説胡耀邦點名要他回外文局任局長了，我倒有點為他抱屈，心想這個殘局又要他去收拾，真是曾經滄海難為水。文革中外文局所遭受的摧殘和破壞可説嚴重極了，業務基本上停頓，人員打得七零八落，思想上的混亂、心靈上的創傷、人際關係緊張更是難以形容。但我相信羅俊一定會不計個人得失，毅然服從組織決定，再次出任外文局長，重新建設起一個正常健全的對外宣傳機構。

我想起他兩次到外文局都是從糾正以前的錯誤和遺留下的問題開始，第一次剛剛有了新氣象，走上比較健康的正路，就被極左的路線打斷。第二次他自己就是受到嚴重打擊和迫害的，現在他又來糾正前人犯的更可怕的錯誤，從廢墟上重建。但當外文局走上軌道有了新貌，他也到了退休時候，再次為後人鋪路。這好像冥冥中正是他的宿命似的。如果，歷史按照正常的規律運行，這樣一位資深的學養深厚的老革命老幹部，又該對國家有多麼大的積極貢獻！從文革過來的人莫不為個人也為國家發展荒廢十多年寶貴光陰而浩歎！

那時我離開外文局已多年，所以不太了解文革後那裏的實際情況了。他後來也遷出這個院子，我也不曾再遇見他。

四

羅俊生於 1913 年。1931 年參加中共地下黨時，正是革命處於低谷的時候。他曾留學日本，回國後在工業合作、銀行等任職，還在復旦大學、上海商學院兼職任教授；同時從事地下革命工作。上海剛解放，他就出任中國人民銀行上海分行副行長。所以他是資深的財金專家又是資深的革命家。長期的地下秘密活動鍛煉成他嚴格的組織紀律性和對黨的忠誠不二。他對來自上級機關的指示和意見哪怕是級別低於他的人員的話他都非常尊重；幾乎沒有聽到過他對上面的政策有什麼異議。我們有時會在背後不知輕重地嘲笑他膽小。其實他心裏是很明白的，執行時候因勢利導會有所斟酌。記得1964年我們是第一批被派遣參加河北農村整村幹部的「四清」運動。那時劉少奇把自己的妻子王光美下鄉的經驗報告當做典範下達的。羅俊所在的舊城大隊是這個公社裏規模最大的村子，與我所在的李空城大隊相隔六七里左右。當我們依照報告正苦苦了解情況時，他當工作隊隊長的那個村已經解決問題快進入收尾了。我們聽說以後非常驚奇。原因就是他實際上沒有依照王光美那套搞法進行。

他對革命的熱誠和道德修養，我想也表現在他的婚姻上。他的夫人黃靜汶是一位傳奇人物，曾是黃埔軍校第6期女生隊成員，與趙一曼、謝冰瑩……等等同期。她的革命資歷比羅俊還要老，早在1926年就入黨了，父親是老同盟會員，她自己曾在武漢、瀋陽、上海三次被鋪。她比羅俊大七歲，筆者寫作本文時她還健在是107歲的人瑞了。羅俊和他夫人真是革命的伴侶，是他傾心革命的一種表現。他自己雖是一個大帥哥，夫人對家務好像也不怎麼會經營，但他們廝守終生，相濡以沫。

日常生活中他公私分明，即使在財經機關，也是清正廉潔，一塵不染。他對幹部愛護關心，從不搞任人唯親。他到外文局，連秘書都是幹部處給新找的。他到國務院港澳辦，只從外文局調去一位《中國建設》雜誌總編輯魯平。不久他自己回外文局，魯平仍留在港澳辦，後升任主任，是中英關於香港回歸談判的實際主持者。羅俊為國家舉薦了棟樑之才。

八十年代初，有一次我到木樨地24樓找中國作家協會領導馮牧談工作後，下樓到院子裏準備離去時，抬頭看見羅俊正笑眯眯地先看見我了。他似乎剛從外面回來，就招呼我說：「怎麼樣，到我那裏去坐坐嗎？」

他也住在 24 樓，我隨他上樓坐定後，他高興地說：「今天有好菜，有鱔魚，你就在這裏吃飯吧！」

我看家裏又是他獨自一人。那保姆燒飯看來也不怎麼樣，鱔魚的骨頭都沒去除掉。此外還有一個素菜和湯，真的是很清淡簡樸。我看他吃得很香，心想：羅局長對生活的要求實在不高。

吃完飯稍坐了一回，我就告辭離去了。那麼多年來，我十分敬重他，在我心目中他永遠是我的老領導、老師、前輩，長者，我與他隔了好幾層級，我還是像當年剛畢業時一樣仰望着他；在他面前我從來是恭恭敬敬的，很拘謹，不敢放肆亂說話。像這樣完全私人空間的相處，這還是第一回。

但是，我知道他對我這個後生小子一直是很關心愛護的。但他絕不在我面前表示出來。外文局有一位姓馬的年輕人，後來回家鄉安徽工作去了。他與羅俊有通信聯繫且有苦惱向他訴說，羅俊回信叫他有問題可找我，說了一些誇讚我的話。小馬寫信告訴了我，使我感到很意外。

1983 年初，《中國文學》總編輯楊憲益已過七十歲了，面臨退休，與副總編輯何路熱情邀我回來接他的班。他們兩位與我在楊憲益家裏反覆勸說談了兩個小時。何路說，她請示過羅俊，羅不僅同意，還說：「如果丹晨同意回來，就人先來上班，手續可以後辦。」我聽了感動得說不出話來。但是，我還是沒有接受他們的盛情相邀，因為我覺得自己不適合在外文局工作。儘管我對他們的盛情很抱歉。

我深深知道，他不是對我一個人如此，也不是有什麼個人感情因素。他確實出於公心，是一種對後輩、青年的愛護培養之心，並無親疏之分。所以幾十年來我們就是這樣君子之交淡如水。此後，直到他逝世前二十年間，儘管我和我妻常常會談到他，但我們沒有特意上門去看望他，真的是很不敬啊！聽說他辭世的消息時，卻是那樣哀哀地悵惘感到一種很大的失落和歉疚，才發現他在我們心裏佔有多麼重要的不可替代的位置。

最近我看到羅俊寫的一篇回顧他在外文局工作十五年的文章，沒有半句矜誇自己在相當複雜艱難的環境下，披荊斬棘、蓽路藍縷地創建外文局之功，正如有人說他在「回憶錄中功歸上下，過則歸己」。他歷訴自己幾次大的失誤非常具體而痛心，說：「前面所述沉重的教訓，已給工作上造成很大損失，而 1959–1961 年歷次政治運動和書刊檢查中，我犯了更多的錯誤，使黨內外許多同志受到嚴重傷害。至今我對自己工作中的失誤仍念念難忘，引為終生遺憾。當時雖然有些客觀原因，主要還是自己有『左』的思想根源，寧『左』毋右。1959 年反右傾運動，黨內不少負責同志受到重點批判，有的還戴上『右傾』帽子。1962 年才得以甄別平反。1960 年又進行了一次反官僚主義和書刊檢查，擴大到黨外許多編譯、發行人員，先後竟有 4 人關押坐牢，後均平反無罪。再是 1961 年清理出版社隊伍，又有不少編輯人員因出身或海外關係問題被下放到江津、南口勞動鍛煉。多年來多次政治運動，使許多同志顛沛委屈，身心受到的傷害是無可彌補的，也違背了黨的知識分子政策……以上種種，我深感遺憾，愧悔不及。我衷心希望後人從中吸取教訓……」

此文寫於 1998 年，他已離休多年，已是八五高齡的耄耋老人了，完全沒有外來的影響和壓力，也沒有人要求他這樣寫，他完全可以不說這些自責的話。何況在文革中他還是外文局嚴重受害者之一，像有些人那樣他盡可以多指責別人的不是掩飾自己的錯誤。然而，他選擇了真誠地反思，自責，愧疚，從中總結教訓警示自己和後人。這些話出自肺腑，可以感受到他的痛心和難過。這正是我們熟悉的羅俊局長特有的善良寬厚、襟懷坦蕩、忠誠無私、愛人以德的風範，也是今天中國社會最稀缺和可貴的。我們常常埋怨國人沒有反思精神，不敢面對錯誤的歷史，不敢承擔罪錯的責任。在這種情況下，像羅俊那樣，一直在反思，決不輕易寬恕原諒自己，實屬難得；只是沒有機會與更多的公眾見面，為更多的人們所了解。

有一天，我在翻閱此文時，忽然發現時光荏苒，羅俊同志已經離開我們十年了，也是他誕生百歲之時。我不揣淺陋寫下了這篇回憶文字，也是希望有更多的朋友有機會一起來認識、懷念這位可敬的長者。

2013 年 11 月 13 日改定

憶馮牧

陳丹晨

在慶賀《文藝報》創刊七十周年的時候，很自然想起老主編馮牧先生；他離去已有二十四年，今年還是他冥誕百歲，因此更讓人感懷。如果他還健在，一定又會和大家歡聚一起開懷笑談《文藝報》走過的艱辛之路，不僅使我們受到教益，還因為他的談鋒睿智，會是一種享受。

1978 年《文藝報》復刊初始，我就在馮牧先生直接領導下工作、交往了十七年，直到他去世。他很有點與眾不同，他不擺架子，不說套話空話，更不居高臨下。我總覺得他既是領導又是同志，既像老師更像朋友，既是前輩更像是兄長。

他主編《文藝報》七年，我們沒有給他置備一個辦公桌，更不必說什麼單獨的辦公室了。當時條件比較差，編輯部設在沙灘紅樓後面的廣場上搭建的簡易防震棚，只有幾間簡陋的房間。他來編輯部要不坐在總編室的破沙發上談事聊天，要不在空着的別人辦公桌上看稿，從不計較。

有一個時期，他連續被文化部、文聯、當然還有作協等許多單位委以重任。早上他到辦公室來時就會笑眯眯地站在我們的桌邊說：「啊！我又給多了一個頭銜……」他像是得了一個玩具似的。有時一早來了站着就對我們說：「啊！昨晚我看了一篇小說，真好！」於是就講開了怎麼好怎麼好。他那種高興的樣子又是像小孩得了什麼好東西暢懷開心。

有時，他的率真使人驚訝。有一次復旦大學有一位教授朋友對我說：他們參加一個文學研討會議，一大幫人去到馮牧房間裏看望他。他對那些素昧平生的教授們毫不見外，像老朋友一樣，無論談社會時政還是文學創作坦率誠懇，覺得他是那麼信任他們，對陌生人毫無戒備之心。那位教授為此感慨地說很少見這樣平易親切的領導。但是這樣的率直也曾使他吃盡苦頭。他在文革時就因為私下議論咒罵林彪、江青，被人告密而打成現行反革命，關進牛棚。文革後，有一次他在一個會議上講了些真話，還是被人家打了小報告，上面的領導雖與他曾是極熟的老朋友，但也還是往上報告了更高的大領導。大領導不高興了，說這樣的人怎麼能當領導。幸虧後來因各種原因不了了之。

我還聽到過一個段子：文革後中國作協恢復活動不久，很多老作協的人員紛紛歸隊。有一個文革時在牛棚裏狠狠毆打過馮牧的人，也去找馮牧要求幫助安排工作，馮牧也給他辦了。我在一次會上，聽《黃河大合唱》歌詞作者、詩人張光年談起此事，笑呵呵地喟歎說：「馮牧同志不念舊惡，當然很好啦！但是不是有點寬大無邊 ！真是個好好先生啊！」他就是這樣對任何人懷着善意和信任。

他對青年作家優秀作品付出極大的精力去支援、幫助他們。他犧牲自己的寫作時間看大量的新作；收到新出版的雜誌常常看到深夜，第二天就很興奮地向我們推薦。七八十年代之交，聽說北京的一些青年作家都跑到他那裏去，想得到他的指點和幫助。他家裏幾乎天天高朋滿座，從不聽說他對這類事嫌煩。有時我去他那裏彙報工作，或送校樣給他終審，看到他家裏總是川流不息的來人來電話。我對他說的話常常因此被打斷，要分好幾次才能說完。無論是五十年代優秀的雲南作家群的出現，文革後的大批新老作家的湧現，都凝聚了他的心血和貢獻。這已是文學界熟知的事了。

馮牧的散文文采斐然，情真意切而為人們推崇，特別是寫雲南的作品；他的大量評論文章同樣也是文情並茂，閃爍着真知灼見，為人們喜愛。我還認為，馮牧最重要的貢獻是：在七八十年代之交，在解放思想，破除迷信，撥亂反正的歷史時期，他是文學界勇敢的先行者，站在洶湧澎湃的潮流前沿；特別是他和荒煤、羅蓀前輩們並肩合作，為反思歷史，改革開放大聲疾呼；率領了文學界一大批年輕的作家評論家編輯家，推動文學創作新的發展；他組織許多重要會議活動，到各處演講，寫文章，編刊物，真的是熱火朝天，不知疲倦。諸如大家知道的把幾十年中打成毒草的作品作家平反雪冤；把被看成「黑八論」的文藝思想顛倒過來；把長久以來現代個人迷信製造的種種極左教條束縛下假大空的文學藝術重新回歸到文學本體；倡導寫真實的現實主義；特別是不遺餘力地熱情支持和讚揚那些表現人民的心聲和命運的作品；發現和推出那些剛剛冒尖的有才情的青年作者。現在人們懷念八十年代的氣氛和環境，事實上那時也有鬥爭，也很艱難，也很複雜，也有很大的阻力和壓力。但是上下呼應齊心，還是披荊斬棘往前走了。馮牧為新時期文學的大發展確實殫精竭慮，全身心投入其中，作了巨大卓越的貢獻，我相信他在當代文學史上理應佔有重要的歷史一頁。

2019 年 9 月 14 日

憶羅蓀前輩

這已是四十一年前的印象了。那是春節後的一天，我去上海作家協會聽取有關我將採訪巴金的意見。接見我的是書記兼秘書長孔羅蓀。羅蓀穿着一件寶藍色的中式絲綢棉襖，有點稀疏的頭髮梳得一絲不亂，氣色閑定安祥，且又優雅平和，給人非常親和的感覺。雖説初見，又是對着我這個後生小子，他一樣溫和誠摯地給了我與其説是指示，更不如説是他的心聲。因為那時巴金剛剛被毛澤東嚴厲批評過，處境不好。但是，羅蓀不僅支援我去採訪報導巴金，而且明確告訴我：巴金沒有問題。這在當時，也是需要一點勇氣，冒着一點風險的。

後來我知道羅蓀在上海作家協會工作期間，與黨外作家的關係融洽，成了很好的朋友，不像有的黨員領導以革命者自居，驕横跋扈，一到政治運動就借機整知識分子。五六十年代，巴金等在上海所以能一次又一次地躲避了政治運動的迫害，與上海作家協會黨員領導周而復、葉以群、孔羅蓀的關照是有很大關係的。

仍以巴金為例，孔羅蓀對他在生活、創作上，都曾給了很大的方便、幫助和鼓勵。1960 年初，上海作家協會對復旦大學蔣孔陽、華東師範大學錢谷融兩位教師為代表的人性論、人道

* 本文原是在「孔羅蓀先生誕辰九十周年紀念座談會」上的發言（2002 年 5 月）。

主義，以及十九世紀西方資產階級文學、修正主義文藝思想開了四十九天的批判會。巴金作為上海作協主席雖不掌實權，但從裝點門面來説，也是要他出面上場的。更何況這樣重要的政治活動絕不可少了他。孔羅蓀卻曲意照顧他，以巴金要為即將召開的第三次文代會起草發言稿為由，免去他參加這個馬拉松的批判會。這對經歷了 1958 到 1959 年間半年多的批判圍攻、心有餘悸的巴金來説，真是一種解脱，得以避開這場批判別人或是被別人批判的災禍和鬧劇。從這件事例也可以看到羅蓀對巴金的情誼。同時也顯出羅蓀的善良和智慧，善於不動聲色地、默默地化解棘手的難題。後來我和羅蓀相處一起工作，這種感受就更深了。

文革一開始，羅蓀就被上海作協最早揪出來當問題嚴重的反革命打入「牛棚」(禁閉室)。他常常被罰作最重最苦的勞動。即使如此，他不顧自己身處逆境，只要有可能還是不避風險幫助別人。文革後期，南京師範大學教師楊苡尋找巴金，就是通過羅蓀提供有關情況使他們聯繫上了。那是羅蓀自己還不得自由的時候。

當我再見到羅蓀時，已是十多年後的七十年代末。之前我們已有通信聯繫，這時他調來北京與馮牧一起任《文藝報》主編，我也在他們麾下工作。《文藝報》編輯部臨時設在東四禮士胡同的一個非常講究的宅院裏辦公。那所宅院原是一個外國大使館，後被文革派的文化部長于會泳佔作辦公處，現在被收回為電影局所用。《文藝報》只佔後院的兩間房。北屋是行政、總務、編務，西廂房是一件大屋，所有編輯都在此辦公，最多時有十來個人。羅蓀和大家一起，天天上班，坐在屋子的西北角寫字桌前，靜靜地審稿、處理編務，或和大家開會議事。

因為朝夕相處，彼此了解多了。我更感受到羅蓀為人的親和平實，從不曾看到他擺架子，發脾氣，即使遇到不愉快的事和人，包括那些極端思想，他發表意見時仍還那樣沉穩，帶點幽默，不溫不火，不緊不慢，但卻特別有分量也很尖銳令人信服。三四十年代，他先後活躍在哈爾濱、上海、武漢、重慶等地文學界，主持編輯過許多文學刊物，尤其在中華全國文藝界抗敵協會擔任理事和出版部副部長，編輯《抗敵文藝》等重要報刊，寫了大量雜文、散文和短篇小説，同時又廣結人緣，善於團結文藝界許多朋友。這都與他有寬大胸懷和氣量有關。我到《文藝報》不久，羅蓀約我與他合寫一篇文章批判文革。他先寫了初稿，叫我改定。我那時不知好歹，對前輩也不知尊重，竟真的改了起來。羅蓀毫不見怪，沒有任何不悦的意思，倒使我非常不安。接着，我寫了第一本書《巴金評傳》，拿着一摞書稿請他寫序，他也毫不推辭答應了。而且準時寫了給我。序文論及當時傳紀文學寫作中的一些問題非常剴切，正中時弊；行文從容瀟灑，真是一篇漂亮的散文，使我如獲至寶。我知道這是羅蓀對我的提攜，從心底對他深深感激。

羅蓀和馮牧合作主持《文藝報》，把部下都當朋友平等相處，知人善任，充分發揮大家的長處，所以人們心情都很舒暢，積極性很高，把刊物辦得虎虎有生氣。《文藝報》敢於解放思想，言人所不敢言，行人所不敢行，一時聲名遠播，在文藝界影響極大，曾被人們戲稱為「解放區」。有什麼動作和言論，各地文藝界就會跟進響應。諸如呼喚回歸現實主義創作，熱情肯定「傷痕文學」，大規模為被文革期間誣陷為「毒草」的文藝作品平反，在理論上撥亂反正，推出新人新作⋯⋯等等一連串的活動，都是在馮牧和羅蓀積極熱情領導下進行的。我一直認為這也是他們兩位在這個重要的歷史時期非他人所有的獨特貢獻。那時馮牧經常還到各地各單位演講，羅蓀則更多地把精力放在辦刊物上。有一次《文藝報》開了一個星期規模較大的文藝思想理論會，各地都有許多評論家作家參加。有人提供情況說，劉賓雁最近在某處講了很有意思的想法。羅蓀馬上就說：去請他來參加會。那人說：劉的右派問題還沒解決呢！羅蓀毫不猶豫說沒關係。這就成了劉賓雁在1957年被打成右派二十多年後第一次參加文學界的會。羅蓀雖溫和卻是思想解放又有擔當的人。《文藝報》就這樣在馮牧和羅蓀主持下，成了七八十年代之交文學史上特殊輝煌的一頁。

1978年夏秋之間，我到《文藝報》不久，編輯部聽說上海復旦大學有個學生寫了一篇題為《傷痕》的小說，在學校壁報上貼出後引起很大的轟動和分歧。稿子投寄報刊後，輾轉拖延了半年，遲遲不能發表。有一位評論家對我說：「寫的太陰暗了！」後來《文匯報》終於刊登了，成了上海市民爭相傳閱議論的熱點話題。這時《文藝報》也已陸續發現最近報刊中出現類似作品很多，馮牧、羅蓀和編輯部同仁研究後，果斷地決定在京滬兩地召開座談會並予報導，支援和推動這個新的創作潮流。羅蓀就派我和鄭興萬到上海。我們到了上海走訪了許多著名作家，還到復旦大學和華東師大等校訪問了蔣孔陽、錢谷融等許多老師，連續召開了作家座談會、青年業餘作者座談會等，前後走訪了五六十人。人們情緒都很熱烈，思想解放，講了許多精彩的意見，對北京和《文藝報》抱着很高的期望。我和老鄭回到編輯部後，聽說北京的會也開得非常好，正準備長篇報導此事。

這時羅蓀找我和老鄭談話，轉達中國作協主要領導張光年的意見說：「上海的會議就不要報導了。」還說：「『傷痕文學』，我們是支持的。但也要適當，不能搞得太過。我們還是要好好學習恩格斯給哈克奈斯的信中的論述，要注重信中說的：『倫敦東頭的工人群眾那樣不積極地反抗，那樣消極地屈服於命運，那樣遲鈍』，那種生活的消極面不是典型的。我們還是要着重宣傳積極面，宣傳昂揚的戰鬥精神，宣傳社會主義現實主義。」我們聽了感到非常意外，為之愕然，就力訴理由，認為不可。因為我們在上海的工作已經造成影響，他們抱着很大的期望，如不反映，將會引起猜測和疑慮。至於恩格斯的論述，我說我們自有理解和解釋，如有機會另做陳述。但是詩人張光年是作為上級第一把手的意見而且還是帶有方向性的問題提出來的，無論羅蓀和我們都還不便直接反對。羅蓀心裏是同意我們的看法的。他略作沉吟後就說：「那麼改成簡短一些的報導吧！怎麼樣？」我仍然認為不可，力爭要和北京會議的報導一樣分量。羅蓀看了一眼，竟然基本同意了，說：「領導那邊我去說吧！你們的文章還是盡可能搞得簡短一點。」至今我不知道他後來怎麼去說服領導改變決定，又維護了領導的威信。我從這些事深深感受到他的開明和智慧，最主要的是羅蓀本身思想是很解放的。後來兩篇報導同時發表，影響很大。事實證明，羅蓀的支持和決定是對的。

1981 年春，是一個動盪的時期。我到南方四省市採訪組稿，途中聽說有關北京文藝界很緊張的傳聞。到了南京，《青春》主編斯群告訴我：省作協領導、《雨花》主編顧爾鐔的一篇文章被中央領導胡耀邦點名批評了。後來我才知道有那麼一段話，說：這樣的人怎麼能當主編？斯群找了顧爾鐔的文章給我看，又約了顧爾鐔、葉至誠等幾位與我一起座談。回到北京，我向羅蓀作了彙報。不久，聽說編輯部將江蘇省《新華日報》評論員批判顧爾鐔的文章已經發排，準備轉載。我找了正在發稿的編輯囑他暫時不發。那人說：「這是作協領導指示轉載的！」那天是星期六，編輯部開會，我就對羅蓀鄭重地說：「請轉告作協領導，此文不能發。理由有三：一、老顧的文章沒有什麼原則性錯誤。二、江蘇省文藝界都抵制此事，不願參加批判。報社請了人寫批判文章，來人聽說幹這事都跑掉了！三、江蘇的報社也是上面催迫下寫的應景文章，沒有說服力，《文藝報》轉載有損本報聲譽。」羅蓀聽了，表示這是上面定了的，不能改了。會後，我很鬱悶，回家想來想去，覺得還是要盡我的責任，再去爭取一下。星期一原定刊物要付印，我一早到辦公室就找羅蓀。羅蓀看見我那種急衝衝的樣子，沒讓我開口，就笑咪咪地說：「你就別說了，這問題已經解決了。我把你的意見對光年說了。他同意不轉載江蘇的文章了。但是，光年說：『既然丹晨說這文章沒有說服力，那就叫丹晨寫一篇有說服力的文字來代替！』」我聽了，有點啼笑皆非。原來那天羅蓀雖然不動聲色，會後卻向光年反映此事，也說了他自己的看法。光年是一個很自信的人，居然被羅蓀說動接受了部分意見。至少暫時緩和了此事。我當然不會寫這樣的文章，就心存僥倖，想設法拖掉此事。羅蓀說完了以後，也不再來催問我。我想他大概也是這樣的心思。過了幾個星期，忽然傳來新的消息，說胡耀邦聽了江蘇某個熟人的反映後，說老顧是個好同志，不要再批了！從此，此事就算過去了。

回憶這些往事，我彷彿又看到羅蓀笑眯眯的雍容和藹的樣子。他就是這樣一位思想解放，作風民主，柔中有剛，敢於堅持正確的意見的領導者。所以，在七八十年代之間，羅蓀在開創新時期文學道路上，是做出了重要貢獻的。他是一位理論家，但又長期擔負文學組織領導工作，主要致力於辦刊物，許多重要的業績不太為外界所知。他是位值得我們緬懷紀念的文學前輩。我還曾聽到有人說，羅蓀的生活和舉止像個「貴族」。其實這正是不同於別人的優勝處。他永遠都是那樣從容不迫，雍容優雅，應付和解決前進路上的險難困厄。也許正是我敢於經常對他講真話，甚至說點不同的、冒犯領導的話的原因。

1982 年開始，羅蓀不大管《文藝報》的事了。他的工作重心轉移到作協領導和籌建現代文學館事宜去了。他的健康好像也是從那時開始漸漸不如以前了。有一次，他給我打電話，說：「丹晨，我有兩件事要對你說……」接着，慢騰騰地輕輕地咳了幾聲，說：「這第一件事是……」他在電話裏想了好一會，最後說：「我想不起來了，等想起來再給你說……」漸漸地，我發現對羅蓀說過的話，下次見到時，他會完全忘了。不久，他就病假在家休養。有一次春節去向他拜年看望。他的精神氣色都很好，仍然笑眯眯地。他太太問他：「這是誰，記得嗎？」他笑着說：「記得，記得！」但卻一臉惶惑，仍然叫不出我的名字。一個智慧機敏的老人，得了這樣的病，特別令人傷感。儘管他還是那樣笑容可掬。他離開我們已經許多年了，這位和善的文學老人形象永遠雋刻在我的記憶中。

懷念潔泯

陳丹晨

這些日子，我心裏一直悶悶的，像窗外的冬日，總是被愁雲慘霧籠罩着；又像是有一塊石頭堵在胸間，什麼事都提不起神來。我是在思念潔泯大兄啊！我為潔泯的辭世哀傷！

去年 11 月中旬，邵小琴打電話給我，談她父親邵荃麟誕生一百周年紀念活動的事，我建議她邀請許覺民（潔泯）參加，她說：「他剛去世了！」我驚叫起來「啊！怎麼可能？！」

我所以如此驚惶，所以感到不可能。是因為我與潔泯一直有聯繫，常有電話聊天；之前也沒有聽說他有什麼致命的病症，除了患青光眼影響出門或讀寫外。恰恰我這半年忙忙亂亂，沒有通話，忽然聽說這樣的事，怎麼不使我感到意外呢！

潔泯長我十歲，從年齡、資歷、成就、地位……無論哪方面來說，他都是我的前輩長者。但是他從來沒有一點點居高臨下的意思，親切和善平等相待到讓我們這些後生晚輩完全忘乎所以，以至老三老四地「覺民覺民」地亂喊，就像同輩朋友那樣隨意相處。

我與他相識近三十年，從一開始就對他的與人為善，親和仁厚的為人有深刻的印象。記得七九年初，我在《文藝報》發表了一篇為大連會議與「中間人物論」辯誣的文章，過了半年，在他主持的《文學評論》上發表了作家康濯的《再談革命的現實主義》，其中批評我的文章沒有強調指出邵荃麟和大連會議冤案主要是在文革前 1964 年就已被打成反革命政治問題的事實。我看了很不高興，覺得康濯沒有講明我寫文章時受到有關當事人壓力才從略的，就寫了反駁文章寄給了潔泯。過了幾天，潔泯笑呵呵地找我商量說：「人家不是針對你個人，只不過補充了你沒有強調的方面，也知道你寫那文章時處境，只是沒有說明。你看這事也不值得再爭論了吧！」我想想也對，就作罷了；而且我從此比較注意不輕易與別人打筆仗。

過了許多年，有一家出版社託我代編了一套叢書，其中有他一本，也有我一本，拿到手一看，幾乎錯訛百出，編次混亂，我與潔泯在電話裏大發牢騷。因為氣憤，我說話很激動，甚至有點難聽。潔泯那本書錯到連頁碼都顛倒，錯頁到不連貫了。他雖然也不高興，卻還是那樣平和地說：「迭個弗對咯，坼濫污末！」軟綿綿的蘇州話，一點火氣都沒有的。再下一次，他主編了一套叢書，好意邀我也編一本加入。出版後，我不滿意，對臨時壓縮了篇幅，封面設計過於簡單等等頗多批評。他在電話裏只是嘿嘿地應着，也不生氣，更不反駁、解釋。事後，我想想，不對勁：人家好心好意幫你出書，你還對人家無禮。後來有些朋友見了這書，還說挺好的。我趕緊又給他打電話說：「這書反應還不錯，我那次說得過分了！」他還是那樣若無其事地說：「呵！還可以，是嗎？」他愈是那樣平靜，我愈覺得不好意思。

潔泯對物質生活也是心平氣和，淡然處之。他的寓所沒有裝修，牆都泛黃了，客廳裏不過一些普通的舊沙發、舊書櫃、舊家具、舊電器⋯⋯幾乎一樣新的高檔的都沒有。我若一提起這房子，他就會說：「蠻好的，蠻好的！」真可謂：居陋室而怡怡然。我的工資不高，有一次說起來，他比我還少，我都不敢相信這位三八式老革命，堂堂中國社科院文學所長，只拿這點工資。他卻笑眯眯地挺滿足地說：「真的，就這些……諾！最近他們給我搞了一個『醫療副部級待遇』，這不挺照顧的嘛？……」

這就是他待人處世的態度和方式。但是他的平和和寬容，決不意味着軟弱、無原則。我曾聽說文革時，他遭批鬥，造反派逼問他為什麼要犯這些「罪行」，他卻平靜地淡然地說：「為了我要反黨！」須知這從來就是「彌天大罪」，誰都不敢輕易承認的。在那樣殘酷恐怖的壓力下，他的回答是一種嘲弄，成了黑色幽默。可見他當時的氣閑神定，把那些革命老「左」們一時弄傻了！無獨有偶，造反派還揪了潔泯的頂頭上司嚴文井陪鬥，逼問他為什麼重用潔泯？文井更是幽默大師，慨然答稱：「因為我欣賞他的反革命才能。」全場譁然！對於這樣的軼事，我曾求證於他：有無此事？他瞪大着眼睛，非常認真地回答說：「他們費那麼大的勁來鬥爭我，就是要我承認這個罪名。那我就滿足他們，他們就可以大獲全勝了。」

上個世紀八三年春，文研所和《文藝報》聯合召開了一個人道主義研討會，幾十位評論家參加，荒煤、馮牧作了長篇發言。會場是借一家部隊招待所，開了五天，由潔泯和唐因主持。大家暢所欲言，談得很深入，也很愉快。沒有想到會議剛結束，就有一位與會者向上密報，說會議有出格的錯誤言論，竟驚動了高級領導機關下令徹查，將會議全部錄音調去審查。一時氣氛顯得很嚴重，首當其衝的是主持人潔泯，他獨自出面應對，除了向《文藝報》通報此事外，沒有一絲一毫涉及他人。儘管後來此案不了了之，他的獨力擔當的精神，給了我非常深刻的印象。看他平時溫和老好，關鍵時候卻顯出他的不凡的道德勇氣來了。

他寫了大量的著作文章，有理論批評，也有散文隨筆；有寫文藝界名人軼事，也有寫平民百姓的生活命運；有寫域外旅途見聞，也有寫社會現象點滴……不管寫什麼，文如其人，總是那麼溫柔敦厚，婉約有致，幽默而有情趣，但都可感受到他在不停地思考，寓含着他的鮮明的愛憎和深刻的批判精神。當我讀到他為《林昭，不再被遺忘》一書寫的前言時，我看到了一個金剛怒目的潔泯。林昭是為執着追求自由和真理而被殺害的北大學生，也是潔泯的外甥女。他寫的前言，是悼文，更是檄文，說：「她的死，是正義不滅的象徵，是宣示一種思想力的高揚。她面臨着種種選擇，可以不死，可以有各種各樣的活下去的選擇，可是她選擇了死……她用死向後人證明她是正確的。她用死使殘害者用盡方法要她屈服的一切陰謀伎倆歸於泡影！」「林昭有一股剛氣，說準確一點，一副硬骨頭……正是林昭最光輝的尊嚴處，人們紀念她，正是從她那裏懂得了人的尊嚴的神聖準則。」這就是我們的潔泯，可愛而可貴的戰士，響亮的正義之聲！

我與潔泯不曾同過事，但卻成了亦師亦友的忘年交，與潔泯的性格、為人有關。我對他尊重欽敬，他對我關照友善，頗多鼓勵，都是因為意氣相投之故，使我深深感到在文學旅途中有這樣前輩師友的支持，是一種幸運，也更有信心了。因為我們的住處相隔較遠，平時只能用電話問候、聊天。如逢文學界有活動，他總會主動打電話問我去不去。我因決意離群索居所以從不參加。他就有點遺憾，因為他本想借這機會見見面。那年，他喬遷現住寓所後，打電話開玩笑說：「奈末我住到灶君菩薩這裏來了。」因那地名叫「皂君廟」也。我專程去那裏看望他多次，每次他必留我吃飯。我若推辭，他必說：「那我們到外面去吃！」我就不好再說什麼了！他也曾來過寒舍，我很過意不去。

有一次，說到抗戰勝利後他在從事秘密地下活動同時，也在生活書店工作。那時生活書店在上海呂班路與霞飛路轉角處開了一個兩開間的門店，生意很紅火，店堂裏常常顧客讀者盈門，那裏總有許多別的書店買不到的進步書刊。我家離這書店很近，步行只須五分鐘，常去看書而不是買書，因那時還是初中生，家境清寒，難得有餘錢買書，星期日往往就倚在書架邊看上半天書，店裏從不攆人。我就對潔泯開玩笑說：「那時我在店堂裏肯定看見過你。不過你沒有理我。」他說：「那時你還是小孩子，興許我們說過話，不過我們是相見不相識吧！」想來也許就是如此。而現在相識了，他也離去了！

潔泯平時處世低調，毫不張揚。但對文學界人和事的是非特別明白，心胸開闊廣泛吸納新的思想，對傳統文化又有精湛修養，常常在溫和平淡的言談中寓藏機鋒和睿智，於不經意時出語風趣而有新意，但從不摻雜個人意氣，人緣也就特別好。正因為他是個重情義的人，離休後，仍常不辭辛苦，轉乘幾次公交車，進城探訪文學出版界的老友。他從十六七歲少年時代起，就參加地下黨的秘密活動十幾年，他主要是從事進步文化出版工作，迄今整整七十年。他就這樣默默地奉獻了自己的一生，也結識了大批文化名人，與他們結下了很深的友情。這從他的《風雨故舊錄》等即可見一斑了。只是這些老人大半已經凋零，他的記述也就成了不可多得的第一手重要的文學史料了。

由此，我常常感覺到上個世紀大批文化精英名人大師，紛紛離我們而去，正是應驗着一個時代的終結。一個時代的標誌，往往不一定是那些叱吒風雲、用火與劍左右國家民族命運的龐然大物，而是那些在精神文化上影響哺育滋養無數代人成長，作出了點滴貢獻的普通人。我想潔泯也是這個行列中的一個。潔泯啊潔泯，你正應了「質本潔來還潔去」的詩句了。後來者正應承襲他們清潔的精神和嘉言懿行，作一個有道德良知的、對他人有用的知識分子。這將是對他們最好的紀念了。

2006 年 11 月

黃宗江的《坦白書》

陳丹晨

黃宗江出版了一本自述，書名《我的坦白書》。他的愛女丹娣為其老父寫序，生動準確，實屬別致；她着重講了他的為人處事的格言即原則是：「事無不可對人言」，也就對《我的坦白書》作了絕好的注解，真可謂「知父莫若女」。我一邊讀一邊笑個不停，被他的坦白熱誠、幽默可愛的性格，豐富曲折的戲劇性人生故事所吸引，被深深地打動了感染了！

坦白，本來是一個好詞，任何一本字典都會告訴你：坦白，坦率，坦誠，坦蕩，坦然……這些意思近似的詞都是褒義。「坦白」原意應為「心地純潔，語言直率，襟懷坦白」，應如孔子曰：「君子坦蕩蕩。」但是，從上個世紀中期開始，坦白成了一個貶詞。如有人要你坦白，說明你已成了犯錯誤或罪人必須交代供認罪行的意思。囚室牛棚裏貼的標語就是「坦白從寬，抗拒從嚴。」有多少人就在這個「坦白」問題上吃夠了苦頭。因為「坦白」就是講「真話」，講真話在那個年代是最忌諱絕不允許的。黃宗江以此作書名是有深意焉！是直白，是反諷，是坦陳……讀者讀此書可一睹其人、其文、其影之風采，一個坦蕩蕩的真君子黃宗江也！

《我的坦白書》不是宗江專門寫的自傳，而是輯錄已有的文章重新編排而成，既敘寫了自己的身世經歷，婚姻家庭感情生活，也着重抒寫了自己的人生追求即作為演員、劇作家、劇評家、以至戲劇文化對外交流使者……對戲劇戲曲電影藝術的一往情深，癡迷不改，真可謂愛戲如命。所以書中相當的篇幅是寫與戲有關的故事：童年時代起他就迷醉於京戲話劇，先後成為南開中學、燕京大學的學生劇藝活動積極分子，粉墨登場。他的初戀也在演出期間同時萌生。後來棄學從藝，這位燕京大學西語系三年級學生「出走」到上海、重慶做了職業演員，名噪一時，與石揮這樣當紅演員齊名，被譽為「一時瑜亮」。這也是他演劇生涯最得意過癮的時期，幾十年後驀然回首仍如當時沉醉其中那樣快樂。然後又一次「出走」，想步曹禺後塵，從事戲劇創作；哪想到為參加抗戰，竟飄揚過海到美國當了海軍水手。這樣大起大落的人生跳躍跌宕，大概也就是黃宗江才會有。然後，又回燕京大學讀書，生肺病吐血，寫多幕劇《大團圓》在京滬兩地公開演出，還第一次成書在上海出版，從此進入中國優秀劇作家行列。凡話劇電影京戲劇本以及譯作，皆有所成，且高產多達近三十種，尤以電影劇作《柳堡的故事》、《海魂》、《農奴》、《秋瑾》等，著稱於世。至於散文隨筆，評戲論藝、知人論世，更是文采斐然，情趣盎然，機智詼諧，妙語連珠。寫事，必有出彩的細節或高潮；寫人，形神畢現，躍然於紙上。最重要的是，生動的筆墨中，時時傾注了他的熱情真愛，是從他心底噴湧出來的，毫無遮攔保留。

對自己的戲劇人生如此，對同行老師朋友更是一片赤子坦誠之心，把與這些師友交往情誼也都統統納入他的自述之中，成為他的人生不可分的一部分，竟佔本書三分之一以上的篇幅。這在別人的自傳作品中是很少見的，也正可見宗江的多情多義。大凡與他有過交往的前輩，他都恭恭敬敬尊為師長；對他有所指點教導的，他都滿懷感激地敬為恩師；對前輩藝人的表演藝術和俠義敬業精神更是尊崇。《廣和樓》是他寫於 1944

年的一篇感情深沉的絕佳的美文，對達到藝術顛峰的京戲近乎膜拜敬畏的心情，其實正是他對歷史文化的追懷。「劇場是劇人的廟宇……這裏是我最留連的一個所在，因為這裏有人有戲。」，他像「坐在漢明妃青塚旁遙望落日，當然會追懷，會想像一些美麗的故事……」他寫《我愛女演員》，謔而不虐，是那麼單純美好，愛戲愛人，都是因為對美的癡愛，愛得太深太深了。

他對誰都抱着善意，傾心相交。他主張「藝術家低處相攀」。他一生也是這樣做的。《柳堡的故事》原是上級交給他的創作任務，但他卻把小說原作者胡石言「拉進編劇」一起合作，成為相交深厚的好友。小說挨批判時，他獨攬自身；受稱讚時，他就說他不過使電影「回歸小說原作」而已。這樣不居功，不矜傲的磊落襟懷，大概可以羞殺當今文化學術界一些鼠偷狗竊之輩了，

正如詩人公劉所說的那樣：「宗江是個沒辦法的人道主義者。」「沒辦法」，喻其不可救藥徹底真誠也。因此對遭遇不幸的師友尤多同情；反思歷史，筆下更多了一份沉重。他寫石揮，寫言慧珠，寫海默，寫周信芳……等等，充滿着深沉的愛，常常因此憤懣難耐，百思不解，也要發出像《天問》一樣的呼號：「故宗理想主義至今，乃日夜祈禱，向神，向人，向黨，祈禱祖國昌盛，世界大同，人類和平。希望無窮，但也失望無窮……」「我真的不解，不解，不解。為什麼還有人那麼怕張志新？」張志新是在文革時被殘殺的，宗江以她的遭遇寫了戲卻遭禁。真正的人道主義者的愛憎是很鮮明的。

但是他卻很少談到自己的苦難經歷。對此，我還曾當面請教過他。他卻搖搖手說：「我遇到的還不算什麼。」倒是夫

人阮若珊寫了《我的良人》中透露了一些實情：在文革中，黃宗江曾先後兩次被打成反革命，被開除了人籍以外的一切之籍，被貶逐到隴西、山西勞動改造；一家大小五口人被拆散五處發配到北大荒、西雙版納、甘肅等邊遠地區；夫妻兩人被隔離了整整五年後才得以相見……等等，吃夠了苦頭。可見他這個人的度量是很大的，很寬厚的，對自己的得失，並不掛在心上。

那麼，他又是怎麼應對這些可怕的政治運動呢？1957 年他在部隊創作組的同事、著名作家徐光耀曾記敍說：那時人人自危，被揪出來的右派固然遭難，還未揪出的也惶惶不可終日，在上級逼迫下必得積極批判別人。黃宗江平時說話「滔滔不絕」，到批判徐光耀時，卻成了「結巴」；批判《渡江偵察記》作者沈默君時，宗江卻裝瘋似的狠狠地大批自己，末了稍稍聯繫對方幾句就蒙混過去了。徐光耀說：「這是黃宗江的聰明……他的『瘋子意識』也是清醒的。」或者說，在這樣險惡的環境中，他用一種特殊的方法保持了自己的人格和良知。就像文革時，造反派追查他「惡毒攻擊」江青的罪行，他竟把平時對江青的不滿和議論如實地和盤托出，寫成文字，多達二十二條，真可謂徹底坦白。始料未及的是，反倒嚇得那些造反派頭頭怕連累自己而不敢再聲張。也許這也是他的「瘋子意識」的表現。

老出版家范用因職業習慣，常常喜歡以書喻人。他說宗江，「是珍本書，善本書，絕版書，讀不完的書。」

老報人、老作家羅孚也說：「黃宗江是善本奇書」。還說：「黃宗江令人想起的是魏晉時代的風流人物。」

近幾年，我和宗江頗多交往，凡在一些會上見到他，總是被大家推為第一個發言。他發言，惟陳言務去，不僅動情，而且令人深思，故極受人們歡迎。去年部分北大同學聚會，他是老燕京大學（五十年代初與北大合併）的，是座中最年長者，老學長，又被人們擁戴第一個發言。他在這些小學弟學妹面前，非常親和隨和，有求必應。他當然是我的前輩師長，但因為他實在太隨和了，我也就沒大沒小起來，亂叫一通。我給他寫信，就戲稱他「宗江前輩大哥」，他也不以為杵。但我從心底是非常尊敬他的。

我讀他的自述還是比較認真仔細。讀到最後一頁，他說：「情未了尚虛，事未了則實。」讀下去，還是對戲劇舞台留戀之情結深入骨髓，情不自禁。而這一個「情」字怎生了得，每次聽他聊天，見他容光煥發，依然那樣率真欣喜，真為他高興。想起他年輕時的照片上一副英俊倜儻的小生形象；年屆花甲住在什剎海附近時拍的照片——打着傘站在雨中小巷，還是那麼儒雅風流；再看書中許多其他照片，大多數是暢懷縱情大笑，一派天真無邪的眯眯笑。他真是一個永遠年輕的多才多藝多情多義的劇人，他也曾以此自許哪！

2006 年 5 日

他留下的絕筆……

黃宗江師離世已是兩年多了，我與他最後一次見面的前前後後情景，一直在我心中縈繞不去……

三年前的新年伊始，我接到他的電話。他不像平時那樣說話直截了當說個沒完，而是有點斷斷續續，有點憂鬱低沉，說了幾句寒暄的話後，問我看到他在晚報上發的文章了沒有？我說看見了，你還在熱情地呼喚人性。他說：「這大概是我的絕筆了……」

我很意外有點吃驚說：「你是不是有什麼不舒服？」

他含含糊糊地似乎說老了，說時間不多了……總之，他的情緒很少會這樣頹唐。因為他失聰，電話裏沒有也不便深談。我就說近期去看望他再細說。他說：「好。」

我卻因雜事耽擱到 6 月初才去他的寓所。我沒有覺得他有什麼異常。和平時一樣，他仍然還是那樣開心，健談，爽朗，只是耳聾得厲害了，腿腳好像不大靈便了。他說：「你文章中說我有『情結』，這會我就連寫了幾篇都是談我的情結的。你看……」說着站起身，有點艱難地走到桌邊，從凌亂的書堆中找出幾篇打印稿給我帶回去看。

幾年前，我讀了他的文集《我的坦白書》後曾寫過一篇小文，其中說：「讀到最後一頁，他說：『情未了尚虛，事未艾則實。』讀下去還是對戲劇舞台留戀之情結深入骨髓，情不自禁，而這一個『情』字怎生了得……」他這回卻想起來用了這個「情結」兩個字做文章。回去細看，有〈讀黃宗英《百衲衣》——我的「小妹」情結〉、〈觀焦晃《欽差大臣》追思——我的話劇情結〉、〈觀何冀平《曙色紫禁城》綺思——我的京劇情結〉，是否還有別的關於「情結」的文章，我沒問他。讓我感到驚心的是他寫的另一篇稿〈夜讀抄〉，在文末尾注說「庚寅春晚年九旬或可封筆矣」。這正好與他 1 月份打電話給我說的話和情緒相印證。因此，與以往讀他的文章常感歡樂不同，這時卻不免帶着幾分沉重的心情。

他在這篇〈夜讀抄〉中，引述（或他說的「抄」）了政治人物和學者的某些重要論述，也簡單回顧了自己走過的心路歷程，說：「我們這老一代知識分子，出生於五四前後，我們受的言教與身教，使我們憧憬民主與科學的發展，我們所處的舊社會使我們失望而又失望，很自然地寄希望於新興的共產黨及其領袖……」於是，「……步步緊跟。但不但跟不上，還動輒得咎……」他還談到自己創作的描寫一位共產黨員英雄人物的心血之作，曾經深入到主人公張志新「被囚禁被殺之地，閱了半公開的『罪狀』，在劇本上寫下了她的有如黨史長卷的獄中交代……」但是，年復一年，這些作品未能面世。於是，他說：「我人微言輕，然尚能微言大義，不吝大抄夜讀，以求更多的共識，共促，共進。」

說到沒有面世的作品，宗江師又何止一部。即使他的傳世名著如《柳堡的故事》，當時也是備受爭議和批判的。他辛辛苦苦冒着生命危險到越南叢林戰地生活採訪後寫出的《南方啊南方》就被當做資產階級和修正主義的代表作封殺狠批。他遺下的未發表未上演或未拍攝的作品還有許多。故有書《佚劇卷》，有文《棄婦吟》，收的都是這類作品。

他當然不是僅僅為了這個原因想到封筆。他是為了國事憂心憂思以至憂憤。像他那樣耄耋高齡以至還有年近期頤的許多老前輩仍在為國家民族的進步和未來思考、憂慮、建言、呼喚……。他們對自由、民主的嚮往，對以人為本社會的期待，其心之執着，真誠，痛切，自青年時代投身革命起從來堅持不懈，如今面對很不如人意的現實，自己又已暮年，不免憂心如焚以至焦慮失望；但經過自我調整，又強打精神振作起來，希望人們「以求更多的共識、共促、共進」。所以他雖說要封筆，其實又怎能放下這寫了一輩子的筆，很快就又連續寫了那麼多篇，情緒似乎也變得樂觀了，那不滅的熱情又點燃了起來，如寫小妹黃宗英時勉勵自己要「朝聞道夕尚未死，繼續筆下縱橫」，「漸感到自己體溫尚存，心態開朗，再次握筆迄今。深感這人間的親人、愛人、友人、這人民與人類的人與事是寫不盡的，仍有我們可寫的，不論是社會和諧、世界大同的大事，乃至風花雪月，雞鴨貓狗。」還在文末尾注中說「2010 春寒轉暖」，寓意顯然是與前封筆之説相呼應的。到了觀焦晃演出的文章中更是熱情洋溢地說：「我仍感到幸運幸福的是，比我年輕近二十歲的，最好的男演員焦晃還能活蹦活跳，在舞台上。活下去吧！演下去吧！我們倖存在以人為本，尊重科學的時代！」在觀何冀平劇作的文章末了說「曙色可轉彩霞滿天！拭目以待！」他又恢復了一貫的充滿信心和期待的開朗姿態。

在我與宗江師相交多年中，常覺得他總像個不知愁滋味的少年。他與朋友無論熟悉還是初識陌生的在一起，一樣縱橫評說天下，嬉笑怒罵，直言不諱，坦率天真善良無邪得像個兒童。他女兒說他為人處世的格言是「事無不可對人言」。梁信說他是「襟懷坦白」、「肺腑透明」。我說他是「坦蕩蕩的真君子」。所以他的朋友遍天下，看他的著作涉及的文壇菊壇劇壇影壇中的師友知交之多之廣就知此言不虛。環顧今日文壇，這樣單純仁厚的人還有多少！

宗江師辭世之後，我看見網上傳說他「一生總和浪漫的愛情難解難分」。他確是個性情中人，浪漫想像豐富，對誰都充滿愛心。誰敢這麼公然說「我愛女演員」！他寫了許多有關才華橫溢的優秀女演員的文章，他確實憐香惜玉，但純白無邪。他太愛才愛美愛藝術。你看他寫李媛媛之死，真的是滿懷深情的痛惜。有一次談到一位優秀的戲曲女演員婚後長期沒有演出，他歎息而憾惜很久像是談自己親人的委屈似的。他年輕時有過幾次失敗的戀愛。與阮若珊談婚論嫁，開始時阮不相信英俊瀟灑的宗江會真心愛上她這個帶着兩個孩子比他年長的離婚女人。婚後看見宗江愛女兒如己出，出門一個扛在肩上，一手牽着另一個，讓阮好感動，就這樣恩愛一輩子。說「難解難分」是指這個倒也是事實。

宗江師晚年有過一次戀史。他鰥居多年，三個女兒都自立門戶了，雖常來照顧看望他，畢竟有點落寞。有一次，我去他家一進門他就興奮地似說似唱：「這次真的天上掉下個林妹妹……」然後講他的戀愛近史。但是因為種種原因，雖然相愛卻未能如願，他不免有點沮喪。儘管他是個爽朗的人，好像很快恢復了正常。但埋在心裏的那團情豈能輕易消失。這次在寫黃宗英的文中，他提到此事狠狠地自責說：「吾妹知我一生感情生活，我一向可說寧人負我未負人的，卻在自己最後的黃昏做了一個負心之人，悔歉無極，了無生趣，甚至懷疑自己得了老年癡呆症、抑鬱症……」

他對戲劇舞台癡愛迷戀之深更是難以言說。他常津津樂道中學時代就上了舞台的軼事，直至前些年還在紅氍毹上一顯身手。他在戲劇電影創作演出中的貢獻人所周知，但他從不以大師專家自許，只是自稱「戲癡」、「藝人」、「念念不忘舞台」、「『從藝』是自己工作與生活的核心」，稱他們兄妹幾個是「賣藝人家」（又稱「賣藝黃家」）。他愛戲如命，一生癡情不改。那份真誠到他最後寫焦晃的時候依然炙熱感人，但又長歎「別說了……俱往矣！」使人聽到了其中的滄桑和無奈。

宗江師終於離去了。他的家人捧着他的遺像是一幅頗有「仰天大笑出門去」（李白詩）氣概的照片，如人們說的與他性格極為傳神，希望他帶着歡笑走好。是也，說得一點不錯。然而，這個愛人愛美愛藝術愛國家的情結癡狂已極的藝人作家又有多少留戀和不捨，憂心和遺憾。也許，這兩者都是。

2013 年 4 月

陳丹晨

斯人獨憔悴
——懷念唐因

一

我打電話進去，很多次，沒有人接。後來知道，唐因是不接電話的。據説，有時他索性拔掉了電話線，不知是否如此。他的女兒曉晴在《青年文藝家》當編輯，約我寫稿，我都是打電話到曉晴辦公室，或將稿件送到曉晴住室，而不去敲唐因的門。因為，以前我也曾去叩門探訪他，無人應聲，弄不清楚裏面有人還是無人。

但是，因為我們住在同一棟宿舍樓，在院子裏，在附近小路，在稻香村食品店，也還會常遇見。他滿臉灰白的鬍鬚怒張，像是許久沒有修整了；提着採買了的食品、酒、日用品，漫不經心地緩緩行走。我就大聲叫他：「唐因，你好嗎？」

他見是我，就會爽朗地笑着説：「哎呀，是你呀！前幾天還看見哪張報刊上有你的文章。你還常寫文章，好呀！」

「唉！小文章，登在報屁股，換點小菜錢。」

唐因聽了縱聲大笑：「小菜錢小菜錢，好呀！現在都很實際嘛！」

於是，我就問候他，希望他好好保重。他總說：「還可以，還可以。」分手時，他會說：「有空來聊天。」我誠心誠意地回答：「一定一定。」

我對他這種封閉式的生活很擔心。我與朋友們私下說起：「唐因這樣與世隔絕簡直是慢性自殺。」但是，我知道，他不只是生活方式的自閉，也還是心靈的自閉。因為這個世界給予他太多的創傷；而現在紛紛擾擾的社會與他的個性又格格不入。於是他只好把自己幽禁起來。其實，他並非甘心寂寞和孤獨，他也渴望交流和理解，他是歡迎朋友們去聊天的，他和人們一樣需要友情和愛。

曾經有很多次，他突然給我打電話，沒有任何題目和由頭，就是聊天，天南地北。有時是從他看到某一篇文章或小説談起，他很激動，為什麼這樣糟糕的東西竟能登出來，而且還有人捧場叫好。我就勸慰他；「世界嘛，是多種多樣的，真假美醜，什麼都會有，文學界可能更多更希奇古怪一點，你何必為這樣的事生氣呢！」

他就大笑，然後又猛烈地抨擊世風日下，人心不古，説：「丹晨，你要寫文章，好好寫文章，講講這些事。」我就説：「唐因，你就應該寫，不要老悶在家裏看書，寫文章也是一種宣洩，把你的看法、激情宣洩出來，你會痛快些。」他只是哈哈笑，不接我的話茬。

這樣的電話，每次至少半個小時以上，也還談興正濃。如果我不收線，他還會興致勃勃地講下去。我深深地感受到他的苦悶。愈是封閉自己，愈對世事隔膜，也就愈加憤世嫉俗，對變化中的現實生活不能理解把握；痛苦的往事又常如影隨形地不能解脱，孤獨而無愛的生活正驅使他向着一條狹窄可怕的絕境走去。我不曾給他任何幫助，使我深深地感到歉疚，儘管我隱隱感到他的生命之水不會流得太久了

二

唐因的晚年，曾經有過一段短暫的歡樂但又很快變得荒誕的感情生活。

1991 年 3 月，有位朋友突然通知我説唐因結婚了，請我去聚聚，去祝賀一下。這當然是一個大喜訊。唐因的家庭生活有過一段悲慘的歷史。1957 年，唐因在《文藝報》當了右派，全家被貶逐到哈爾濱。文革期間，他的夫人不堪凌辱迫害，憤而自殺。從此，他過了二十多年的鰥夫生活。雖然，先後也曾結識過幾位女子，因種種原因都無結果。這次竟能圓滿成功，又是唐因喜歡的，真是可喜可賀了。

那天在他家裏相聚的只有四五位朋友。桌中央有一大簇紅豔豔的玫瑰花，有幾碟點心糖果水果。因為有了女主人，室內也比往日多了一分溫馨的喜氣。我們還吃了女主人從四川帶來的（也許是在北京買的）「賴湯圓」。唐因穿着西裝，靜靜地坐着，聽大家説話，説那些充滿友情、欣慰和祝賀的話。他自己一言不發，但顯得非常高興，安詳中透露出歡欣，幾乎流溢在他的臉上。那女主人還常使喚他，他像小孩一樣，順從地起身去做。我説：「唐因等了多年終於等到了愛情，這愛情來得晚了一點，但畢竟來了，真為唐因高興。」

這位新娘已是五六十歲的人了，衣着卻很豔俗，顯出善於交際周旋。當時我的印象大致如此。我還聽說唐因在這期間詩興大發，寫了許多動人的情詩贈給這位新娘。那女人也很得意念給別人聽。

過了一些日子，唐因打電話向我借書。因為我住在18層，唐因住在2層。我說，我下樓時捎給他。哪知電話放下不久，唐因就上樓來叩門取書，連門也不進，匆匆走了。這時我才知道是那女人要用，催他來取。但我卻直感以為此人不像讀書人。如此借書的事後來又有過一次，仍然是等不及我捎去，唐因自己就跑來取走。其間還曾專程來還書的。

又過了一些日子，那女人給我打電話，說他們省的社科院副院長近日要來北京，那副院長出了一本書，她讓唐因寫文章捧場，還邀我也寫一篇。說到那副院長時，她似乎因有此關係而不勝榮幸。我這人又偏偏煩這些。那副院長與我也還算熟悉，但我實在沒有興趣應付這事，就推辭說，「有唐兄文章足夠了，無須我再附驥尾了。」後來唐因文章果然在某報刊出。我心裏明白，那是那女人一手操作之功，而唐因過去是從來不寫這種捧場文章的。

再過些日子，那女人又來電話約我到外面舞廳去跳舞，使我意外的吃驚。我說：「我不會跳舞。」那女人不信，說了一些不倫不類的話：「陳兄，你不可能不會跳，還一定是跳舞健將。」說得我啼笑皆非，又解釋說：「我從來不跳舞，你還是請唐兄陪你出去玩，跳跳舞。」「他不去，他不喜歡這個。」「那就沒有辦法了，我實在不能奉陪。」

從此就沒有了音訊，我也把他們兩個人都忘了。直到第二年，忽然又接到那女人的電話，問問我的近況，我說起唐因，她很驚訝地說：「你不知道嗎，我和唐兄分手了！」問為什麼？答稱：「嗨！唐兄的脾氣你又不是不知道，大家既然相處不好，還不如分手。」我默然，無話可說。

接着傳來老作家徐遲結婚的消息，已是遲到的新聞，我一聽到新娘的名字不禁大吃一驚：「這不是唐因老婆嗎！？」再後來，又聽到許多關於那女人的是是非非的傳聞。我想，此人可能因為在唐因身邊出不了這樣風頭，才又另覓高枝的。直到讀了徐遲同事、作家洪洋兄寫的文章，才知道那女人早在 1989 年就曾「苦苦追求徐遲」。看來，是在尚未得手的間隙先與唐因聯姻，後又在與唐因未離之際繼續「進攻」徐遲，終於如願以償；回過頭來向唐因尋釁鬧事，把唐因折磨得連連向女兒求救，「我實在受不了啦！」才算正式離婚了。

有朋友也就是當初的介紹人告訴我：唐因真是好人，即使這樣，他也從沒有在別人面前說過她的一句壞話，有過一句抱怨。宅心仁厚，一至於此。唐因一生坎坷，這段晚年畸形的婚姻騙取了他蘊蓄已久的幻想和憧憬；他付出的竟是他的全部感情，也因此被從生命的懸崖推落到深淵，就有了後來那樣更加自我封閉，自我放逐，與世隔絕的生活。

三

1979 年 10 月第四次文代會後，聽說唐因要回《文藝報》當副主編，我是從那時開始認識唐因，並在他的領導下工作多年。

唐因、唐達成在五十年代就在一起工作，還分別擔任《文藝報》總編室主任、副主任，又一起被打成右派挨批鬥，現在又重新會合一起工作，可謂情深誼長。八十年代初，他們又一起應命合寫一篇批判《苦戀》的文章而使「二唐」名揚四海。平日達成視唐因如兄長，在他面前總是很謙恭的；唐因則很隨和，把達成以下一撥人都當作小弟弟一樣。所以大家相處都很友善，工作也很積極。

唐因是個沒有什麼權力欲望的人，從不擺領導架子指手畫腳，遇事也很好商量，肯聽別人的意見，放手讓下面去做工作。所以，編輯部裏的人都很尊重他，喜歡他；許多年後，談起唐因都還充滿友情。

唐因對於出頭露面的事好像興趣不大，文壇的熱鬧場合很多，卻很少看到他的影子。有一次，唐因和我一起參加某省的活動，第一天舉行大會，主人請他上主席台，他無論如何不肯，弄得很僵。後來還是我勸說他入境隨俗，不要讓主人為難了。這樣他才勉強上台去坐了坐。他對文壇流行的一些虛偽庸俗的作派和風氣幾乎是從心底感到厭惡和反感，也就常常喜歡諷刺挖苦一番。譬如新聞報導中常有「著名作家……」一類頭銜，他常將其劃去，說：「不管什麼人都加這麼個『著名』，其實名不副實，作家就是作家，不必一出場就要加這種空頭銜。」當聽說某人正在鑽營當什麼委員、書記之類云云，他就說：「搞文學的人為什麼要去鑽營這些東西，當了委員、書記又怎麼樣！我們不要理這些人，哪怕他們要當總統，當皇帝，就讓他們去當吧！」

有一段時間，他、劉錫誠、和我，三個人同一個房間辦公，我不止一次聽他突然自言自語激動起來，「到現在還是那樣搞一言堂，搞家長統治……」我起初沒有聽懂他在說什麼，後來明白他是對中國作協一把手張光年的抨擊，就和錫誠勸他：「唐因，你這話在這裏說說無妨，我們是不會去打小報告的。但是，難保你不在別處說，傳出去又是是非，何必呢！」他氣喘吁吁坐在那裏狠抽煙，沉默不語。我不敢問他究竟遇到了什麼不痛快的事。但我心裏很清楚，領導是不會喜歡像他那樣的人的。

有一次，編輯部有一個聚餐活動，我不在場，事後聽錫誠說：昨晚唐因喝多了，有點醉意，就「罵人」，把編輯部裏幾個「人物」評點了一番，說「張三」把名利看得太重，說「李四」只想當官……錫誠說，還說到你呢！「丹晨，清高！名士派作風，想搞研究，那就別在《文藝報》，上別處去！」錫誠說，他對達成評價最好，沒有一句貶詞。

雖然如此，他的這些「評點」全無惡意，人們沒有因此反感或生糾紛，倒是歷經歲月考驗的二唐友情卻出了問題。起因好像是從唐達成調任中國作協黨組以後，因為工作關係處理問題不可能再像以往那樣對待唐因。這使唐因很惱怒。他曾激動地對我說：「唐～達～成，蛻化變質了！」我大笑，說：「你這帽子扣得太大了，太離譜了！」他卻頑固地堅持。平心而論，我感到他們之間失和，唐因是主動的，「進攻的」，有時比較過火；達成是被動的，有一次還專門找我，講了他的處境為難，託我向唐因善為解釋。我很同情，也努力斡旋過，但沒有什麼效果。達成離職以後，唐因好像頗有悔意，主動對我談起達成，很是友善。我也希望他們仍能恢復昔日友情。我相信幾十年的友情在他們各自內心深處不可能輕易消失的。他們都是重感情的人，特別是唐因，失去達成這樣一位老朋友，也是增加他一分寂寞的原因。

四

唐因在青年時代懷着美好的理想參加了共產黨領導的革命，接受了馬克思主義思想。在以後漫長的坎坷的歲月裏，他一直是很忠誠執着的。在日常工作中，他認真貫徹上級的各種指示。有時，在我看來，他未免過於順從。譬如，按照上面耳提面命寫批判文章，或是不加思索照發上級轉來的氣勢洶洶的批判文章，等等。這與他的文藝思想有關：他深受別林斯基等人的影響，也接受了蘇聯和五十年代《文藝報》那套極左的文藝批評方法，再加上舊的社會文化思想積澱，他對八十年代文學思潮是反感的，也被人利用去批評某些新的藝術嘗試。其實，這些批評都是帶有明顯的政治色彩和目的，也是唐因自己過去深受其害最為痛恨的。但卻在無意中落入這樣的「陷阱」。我想，這與他胸無城府有關，也是他的組織觀念太強之故。從唐因的個性和氣質來説，他是一個很典型的書生，傳統的知識分子。當年馮牧就説過唐因，「書生氣十足」。他講操守，氣節，原則，他厭惡繁文縟節，喜好狂言放論，不拘禮數，不講究處世之道，不會隨機應變，不審時度勢。對於八九十年代的社會潮流，他似乎有點把握不住，一談起來總是牢騷和批評。我覺得他和我一樣成了時代的落伍者。因此有了一種深深的寂寞感。

《文藝報》，特別是過去的《文藝報》，是個政治性很強的、主要是體現主流意識形態的報刊，對於唐因來説，未必是合適的。但畢竟是與他一生命運起伏相關的地方，他是有很深感情的。1984年，中國作協正在探討自身的改革大計。唐因和我都領會錯了上面的意圖，設計了一個《文藝報》改革方案。我們只想到《文藝報》自身的體制結構和報刊面貌、方針的改革，想到如何改進、提高《文藝報》的思想理論水平、文化視野，和對創作、評論等文學事業的真切有力的影響；卻沒有着重考慮如何解決經費來源、增加收入的問題。所以一到作協領導召開的會上，聽別的單位頭頭紛紛像當年大躍進一樣，熱情高漲地提出許多經商致富之路、要使本單位員工當年就能增加超高的收入……等等，真使自己非常汗顏，顯得不諳世事，不合時宜，因此我只得默然沒有作聲表態。倒是最近聽到有的朋友還說，當時如果按我們的方案做了，也許今天的日子會好過一些了。不知此說有無根據。

接着就是《文藝報》改組。馮牧對我說：他要退居二線了，準備把作協別的工作都辭了，只保留《文藝報》主編的職務，日常工作由你們年輕人來做。他對《文藝報》的感情當然也是很深的。唐因則以副主編的身份主持工作已有多年，一旦聽說另有安排就非常激動。他希望我能站出來説話。我覺得他實在糊塗得可以。這樣的事，我人微言輕，豈容置喙！但是，我還是和時任黨組成員的達成講了。我想以我和達成多年的交往還不致誤會的。達成很誠懇地告訴我，他也已作了很大努力，但已無望解決。

這樣，唐因人生中最後的一次工作變動，又給他心靈深處投下了一道陰影。

五

八十年代初，唐因和唐達成奉命合作致力於一篇批判影片《苦戀》文章的寫作。我曾聽説有一位高層當權者對他們寫的稿子不滿意，於是不無惡意和輕蔑地説：「兩個右派嘛！」也就是説，不管你怎麼糾錯平反，在那些習慣於淩駕眾人之上、唯我獨革的人眼裏永遠都是異端和另冊，也是永遠不會得到他們的尊重的。記得丁玲在《風雪人間》中曾説到，她被打成右派後，馬上感到自己從此臉上打了「金印」似的。任何時候人們都知道你是「罪人」，有永遠無法洗淨的污點。讀過《水滸傳》的人都熟悉這個典故，但卻不會想到在當代生活中還會重現。

因此，當我懷念唐因時，總想到 1957 年那段歷史。那時我還是北大學生，《文藝報》離我太遠，也就根本沒有資格説三道四。但是，前幾年因查資料，無意中看到當年《人民日報》頭版刊登的一條有關《文藝報》反右派的報導，長達二千多字。因為其中講的是我熟悉的朋友的事，也就引起我的興趣和關注，讀後感慨萬千。

那篇報導題目叫〈扭轉文藝報的資產階級傾向　文藝報編輯部展開反右派思想鬥爭〉，報導了《文藝報》內部連續召開了五次大會，對「主腦人是《文藝報》總編室主任唐因和副主任唐達成」展開鬥爭，稱他們「對文藝界黨的領導，挑起了一場激戰」，同時也批判了非黨副總編輯蕭乾「利用職權偷運毒草，並把《文藝報》當作向黨進攻的武器的行為」。

這篇報導介紹了二唐的罪行有三，這裏僅摘其中第一點：

《文藝報》要不要走《文匯報》的道路。有一個時候，這個問題在《文藝報》不少編輯人員中曾發生很大波動，他們被《文匯報》的資產階級方向所吸引、支配。有些人想要《文藝報》和《文匯報》賽跑；有人主張《文藝報》和《文匯報》合併，有人要去《文匯報》做記者，有人要去當編輯，有人替《文匯報》評論員出主意或修改稿子，唐因、唐達成和《文匯報》的人接頭，想在《文匯報》上辦一個文學評論副刊，有人說《文藝報》代表「官方」，《文匯報》代表「群眾」；唐因說中國作家協會「是中宣部的派出所」，「《文藝報》是派出所的佈告牌」。總之，這些人對《文匯報》到處點火的辦法傾慕，喝彩，認為只有《文匯報》搞得好。……

這篇報導有無斷章取義、深文周納等等，我當然不得而知。但僅就這些敍述介紹來看也夠有意思、有趣、而耐人尋味的了。我曾讀到蕭乾前幾年寫的有關《文藝報》當年反右的情況：三個黨員正副總編輯安然無事，卻領導全社鬥倒一個非黨的副總編輯、以及大批部主任和一般編輯記者，把他們打成右派，實在是件令人困惑不解的事情。

據我在八十年代《文藝報》工作的經驗所知，《文藝報》總編室（包括當年二唐任正副主任時）只是協助總編輯協調各部門的工作，屬於編輯事務性質的，沒有權力和可能去影響和改變報紙的傾向。我想起最近放映的美國電影《泰坦尼克號》，人們看到駕駛這條豪華巨輪的是老船長和他的副手們，「全速前進」，以及航向度數等等的命令都是由他們發出的，舵工不過是執行命令而已。所以，當巨輪撞在冰山沉沒時，那位老船長也無言以對，只能關起門來和船一起沉入海底。可是《文藝報》當時卻是另一種情況，把舵工當作替罪羊用來祭旗了。

在我和唐因相處的日子裏，我深深感到這段歷史對於唐因一生命運和心靈的創傷是巨大的難以癒合撫平的。政治鬥爭和某些搞政治鬥爭的人，有的還曾是比較親近的，使他寒心，以至久久不能釋然。他那一再受了傷害的心是異常孤寂的。於是，他躲避塵世，希冀換得一點寧靜。

唐因給我的印象是深刻的，是我無法忘卻的。我在緬懷往事時，不由想起了杜甫寫李白的兩句詩：「冠蓋滿京華，斯人獨憔悴。」在熱鬧喧囂的文壇，我彷彿又看到了那個已經遠去了的憔悴委頓、寂寞孤獨的唐因的身影。使我不能自已寫下了這段文字祭獻於他。

1998 年 4 月 7 日

亡友老顧印象記

陳丹晨

一

老顧是我的好友，也是相識近四十年的老友。我這樣說，並非謬托知己，因為他生前也常說「丹晨和我幾十年的朋友了，應該是很了解我的。」

老顧就是顧驤，著名的文學評論家、作家。我從認識他開始，一直喚他老顧。他比我年長一歲，資歷比我深，學識也勝我，所以我敬他為兄。而且我發現周圍朋友們也都喚他「老顧」。想是出於一樣想法。

他謝世已兩年多。2015年元月二日聽說他去世的消息，驚愕傷感之餘，想到近些年他的健康狀況每況愈下，行動遲緩不便，犯過幾次大病；但我仍然感到突然，因為一個多月前，我還和許多朋友在一起餐聚。他遲到了，我趕緊給他夾菜勸他多吃。老繆（俊傑）、錫誠、艾若、立三等老友見到他就一個勁兒向他提問，他正侃侃而談。談的多是文壇的一些歷史事件，因為他知道得很多。他說話的精神很飽滿，像平時那樣帶着比較濃重的鄉音有板有眼地說着，毫無病容倦意。我急着讓他多吃菜，同時對他說：「老顧，你趕緊把你的『寶貝』整理出來，這是件功德無量的事。只有你才能做，別人無法替代的。」

他似乎不置可否，也許他胸有成竹。沒有想到我的着急像是讖語，這竟是我們最後的一面。

我說的「寶貝」是指他曾積累和已經初步整理了許多不為一般人所知的文壇史料。大概是2014年吧！老友金宏達約我去看望老顧。老顧開始有點埋怨我。因為他抄寫了毛澤東語錄，有人傳話告訴他說：「丹晨說老顧抄寫並不奇怪。」他很不快地說：「我們幾十年的朋友，你又不是不了解我，怎麼這麼說話呢！」他一邊說，一邊拿着一大疊複印了的文件翻弄，以此證明自己的思想和觀點從來是很清楚的。我好奇從他手裏拿過來翻看，感到十分驚訝。因為我一向自詡對文革後文學界情況大致了解，這時發現他編纂的這本文件稿裏所載的很多是我不知道的。我興奮地對老顧說：「你借給我看看。」他馬上收回去說：「不行。我還沒有整理好呢！」這就是我在餐聚時催他趕快整理出來的「寶貝」。

老顧的經歷很豐富。他十四歲就在家鄉鹽城參加新四軍裏的文工團，戰爭年代以及四九年後一直在新聞、教育、出版系統工作、學習。尤其是文革後長期在文化部、文聯、中宣部文藝局、作協等文化藝術宣傳領導機關任職，所以對這些年文藝界的發展變化以至某些細節了解得比較清楚；對於高層在不同時期許多事件有過各種指示講話，他都認真有所記載，到了晚年他作了初步的整理。所以，我總想這些資料對於研究當代文學史是很有價值的。

同時，我也曾想老顧的資歷較深，又在黨政機關工作時間很長，不知為什麼仕途並不順暢。想起來還是因為他的為人和學識、修養就是一個文化人、一個在大學美學專業研究生出身多年從事美學理論研究的學者，耽於思考，追求真理，不善於周旋於人際公關，不肯跟風媚上。所以，他的成就仍然還是在於理論和寫作方面，結出了可觀的成果，如他寫的《晚年周揚》和有關人性、人情、人道主義等方面的論文，有了很大的影響。他曾雄辯地論述：「七十年代後期在中國發生的那一場偉大的思想解放運動……它的深層內涵是對『文革』中充分暴露了的以馬克思主義外衣包裹的現代封建文化形態的批判……人性的張揚，就不能不是這場思想解放運動的重要內容……尊重人的尊嚴，人的價值，充分發揮人的聰明才智的人性、人道主義思潮，就作為一個迫切的現實生活需要而被人們重視了。」（〈文學人性十年〉，《新時期文學縱論》，第51頁）這樣的論述就是今天看來也不過時。

《晚年周揚》是他的代表作，重要的理論和歷史研究成果。作為文藝理論家和文藝行政主要領導者，周揚的一生與當代文學發展及其成敗得失緊密聯繫在一起。晚年的周揚大徹大悟，反思歷史，檢視自我；追思往昔的經驗教訓同時，一心想在思想理論方面有所新的發現和創造，如他自己所說的「希望能夠說一點意見，說一點多少有點新意的意見……新意就是探索。」（《晚年周揚》，第36頁）因此，在阻擋他前進步伐的陳腐勢力面前他也絕不動搖。老顧就是截取這一段最後也是最重要的十二年，主要是周揚的思想理論活動。他以一個見證者、在場者、參與者的身份，「擁有的唯一的最詳細的第一手資料」（《晚年周揚》，第267頁），並作了進一步發掘和梳理，準確地揭示和實證了這段歷史真相，成了這本無可替代、獨一無二的著作。

也許正是他的這些理論寫作活動，使他仕途淹蹇。這在他的書中也有所敍及。如他在得到通知辦理離休手續時，慨然地說：「這一切對我來說，都沒有太當一回事。寵辱不驚，觀天上

雲卷雲舒；去留無意，看庭前花開花落。比起周揚，比起王若水，我的遭遇太微不足道。」（《晚年周揚》，第 133 頁）

二

我已想不起來我和老顧最早是何時相識訂交的。有一次整理舊報刊資料，在我的一本舊工作筆記本上，發現記載着 1977 年 2 月間兩次顧驤同志的講話。那時他是文化部理論組組長，召集在京主要報刊的文藝部門負責人開會，由他傳達文化部領導賀敬之關於春節期間有關文藝宣傳要點。但是，如果沒有這個記錄，我卻完全忘記了。所以這樣的認識是不能算數的。

我們真正可稱為有了私交當是 1980 年 8 月廬山高校文藝理論會期間，多有接觸。下山後，我們先後到了上海，竟都住在延安飯店，又相遇了。他說他的工作將有變動，他原在中國文聯研究室，回京後就要去中宣部文藝局上班。他很真誠地問我：「你覺得到那裏去工作怎麼樣？」我很意外，像這樣私人的問題，而且又是已經確定了的事，我能說什麼！但是，我又覺得他那麼誠懇，把我當做知心朋友徵求意見，我好像不能隨便敷衍人家。我就說：「這是你自己的事，你自己考慮決定就是。我只能說，如果是我，我這個人不適合到黨政機關工作，因為比較自由散漫慣了。我是不會去的。」他笑着說：「是啊！」

這以後，我們偶然在一些會議活動時見到，但沒有機會細敘。有一天他特意找我說了一些情況。那已是 1981 年初，有一個一二百人參加、持續時間較長的文藝部門黨員骨幹學習會，老顧是文藝局幹部也參加會了。4 月 15 日的一次會上，部隊文化部長劉白羽有一個長篇發言，專門講堅持四項基本原則，反對資產階級自由化問題，列舉了許多例子。其中沒點名批評我的一篇文章，他說：「由於我講了資產階級自由化，就像觸電一樣，觸動了有些人過敏的神經。有一位同志站出來批我了……他這一批，把自己批到一個極端上去了……是根本違反三中全會的辯證唯物主義思想路線。」（引自此發言的會議簡報）劉白羽當場講的時候怒氣冲冲，用詞很嚴重激動，使與會的人感到意外的驚訝。主持會議的周揚不知道怎麼回事，就問身旁的賀敬之。賀敬之就把事情來龍去脈低聲對周揚作了介紹。

事情起因是我在一篇小文裏確實講了一些批評劉白羽的話。他在一篇文章中說：「要同兩種錯誤傾向作鬥爭……還有一種錯誤傾向是，追求資產階級自由化。他們或者由於過去中了林彪、『四人幫』的毒，或者受了國內外各種非無產階級思想的侵蝕……」（《紅旗》1980年20期）我讀到後寫文章說：「人們現在清楚地看到林彪、『四人幫』搞的一套是徹頭徹尾的封建法西斯，哪裏有什麼『資產階級自由化』。如果當初他們能講『少許』的資產階級自由化，事情也許會是另一種樣子，受迫害的人們也不至上億。所以把什麼問題都歸之於林彪、『四人幫』，也未必符合事實。」（《飛天》1981年第2期）劉白羽在文革前是中國作協黨組書記，當時正任部隊總政文化部長，是個文藝界的大人物。這時我大膽提出一點不同意見，好像使他有點難堪而非常惱怒。

老顧把會上現場情況都告訴了我，我當然很感激，使我知道自己闖了大禍。而他所以告訴我還是出於同情，因為他與我看法有共鳴。後來他還給周揚寫過一個條陳《慎用反對「自由化」建議》，周揚看了竟說：「就是要『自由化』嘛」。(《晚年周揚》，第18、21頁) 以後，因為我彷彿聽說他在幫周揚起草一些講話、文章之類文字工作，似乎成了一個非正式的「文字秘書」；後來他參加了《關於馬克思主義幾個理論問題的探討》一文的寫作。那篇文章是由周揚主持、構思、口述、討論，統稿，最後修改定稿。參加討論、起草的有王若水、王元化和顧驤幾位高手大家。但是，老顧是唯一全程參加，並起草第一、四部分初稿的作者，這中間也融有他的思考和心血。這是一篇對於馬克思主義理論和實踐經驗的探討，對人性及其異化、人道主義在中國實際生活中的意義的探索。無論有多少不同意見(筆者就有不同看法)，它將在中國文化史上留下印跡。此文後來引發了一場政治上的軒然大波，是我們當時意想不到的；當然也波及到了老顧。他在文藝局多年卻沒有正式任職，有時據說連具體工作都沒有安排，但老顧卻相當坦然。直到後來要老顧對參與寫作此文有所檢討時，他才發怒了。

他說：「我參與起草《關於馬克思主義幾個理論問題的探討》，我為周揚鳴冤、翻案，何罪之有？何錯之有？追求真理，維護真理，於心無愧。在是非與利害的天平上孰輕孰重，現在總算明白了許多。我未予理睬，沒有任何反響。結局也就可想而知了。」(《晚年周揚》，第133頁) 看到這段文字，原先那個溫文爾雅、親切謙和的老顧，在我眼前突然變得慷慨憤懣的樣子，真的煞是可愛！那樣率直，堅持說真話，不平則鳴的人，怎麼能在官場裏混得下去呢！我想起，當初我說自己不適合到黨政機關工作；如今看來，老顧又何嘗合適呢！

1985年，老顧到中國作協創作研究部任副主任。

三

老顧出身世家子弟，祖輩曾是官宦鄉紳。1992 年我在北戴河休假遇老顧太太，聊天時說起老顧，他太太說：「顧驤家是個大地主，後來破落了。」因此，少兒時代他就有機會上過私塾，飽覽和徜徉在書冊典籍、碑帖字畫中，舊學根底比較深。他的文字功夫甚佳，注意修辭，凝練流暢。據說連周揚都讚他「文字好」。他寫的散文隨筆集《夜籟》、《蒹葭集》、《也愛黃昏》等都有獨特的文采和情懷，特別是一些抒寫家鄉的景物、風情習俗，都很優美，感情真摯細膩，我很愛看。有一次在《新民晚報》上讀到整版寫他大姐的文章，那姐姐是從小帶着他一起長大的，姐弟親情至深，娓娓敘來，婉約動人。我就打電話與他聊上許久。這樣的事我們常有。

我和老顧先後離開工作崗位後，見面機會似乎少了，但有幾次無形中卻把我們「綁」在一起，現在回憶起來還覺得挺好玩。有一位好心人、更是熱心人 H，主動對馮牧提議把我調到他們雜誌社去當他的副手。馮牧說：「丹晨能來當然是最理想的。問題是上面不會同意。」H 還不甘心，又找中國作協人事部門領導 W 去反映。那位領導說：「在作協，有兩個人：丹晨和顧驤，是上面盯着的。我們也沒辦法，做不了主。」這些都是 H 告訴我的。我也不知道自己和老顧犯了什麼事。不過我離開《文藝報》工作崗位一點沒有怨言，反倒心情舒暢，感到一種解脱，完全無意再到任何單位上班；只是自嘲自己與老顧成了「難兄難弟」。又想起八十年代文藝界曾流傳一個說法，說周揚是黨內「自由化」代表，巴金是黨外「自由化」代表。如今老顧研究並寫周揚，我寫巴金，豈非正合了轍。許多年後，大概是九九年吧！老顧忽然打電話給我，有點詭異地說：接到通知要把今年的國務院特殊津貼給他，他很意外，問我怎麼回事。我笑着告訴他：我也接到通知了。這次又把我們兩個「綁」在一起，但算是好事。我有點不識趣說：「大概該得的能得的都已得了，排到最後，再不給我們兩個實在說不過去了吧！」這種把我們「綁」在一起還有好玩的。有一次看到柳萌的文章說：中國作協有兩個人長年都穿西裝，就是顧驤和丹晨。其實老顧確實很注意穿着儀表，一年四季幾乎都是穿着不同顏色、衣料的西裝，我只是偶然穿的。不知為什麼給柳萌有這個印象。

雖說我們兩個相知，其實兩人的性格卻不大相像。譬如。他交遊比較廣，包括很多上層人物，政界、軍界、文化界都有朋友鄉賢等與他往還的。我性子比較保守疏懶，幾乎很少主動積極去結識朋友。他對邀約參加會議活動好像很少說不。無論上下左右，他都可能是好好先生答應前去參加。有時他會給我電話講些會議情況。有一次，他說：「丹晨啊！你不知道吧！今天參加一個會，你知道給的紅包是多少錢？」我猜不到。他說：「2,000 元！我還真不知道已經漲到這麼多了！」我雖二三十年裏決意不參加這類會議，但卻有所耳聞，因此說：「不稀奇！我聽說還有更多的呢！」又有一次開了會，他回來打電話與我氣鼓鼓地說，在會上與人家爭論起來，弄得很不愉快。我就勸他，明知道意見不合又何必去參加呢。進而又勸他，我們年紀大了，這類會議不必常去參加。他卻輕聲但有點委屈似的說：「我沒有參加什麼會呀！」「我很少參加活動呀！」是啊！可能在我這個不參加活動的人眼裏，他還是參加多的。又有一次，作協辦春節聯歡會，他到了會上打電話給我說：「丹晨啊！你在哪裏啊！」我說：「你不是不知道，我是不參加這種活動的，我在家裏嘛！」他說：「這裏人很多，卻找不到一個熟人……」他顯得很着急。我告訴他，錫誠、老謝、老繆、立三等都在會上，你趕緊找找他們吧！

還有到外地遊訪開會，在我印象裏，他也是有機會就去參加的。有一次他來電話說：「丹晨啊！你差一點見不到我了！」我很吃驚，問怎麼回事？他說，最近去老家鹽城，然後又去上海、蘇州等地。結果，在蘇州犯病很危險，弄得接待他的人很緊張。最後還是他的孩子從上海去接他，回到北京治療，好不容易總算痊癒了。於是，我又勸他，年紀大了，少外出。他又說：「我沒有經常外出啊！」「我很少外出啊！」過了一些日子，他來電說，他最近又到外面去了剛回來。我又勸他：「你腿腳不靈便，外出不是不方便嗎！」他說：「那倒沒什麼關係。我從這裏走，都有人送我上車（或上飛機）。到那邊有人接。不妨事的。」說實話，我是很為他擔心的。因為，那時期我們偶然見面，看他已開始拄拐棍。有一次，我們一起從友人家裏出來，我和錫誠兩邊扶持他到大馬路邊，他轉身都有點艱難，我們幫他叫上出租車，攙扶着送他進了車才安心。

我知道，這不僅僅是我們性子不一樣的原因。更由於他長期孤獨一人守着一個逼仄的斗室，每天為了三頓飯就夠費事而又無味。同時又勇敢面對歷史真實，埋首撰寫《周揚評傳》，這是他後來最重要的夙願；精神上則處於孤寂憋屈、緊張壓抑的狀態。所以凡有機會走出去呼吸新鮮空氣，與社會接觸，友朋交往，也就很自然成了他的優先選擇，借此能夠緩和暢快、輕鬆舒展一些。相形之下，我卻一味離群索居，只求在灰暗霧霾的空間不致沉淪，是自愧弗如的。所以，在他故去時，想到《周揚評傳》失去了一位最佳的撰稿人，老顧一定因夙願未償而抱憾，真有點「出師未捷身先死，長使英雄淚滿襟」的悲涼意味。對於這樣一位真摯地忠實於文學和歷史的作家，中國作協在他身後撰寫的《顧驤同志生平》中，讚他是「優秀的馬克思主義文藝理論家、評論家」,「是一位優秀的作家」。我想還是公允的。

2017 年 8 月 22 日完稿於三元橋畔寓所

洪君彥的非正常生活

陳丹晨

一

洪君彥寫的《我和章含之離婚前後》終於出版了。這本寫於 2004 年的回憶錄，曾在報紙上剛剛公開發表幾小段，就應他女兒的要求停止連載即所謂「腰斬」了；後來又因女兒的理解，作了修改和補充，得以與世人見面，連書名從一開始也是這位女兒擬的。君彥寫這本書的目的是為了「還歷史本來面目……留一些史料給後人。」僅此一番苦心和委曲求全，即可看出蒙羞忍辱、沉默了數十年的洪君彥是一位老實人！

本書顧名思義是講述作者和章含之的婚戀舊事，但從文革亂世中這對夫婦離婚悲喜劇看到的，卻遠遠不僅是一個私人化的話題，而是可以感受到歷史的巨大投影，社會的人情世態，兩位知識分子的不同人生道路。

二十世紀後半期，中國知識分子走過了一條崎嶇困頓的歷程。凡是 1949 年前走上社會的教授學者專家，上面一概稱之為「舊知識分子」，那些已經卓有成就的更被視為舊社會以至大地主大資產階級服務的「資產階級知識分子」，有了這樣的原

* 本文撰於 2007 年 11 月。2008 年初得悉章含之女士仙逝，2011 年得悉洪君彥君仙逝。敬此哀悼。此次出版前略有小改，謹此說明。(2020 年 3 月)

罪也就成了萬劫不復的改造對象。至於此後出現的大學生業務骨幹，曾被認為是共產黨自己培養的新型知識分子。洪君彥、章含之就是屬於這後一種青年知識分子，理應有一個美好的前程。然而，讀了洪君彥的書，當然也讀了章含之寫的書，出乎意外的是，我們看到的卻是兩種迥然不同的道路。

二

筆者和洪君彥曾是上海滬新中學高中同班同學，對他略有所知。他父親是當時銀行業巨子，家裏有一座大花園洋房，花園裏有假山、溪水、甬徑、亭子、樹木、花草，還有一座大活動室，可以在裏面舉行派對、舞會等。君彥雖是富家子弟，但與同學卻也不分彼此，學業很好。所以我們常去他家玩，在那活動室裏高談闊論，唱歌，聽唱片。但我們從來語不涉邪。那時的少年也愛玩，也注意時尚，但視野卻很開闊，趣味比較雅一點。唱的歌多數是民歌，如管夫人（喻宜萱）、周小燕、盛家倫、蔡紹序唱的歌，聽的唱片多數是西樂。秧歌舞，「解放區的天是明朗的天……」等等，我都是在那個活動室裏最早看到聽到的。有時，滬新地下黨也借這些活動聯絡同學，有一次聯繫了七八位同學討論組織人民保安隊，迎接解放。後來還把那些標語旗子留存在他家裏。君彥是位心無芥蒂的人，對同學一向坦率熱情，所以這樣「危險」的活動也能在他家裏舉行。我覺得他們家很開放自由，對孩子很信任，從來不干預我們這些事。

這樣的「好事」，君彥從不提及，更不當作少年時光榮歷史來説事。近年説起，他笑呵呵地説：「你記性好還記得，我全忘記光了！」1955 年，我在工作了五年後放棄工資考入北大中文系讀書，再遇君彥時已相隔六年，他成了老師我卻還是學生。談起他們家的大花園洋房，我說：「走過你們家門口，看見掛着上海人民雜技團的牌子。不知怎麼一回事？」他樂呵呵地說：「敗忒了，全敗忒了！」原來是被公家在五反運動中沒收了。他那副襟懷坦蕩開朗的樣子，我一點感覺不到他有什麼困惑和遺憾。那時的青年一心要求進步，就沒把這些財產等當回事。文革時，我們多年沒有交往，但他的情況卻有所聞。文革結束不久，我在公安部禮堂看完電影散場時遇到君彥，相見甚歡，敍談間，問及章含之情況，聽說她正受審查，他沒有半句非議怨言，只說：「現在看她怎麼辦了！」問及他女兒將從國外回來，他說：「看她跟誰了！？」他仍然還是那樣厚道實在！

三

1949年中學畢業後，洪君彥考入燕京大學，後隨着併入北京大學。北大佔了燕大的校園，所以他就沒有動窩，一直在此讀書、任教，直至退休，幾乎一生在燕園安身立命。五十年代前半期，國家興起經濟和文化建設高潮，發出「向科學進軍」的號召，整個社會出現一派生氣勃勃的新氣象，儘管也存在許多問題和不盡如人意事。像他那樣積極要求進步的青年知識分子很自然地脱穎而出，成了經濟學界後起之秀，受到上面的重視和信用。二十七歲就當了教研室主任，評上了講師，這在當時論資排輩嚴重情況下是不多見的。有一次，我去未名湖畔全齋宿舍看望他，正好碰上外語學院學生章含之也在那裏，給我留下很深的印象：這是一位大家閨秀；他們真像一對金童玉女，非常美好。我從心底為他祝福。這也正是他事業、愛情豐收的時期。

但是接踵而來的無休止的政治運動和殘酷鬥爭，以及那些禍國殃民的極端思想，使那些本應有大作為的科學文化技術人才不僅不能再在專業中作出貢獻，反倒受到無窮的打擊和迫害，沉淪在苦海中。像君彥那樣被認為黨培養的青年知識分子，竟然也無例外地被列入「革命對象」。他先是因反右派時軟弱右傾，被下放北京郊區門頭溝齋堂勞動。文革時，更被莫須有的罪名如「漏網右派」、「反革命修正主義分子」、「資本家」等等，強加在頭上，飽受極其殘忍的摧殘。筆者都不忍在此引述這些駭人聽聞的暴行，這在當時的北大不過是千百個例子之一，也正是北大建校百年歷史上最恥辱的一頁。君彥寬厚，在書中只提這些施暴者是所謂「紅衛兵」、「造反派」，其實多數是正兒八百的北大老師和學生。知識分子整知識分子，「本是同根生，相煎何太急！」什麼古怪的暴虐殘忍手段都使了出來。就像納粹暴行最早傳到西方世界時，人們都不相信這是真的。君彥也指出：「七十年代後出生的一代又一代人根本不知道文化大革命為何物。他們聽到紅衛兵打老師，給老師『坐噴氣式』的情節，如同聽天方夜譚般新奇。」這是中國教育史、北大校史聞所未聞的，也是不能不正視、反思、研究的課題。洪君彥希望人們將從他的「親身經歷」中，「窺見十年浩劫之一角。」這樣的第一手資料，這樣的信史是值得人們重視的。

這時的洪君彥，有一段自我心理剖白：

> 我自問為人處事一向光明磊落，對紅衛兵的欲加之罪，心中很坦然，雖然曾因為忍受不了種種虐待有過自殺的念

頭，但終於挺過去了。如今與我相戀八年、結婚十年的妻子竟然紅杏出牆這等於在我背後捅了一刀。這等羞辱讓我無地自容，一顆心像撕裂般痛。所以對我來説，家變比政治迫害更加慘烈。妻子的不忠加給我的痛苦、羞辱比紅衛兵加給我的沉重千倍。

人們從這樣錐心泣血的記述中，看到的是，在大的歷史劫難下一個優秀知識分子的悲慘遭遇。至於妻子的不忠，據君彥書中所述，就是從文革開始而開始。是從他在北大最早被當作校長、黨委書記「黑幫」同夥揪出批鬥監督勞動開始而開始的。這不能不使人想起，當年的洪君彥作為燕大高材生，北大的青年教師，名門世家子弟，英俊帥哥，正是許多女生追逐的對象。這時的章氏還是十四歲的初中生就開始緊追不捨多年後成了佳偶。現在，洪君彥一下子跌落萬丈深淵成了階下囚，曾經滄海難為水，這八年戀情，十年夫妻瞬間就像不曾存在過似的。文革期間，多少家庭親情愛情就這樣破滅碎裂了！特別是這一切都是在神聖的革命名義的包裝下出現的；據章含之記述，洪章婚變竟然還驚動了毛澤東，章是在受到聖眷隆恩關照下才「奉旨離婚」，這就更增添了一層光環和傳奇性。

這使我想起沙俄鎮壓十二月黨人起義，把大批黨人流放到西伯利亞。赫爾岑嚴厲批判了當時貴族中的「道德墮落」，沒有人敢站出來表示同情，反倒「出現了野蠻的狂熱擁護奴隸制的人，有的是由於卑鄙，有的卻不是出於私心，這就更壞……」這時「只有女人不曾參與這種拋棄親近的人的可恥行為。」(《往事與隨想》第一卷，中文版第 67 頁）她們或是站在斷頭台邊，或是跟隨丈夫流放，放棄貴族地位和生活。詩人涅克拉索夫為此寫了長詩《俄羅斯女人》歌頌了這段動人的歷史故事。我相信中國女人一樣也是忠貞堅忍的，為維護真理、親情、愛情寧可犧牲自己的一切；當然，在文革特殊環境下，這樣做可能更為艱難。但是，我們不能不感到悲哀的是洪章故事卻是另一種情況。

追求快樂和幸福，大概是人類心靈的一種本能吧！但是如何獲得快樂和獲得什麼樣的快樂卻有着很大的不同。洪君彥走的是一條普通知識分子的人生道路：以自己的才華、學識和能力，兢兢業業在教學、科研崗位上作出創造性的貢獻；這些專業上的成就在文革前後都已為事實證明了的。他又是一位重情義、重信諾的人、對於家庭、妻子、女兒充滿着愛，擔當着責任。所以，文革的無妄之災固然使他痛不欲生，但心愛的妻子的「不忠」使他從感情、心靈、尊嚴上受到加倍的羞辱和傷害，更是洪君彥深埋在心底已久的傷痛和疑問，也是他寫本書尋求歷史之謎的原因所在。

四

章含之走的是另一條人生之路。她也是一位學有專長的知識分子，也執着地追求自己的幸福和快樂。但她似乎對家世、門第、聲望、權力……這些外在的物化了的、為英國哲學家休謨稱之為「虛榮」的情感帶來的快樂和痛苦有較深的迷戀。從她作為一個普通教師轉型進入仕途，幾乎與攀附借助於外力一直緊緊聯繫在一起。例如章氏自稱有一種「大紅門情結」，被她渲染成什麼「凝重的歷史感」（章含之：《跨過厚厚的大紅門・序》），實際是隨着情勢變化忽愛忽恨，此一時也，彼一時。在階級鬥爭甚囂塵上的歲月裏，她積極主動多次向共產黨高層表示，要對「舊官僚」養父章士釗劃清界限，表示非常不屑，由此顯示自己革命的堅定性。文革後，章士釗、他們的住宅「大紅門」大大升值了，成了又一個光環時，卻被無限放大利用，譽稱為「名門之後」、「最後的貴族」的標籤，甚至過度誇張成「我們家這一百年中的三代人似乎濃縮了中國社會的進程。」

因為毛澤東特殊的恩寵，使她有了「與眾不同的身份」，戴着偉大領袖欽點特派的「耀眼光環」（《跨過厚厚的大紅門》，第114頁）進入仕途官場，確實給她帶來無限風光和榮譽、快樂和幸福。一個普通教師瞬間成了活躍的外交官；「走後門」把女兒「塞進」一個特殊的外語學校；在對外封閉的時代，能不費吹灰之力把十二歲的女兒弄成第一批官派美國的小留學生；連離婚都是在毛澤東的關照下由機關打通關節，等等。這些大小業績無疑都是攀龍附鳳的成果，是那些芸芸眾生的草民想都不敢想的，包括洪君彥。所以連女兒都驚呼她媽媽「的本事太大了」，做這類事時章自己都不在北京，更不用動手出面；女兒從她媽媽進外交部後，看見她就感到「由衷的自豪」，「身邊似乎有一個光環，她比別人都亮。」（洪晃：《我的非正常生活》，第154、122頁）

章氏故事的傳奇性當然在於受到領袖毛澤東的特殊賞識，也是通過「大紅門」這個神奇的階梯即章士釗的關係，從此毛澤東「在我人生的關鍵時刻決定了我的命運。對於我來說，他有一種神的力量。」（《跨過厚厚的大紅門》，第101頁）在那個「一句頂一萬句，句句是真理」的年代，還有比這更榮耀更了不起的神話！？然後又攀附做了「叱吒風雲」的部長夫人，真個是像大觀園裏的寶姑娘的詩：「好風憑藉力，送我上青雲。」這些本來都是章氏個人炫耀的經歷，就如她寫的《十年風雨情》，一個動人的哀感頑豔的愛情故事，當然毋須旁人置喙。然而，人們關注的是，她在書中多次談到自己是毛澤東「親自點名調進（外交）部裏」，「親自定」她出席第一次聯合國大會，親自要派她當中國第一個女大使，她與毛之間還有直接溝通的渠道，可以打電話，上書，告狀，見面，直入寢宮……使她處於「光輝的頂峰」，通天的「天堂」，成了「名噪一時」、春風得意的當紅的「業餘明星」。這一切當然是毛澤東的神力所致。但也正是萬家墨面沒篙萊，一億人受迫害株連，包括洪君彥這個倒霉蛋正受盡苦難掙扎在生死線的時候，不知她是否還記得她父親章士釗告誡過的話：「一生要與人為善，切莫加害他人」。

即使如此，據她自述，她還是深陷政治鬥爭的「陰謀和陷阱」裏，周旋於「官場」的權力遊戲中，「複雜的政治因素會滲透到我生活的每個細胞中」……個中的是非，細節、內情，我們外人當然不得而知，但她確實由於熱衷攀附權勢終於鑄成了她一生中最大的「輝煌」，這都是「毛主席決定了我後半生的命運。」（以上引文見《跨過厚厚的大紅門》，第2、114、45、324、158、111頁）也由此為後人不齒。讀章氏的書頗有像聽「白頭宮女在，閑坐説玄宗」的感覺，使人喟歎不已！

五

這就是共產黨培養的兩位知識分子的命運，他們從同一個起點出發後的不同人生選擇，不同的榮辱浮沉，不同的幸福和快樂，卻又無情地折射出各自的個性、心靈和品格。他們各自敍述自己的故事，但都強調與「歷史」密切有關，或稱有「凝重的歷史感」，或説「還歷史的本來面目」。就在這頁歷史中，人們看到了詭譎和荒誕，真情和虛偽，愛和背叛，誠實和謊言，榮譽和污穢……特殊時代的眾生相，人世的百態，人性的變異……彷彿在已逝去的歷史隧道中，重新喚起記憶，對世事有了新的憬悟：作為一個知識分子，該有怎樣的正常生活呢？

2007年11月25日北京

遙記港台文人身影

遙祭梁羽生

陳丹晨

正月初一夜，我剛剛打開電腦瀏覽網上新聞，瞥見「梁羽生在澳病逝」的一條消息撞入眼簾，吃了一驚，我都不敢相信，就緊張地哀傷地打電話給香港、悉尼，得知梁先生是在 1 月 22 日故去的，家人不願張揚，低調處理善後，所以晚了幾天才傳開。據梁先生秘書楊健思女士電告：前幾天她剛剛去悉尼看望過先生，還挺安好的，只是神情稍有點委頓。健思離去時，他還用英文說：「我要死了！」沒想到一言成讖，才過幾天，他真的靜靜地悄悄地遠行了！他是在昏睡了幾天後，安靜地離去的。

我默默地坐到深夜，流着淚，想着梁先生對我的關愛和友誼。

梁羽生先生因開創新派武俠小說創作，寫了 35 部作品，以及大量詩詞文史隨筆，名揚天下。1987 年，他移居悉尼養病，除了悉心修訂舊作外，過着幾乎是隱居的生活。他的一生，當過報館編輯外，就是從事著述，從不曾涉足官場商場；只喜歡談文論藝，吟詩填詞，擅於博弈和對聯，是個著名的棋手棋論家，也是個擅作對聯研究楹聯的專家。為人隨和親切，哪怕初次見面，只要一談起棋藝對聯寫作詩詞等等，他就會神采飛揚，滔滔不絕，以至廢寢忘食，真是一個地地道道的文化人。

由此想到 1993 年 4 月初，梁先生偕太太作為嘉賓應邀到北京參加第三屆世界象棋比賽的觀賽活動。我到他下榻的國際飯店看望，說起他已有多年未來北京，而梁太太還是三十多年前新婚蜜月旅行來過。也就是那次，他獨自跑到棋社與人對弈鏖戰不休，直到深夜回來，才發現把新娘一個人丟在賓館，因為他徹底忘了這回事。當我們笑着講這件陳年往事時，梁先生又說了一件金應熙的類似的軼事。金是著名的歷史學家，是追隨陳寅恪時間最長的入室弟子，曾是梁的老師，兩人意氣相投，成了亦師亦友的莫逆交。梁曾寫過一篇長達四五萬字專論金應熙的文章，對金有極高評價。金也是大棋迷。傳說文革後，金曾應邀到某機關作報告，會散後，金在街上見有人下棋，不僅觀戰且蹲下去參戰了。民警過來攆逐，踢了他一腳，再一看，這不是剛才作報告的專家嗎？梁先生說得我們撫掌大笑。這與梁先生自己不拘小節不是異曲同工嗎？但都很說明他的性情。

我最早拜識梁先生是在 1984 年 10 月。在新華社歡迎巴金訪問香港舉行的作家座談會上，他和巴老因為抗戰時在桂林見過而敍舊時，說的年份不一樣，兩人記性又特別好，所以引得大家都笑了。過了兩個月，他到北京參加第四次作家代表大會，我也在會上，就去他住室拜訪，暢談甚歡。他說這是他第一次參加作家代表會議，說明一向被認為「不登大雅之堂」的新派武俠小說得到了正統文壇的認同。他很高興。從這以後，也有一些大學和研究機構陸續開展了對武俠小說的研究，在文學史教材裏佔有一席地位了。這當然是後話了。

當時梁先生還談到他的著作在內地被肆意盜版翻印，作者權益不受尊重，他很是不解和不滿。我聽了感到很羞愧，覺得我們內地某些出版人太少職業道德，為此想挽回一些影響，就自報奮勇說：如果梁先生信任的話，我願代你去交涉催討應有的權益和稿費。梁先生欣然就委託我辦此事。那時我不知此中厲害，就以梁先生大名和我自己出面理應順利解決，哪知對方推脫不理，我再三再四又是信又是電話。都無效果。有一家省級大出版社，每次電信過去，都推說領導不在家或不回應。時間長了，我忍無可忍，就給國家出版局局長寫了信，馬上有了回音，並將給我的覆信作為公文發到該出版社，對方才老老實實解決問題。這也是中國特色：不認道理只認官。還有一家出版社盜印了《白髮魔女傳》七十萬冊，至少賺了七十萬元吧！他們寫信給梁先生道歉，梁先生就心軟說：這些出版社可能真有困難，就放寬一點，象徵性地付給一些就算了。此言一出，對方就寄了二千元應付了事。後來我收了這些稿費積攢起來，梁先生卻一文不取，囑我全部捐給了中國現代文學館和文學研究所。那時文學館剛剛正式創辦一年多，經濟很困難，除了巴金外，梁先生的稿費可能是最早的一筆作家捐款了。館長楊犁收到時都感動得不知怎麼處理好。我早就聽說梁先生仗義疏財、古道熱腸，如今有了更深的直接的體會！他需要的是尊重，而不是計較錢財。

因此，那些日子裏，我和梁先生通訊很頻繁。有時也討論一些文學上的問題。梁先生說他自己真正的興趣和專長還是在文史方面。武俠小說創作是在一個偶然的機緣下發生的。但也因此，他把自己深厚的文史方面的學養充分發揮、融入在小說創作裏面。現在人們能夠看到梁羽生武俠小說裏的歷史氛圍和特定的人文環境描寫，看到那些有着濃厚古風的精美的詩詞，都是別的武俠小說裏不易看到的，也是新派武俠小說的特點之一。但是，武俠小說的廣泛流行也帶來另一個問題，就是青年人如何看待這些作品中的人物和內容。梁先生寄給我一首詩，說：「上帝死了／俠士死了……／因為我在年輕人身上／看到俠士的襟懷／因為他們善用自己的幻想／不是依靠別人的腦袋／如俠士之敢於傲視世界。」我想這大概是理解梁氏小說的一把鑰匙。就像尼采說「上帝死了」一樣，現在，梁羽生則說「俠士死了」，也就是說，現代社會已不可能再出現和依靠那樣的「俠士」；但是，俠士的襟懷，自己的幻想，傲視世界……依然活着，具有現實意義，而且也可由此看到梁先生的某些襟懷和品格。

同樣，梁先生創作的一些給人印象深刻的人物形象，如白髮魔女、金世遺、張丹楓、卓一航……等等，既是武功卓絕的英雄俠士，又是與世俗禮教相悖、不受正邪教規門戶束縛、自由狂放的隱逸名士；既是平凡的俊男靚女，又是執着追求友情親情愛情，閃耀着人性人情的心靈美的光輝，善良智慧的超人……這是梁先生的理想主義的寄託吧！他很早就對自己有過評論，說他「名士氣味甚濃（中國式）」，「受中國傳統文化的影響較深」，在作品中，「擅長寫名士型的俠客」。我在與梁先生交往中，或讀他的作品時，常常會不斷印證這樣的印象：他似乎更像《世說新語》裏的某些人物，頗有點魏晉名士的遺風，現在社會還能有幾人？

有一次，梁先生讀到我的一篇小文，講到有幾位漢學家不知怎麼翻譯「武俠小說」這個詞，有說譯成「打鬥」，有說「功夫」。梁先生不以為然，在信中說：這樣理解，就成了「有武無俠，也表現不出小說所應具備的文學質素。」他認為與西方文學中相當的詞應是「騎士文學」（Romance of Chivalry）。然後他將兩者的異同做了比較，說：「中國傳統小說中的『俠客』儘管不敢反對皇帝，但也還有許多獨往獨來笑傲公卿的人物。

因此儘管以今天的眼光來看中國傳統小說中的『俠客』還有許多缺點，我還是覺得他們要比西方的『騎士』可愛得多。」這固然是梁先生的文學觀，但更表現了他的思想性情的傾向。同時，我覺得現在影視劇中一些所謂「打鬥片」、「功夫片」作者可以從梁先生意見中吸取有益的啟示。

於是，我愈來愈對梁先生有了興趣，有了想寫梁先生傳的念頭。我大致上閱讀了他的所有作品，開始收集有關他的資料。非常感謝梁先生、香港天地圖書公司，特別是已故的劉文良先生給我的鼎力幫助。但是，因為種種原因，我把這件事擱下了，一擱就沒有再拿起來。那時也有出版社聞訊來約我寫他的主要作品故事集，我沒有接受。我還是想寫傳，不想放棄，但終於沒有寫成，也因此長期心存愧疚，至今未對梁先生表示過歉意。梁先生卻從未對我提起這件事，我知道他的寬厚諒解，但總覺得欠了他一份心債。

就在 1993 年他來北京後，我寫了一篇名為〈梁羽生印象〉。他說寫得「具體生動」，「有血有肉」，並轉告他太太讀後感：「……不只是表面印象，倒像是出於一個對你頗為了解的老朋友之手呢！」我卻感到惶恐，說要寫傳結果只有這樣一篇小文塞責，不僅不見怪反多鼓勵，甚至非常誠懇地婉轉安慰我說：「但若說要寫一部書（關於他的），恐怕是值不得浪費朋友精力的。千萬不要只是為了你我的友情去做一件『價值較低』的工作。」這樣的真誠善意，真使我無地自容。想到上述他處理盜版一事時也是如此。諸如此類的例子還不少。譬如，有一位也算他的「熟人」在他不知情的情況下，在外面代他收盜版書的稿費。他知道了，除了讓這位先生不要這樣做，還特別對我説「我不想責怪他的過分熱心……」，也叮囑我不要去責備他。我聽了，覺得梁先生實在厚道得近乎天真了。

前些年，梁先生在悉尼，回香港，回廣西時，都曾多次約我去晤敍，我又因種種緣故未能成行，一直感到遺憾，但總以為還有機會去看望他，沒有想到永遠不再可能了，至今為之痛悔。

現在，斯人已逝，中國又失去了一位真正的文學大師，一位有着深厚的優秀的傳統文化品格和情操的老一輩知識分子，但他將長久活在中國文學青史中。借此文，我們以一瓣心香深切祭悼遠在澳洲已經長眠的梁先生。

2009 年 2 月 3 日

陳丹晨

羅孚的傳奇人生

一

新年剛過，得悉羅孚九十二歲華誕時，他的家人和舊部為他慶賀壽宴甚為熱鬧，出席的親友多達二百餘人，成為近期香港文化新聞界的一大盛事。想到不久前，羅海雷世兄新著《我的父親羅孚》被《亞洲周刊》評選為2011年十大好書，內地中央編譯出版社一口氣出版了羅孚著的《北京十年》、《燕山詩話》、《西窗小品》、《文苑繽紛》等七種散文隨筆集，真可說是多喜臨門。也因此引起我對這位頗具傳奇性的文化老人的一些聯想。

羅孚雖在香港生活、工作，但在上個世紀七八十年代內地文化圈裏也是名聞遐邇的。他曾擔任過《大公報》副總編輯、《新晚報》總編輯，是位著作甚豐、閱歷深而交遊廣的著名老報人、專欄作家。後來因為所謂美國間諜案引起波瀾更為人知曉。稍後又因在京城度過十年「休假式的」假釋期，與文化界諸友好名士往還唱和，過得不完全自由的自由和瀟灑。若稱過往那些大起大落的遭遇為「傳奇」實不為過。如今有了海雷世兄的書，雖說是寫他父親的傳記，其實是以羅孚生平為經，以香港有關的歷史變遷為緯，交織融合成一體，從中不僅可以較深地了解這位老報人曾經的滄桑歲月，還能透視《大公報》和香港左派的政治、文化、新聞的某些曲折、豐富、跌宕的歷史身影，使這部傳紀有了更寬闊的歷史文化視野和價值。

書中寫到《大公報》在桂林、重慶、香港等不同時期所扮演的不同角色和所起的不同作用，曾經是中國最有影響力的民營報紙，創造過中國新聞史上許多第一的輝煌業績，還曾有過一大批中國最優秀的傑出的報人，對推動中國近代政治文化歷史的進程有過舉足輕重的影響。這些名字都已為世人所熟知，但作者在書中卻寫了許多不為人知的細節和軼事，使讀者近距離感受到他們的音容笑貌。羅孚就是在這樣的人文環境中受到薰陶成長起來的。他從 1940 年桂林時期加入《大公報》，整整在此工作了四十一年，從一個毛頭小伙子成長為副總編輯兼晚報總編輯，從副刊編輯、記者進而兼任中共在港的文化宣傳、統戰、情報等等工作的一個重要領導人物。他也因此與好幾代重量級的文化名人交往成朋友，這對他為人和學識修養品性都有所薰陶濡染和深遠影響。從早期受益於楊剛的領導，與前輩柳亞子的交往，一直到後來與聶紺弩、范用、黃苗子、吳祖光、黃永玉、楊憲益……等等大批文化人成為情深義重的好友。早在八十年代前，從他與台灣徐復觀交往十年，因統戰出發最終雙方都化政敵為友；在香港既與政見不同的文化新聞界人士強悍論戰，又是一笑泯恩仇以同行相視而友善等等，凡此書中都有敍寫，且有這些名人大家的大量書畫墨寶作插圖，見證了這樣的歷史，也使這本書憑添了濃重的文化藝術韻味。

羅海雷並不因為為自己父親作傳而諱言他的缺失。羅孚曾經是一位忠誠的共產黨員，黨性組織性都極強的文化戰士，在寫作和組織新聞報導中從來極力宣傳黨的偉大正確光榮，因此也為反右派、大躍進、文革等等政治運動百般辯護、美化，轉而猛烈攻擊對方（包括曾為同事後成論敵的金庸），展開激烈論戰，因此被對手評論為「其用詞遣字之惡毒，與文革時期的紅衛兵的大字報十分相似」。連羅海雷都認為他有時「左氣逼人」。在寫作文字上如此，在行動上有時也左得驚人。文革時，香港左派策劃「反英抗暴」鬥爭，羅孚是前沿領導者之一，狂熱到不僅他的孩子，以至連他自己都上陣發傳單、埋假「菠蘿（炸彈）」。當然他還做了大量關於團結海外華人的工作，包括最早促成組建北美華人訪華團，那時正是中國閉關孤立，亟待打開國門的時候。他又是一位有學養有思想的知識分子，有自己的文化追求和老報人特有的新聞敏感性，擅於捕捉瞬間即逝的最有價值的新聞，深諳讀者對知識和信息的渴求。他創辦《新晚報》辦得有聲有色。他是發表連載小說《金陵春夢》、《侍衛官雜記》的推手，更是主導梁羽生、金庸寫武俠小說而成就了現代文學中的一種新文體的最早倡導者，他還是熱心發表周作人的《知堂回想錄》、溥儀的《我的後半生》、曹聚仁的《文壇感舊錄》以及張作霖傳記等等大批有影響作品的主事者。於是，我們看到的是一位忠誠的黨的戰士和傑出的有豐富歷練的新聞工作者交融成一體的老報人形象，在待人處世方面更以他的善良真誠謙和為不同政治觀點的人們所接受和尊重，使他活躍馳騁在香港文化新聞界，達到「文化生涯的一個高峰期」。沒有想到，隨即又步《大公報》許多前賢後塵，四十一年功名塵與土，成為那個時代革命知識分子經常遇到的帶有悲壯色彩的宿命。

二

我最早看到羅孚是在 1979 年文代會期間。那時人大禮堂開會時許多廳堂都開放，人們可以自由走動。我看見一群與眾不同的穿着鮮麗説着被戲稱為「鳥語」的人們正在尋找什麼似的。其中一位美豔的女士不正是大明星夏夢嗎？那無疑是香港代表團，可以辨出其中最突出的是一位領隊，個頭不高但卻很謙和穩重頗有派頭，他們都在問他長短，他不慌不忙地回答着指揮着大家。我傍邊有朋友就告訴我：「那是羅承勳（即羅孚）。」這個名字我早已熟悉，如羅海雷所説，那正是羅孚「紅到發紫」的時候，為眾人所知。

稍後，我又聽説了一件事：1981 年下半年，發生巴金的《隨想錄》文章被《大公報》擅自刪節一事。因原來責編潘際坰即唐瓊休假，另一位編輯代班忠實執行上面指示，把有關文革的話語統統刪去，連「牛」、「牛棚」等字樣都以為忌諱而砍掉，就像阿 Q 因為忌諱「癩」，因此忌諱説「亮」説「光」一樣。巴老得知後十分生氣，就不願再給《大公報》繼續寫稿，這時羅孚聞訊就誠懇地對巴老説，以後把《隨想錄》文章轉到《新晚報》發表吧！保證一字不改。後來唐瓊向巴老道歉解釋才算平息，文章繼續在《大公報》連續刊登。但羅孚的迅快反應和決斷説明他作為副總編輯既為《大公報》解圍，也顯示了他主事的《新晚報》的大氣和果斷。巴老對我説及此事時對羅孚甚為好感，我也因此對他有了深刻的印象。

但是不久就聽説了他因「間諜」案而身陷「縲紲」（據説始終沒有住過一天監獄，而是住在招待所受審）之災，一時轟傳文化界。後來又聽説判了十年刑後立即予以假釋，住在公家提供的三居室公寓裏，還發給不菲的生活費，派了保姆照顧，可以在北京範圍自由活動、與朋友交往等等。從我自己經驗以及聽到看到類似的事太多，因而一點也不感意外。過去常有所謂「事出有因，查無實據」等等葫蘆案，所以也就不以為意。在羅海雷的書中對此有更詳細的敍寫，完全可以借用如今時興的「休假式」來形容其「假釋」生活。所以，當有一天我的同事包立民來問我：「羅孚寫的稿，我們報紙能不能發。」我一口答應：「可以。」一篇隨筆稿就由包立民取來用了一個筆名「史復」發表了。再過一些日子，我自己因寫關於梁羽生稿，也曾去到羅孚住的公寓看望並請教他。那次他太太也住在那裏。他還悄悄告訴我：這個院子裏住了很多名人，其中有些是特殊的名人如林彪案的重要「欽犯」。他留我吃飯，我辭謝了。以後偶有電話聯繫，譬如他問我對聶紺弩是否有研究，因他正在為聶的詩文編輯文集。他回香港後，我去中文大學作學術訪問時也曾去他的新東方台寓所看望過他，見他滿屋滿桌子都堆滿了書報雜誌，他正趴在書報縫隙中趕寫一篇專欄文章，寫完立即發往報社。我還真目睹體驗了一把香港作家寫作生涯的辛苦。他偶然如看到我的文章興之所至就會寫信回應。他寫信或寄賀年卡中稱我「大兄」，我哪敢當！無論從年齡、學識、資歷哪方面，他都是我敬重的前輩，後來我還知道他對許多朋友都這樣稱呼，我一點不覺得他是矯情。從我與他不多的交往中，實實在在地感受到他為人的謙和親切，真誠善良，怪不得他的人緣那麼好，敵友各方人士對他的人品絕對都是讚賞的。所以當他遭遇災難羈留京城時，他卻獲得了從未有過的那麼多的同情和友誼，那麼多的新知舊雨對他伸出了美好溫暖的手。羅海雷書中披露的那麼多京城頂級文化名人這個時期與他的詩文書畫、唱和酬答就是明證。而他自己的生活從此也由絢爛歸於平淡，獲得了心靈的寧靜和自由，寫了那麼多生平從未有過的獨立思考的富有文化意蘊的詩文，結出豐碩的成果——七本隨筆集。正是失之東隅，收之桑榆，也不枉了這北京十年的「休假式」生活。

如今，在被迫離開《大公報》三十年後，他第一次重新踏進報社大門受到現任領導的隆重歡迎，舊部親友為他九二華誕盛宴歡聚慶賀，這足以說明清者自清了！正如老作家夏衍老人當年給三聯書店老總范用信中說的：「……給羅孚出了書，是一件好事，在大轉折大動盪時期，歷史常常會捉弄人，有時甚至是很殘酷的，我所認識的朋友中，這樣蒙受過折磨的人不少……羅孚回京後，可請他來舍一談……」巴金老人當着羅孚面說：「我不了解你的情況，但我從常識判斷……」這些老人給予的友情的慰藉和信任是多麼寶貴！這也使我想起了著名導演謝晉生前愛說的一句話：「金盃銀盃（指獎盃）不如老百姓的口碑！」羅孚正可因此坦然而釋然了！

2012 年 1 月

余思牧與《作家許地山》

陳丹晨

我最早知道余思牧先生是在七十年代末。那是文革剛結束不久，我鑒於長久以來人們對巴金先生的種種曲解、誤讀，決心寫一本關於巴金的傳記，這就是後來完成的《巴金評傳》。就在這時，接到巴金老人寄給我兩本關於研究巴金的書，其中一本就是余思牧先生所著的《作家巴金》。我在驚喜之餘，為之感到折服。因為這是一本具有開拓性，原創性的著作，是海內外第一本關於巴金的傳記，第一次把這位文學大家的生平和著作，做了系統清晰地梳理，又有公允、客觀和獨到的思想和藝術分析。試想，余思牧先生撰寫此書時，正值 1964 年，也即文革爆發前夕，內地已是黑雲壓城，狂風暴雨來臨，文化界人人自危，預感即將覆舟滅頂之際。雖說，余思牧先生偏寓香港，是那些極左狂人鞭長莫及的。但無論如何，敢於在這樣的時候站出來，用自己的學術成果，向世人表明巴金是一位傑出的作家，是會使那些披着大紅袍的文化打手惱怒而不能容忍的。這種學術勇氣，思想膽識，無疑對我是一種鼓勵。更重要的是，就如前人已經拓了荒，開了路，使我在摸索前行時，有了一個很好的引導。可惜那時我還無緣拜識他。

使我意想不到的是，四五年之後，1984 年 10 月，巴金老人應邀到香港接受中文大學授予的榮譽文學博士學位時，我有幸陪隨前往。那時余先生卻住在醫院治病，聞訊特地向醫生懇請，准了短假，兩次出院到中文大學賓館看望巴金。我也在這時認識了余先生伉儷，彼此竟一見如故，從此成為莫逆。但我一直敬重余先生為師長。不僅因他年長於我，且在學術上他是先行者，是前輩，著作多達數十種，在教育、出版、寫作等各個方面成績斐然；後來轉戰商場搏殺馳騁，一樣成為鉅子。因此，余先生在我心目中還頗有點傳奇色彩。儘管如此，在後來長達二十年交往中更多地感受到他是位耽於思考，懷着憂國憂民的知識分子，氣質稟賦未改的純樸學者。每與余先生晤敍，聽他講國事、社會、文學，也講內地改革、香港發展……縱橫議論，傾心交談，使我大開眼界。但更多的是，他談他的文學研究，他的寫作計劃，他正在收集寫作資料的情況；也還託我在北京尋找一些圖書資料，這都使我深切感到他雖身在商場卻未能忘情於學術。我也曾聽他感歎自己總因不能完全脱身企業而感遺憾。

長期超負荷的工作壓力，到內地、香港、美、加以及東南亞各地奔波往返，再加上他熱情待人，寧可自己累點，時間久了身體消耗太過，給我信中說：「空下來時已如發水麵包，完全沒了力氣。」終於健康出現了斷裂。1995、2000 年，他都曾因病先後在加拿大、香港接受心臟血管大手術，卻都奇跡般地轉危為安，使他有再生之感，覺得自己真是一個幸運兒。但每次病癒首先想到的是學術寫作，「若天假我以十年，當閉門讀十年書，寫十年文章，把自己對過去半個世紀以來的閱歷、觀念寫出來，讓後人看到中國社會，文壇和經濟發展的某些歷程、問題和特徵，盡一個讀書人說真話的職責。這是我的一個小小的心願。」他還說：「我需要努力工作……寫出來，以作歷史的證詞，以作良心的傾訴……從而以史為鑒及以人為鏡，活得快樂些，活得樂觀些，活得清醒些，活得溫馨些。」這就是我認識的余先生。

2002年，他來信告訴我，除了參與《香江文壇》雜誌的出版事務，正在埋頭寫《作家許地山》，並託我幫着找一些資料。我除了應命找書找有關當事人的線索外，卻怎麼也沒有想到，他竟那麼快就把四十萬言的書稿完成出版，真使我瞠目結舌了。我想，以他這樣的病軀，就如此「拼命」寫作，也證實了他先前的話都不是説説的，而是實實在在來真格兒的。説句玩笑話，如果在內地一定可以被評為「勞動模範」的。

僅僅寫出書稿還不是主要的。值得人們重視的是，他所從事研究的還是一個難度比較大的課題。許地山是「五四」以來一位傑出的、富有獨特個性的、有卓越成就的作家。但是，過去文學界對他的研究是不夠的。這與他本身思想比較駁雜，藝術上也與世俗流行的作品有所不同，屬於異數另類，使一般研究者未窺堂奧就已卻步。另一方面也與政治上宗派主義、極端的教條主義視他為「非我族類」有關，而擱置一旁。隨着時間長了，也就漸漸地為人們忘卻了。因此余思牧的《作家許地山》的出現，也就格外引人注意了。

這本著作對傳主的身世生平有詳細的考訂和敍述。許地山生於憂患，長於漂泊、流亡。因台灣淪為日據，迫使他離開故鄉流寓廣州、閩南、緬甸，後又北上燕京大學，再去美國、英國深造；學成回國先後又在燕大、清華、北大任教，然後又到廣州、印度、香港等地，長期從事文學教育。從余思牧著作中可以看到許地山是怎樣從一個「五四」闖將，成長為儒釋其內、基督教其外的研究宗教學學者，人道主義作家。他豐富的人生閱歷，飽經磨練和遊學的生活，仁愛寬容的處世待人，如何影響着他的思想和創作，為讀者深刻認識傳主提供了翔實的基礎。

余思牧對許地山的一些代表作品也有許多精到的論述，説他是作家、學問家、宗教徒同時，又是一位愛國民主戰士：「他的個性善良而思想複雜，他的創作理念是多元的，藝術形式是多樣的。他有獨特的思考、個性和風格。他不受現代政黨鬥爭的影響，不趨時，不逐流，不左傾，不右轉，不躍進也不落伍……這也是他為人為文的特點。」説「他既有研究宗教的熱情，卻不帶着任何宗教的偏見去寫作和教學……研究宗教卻不迷信宗教，為的是他相信各種宗教的教義都是為了尋求解答人生難題的哲學大師……」這就把許地山執着於宗教研究和「為人生」的寫作信念兩者關係打通，融為一體了。像這樣一些精闢的論述，對把握許地山的思想精神是非常準確的。余思牧還專門講述了許地山對香港中小學語文教育和香港大學的中國文學教學改革的貢獻。這使我感到，余思牧的某些經歷和寫作就像與傳主一樣跋涉在艱深的人生道路探求寶藏似的，其中就有他自己的身影。

最後，他正是以他寫作的作家系列：《作家巴金》、《作家茅盾》、《作家冰心》、《作家許地山》等一系列著作，以一位勤奮卓越的作家身份落下了人生大幕。

2004 年 11 月 19 日

「神秘的」無名氏

陳丹晨

2002 年 10 月下旬，我到香港中文大學作學術訪問，才得悉本月 11 日無名氏已在台北辭世，享年八十六歲。我和無名氏並無私交，本無可置喙。只是想到二十年前他離大陸赴台定居之前，與他曾有一面之緣，大概也是最後一次接受內地媒體的訪問，給我留下很深的印象；如今得知他仙逝，也頗傷感。記得當時也曾有過寫一點介紹他的文字的意思，卻因他再三誠摯叮囑不要公諸於眾而作罷。現在這些塵封已久的往事，竟又鮮活地浮現在我眼前，正好借此表示我對他的懷念和哀悼。

1982 年 7 月，我到江南幾個城市訪問遊學。到了杭州，我的老友、評論家高松年問我：願不願意去看看無名氏。他說：他與無名氏有多次接觸。這個人不錯。他希望我能為改善他的處境作些呼籲。那時文壇正像發掘地下文物一樣，悄悄地把這個為人們忘卻了三十多年的作家無名氏重新介紹給讀者，且還不是公開的，明明白白的，而是在一些內部報刊裏零零星星地提到他。有一個省的作協編了一本內部參考的讀物，收有無名氏幾篇中篇代表作《北極風情畫》、《塔裏的女人》等，很引起文學界的注意。但這一切都給人一種小心翼翼、欲言又止的感覺。究其原因，一方面顯然是因為感到無名氏的政治面目、政治態度非屬「吾類」，另一方面也因為他的作品與幾十年來大陸流行的主流文學完全是兩回事。所以，在介紹他和他的作品時，人們好像在冒着很大的政治風險似的。

但是，我當時卻有一點「自由化」，覺得見見又有何妨！而且我自己私心裏多少還有點好奇心：這是一個什麼樣的人物？怎麼可能在一種絕對秘密、又幾乎沒有發表可能的情況下，連續寫作大量作品？於是，松年兄事先約定了無名氏，就陪我一起來到杭州湖墅華光橋河下 15 號訪見了無名氏。

這是一座老式的民居，原來可能是一家大戶人家留下現在成了住許多戶人家的大雜院。進門是座花園，有一方水池，桂花樹，月洞門，假山，⋯⋯，只是有點久無人收拾的頹敗景象。無名氏就住在抄手遊廊旁的廂房裏，椽柱的木頭堅實油亮，顯然是有年頭有講究的建築。室內陳設卻極簡陋，除了床鋪桌椅，看不到有什麼藏書、衣物、和別的裝飾，一派清貧的樣子。

無名氏戴着一副眼鏡，瘦怯怯的，很斯文溫和，説話輕聲細氣，給人誠懇的感覺。他長得比較年輕，看似五十歲左右，實際卻已六十六歲了。我們談了將近兩個小時，我覺得他把過去和現在，生活經歷和目前的心情，都很坦然，不加掩飾地告訴了我。

他説，他出生在南京，祖籍是山東，1946 年起先後與老母一起定居在杭州。與林風眠、趙無極等大畫家是好友。他在 1949 年前出版過十部書，約計 160 萬字。1949 年後，出版了五本書，都是偷運到境外去發表的。四十年代初期，他與抗日的韓國光復軍有密切聯繫，當過上校宣傳科長。其中一個原因是想收集創作素材，如朝鮮革命者李奉昌行刺日本天皇事件。他還結識了著名抗日將領、光復軍參謀長李范，有一段時間幾乎每天晚上聽他講自己的傳奇經歷，後來據此寫了《北極風情畫》。他還先後在《新蜀報》、《掃蕩報》當過記者。有一次，因為批評防空司令部，受到蔣介石秘書陳布雷的責問。1939-1940年間，在圖書審查委員會工作過一年多。他對共產黨有過幫助。那時，作家孔羅蓀常要送審雜誌《抗戰文藝》的稿子，他總是給開「綠燈」通行。他與《新華日報》記者劉述周也有往還，劉離重慶去蘇北前，還專門請他吃過飯；五十年代劉曾任上海市副市長。皖南事變發生時，他寫過《霧城一日》，幫《新華日報》報導了事態真相。

他說：「我那時和左派接近，對國民黨不感興趣。」

後來，他當過真善美出版公司總經理，直到1952年這個公司結束為止。以後，他再也沒有在任何單位作過任何工作。1958年，有一天半夜12點，公安局忽然來人到他家搜查，然後他被送去蹲了37天學習班。原因不明。1960年，他又被遣送去「光榮支農」，在農場勞動一年多，每月發13元生活費。他寫過一篇關於市商會歷史的文章，兩萬多字，在浙江省政協編的《文史叢刊》上刊登。1966年8月，文革發生，被抄家，家裏的書都被抄走。他說：他「採取拖延軟磨的對策，總算把手稿保存下來了。」因當時社會動亂，他預先就把稿子轉移隱藏起來。1968年6月30日，又被「拘留」了一年零三個月，戴上了「反革命分子」帽子。起因是受一位朋友的株連。那位朋友想偷渡去澳門，到他家住了二天，經他勸說，終於打消了這個想法去了上海。1978年平反。他總結這段生活，說：「不堪迫害。」

此外，我把他在四九年後的歲月，戲稱為「隱居生活」。他似乎並不反對，並且顯得活躍起來，像有一種勝利者的喜悅流溢在他的臉上。

他說：那些日子裏，他幾乎隨時要應付檢查、逮捕，所以心理上有充分準備。最重要的是非常用心收藏自己的手稿；注意和鄰居的關係相處得好些。鄰居們也很奇怪，看他老不上班工作，躲在屋子裏寫寫弄弄。他就推說自己在養「肺病」。鄰居們對他也還諒解。1977年，他的老母去世了。其間，他曾有過一段婚姻，妻子原是他的表妹，也是義妹，後來因為他成了「反革命」分開了。

他說：在當時情況下，對未來，對生活是很渺茫的。寫作成了自己唯一的精神寄託，「也就不感到空虛了」。「一個人做事情能夠成功，自信心佔百分之五十，還有百分之五十是靠外界來證明的。我自己既然獻身文學，就準備勞碌一生，即使無所得，甚至被誤會，也在所不計了。」

他還說：「我每每寫作開了頭以後，就會像女人奶水漲滿那樣要噴湧而出。這時如若不讓我寫就會受不了，像是在強迫自己去寫。作家這時被藝術所支配，所控制，成了藝術的附庸，創作的快樂超越了一切。寫了一段自己滿意的文字，那時的高興是無法形容的。至於創作對國家、對民族的命運，等等，往往是在寫作之餘，或在寫作之前，才想到的。」

他說到這裏，不免帶着一點自嘲的口吻說：「美國人很奇怪，為什麼無名氏的書，竟然可以在共產黨管轄下寫出來，在國民黨那裏可以發表出版。這就是因為我追求的是藝術。藝術是很嚴肅的，是要用心血、用汗水寫就的，是要把生命獻給它，是像生者和死者在交談對話。」他認為像巴爾扎克這樣一些大作家大概都是這樣的。當然，像羅曼羅蘭的《約翰・克利斯朵夫》在藝術上是有缺陷的，但在精神上、道德上的感染力量是很大的。他說：「我們接受了西方人那麼多東西，我們也應該獻出些，為中國人爭點氣。我參加這個（文學）隊伍，希望做個小卒；我寫的，只是一種探索，也可能是失敗的。」

無名氏就這樣在六七十年代堅持秘密寫作了大量作品，僅1956–1960年間，就寫了130萬字，其中一部分偷偷運送到香港，交給他二哥、國民黨中央委員、老報人卜少夫手裏，於1977年到1982年離開大陸之前，在香港、台灣出版了五本小說散文雜感書信集。他還寫了《無名書》六卷，他說：「這書將來出版是我的一件大事。」

我一邊聽他的敍述，一邊卻聯想起一個思索已久而尋找不到答案的問題，那就是，某些政治專制、言論不自由的社會環境中，仍會出現一些秘密寫作的作品。作者並不追求馬上能夠發表，更遑論名利的誘惑（如現在所謂為了某種權力或獎勵寫作），只是想將自己心中積蓄的感情，胸中的塊壘，思考的結晶，……書寫下來，成為歷史的見證，歷史參與者的證詞；甚或只是一種不可抑制的強烈的藝術創作衝動而形成的。這說明暴政在有些人面前是很孱弱的，它不可能使所有人都沉默，更不可能使所有頭腦都停止思考。然而在中國這種現象卻是寥若晨星。那麼眼前這位無名氏是否可算作這類異數呢！因為他寫的作品與當時流行的主流意識形態、文藝思潮和作品是完全不相干的異端，而他卻要冒着生命危險，堅持不懈地寫作，這樣的精神和事蹟在大陸文壇確實是不多見的。

當然，我當時並沒有把我的想法對他直說。然後，他繼續談到文革以後，他的命運有了轉機。1980年，統戰部門找他，邀他進文史館。後來省裏又找他，請他吃飯，表示過去對他不夠關心，還說，「委曲你了。」又說：「你也有弱點。」領導部門找他，主要顯然是看重他的海外政治關係，而不在於他的文學成就。無名氏是個聰明人，所以特別明白表示：希望關於他的事不要見報，他也不拿「政府的錢」（指工資或津貼），也不參加社會活動。要他公開發言表態，請容以後再説。他只要求能出版他的書，允許香港多寄一些書給他。這個要求後來很快就解決了。1981 年 9 月，省裏原要他當省政協委員，後又改為文史館員。他對省裏説：「我仍保持中間路線。我希望不要損壞我的形象。如果我與你們一樣，就沒有作用了。過去中間人士兩面不得罪，兩面不討好，很苦惱。現在情況有改變。既然海外有中間人士，這裏也可以有像我這樣的人，説話辦事更通情達理，打動人，起到可以起的作用。」

他還解釋説：他在 1949 年後沒有參加任何工作，因為有顧慮，怕挨整。後來不幸言中。

對於他的這些解釋，我既相信是真實的，但也有一些保留。我總覺得他從內心深處並不認同現在的政權。因此，他在將近三十年的漫長歲月裏，寧可清貧度日，間或靠海外兄長的接濟，或妻子的微薄工資收入糊口，而不肯到社會上去做任何工作，甚至在文革以後，仍然如此，聲稱自己「不想拿政府的錢」。這是否出於政治上的清高，「不食周粟」。這當然只是我的一種猜測。事實上，他在對省裏官員、甚至對記者如我的面前，表示對共產黨友好的話，未嘗沒有應付門面的成分。即使這樣，我以為也是可以理解的。因為，這些話私下説説也就罷了，他是絕不願意公開見報，傳到港台方面去的。顯然他內心早已準備有一天回歸海峽另一邊去的。

我們談話時間不短，談得也很融洽、輕鬆、愉快。他覺得我還是比較容易親近的，他樂意與我聊天。辭別了無名氏，出得門來，高松年兄對我說：「他今天很放開，說得很多，以前沒有對我這麼說過。」

後來，我回到北京不久，忽然收到他的一封信，云：

丹晨同志：

上月晤談甚快。

有一事那晚忘記奉告。當時您關於我談話的記錄，如作為內部參考，無妨。萬一

公開發表一部分，無論在《內部通訊》或在《文藝報》，我所談的有關政治部分，請勿

發表。（最好只限於文藝方面）。又，我現在文史館掛名，亦乞勿發表，費心，謝謝。

頌好！

卜寧 82年9月30日

卜寧，就是無名氏的真名，又名卜乃夫。他還有兩個兄弟卜少夫、卜幼夫都在港台。我看了信後（他在兩處「請勿發表」下都劃了一道着重線），當然尊重他的意見，而且也還理解他的處境，所以索性連政治以外的內容也都隻字不提，就這樣擱下了。這年年底，聽說他到香港去探親了。以後又聽說他去台灣了，還發表了批評大陸的「反共言論」。

1984年，我到香港訪問，遇到一位親國民黨的企業家，談起她對作家文人歷來都很尊重，忽然主動提起無名氏，說，「我對他就不感興趣。」原因就是他到台灣初期的表現。但我仍

然不明白到底是怎麼一回事？直到這次他去世，我讀到香港刊物上的一篇資深記者寫的悼念文章，記述道：「卜乃夫於 1982 年移居香港，隨後即以反共作家的身份赴台定居，他抵達台灣時受到英雄式的歡迎，這是他人生最璀璨的時刻。歷經寒霜風雪，他終於獲得了肯定，他又重新提筆，但隨着台灣的逐漸開放，他的反共八股卻在時代潮流中慢慢退去，他的孤寂是可以想像的。」至此，我卻不免升起一種深深的悲哀和感傷。無名氏無疑是一位天分很高的作家，而且是很有個性、主見、和追求的作家，他的傳奇式的一生，使他蒙上了一層神秘的薄紗，朦朧而使人看不真切，真個是「身後是非誰管得」！幸好，他留下的大量著作將會說明一切。令人驚奇的是，從他離去二十年後的今天，大陸已公開出版他的主要著作多種。六卷《無名書》也已全部出版，還有學者寫的評論、傳記，作為國家出版社的人民文學出版社剛剛出版了他的晚年寫的散文集《在生命的光環上跳舞》。

世道真的變了！經歷了榮辱毀譽、大起大落的八十六歲老人無名氏辭別了這個世界。神秘的大幕沉重地落下了！

2002 年 12 月 20 日於北京

附錄

生存的歧路
——中國作家生存狀況(二十世紀中後期)漫記

陳丹晨

人們習慣把文學研究分為「文學的外部研究」和「文學的內部研究」兩類。美國雷•韋勒克教授在他的《文學理論》一書中就是這樣主張的。前者主要研究作者的生平、心理，和所處的社會人文思想環境，後者主要研究作品的文本、內容、形式。兩者都是重要的，是文學研究不可缺少的兩個方面。本文着重對二十世紀中期的中國文學的某些外在因素，如作家的生存狀況作一些探討；盡可能多提供引述資料，以便說明問題的真實面貌。但管中窺豹，只見一斑。也還因為筆者學力不逮，本文也還是屬於讀書筆記性質，稱不上什麼研究，算是探討問題的一個引子吧！這是需要向讀者告罪說明的。

1949 年革命勝利，中國社會有了巨大的根本的變化。其中一個重要方面，幾乎所有的成年人都變成了公家的人；或者說，都變成國家的人，共產黨絕對領導下國家的人，也即常說的「黨的人」。無論工農商學兵，概莫能外。這裏不妨舉一個絕對一些的例子，譬如，住在最遙遠的邊疆城市，從事最低層的工作，一個掃大街的清潔工，他的工資給多少，什麼時候可以加工資，也都得由中央政府下文件。事實上，他所加的工資也許只有五元錢。這可算是高度中央集權下的一個小小例子。恩格斯認為馬克思對人類歷史發展規律的最大發現，就是指出這樣一個基本事實：「人們首先必須吃、喝、住、穿，然後才能從事政治、科學、藝術、宗教等等；……」(《在馬克思墓前的講話》，見《馬恩選集》第3卷，第574頁）也正是在這樣一定的經濟基礎上，「在不同的所有制形式上，在生存的社會條件上，聳立着有各種不同情感、幻想、思想方式和世界觀構成的整個上層建築。」(馬克思：《路易·波拿巴的霧月十八日》，見《馬恩選集》第1卷，第629頁）這些都是人們熟知的馬克思主義常識。魯迅更是直截了當地説：「我們目下的當務之急，是：一要生存，二要溫飽，三要發展，……」(《華蓋集·忽然想到（五）》）可見吃飯、生存是個關鍵問題，首要問題，現在出現的新變化形成了：溥天之下，莫非王土；率土之濱，莫非王臣。所有的人，都無可逃避地被要求絕對服從那個給你工作做給你飯吃的領導，做「馴服工具」、做一顆「齒輪和螺絲釘」。用商業社會裏的基本關係作一個不恰當的比喻的話，給你吃飯的是大僱主、大老闆，聽命於他的，也就是那些大大小小的「僱工」、「僱員」而已。如有異見不滿，那就是「吃某某的飯，砸某某的鍋」，「吃肉罵娘」等等説法的由來。

從自由職業者轉換成「僱員」

自由職業的消失

因為這個原因，作家也不例外，成了其中的一個僱員。

1949年前的中國，或是在世界各國現代社會裏，都存在一個特殊階層，（並非特權的特殊，而只是勞動方式的特殊。既非佔有生產資料僱傭他人，佔其剩餘價值；也非被僱於人，被掠取剝削。只是以自己的思想知識技能獨立工作，換取生存。）這就是「自由職業」，但到四九年後的中國消失了。曾經是這個職業階層中的作家、醫生、記者、教師、律師、以至會計師……等等，統統都變成了「公家人」、「黨的人」；或者乾脆連這個行當都徹底被廢棄了，如「律師」、「會計師」……等等。和其他行當一樣，每個人都歸屬於一個固定的單位，領取工資，按照黨的領導的指示和要求，從事他的創作、醫療、教學……等等的工作。這時，他與一個公務員、一個職員、一個工人，沒有什麼兩樣。這種僱傭關係就是：你付給我工資，我給你幹活。不過，我生產的不是鋼鐵，棉布、電視機……，而是小說，詩歌、散文……。一切惟命是從：尺寸大小、顏色性能，都按你的要求和設計進行創作，如此而已。數十年來，一些作家對來訪的外國作家介紹這個特點時，常常會驕傲地說：「這是我們社會主義社會的優越性，作家每月有固定的工資收入，而無衣食之憂。不像你們要為生活發愁，不寫稿就活不下去。」

1949 年前，中國作家的經濟來源有兩種：一種是作品多產，又有較高的知名度，他們依靠稿費、版稅和兼職的收入維持生活。早期如魯迅。據有人考證：魯迅在北京時期（1912–1926 年）連教職加稿費，月收入 9,000 多元（折今人民幣，下同）。在上海時期（1927–1936 年），完全是靠寫作所得，月收入 20,000 元以上。（據陳明遠：〈魯迅生活的經濟背景〉，載《社會科學論壇》2001 年 2 月）像魯迅那樣專事創作的作家有一大批，收入不等而已。如茅盾、胡風、巴金……等等，都是如此。另一些作家有一份別的本職工作，如在學校、出版機構、郵局、銀行……，同時業餘從事寫作，如老舍、曹禺、唐弢、王辛笛……等等。在抗戰前，許多作家的生活一直不算錯的，在中國可算是「中產階級」了。

1949年後，前一類作家都歸屬到作家協會（或其他系統的創作部門），成為其中的一員，領取固定工資；後一類有很多著名的，也照此辦理。在這種都成為僱員的情況下，有一個重要的特點，就是一部分人在中央或地方都還成了大小不等的、黨政以及文化方面的官員，或准官員。例如四九年第一屆中央政府中，任部、局長以上高級官員的作家就有一二十位：郭沫若、許廣平、沈雁冰（茅盾）、周揚、田漢、丁西林、葉聖陶、王任叔（巴人）、邵荃麟、馮乃超、鄭振鐸、沙可夫、袁牧之、楊紹萱、馬彥祥、蕭三、洪深、……等等。這在中外歷代政府中都是罕見的。這充分說明中共對於文化人是有興趣的，也是重視的。在作家們自己來説，大概也是樂於參加其中，視為實現自己的政治抱負的機會。雙方都是在傳統政治文化的深刻影響下對待此事。兩千多年來的儒家思想，「學而優則仕」，「致君堯舜上」幾乎滲透在當政者和知識分子的血液中，認為「仕途」是對知識分子的最大的重視，現在正突出表現在各級政府（包括許多社團）人員的組成中。

胡風的兩難

對於這種變化，有些人比較敏感，心情很複雜。胡風是其中突出的一個。胡風在1949年前有一段時間辦過刊物外，主要是靠寫作為生的。但到1949年後，不允許私人辦報刊出版，他就面臨一個如何生存下去的問題，為此苦惱得不得了。他和他太太都覺得「更大的問題是將來怎麼辦？如果像過去在舊社會時那樣找個飯碗倒很容易，可是現在卻不敢隨便接它，因為這飯碗可不好吃，婆婆太多，尤其是不能再幹文藝工作。」（梅志：《胡風傳》，第 564 頁）他的思想和處境很複雜：他很想繼續過去那樣專事「自由地創作」，做一個自由職業者（同上，第 596 頁）；但他又是非常「想工作的」（同上，第 573 頁），「願意服從分配」（同上，第 587 頁），得到一份過去從不曾考慮過的「工作」。他不僅勸朋友們「應盡快參加實際工作，不應浮在文化圈子裏面。……」（致冀汸等的信）而且，他還寫信託請朋友們設法打聽或向上面轉告詢問有關他的工作安排問題，顯得為此非常焦慮。幾十年來他是著名的資深的左翼作家，長期追隨共產黨，做了大量工作，因此在革命勝利之後，他自己覺得理所當然地應有他的一個位置。但是過去有意無意地和中共的文藝思想不合（最關鍵的是：不是無條件地贊成、附和毛澤東《在延安文藝座談會上的講話》），在四十年代中後期的重慶、香港，都曾屢次遭到批判；再加上與現在文藝界某些黨的重要領導幹部有宗派之嫌隙，這使他深深感到「工作」之難以接受。更有意思的是，另一方面中共上層對他這樣一個資深左翼老作家既不能不安排相當地位的「工作」以免引起文藝界的揣想，又不便於給他一個小差使；但又因為這是一個不馴服不聽話甚至時有對抗的刺頭角色，對他實在不感興趣，也就並不真心想給他一份重要「工作」。試想對別人安排工作就沒有先要檢討認錯等先決條件。於是，上面只是作出一副要重用他的姿態，不斷放出將要安排他做某某工作的風聲來，諸如到《文藝報》、《人民文學》出版社當頭頭，或到文學所教書云云，但卻始終沒有明確肯定地通知他一個正式的工作崗位，只是把胡風的心思、情緒、希望吊在空中，使他苦惱焦急，惶惑猶豫，無可奈何。雙方就像《三岔口》一樣，虛虛實實，互相在琢磨對方的意思。幾乎可以這樣說：從 1949 年 7 月第一次文代會以後，胡風就開始惶惶地等待工作安排，整整延續了將近兩年時間，他還沒有看透上面的意思，還抱着希望，想找開明的熟悉的領導申訴，竟然將自己那些「異端思想」主動送上門去，上書中共中央，終於引發了一場災難。

今天，使我們不能理解的是，為什麼當時胡風就不能決心像過去那樣只做一個專事寫作的作家，而根本不考慮去當一個單位裏「僱員」，即使是一個比較重要的「官」。可以推測的是，在他的內心裏也不能免俗。至少他會想：他一直以為自己（應該說別人也都這樣看，這也是事實。）是國統區左翼作家中有貢獻的、重要的代表人物，如今革命勝利了，他太渴望歸屬成為革命陣營或現在所謂「體制內」的一員了。沒有想到反倒被擱置起來、冷落一邊、失意如此……。這種心理失衡，在四九年前是決不會出現的。胡喬木與他談話時就說到：「黨對於一些同志並不是論功行賞，而是因為他們都戰鬥了過來，現在也都在戰鬥着。……」，（見《胡風傳》，第 582 頁）這時繼續做自由職業者已不可能，想得一份應有的「工作」又近似乞討的情勢下，胡風和他太太梅志不得不感歎：「難道盼了幾十年的新中國，我們反倒活不下去？」（同上，第 805 頁）當然，活下去的路是有的，這就是檢討錯誤，臣服投降，那樣還有可能恩賜你一個嚴格接受領導管轄的差使。其間，還是在他認為開明的周恩來總理有過批示：「但仍給以工作，並督促其往前線或工廠與農村中求鍛煉和體驗，以觀後效。」（同上，第 617 頁）的情況下，安排了《人民文學》編委的虛銜，可以因此得到一些津貼之類的收入。對此，梅志曾記述：「古人云：『寧為太平犬，不為亂世人。』我們無論如何也能過太平犬的生活吧。她不知道，胡風如果有做犬的打算，過的就不會是犬的生活。他要做人，要說要寫自己想說想寫的話和文章。」（同上，第 565 頁）於是，他也就注定要成為另類，異端，而無法正常生存下去，只能被淘汰出局。

「實無遮蔽」的沈從文

在對待生存問題上，與胡風有同又有不同的是沈從文。他在抗戰勝利後，對國共內戰採取強烈的反對態度，寄希望於「第三種」政治勢力；解放前夕，就遭到郭沫若等的嚴厲批判，進而又有學生在校園裏批判他。所以他不僅沒有胡風那樣的革命本錢，不可能和新政權作些須周旋；且已由政治上的中間狀態變成「反動派」(郭沫若：〈斥反動文藝〉，見《大眾文藝叢刊》第一輯）也就只能絕對聽從發落了。第一次文代會不讓他參加，就意味着把他從作家隊伍中驅逐出去，從此結束了他作為作家的生命。後來經過到華北革大、「土改」等的學習、改造，分配到歷史博物館成為一名工作人員。也就是說，解放前曾主持平津四家大報的副刊主編；「1949 年，正準備『好好的來寫』一二十本文學作品的沈從文，終止了文學事業，也走下了北大中文系講台。」(《從文家書》，第 145 頁）這是又一個由自由職業者被迫變成「僱員」，由作家變成一般工作人員的例子。至於他本人，則由恐懼，無所適從，漸漸變為接受現實。他開始時，覺得自己「似乎完全孤立於人間」，「我活在一種可怕的孤立中」(同上，第 160–161 頁）他不願「勉強附和，奴顏苟安」。但又覺得「外面風雨必來，我們實無遮蔽」(同上，第 153、157 頁）即如他太太張兆和所想：「我們要在最困難中去過日子，也不求人幫助，即做點小買賣也無妨」。(同上，第 157 頁）這和胡風太太梅志所想，竟是不謀而合，如出一轍。但如今連這也已不可得。唯一的只有，「我即得完全投降認輸」，「我實在應當迎接現實，從群的向前中而上前。」「我樂意學一學群，明白群在如何變，如何改造自己，也如何改造社會。」（同上，第163頁）可見生存問題對每一個人來說，都是首先不得不考慮的、至關重要的、且又必須作出選擇的實際問題。

兩個不領工資的作家

那麼不領國家工資，不在某個單位，繼續做「自由職業」——從事自由寫作的人有沒有呢？有的，有兩位作家堅持這麼做，一個是巴金，一個是傅雷，他們的情況又是如何的呢？巴金一生都是靠稿費版稅收入生活的。1949年後，他還是堅持這樣生活方式，不領國家的工資。但即使這樣，他仍然要歸屬於一個單位，他的名字赫然列入上海作家協會的花名冊上，接受其領導管理，參與政治學習、社會活動、報告自己的創作計劃等等。同時，所有的報刊出版機構都已成為國家經營的、官方性質的。譬如巴金的大量作品本來是由開明書店出版的，巴金日常生活來源主要依靠開明的版稅收入。現在，私營的開明書店撤銷停辦了，原有業務合併到中國青年出版社去了。而中青社按上面指示，又基本上不再重印包括巴金在內的1949年前的舊作品。這樣一來，巴金一下子就失去了主要的穩定的經濟收入，不能不使他感到恐慌和緊張。他與他太太蕭珊幾次商量，如何節約開支，「看情形，下半年版稅會大減，不過我們好好用總可以勉強夠吧。」（《家書》，第16頁）後來，到1958年下半年，大肆鼓吹共產主義，消滅資產階級法權，各出版機構、報刊減少、降低稿費標準一半。（後來還取消了印數稿酬，作者得了一筆基本稿酬外，書印得再多，也不能再得一文錢了。）恰好巴金正在北京，與老朋友鄭振鐸在大同酒家吃飯，說到這個消息，兩個人都感緊張，嘴裏卻說：「能夠親眼看見共產主義社會，我個人再沒有什麼要求了」。後來，人民文學出版社出版了《巴金文集》，卻又給巴金帶來一筆豐厚的收入。也就是說，儘管你不領國家的工資，但你的生活來源，多給少給不給，都在公家手裏。

傅雷的例子更說明問題。他也是不領工資的。1949 年前後，都是靠譯著的稿費版稅收入，過着較為小康的生活。到了 1957 年後，打成右派，那些出版社就拒絕出版他的譯著，也就斷了他的生路。其間也曾提出要他換一個化名，才可以寬容地考慮出他的書，他卻斷然拒絕了。這樣就整整六年沒有再出版他的書。時間長了，積蓄告罄，面臨饑饉，即使清高矜傲如傅雷，也不得不向老友、文化部副部長石西民寫信呼籲：「所恨一旦翻譯停止，生計即無着落。…… 種種條件，以後生活亦甚難維護。」「而雷不比在大學任教之人，長期病假，即有折扣，仍有薪給可支。萬一日後殘廢，亦不能如教授一般，可獲退休待遇。故雖停止工作，終日為前途渺茫，憂心忡忡，焦灼不堪 ……」（《傅雷文集・書信卷上》，第 312–313 頁）在他所謂被摘掉「右派」帽子以後，出版社給過他一點翻譯任務，也預支過一些稿費，使他勉強維持生活，但卻無法改變他這種沒有保障的、難以為繼的艱難生活狀況。這些故事都說明，在那個年代，你想不當有組織的領工資的「僱員」，如巴金、傅雷，實際仍然都是受制於組織的。

每個人都是黨的，每個作家當然也無例外，都是黨的。列寧說：「黨的文學。」（文革前譯為「黨的文學」，文革後改譯為「黨的出版物」。）那些理論家們據此說：作為作家，首先是黨員，是無產階級戰士，然後才能是作家。「首先要具有工人階級的立場和共產主義的世界觀」(林默涵:〈胡風反馬克思主義的文藝思想〉,見《文藝報》,1953年2月),否則就不可能正確反映現實,也就不能很好從事創作。這種理論,早在二十年代蘇聯拉普派就曾極力宣傳鼓吹,連高爾基、馬雅可夫斯基都被排斥,實在弄不下去了,才由斯大林出面解決,把作家索性統統歸之於作家協會管轄,寫什麼?怎麼寫?都要聽其指示。1949年後的中國,為了強調思想改造,又重新撿起拉普的牙慧餘唾來要求作家、知識分子。這不只是意識形態理論上的解釋,而是實實在在直接關係到作家的實際生存問題。不然,改造、檢討、投降、聽話,才能活下去;要不淘汰出局。沒有別的選擇。這就是1949年後最大的一個關鍵性的變化。

1962年,陳毅作為領導人之一,對前幾年的政治運動整了許多知識分子作過反思,但他也說:「人家(指知識分子)住房、吃飯、穿衣什麼都給包下來,包下來又整人家,得罪人家,不很蠢嗎?」(《文藝報》,1979年7月)他說這番話是好意,但也是一種共產黨養着你的意思。同年,周揚也曾對一些作家說道:「有的人,即使政治歷史上不好,只要有一技之長,比如鑽研過外國名著,與其弄去勞改,不如指定他從事翻譯工作。」(《沙汀日記》,第102頁)這話很霸氣,毫不掩飾地表示,給不給吃飯,都由着我們說了算。你們,都是「王臣」而已。總之,這種養與被養的關係,長期形成一種非常固定、習慣的觀念了。

先師楊晦先生曾是五四運動的積極參與者。他曾對我們這些後生小子講到那時北京大學學生的情況,是很矜傲、自尊心很強的。在學生中流行一個順口溜:「此處不留爺,自有留爺處;處處不留爺,大爺回家去。」可見任何時候,都有一個出路問題，也即是吃飯問題。但那時還可以有多個選擇，大不了最後的退路是回家，就像封建社會陶淵明回家務農。現在，卻由不得你了。[1]

工夫在詩外

開了無數的會

有了這樣的歸屬和定位，成為從事革命工作的一員，頭上又有那麼多的「官銜」，一切都是在崇高的、革命的、國家利益的名義下，被黨和國家「養」起來的知識分子，理所當然地應該好好地為之（政治）服務了。這些著名作家在社會上，在讀者中間，都有很深影響。許多事情可能正是政黨不一定辦成的，或者為老百姓所接受；通過這些知識分子，往往能夠收到意外的成效。人們對這個新政權可能感到陌生，但在看到這麼多的熟悉喜愛的作家、知識分子都歸附了新政權，他們也就隨着信從了。

於是，他們的生活方式也就有了一個極大的變化，變得異乎尋常地忙碌起來。不過他們中的很多人，往往忙的不是專業

1　曹聚仁的女兒「曹雷説，小時侯，父親讓她抄寫古代文章特別多的便是《儒林外史》中季遐年、王太、蓋寬、荊元四個人的故事。由於一遍遍謄抄，印象特別深，這四個雖是讀書人，卻一個賣火紙筒子（鞭炮），一個做裁縫，一個賣字畫，一個開茶館，都是自食其力的生產者。父親告訴她，他們之所以要這樣、就是因為他們要説自己喜歡説的話，寫自己喜歡寫的文章，能夠不趨炎附勢，不侍侯人的顏色。並説，如果文人不能首先以體力養活自己，獨立地生存，那麼他們所寫的肯定不是自己的，那樣的文人做不得。」（見王巍：〈孤獨的但卻是自立的〉，《博覽群書》2002 年第 6 期）曹聚仁的這段經驗之談，道出了一個秘密，即説明作家的生存基礎決定了他們能否按照自己的獨立意志自由地寫作。

業務，而是上面要求的政治社會活動。借用陸放翁的話來說，「工夫在詩外」（陸游：《劍南詩稿・示子》），儘管不一定是自己主動甘心如此。這類活動大致上有那麼幾種：一、政治學習會。幾乎所有的機關學校工廠都普遍實行每天一小時的固定學習時間。讀報、學文件社論、讀馬恩列斯毛……。目的是為了改造思想、統一思想。五十年代每次搞政治運動期間，還要增加學習時間，有時整天都要投入其中。這裏仍以巴金、傅雷兩個不領工資的作家為例，他們也一樣忙碌得不可開交。

傅雷在 1955 年被吸收參加了上海政協。他就和巴金一樣，既要參加政協、又要參加作協兩頭的政治學習。到了 1956 年，「四個月中開了無數的會」（《傅雷家書》，第 113 頁），他就寫信對傅聰説，他「簡直忙死了」，「政協有些座談會不能不去，因為我的確有意見發表。好些會議我都不參加，否則只好停工、脱產了。」（同上，第 80、111 頁）根據上面要求，他積極奔走在文學、音樂、美術、出版各界之間，深入調查，了解情況，聽取意見，寫出一份又一份的詳盡的書面的報告交給上面，作為改進工作的參考。他說：「……我就得花費時間分別和他們談話，了解他們近年來的工作及思想情況。」「我一方面要和朋友們談話，談過又要動筆。還有零零星星向中央或地方提意見，都吞了我不少時間。」（同上，第 102 頁）他深深地感到「社會活動與學術研究真有衝突，魚與熊掌不可得而兼，哀哉哀哉！」（同上，第 113 頁）因為社會活動太多，影響了專業工作，以至「以學殖久荒，尤有應接不暇之苦。」但是，他這個不領取分文工薪的「自由職業者」，為公家熱心做了這麼多的事，所謂「分心管管這種閒事」（同上，第 101 頁），反而吃力不討好，上面聽了大為逆耳，把他打成右派，為此連續開會批鬥他，至少開了十次以上，前後作了三次檢討，還過不了關。他心裏「難受，神經也緊張，人也瘦了許多，常常失眠，掉了七磅……」(同上，第129頁) 從此健康狀況漸漸地每況愈下。這就是說，不僅開會忙，而且忙的結果，卻是換來痛苦、遭災受難。

因為是名人，又有着生平從未有過的那麼多的頭銜，就相應地要開許多會。巴金從四九年後不久，就得了一大堆名譽性的社會公職：中國文聯委員（後來當了副主席）、中國文協理事（後來改名中國作協，巴金當了副主席、主席）、上海文聯副主席（後來當了主席）、華東文教委員會委員、中國保衛世界和平委員會上海分會理事、全國政協委員、全國人民代表、上海市人民代表、反革命案件審查委員會委員、華東軍政委員會委員、中蘇友協華東分會和上海分會理事、華東文聯籌委會副主任、華東毛澤東思想學習委員會委員……等等。從四九年到八十年代末，巴金至少也曾得過成十上百個類似的政治、社會的頭銜。於是他就得參加相關的各種各樣的會議、活動和社交應酬。僅以五十年代初為例，他就開始頻繁出現在各種公眾場合，除了政協、文聯的會議活動外，諸如左聯五烈士殉難二十周年紀念會，他是籌委，又是主席團成員；反對美國武裝日本的大會，他又是主席團成員；公審反革命分子大會，他又是主席團成員；慶祝中共成立三十周年大會，他又是主席團成員；……還有許許多多這樣的活動，而且一直延續到八十年代(除了文革時期)，基本上都是如此，他都得一一準時出席。因為這些都是黨分配的重要政治任務、革命工作，不容怠慢。隨着時代的發展，各種各樣會議的主席台上，坐的人也愈來愈龐大，有時台上台下的人數差不多。任何會都有這樣龐大的主席團，這也可說是中國特色。但卻毋須他實際參與操作，只不過陪同當地黨政首長坐在台上當陪客，聽別人講那些有意思的或沒意思的，有內容的或沒內容的，諸如此類被宣稱為重要的講話指示或套話空話廢話。在旁人看來，這是很「榮譽性」的。但對巴金卻是很陌生的從未經歷過的，使他感到不勝其煩，在對朋友信中多次發牢騷：説他忙得「實在沒工夫看（書），信也無法寫。我事太多，⋯⋯除了熬夜什麼事都無法做。」（《巴金全集》第22卷，第503頁）

還有一個送往迎來的外事禮儀活動，常常多得不可開交。巴金在1956年政治空氣稍為鬆動時曾為此有過怨言。他是在中國作協的一次理事會（1956年）上説的，説得十分真切：

讓一個從事創作的人有充分的時間，至少也得有拿起筆寫完若干字的時間，而且也得有執筆以前的醞釀、思索的時間。我想在這裏講一個小故事：去年12月我送一位西德政論作家上飛機。我們都到得很早，正坐在候機室談應酬話，他忽然説，近兩個月你們這裏外賓多，你們像這樣接送客人，恐怕沒有時間寫文章吧。我不知道這是關心還是挖苦。我只好説，我也不常接送客人。但是我得承認這只是我個人的願望。事實是有一個時期火車站和飛機場已經成了我們幾個人（有作家也有音樂家）的會客室了，一天跑兩次也是常事。⋯⋯我們在為上面所説的必要的活動花去大部分時間以後，還得檢討自己沒有完成創作計劃，有各種各樣的帽子扣在自己的頭上。（《巴金全集》第18卷，第613頁）

但是，説歸説，實際情況卻有增無減，一直延續到六十年代文革爆發之前。（文革以後這方面情況暫且不論。）這類禮儀活動不僅有與文化藝術有關的外國人或外國代表團來華來滬訪問，要他參與；即使有些與文化藝術無關的外國人或外國代表團，也要他參加。諸如越南、錫蘭（今斯里蘭卡）、印尼、尼泊爾、日本……等等國家的政府首腦、高官、宗教界人士，他都奉命參加，去迎接、宴請、座談、看戲、送行……。如此接待每一個代表團，至少四五天的時間都陪上了。那時對他來說，卻是家常便飯的常事。而他扮演的只是一個「禮儀隊」的一員而已。

這裏我們列舉一些巴金在六十年代的幾天生活日程：有一個朝中友協代表團來，因飛機延誤，巴金在機場白白等了兩個半小時。當這個代表團離去時，巴金清早5點就起身，去機場送行。然後回到家裏，才7點，兩個孩子還未起床哩！又有一天，上午在政協開會，下午聽關於蘇聯搞破壞的報告。晚上參加對加納作家威廉斯的宴會。又有一天，清早到火車站送走越南黨政代表團。上午稍做點雜事。午飯後又到火車站歡迎阿爾巴尼亞作家藝術家代表團。一直把他們送到賓館住下。還有一天，他正感冒，仍抱病去火車站歡迎錫蘭總理。第二天清早，又去機場歡送印尼首席部長。陰曆正月，天氣正是嚴寒，站在機坪列隊，凍得兩耳劇疼，直流鼻涕水，但還得堅持恭候。恰好副總理陳毅陪外賓過來，見到巴金好生奇怪，笑着問他：「怎麼你也來站隊？」巴金無奈地只好用幽默來解嘲，笑着回答：「我來送你啊！」這些例子並非偶然，而是他的生活中經常性的內容。

那時的政治社會活動沒完沒了，諸如聲援古巴，不僅要寫文章，參加會議，還（奉命）和文藝界人士遊行示威，跑到《解放日報》報社門口，遞交聲援信，向記者發表談話……等等。

下一次聲援越南，也是照樣一套活動。至於日常的學習會、報告會更是層出不窮。有一次，文藝界開四天會，市委宣傳部長張春橋一個人就講了一天半。(第一天連傳達帶講話，從上午 8 點開始講到 12 點，下午從 2 點半講到 6 點 20 分。第四天下午講半天做總結。）他是代表黨講話，作家們照樣都得去洗耳恭聽。

有什麼用處？

對於這樣的生活方式，巴金心裏也不能不發虛。那時沈從文是在故宮上班的一個普通工作人員。他們是老朋友，巴金去看望他時，發現沈從文的生活和心情已變得平靜淡泊，對瓷器、古代服裝、民間工藝有着濃厚興趣，成了有精湛研究的專家。他們談着各自的生活近況，巴金想到自己表面上忙忙碌碌，似乎很是榮耀得意，內心卻處在戰戰兢兢的緊張狀態；若是也像沈從文那樣，坐下來埋頭譯書寫作，默默工作，多少也會有一些實在的成績，相形之下，不免有種空虛失落的感覺。他猜想，依着從文的個性和想法，一定會對自己打着問號：「你這樣跑來跑去，有什麼用處？」

當時許多在科技文化學術中曾經卓有成就的人士，都或多或少地兼任或專任了一些社會政治職務，有了諸多的身份、頭銜（有的可能多達幾十個、甚至上百個），成了高官，成了亦官亦學，成了社會名流，愈來愈多地出入各種公眾場合，頻頻亮相，當陪客，説一些報刊上已經説過千百遍的套話、空話，…… 從此在自己作出過成績的專業領域裏，反倒停滯不前，無所作為，更不必説創新了。在這種貌似重用的表象下，實際上使人才浪費和淪失，知識分子的靈魂也慢慢地銹蝕了：有高於一般人的名位，很風光；又有高於一般人的既得利益，很實惠。因此很滿足，甚至醉心於此。放棄了專業，放棄了獨立思考，放棄了批判精神，成為一種點綴，擺設，道具，以至說假話、說大話、說套話的工具。有些作家沉湎其中，許多年寫不出一本著作，更不必說可以和以前水平相當的作品。[2]

直到文革以後，巴金才能或者說才敢對這種現象作出反思。他給冰心信裏說：「想到過去浪費掉那麼多的時光，我覺得我也應當堅持一項原則：盡可能多做自己想做的事，盡可能不做或少做自己不想做的事。(當然其中也包括着盡可能少寫或不寫自己不想寫的文章）。但要做到這一個『堅持』卻是多麼不容易啊！」（《巴金全集》第22卷，第397頁）因此，他激憤地說：「這些年我常有這樣的一種感覺：我像是一個舊社會裏的吹鼓手，有什麼紅白喜事都要拉我去吹吹打打。我不能按照自己的計劃寫作，我不能安安靜靜地看書，我得為各種人的各種計劃服務……。我不能做自己想做的事，卻不得不做自己不願意

2 類似的情況可說是俯拾皆是，極為普遍。這裏信手再拈一個普通知識分子在較偏遠的地方的例子，那是最近出版的《舒蕪口述自傳》中，他談到解放後，雖然他還不是有什麼卓越成就的名人，只是南寧中學的校長，卻兼了許多社會職務。他說：「校外活動更是要命。我首先是市人民政府委員會委員的身份，那是要經常開會的。此外，我還兼了省市兩級一些社會職務，比方說市政協、文聯、教育工會、中蘇友協、保衛和平委員會的副主席、副會長之類，多半是虛名，需要我做的無非是以種種頭銜、身份出席種種會議，作出種種響應、擁護、聲討、號召等等政治性表態，什麼開幕式、閉幕式、合影留念這類事情，整天迎來送往。尤其是應酬飯局，最傷腦筋。解放初期就非常流行請客吃飯，省市政府各種會議，都要請一請客。當然標準沒有現在這麼高，吃來吃去，就那麼些東西，但時間耗不起。我常常早晨出門，一轉就是一天回不來，中午是宴會，晚上是宴會，有時甚至一頓要吃幾個宴會，一個不到都不行，沒有辦法，只好趕場子，這裏吃幾口那裏吃幾口。……省廣播電台要開辦一個固定的『中蘇友好』節目，宣傳『一邊倒』的理論，我得去講講，……喇叭裏到處哇哩哇啦是我的聲音；……宣傳『清匪反霸』，宣傳『收繳槍支』和『減租退押』等任務和政策，這些事情我也得過問一下。總之，活動沒完沒了，實在感到無聊，逐漸變成一個小政客似的，想寫點東西沒有時間寫，慢慢也覺得沒有什麼可寫的了，整天就是忙，也不知忙了個什麼。」（《舒蕪口述自傳》，第215–216頁）這段生動的自述，為我們提供了第一手的證詞。

做的事。」(《病中集》，第 4 頁)「為了應付這些人，我痛苦不堪。醫生要我休息，我希望隱姓埋名，避開名利，不做盜名欺世的騙子。」(《巴金全集》第 24 卷，第 537 頁) 這就是一個著名作家痛苦的心聲。「吹鼓手」、「社會名流」、「太平紳士」、「萬應膏藥」、「裝飾品」…… 等等，就是他對自己的形象比喻和沉重批判。他既對自己五六十年代以來的生活方式作了反思，也觸及到舊體制下的一些著名知識分子的生存狀態。我們似乎從中看到了契可夫小說中某些人物的影子。

遵命文學

「遵命文學」一詞最早好像出現在魯迅的口中。他是在回憶自己寫小說的起因時，說到對於當時熱心於新文化運動的戰士們如錢玄同等的認同，並為他們所感召，「也來喊幾聲助助威吧」，才寫起小說來，就有了《吶喊》。他說：「這些也可以說，是『遵命文學』。不過我所遵奉的，是那時革命的前驅者的命令，也是我自己所願意遵奉的命令，決不是皇上的聖旨，也不是金元和真的指揮刀。」(《南腔北調集‧自選集自序》) 顯然，魯迅的本來意思是很清楚的：他是受了別人的啟發、鼓動，但卻是他自己所願意、所思考的。到了五十年代、特別是五七年反右派以後，極力宣揚絕對服從領導，鼓吹做「馴服工具」，做「齒輪和螺絲釘」；對作家在大力批判個人主義同時，也相應地提出寫「遵命文學」。到了五八年「大躍進」，然後是六六年開始的文革，更直截了當地宣傳「三結合」的創作方法，即「領導出思想，群眾出生活，作家出技巧」。1962 年，曾被陳毅怒斥為「特別最滑稽的」，「一股歪風」。但後來林彪、江青又當作一種革命文藝的經驗大力推行。作家成了沒有生活，沒有腦子，不需要思想，不許獨立思考的寫作機器。這裏不過是借魯迅之口，強求人們絕對服從聽話而已。至於魯迅説的「也是我自己所願意遵奉的」這句很關鍵的話，卻完全被閹割了。

要作家聽話，遵命，當然首先建立在前面説的生存問題的基礎上。古人説得好：「一仕於人，則制於人，制於人則不得以自由。制於人而望於人者，惟祿焉。」這就是事情的秘密。至於如何遵命法，卻有兩種具體情況。一種是要求你按照號召、政策、政治任務、主流意識形態、社論文件……所規定的去寫作。早在 1950 年，就有一位著名理論家長篇大論談這個問題，説：「在現在説來，無論如何一個創作者個人的經驗總是有限的，而集中地代表全體人民利益的共產黨和人民政府，卻經常總結着巨大的政治經驗，這是任何即使偉大的天才都不可以和它相比擬的，而這些經驗便體現在共產黨和人民政府的政策裏面。我們的創作者無論如何是應該和這些政策經驗靠近，吸取這些經驗，溶解這些經驗，使它普及到每一個角落和每一個群眾中去。」（陳涌：〈論文藝與政治的關係〉，《人民日報》，1950 年 3 月 12 日）這個意思很簡單明瞭，就是説，一個作家再高明，你的思想和生活經驗也高不過黨的政策；所以作家的任務就是把政策宣傳到位，不需要你自己再去想什麼了。還有一種是，直截了當地出題目、派任務，規定主題思想，要求作家照此辦理。總之，耳提面命，等因奉此。

修改舊作

這裏還是引一些事實、特別是當時的文學泰斗們的例子作為注解，大概更能説明問題。

先說 1949 年後，作家們面對自己過去寫的一大堆作品都與黨的政策對不上號，又出版不了，為此而發愁。這也是一個與生存直接有關，自己能否立足的問題。終於，最早，由開明書店於 1951 年出版一套由茅盾主編的《新文學叢書》，收有五四以來知名作家 24 人的選集，這可能是解放後第一次有系統出版老作家著作的叢書。幾乎參與的作家們都在不同程度上作了修改。所謂修改，就是與黨的政策對口徑。最典型的是曹禺。他把《日出》、《雷雨》改得面目全非。《日出》中，小東西不僅沒有死，還被地下工作者救出去了。《雷雨》中的四鳳也不死了，四鳳、侍萍、繁漪等都鄙棄了周樸園，魯大海成了工人領袖。這些劇都被改得鬥爭性強了，都革命了，有黨的影響和形象了，結尾都變得光明了……。巴金的小說也有類似修改，如《火》第二部，原有一位戰地工作團的團員離去了，給夥伴留下一本克魯泡特金的自傳，認為此書可以指導人生。現在改為法捷耶夫的《毀滅》。第三部末尾，原是一對青年人先後為刺殺漢奸而犧牲了，現在改為都先後投身到革命聖地隱喻延安去了。老舍也有大量修改，在《駱駝祥子》、《離婚》中，把有關性的敍寫，有關對共產黨不敬的、調侃的議論都改掉了，把祥子後來的墮落改掉了，把革命者阮明的情節都刪掉了。儘量避免醜化勞動人民、革命者之嫌。更有意思的是，1958 年《駱駝祥子》改變成話劇演出成功後，激起老舍創作欲望，開始寫《駱駝祥子》續集，寫祥子投奔了八路軍，後來還當了將軍……，寫寫，終於還是寫不下去了，廢了。郭沫若把早期影響最大的詩歌改得像重新寫的那樣，以求與當時的政治要求相符合。總之，當時在老作家中，存在一股修改舊作之風。平心而論，這時的修改，介乎主動和被迫之間。既有接受了當時的主流意識形態的影響後的自願，又有當時政治情勢所迫後的被動。

命題作文

其次，關於命題作文之事，有大至一部長篇小說、多幕劇本，小至一篇短文，形形色色，多得俯拾皆是，一般作家幾乎都曾經歷過。曹禺在解放後寫的《明朗的天》、《膽劍篇》、《王昭君》都是在周恩來的授意下寫的，都是先有了明確的政治主題後創作的。曹禺對此一直引以為榮。茅盾雖然身為文化部長，但也有人給他下任務。五十年代初，公安部長羅瑞卿希望茅盾寫一個有關「鎮壓反革命」內容的電影劇本，以便向全國人民進行教育。茅盾以不熟悉這方面生活為由推辭了。羅繼續要求，並說可以提供充分詳細資料。茅盾實在推辭不了，只好到上海收集資料，了解情況。事後，茅盾也算是寫出了一個「鎮壓反革命」內容的電影劇本，交給電影局局長袁牧之，袁認為「寫的也好」，但最後還是不了了之，成了一個廢品。茅盾自己本來就不滿意，乾脆把原稿撕了，廢稿紙用來墊吐痰的杯子，然後扔掉。這大概是茅盾一生創作中最令人心酸的故事。(參見周而復：〈往事回首錄〉，載《新文學史料》，2002 年 2 月)

老舍大概算是比較能夠適應命題作文的。他的許多劇作題目意圖也都是別人授意的。譬如，五十年代寫五反運動（反資產階級的行賄、偷稅漏稅、盜騙國家財產、偷工減料、盜竊國家情報）的劇本《春華秋實》，題目是領導出的，然後寫作修改長達一年多。每寫一稿，就要聽取各方面的意見，據此修改。先是聽劇院領導的意見，改一遍。再讓到工廠聽職工意見，再改一遍。然後是劇院演員們的意見。如此折騰夠了，就報告到中共北京市委、中共中央宣傳部領導們那裏，彭真、胡喬木、周揚、吳晗等來審查觀看彩排，作指示：哪些要刪，哪些要重寫，哪些要怎樣改，真是具體而微。當然是必須照辦的。胡喬木多次寫信就強調指示：「你的優美的作品必須要修改。」直到後來驚動了國家總理親自過問，審查彩排，作指示，找談話⋯⋯。如此上下反覆多次，經過劇院不斷向黨和政府領導人請示、彙報、致謝等等。這真是古今中外文學藝術史上罕見的，至今還有人回憶起來，引為佳話而深感溫暖。在領導這樣的無微不至的關懷和耳提面命之下進行創作，其結果是，老舍自稱不過是個「寫家」，前後應命修改了十二遍，有時是推倒重寫，結果是：戲「不是戲！這是致命傷！」「政策變成口號，劇中人物成為喊口號用的喇叭。」還得由老舍來檢討「自己的生活不夠豐富」，「寫作的時候就束手束腳，惟恐出了毛病」。(轉引自陳徒手：《人有病天知否》) 所以外界只知道老舍寫作勤快，寫得多，不知其中又有多少的難言之隱。老舍在這十多年中的確寫了不少作品，但很多都是屬於這種情況的。《茶館》是他這個時期寫的可謂傳世之作。儘管也一樣有來自許多方面的批評、指示，但由於他自己的創意多些，受到的壓力也就更多些，最後還是未能逃脫文化部領導的批判和下令停演。

有的事情還更有諷刺喜劇性。柯靈曾奉中共中央統戰部、宣傳部之命創作電影劇本《不夜城》，歌頌共產黨改造資本主義工商業的勝利。統戰部部長還親自與作者座談，作了指示。整個創作過程都是在黨的直接領導下進行的，經過反反覆覆的審查、修改才完成。結果在 1958、1965、1966 的三年中，多次被當作毒草大批特批，柯靈吃盡苦頭，在文革中還為此被投入監獄。這是一個地地道道的「遵命文學」，但卻說明它仍然不是保險的。

寫作機器

巴金的情況也很典型。他是以小說創作知名的，但他的主要的絕大部分的作品都是在 1949 年前的二十年（1927–1946 年）中完成的，多達三四百萬字以上，在他的十四卷本的《巴金文集》中佔了十二卷，在二十六卷本的《巴金全集》中佔了十卷半。四九年時，他正四十五歲的壯年，經驗豐富、思想藝術純青之際，但在之後的十七年（1949–1966 年文革爆發）中，他卻只寫了一二十篇有關朝鮮戰爭的短篇小說；加上另外一篇中篇小說《三同志》，充其量，總共在全集中也就勉強湊成一卷。何況後者在他寫完後沒有拿出來發表過，直到編全集時才收了進去，並聲明這是一個「廢品」。這只是從數量上來比較，可以看出相差之懸殊，之不正常，之不成比例。

人們自然會問，那麼巴金這個時期幹什麼去了？除了上面說到他忙於奉命不務正業以外，這十七年裏，還寫了些什麼東西呢？回答是：寫了大量歌功頌德的文章，大量應景的時文，大量的遵命文學。遵命到誰都可以對他發號施令，他都得乖乖地聽從照辦。這裏舉一小段他的寫作生活實況作例：那是 1964 年，1 月 13 日，上海的黨報《解放日報》副刊編輯來電話，要他寫一篇支持巴拿馬反美鬥爭的文章。他推辭，未被允許，於是只好放下手中正在做的事，從上午 11 點寫到下午 4 點半，中間除了吃飯休息兩個小時，總算完稿。15 日又寫準備在次日文藝界座談會上的發言稿。16 日上午，《新民晚報》編輯聞訊前來坐等，直到他把這發言稿謄清後被取走，才算了事。2 月 8 日，上海電台要他寫一篇對日本廣播稿，寫完後，經電台審定，然後再錄音。4 月，新華社要他寫抗議巴西政變當局無理逮捕中國工作人員的談話稿。7 月，上海舉行慶祝擊落美國 U

型飛機的勝利大會，中共上海市委宣傳部來電話要他在明天這個會上致辭，當晚 10 點就要來取致辭稿，巴金當然照辦。這樣的任務，幾乎一年到頭都有。有時還是外地來電話派的任務，有一次，北京《文藝報》來電要他寫一篇關於越南的文章，交代了「寫稿要求」。於是他當晚動手，翻看參考報刊有關資料，連抄帶編，到第二天，居然寫成了洋洋灑灑四千字的文章，題目叫〈越南人民大踏步前進〉。這個年頭，他寫的遵命文章的題目就很有意思，都是這類又大又空的口號式的，如〈美帝國主義是全世界人民最兇惡的敵人〉、〈永遠同越南人民在一起〉、〈英雄的越南人民必勝〉、〈我們要在地上建立天堂〉、〈為振奮人心的消息而歡呼〉、〈一個作家的無限快樂〉、〈無上的光榮〉、〈最大的幸福〉⋯⋯等等。僅 1959 年的國慶，他應各報刊之催約，就寫了七篇內容類似、空泛應景、歌頌諛揚的文字。人們都不能辨認，這是出於一位大作家之手的嗎？他當年感情真實，心靈傾訴、文辭酣暢的文學才華和靈氣到哪裏去了？

為了印證作家們寫作的實際心理狀態，再舉一例。有一次，越南歌舞團訪滬，上海接待單位是對外友協，來電話要巴金寫一篇歡迎文章。他又去車站歡迎，又參加招待活動，又趕着寫文章。《文匯報》來電話通知此稿將在報上發表，要他提前當天交稿。他稱，下午要去接待外賓，乃商請推遲交稿。不許。只好匆匆吃一碗麵，也不休息，在下午兩點多趕寫完交了差，隨即去赴招待會。晚上，觀看越南歌舞團演出時，《文匯報》記者在劇場將已排出的校樣給他，要他再加兩段關於演出和節目的觀感，題目也要再改一下。他當然遵命。於是，看完演出回家就繼續改稿，直到凌晨兩點改定，《文匯報》派人來取走稿子，他才上床睡覺，已是兩點半。剛躺下不久，電話鈴又響，《文匯報》來問稿子取走沒有？人們怎麼也不會想到寫遵命文學也那麼辛苦，名氣那麼大、聲望那麼顯赫的大作家，竟也是被人呼之即來，揮之即去。這就是那個時候的知名作家們的寫作實況。作家真的成了沒有生活、沒有思想、任人使喚的寫作機器了。

這類文字，巴金寫了數十萬字，在全集中佔了兩卷之多。其他這些知名作家的情況，與此也都大同小異。像老舍寫的配合政治宣傳任務的作品，也是多得很，諸如具體到生產就業、消滅細菌、養豬，宣傳婚姻法等等，他都響應號召，寫了大小不等的作品來配合宣傳。所以如此，一方面固然是在革命的崇高名義下，使人們不得不從；另一方面也與身為被領導者（僱員）的身份有關，必須絕對服從聽命。這是「遵命文學」在這個時期得以風行的最重要原因。

自責和哀歎

當然還有許多文藝、政治思想的束縛和影響，這裏暫且不論了。但與生存問題結合起來形成的壓力，加諸於作家的身上，其沉重也就可想而知了。最後檢驗實際效果的是作家的創作成品。用經濟學上的術語則是「文藝生產力」發展情況。請聽聽作家們的自訴吧！

吳祖光說：「突然堵塞了。」

我想最早敢於坦率地說破其中奧秘和苦惱的是吳祖光。1953 年 2 月 25 日，《人民日報》發表了三篇文藝方面的文章。顯然上面對於文藝創作沉寂的局面是不滿意的，所以在黨報上對此有所探討。編者按語認為。經過整風、深入生活等等以後，「文藝創作落後的情況仍然是嚴重的」。其中吳祖光在文章中，直言不諱地為自己算了一筆賬，說他在解放前 12 年中寫過 9 個多幕劇，1 個獨幕劇，編創了 6 個電影劇本，1 個散文集，都得到了發表、演出和出版。1949 年後的 3 年中，「我幾乎停止了創作，只改編並導演了 1 個電影片《紅旗歌》，編寫了 1 個評劇本《牛郎織女》，再寫了一些短文。」他說：「在舊中國的黑暗年代，在創作生活裏我沒有感到過題材的枯窘，相反，常常是在寫作某一個作品時便醞釀或完成了下一個作品的主題了……。解放後，我的創作源泉好像突然堵塞了，原因沒有別的，那自然就是學習不夠，沒有生活，政治水平、思想水平太低；目光如豆，不但看不到現實的前面，即使現實生活裏的矛盾也看不出來。」他還談到老舍情況較好，但「也有寫成了而被否定的劇本，一改再改以至十幾次修改而仍未定稿的劇本，這說明老舍先生的創作也是有很多困難的。」（《人民日報》，1953 年 2 月 25 日）

當時的吳祖光才三十出頭（1917 年生），本應是風華正茂、創作生命最旺盛的時候，如今發現動輒得咎，因而下筆遲滯時，那是多麼壓抑和苦悶！他的那番話正是這種苦惱的直白。但他還是比較含蓄地把原因歸咎到自己的政治水平太低、學習不夠之故。但他無論如何沒有想到，又過了幾年，當他四十歲時，竟被誣為「右派」，索性就失去了創作的資格。

茅盾說：「既慚愧且又痛苦。」

那麼再看看做了文藝界最高官員茅盾又是怎樣的呢？茅盾那時已算其中較老的作家了，被人們尊稱為「茅公」，其實也還不過五十多歲（1896 年生），正是藝術功力爐火純青，創作熱情旺盛的時候，再寫十年自不成問題。他既是文化部長，又是中國作家協會主席，官職固然很高，但因為他不是黨員，不需要他準時上班參與實際具體的領導工作，公務雖忙還不致於到無暇可寫。他作為中國現代文學史上的大作家的地位，他的豐碩的傑出的創作成果，都是在1949年前奠定的或完成的。他本來寫作的文思也是汩汩地流瀉，不停地發表新作（小說），終於積成浩如煙海。但到1949年後，他的創作源流忽然也變得堵塞了，或想寫，但都寫不成，或寫了，自己卻沒有信心而無法公諸於世，以至在四九年後的三十多年裏，他連一篇短篇小說都沒有寫完或發表過。上面引述過的奉命寫鎮壓反革命的電影劇本失敗了，只是其中一例。在吳祖光的發言後幾年，1955年1月，他曾以文化部長的身份給周恩來總理寫信說：「五年來，我不曾寫作，這是由於自己文思遲鈍，政策水平思想水平低，不敢妄動，但一小部分也由於事雜，不善於擠時間，並且以『事雜』來自解嘲，……每當開會，我這個自己沒有藝術實踐的人，卻又不得不鼓勵人家去實踐，精神實在既慚愧且又痛苦，……年來工作餘暇，也常常以此為念。」他請求給予長假，先寫出大綱，請領導審查，「如果可用」，再進行「專心寫作」。

這封信證實了他沒有創作，或是寫了也失敗了。失敗的原因很有意思，說得與吳祖光完全一樣：因為「政策水平思想水平低」。這在主流意識形態看來，正是因為思想沒有改造好，正是因為資產階級思想頑強的表現。從作家們來說，自己想的與上面不合。或者說，作家對社會生活的觀察和理解，對人生命運、心理、感情的了解，與主流意識形態不一樣，寫出來的作品也就不能符合上面的口味，不屬於遵命文學範圍，也就只好不寫或寫了不拿出來公開發表。這對作家來說，當然是很痛苦的事情。直到茅盾身後，人們才發現他在文革後期，也曾悄悄地（沒有外人知道），據說像搞「地下活動」一樣，秘密寫作，寫了一個最後還是沒有完成的《霜葉紅似二月花》續篇（第一部早在 1942 年就出版了）的大綱。長久以來，他還計劃寫以抗日戰爭為背景的五部連續性的長篇小說，第一部（後來出版時叫《鍛煉》）在解放前夕的 1948 年已經完成，幾十年來卻一直沒有續寫。但他的強烈的寫作願望從未停息過。他曾向友人表示「哪怕再寫一部，把在重慶的一些生活經歷寫出來也好。」（趙清閣：〈哀思茅盾先生〉，見《茅盾書信集》，第 387 頁）最後，他只能抱憾去世，未能以償一個作家最起碼的心願。[3]

巴金說：「想到這，我就悔，我就恨。」

巴金在悼念茅盾的文章中說：「我們浪費了多少時間啊，…… 我多麼想拉住他，讓他活下去，寫完他所想寫的一切啊！」（《隨想錄》，第 340 頁）這與吳祖光在文革後慨歎的幾乎一模一樣：「唯一使人惋惜的是年華虛度，浪擲了黃金歲月。」（《往事隨想》，第 20 頁）而巴金在給蕭乾信中也說：「你已經浪費了二三十年的時間了，我也一樣，……。」「這些年我浪費了多少寶貴的時光！想到這，我就悔，我就恨。」（《巴金全集》第 24 卷，第 390、407 頁）悔什麼呢？恨什麼呢？大概是悔自

3 比茅盾更高的高官郭沫若，儘管身在高處，平時緊跟上面，一直扮演着積極正面的角色。但他內心卻也是那樣荒蕪、空虛，在偶然的私人通信中，不經意地透露了點滴：「建國以後，行政事務纏身，大小會議，送往迎來，耗費了許多時間和精力。近年來只是覺得疲倦。…… 我說過早已厭於應酬、只求清靜的話，指的是不樂意與那幫無聊之徒交往。……」（《郭沫若書信集‧致陳明遠》，1965 年 12 月 22 日）這樣的心聲是公開場合聽不到的。

己過去太順從，太聽話，按照主流意識形態想事行事；恨自己沒有獨立思考、堅定的信念，寫自己想說想寫的東西。如他自己反思的那樣：從「奴在身者」變成了「奴在心者」。（參見巴金：《真話集·十年一夢》）想當年，他和茅盾一樣，多麼想寫一部自己想寫的熟悉的知識分子的故事，也就是《激流》三部曲《家》、《春》、《秋》的續篇，連書名都想好了，叫《群》，寫覺慧從舊家庭出走後的生活命運。這個作品在他心中構思醞釀已久，成為他的一樁心事、一個夙願。有的出版社知道他有這個想法，催他早點寫出來，還要和他訂合同。周圍朋友也有鼓勵他的。但是，他沒有動筆，更沒有簽約。因為他怕。他說：「若照從前的計劃寫出來，一定會犯錯誤。因此寫起來很吃力，又無把握。……」（《家書》，第 364 頁）這與茅盾想寫自己熟悉的有獨到觀察理解的抗戰故事，而未能寫成是一樣的原因。都不屬於主流意識形態範圍，不會為上面喜歡容忍的；寫出來真還不知道將是什麼樣可怕的後果，於是只好不寫。

沙汀說：「十二年來做了些什麼呀！」

像這樣想寫未寫，哀歎浪費大好時光的作家還大有人在。為了進一步說明，我們不厭其煩地再說一例。那是關於沙汀的情況。

沙汀早在三十年代初就已是聲名鵲起的小說家，他的生動精細描寫川西北舊農村鄉鎮底層生活的世相、人物的作品，成為五四以來具有獨特藝術魅力的鄉土小說經典。他現存的《沙汀文集》七卷本，小說佔了五卷。從他最早在 1931 年寫小說開始到 1949 年，不到二十年裏，他至少寫了約 77 個短篇小說，3 部著名的長篇小說《淘金記》、《困獸記》、《還鄉記》，還有一部中篇，共佔了四卷之多。解放後的十七年裏（45–62 歲），他只寫了19個短篇。連文革後寫的兩個中篇，前後三十多年的作品，一共只能編成一卷。故成四與一之比。所以寫得那麼少，他說，是「由於文學藝術團體的日常工作煩雜，自己又不夠勤奮，……因為是反映新的現實生活，它們都比我前面提到的《沙汀短篇小說集》中的作品差些。」（《沙汀文集‧自序》）

沙汀是老黨員，曾在延安、軍隊工作過，對黨也非常忠誠。現在他說因為做了長時間的文化官員，佔用了大量時間，影響了他的創作。這是事實，是他長期感到苦惱的事。但這只是一種可以公開的說法，其中原因之一而已。在他的日記裏，除此以外，他還明確地反思說：

> 為什麼從前的東西寫得那麼自然，行文正像流水一樣。而許多刻畫、語言，竟是那樣生動有趣，甚至我不相信自己現在會想得出來！當然，根本原因，在於我對過去的農村生活是熟悉的。現在呢，則比較生疏。但是，除此以外，就沒有別的原因了麼？我……想了很多很多，但一時也說不清。（《沙汀日記》，第128頁）

這才是內心深處為之苦惱的更為重要的真實原因，是今昔不同的政治環境所致。但他仍不能忘情於寫作，至於怎麼寫，卻一直在折磨着他。他想寫長篇，有了想法，有了構思，卻又害怕出錯，感到非常苦惱，於是不斷地找中國作協的領導交換意見，找文藝界的作家老朋友請教，想來想去，問來問去，還是動不了筆。這是過去從未有過的。於是更為焦躁，有時對自己竟是激憤異常。1962年的日記中，記述他聽到別人說魯迅死時才五十六歲，已做了不少工作，因此聯繫自己，「也很慚愧，覺得自己真該拼命寫些東西，不能再不三不四混日子了！」甚至自責「12 年來（指 1949–1962 年）做了些什麼呀？一想起心裏就不免發慌！」（同上，第 102、103 頁）1963 年初，他又感歎地說：「1962 年幾乎白白地過去了，自然，我修改了 40 多萬字的舊作，⋯⋯可是，作為一個作家，這能叫工作嗎？」（同上，第 287 頁）這都是他在日記裏才能這麼直率地沒有顧忌地發了出來，在公開場合是絕對聽不到的。

這些苦惱，作家們異口同聲，如出一轍。這樣的例子，還可舉出很多。寫不出來，沒有成果，雖有飯吃，於心不安；寫出來了，又遭批判，這飯也不好吃，日子一樣難過。作為作家的責任感，使命感，使他們愧疚。對於各種思想束縛阻力，他們幾乎不敢深想。於是只好自責。自責永遠也不會錯。他們常常會說：吃了勞動人民的飯，寫不出人民需要的作品，感到罪過。這不，把寫作與吃飯問題直接聯繫起來了。就這樣，他們在自責中、帶着負罪的枷鎖活着，也開動着寫作機器努力地度日。

也許，這裏說的只是一部分人的情況，大多見於私人的家書或與朋友的通信和日記中。顯然，類似情況並非少數。這是怎樣一種文化生態呢？看來還是值得研究一番的！

2002 年 6–8 月寫完初稿，9 月定稿。

風雨畸零舊賓客
——陳丹晨訪談

「大江大海」中的一朵浪花

李：你是上世紀三十年代生人，1949年初入黨。有一種説法，這個年齡段的人「兩頭真」——即指青年和老年時追求真理，中間階段有「盲從」、「緊跟」⋯⋯像一些老同志都反思過這個問題。有的還寫了「思痛錄」。想聽聽你的看法。

陳：我覺得「兩頭真」的説法過於簡單。其實中間情況也很複雜。我與這些前輩不同。不屬於他們這代人的情況。我參加革命和入黨都很晚，正是進行新民主主義革命時期，入黨前組織上給我看的是毛澤東的《新民主主義論》、《論聯合政府》、《中國革命和中國共產黨》等書，裏面講的都是要建立一個和平、民主、自由、獨立、繁榮的新中國。我想我們都是真心誠意為實現這個目標而奮鬥的。四九年後一系列的政治運動包括城鄉社會主義改造等，從我周圍人們的反應可以看到，不是沒有疑慮和保留的。直到文化大革命，看似全民狂熱參與，有人稱之為「集體無意識」。其實並不都是這樣。因為運動起

* 本文原為訪談稿，訪者為李文子，原《領導者》雜誌主編。

來時，往往一開始就批判、鬥爭、整一大批人「祭旗」，形成一種恐怖緊張高壓的氣氛，再加上種種美麗謊言的煽動，人們就不由自主地像被洪流裹脅而走。那時開會人們常常會説「自己太落後了，毛主席著作沒學好，對毛主席的偉大戰略部署不理解，思想跟不上……」等等諸如此類的話。這個意思就是我接受不了，我有懷疑。即使今天打倒這個，明天批判那個；今天發動紅衛兵，明天青年全下鄉，心裏是不相信的，只是不敢説出來，只能用檢討的口吻説自己不理解。事實是，總有一些人在執拗地追尋真理。這種求真的思想哪怕在漫漫的長夜裏也會像星火不滅。有好多人就是為了追求真理而遭到不幸倒下的。文革時期不斷發生激烈的鬥爭，往往就是因為有了不同聲音之故。到了文革後，解放思想，破除迷信，反思歷史，撥亂反正，人們壓抑已久的求真的思想激情就像一股洶湧澎拜不可阻擋的洪流奔騰而出，這絕不是偶然的，而是長久上下求索的結果。

李：我知道你是祖籍寧波的上海人。父親是海員，1949 年去了台灣，家庭離散，又是屬於「大江大海」的故事。你三年前專門去台灣尋訪接回父親遺骨，使他魂歸故土，父母合葬，完成了你的心願。你還把這個過程寫成〈魂兮歸來〉，一篇令人潸然哀傷的文字，被潘凱雄、王必勝主編收入《2017 年中國最佳散文》。我想問的是你年輕時有沒有因為父親在台這層關係受連累？

陳：沒有。組織上從一開始就知道我家庭和父親的情況。先父當時在招商局輪船公司的一艘海輪上任職，與政治無關。隨船去台灣，黨組織都了解，從沒認為是問題。文革時個別造反派貼大字報批我與「蔣匪」的關係。我責問他：依你看來，是不是台灣二千多萬人都是與「蔣匪」有關。他默然回答不了。

李：你運氣！隔了半個多世紀，還能找到父親遺骨，在台灣遇到那麼多好人。我知道，你在八九十年代就與港台文化界人士有較多接觸和交往，這件事是不是這些朋友幫忙成全的？

陳：我去過台灣兩次。第一次是1996年應賢志文教基金會的邀請，與我同學、福建師大教授孫紹振同行的。那時我就設法託朋友尋找先父遺骨下落，沒有成功。第二次是在2016年，我的同學、中央民族大學教授張菊玲得知我這情況，請她在台灣的親戚何黃秀如尋找。秀如嫂是位基督徒，非常熱心仗義，從新北市特地奔波到高雄市新興區戶政所，經過曲折的過程，打聽到先父的遺骨存放在基隆市的十方大覺寺墓室。我至今感激秀如嫂的恩情，銘記不忘。至於台灣和香港文友認識不少，都是非常重情義的，我也得到他們很多的幫助和指教。1996年去台灣，就是著名畫家李錫奇和詩人古月賢伉儷熱情促成的。

一塊神奇而膏腴的土壤

李：現在說說你在大學時期的故事。你是北大1955級的。這個年級好像是個特殊的存在，廣為人知。名師雲集且不說，學生也很了得。你們在校期間，搞了個轟動全國的《紅色文學史》。你們是第一屆五年制，先後經歷了「向科學進軍」，反右派，大躍進，拔白旗插紅旗……好像前後沒有那一屆像你們那樣完整地經歷了「斷裂」，大學五年生涯一分為二，開花與不開花。我想請你談談學習和老師、同學的情況，一定很有意思。

陳：北大中文系有兩個 55 級為人熟知。一個是 1955 年畢業的，都是我們的學長。一個是 1955 年入學的，就是我所在的年級。現在大家都習慣把這兩個都稱為 55 級。

五十年代初，我高中畢業後，在上海市税務局工作了幾年。因為愛好癡迷文學，一心想從事文學工作，多讀點書，就放棄工資去上大學。我先後報考了兩次，1954 年錄取在復旦大學中文系。那年也是最後一次高校錄取名單定期在報紙上公開發榜。意外的是我入學前發現肺結核復發，學校按規定有慢性病不保留學籍。我就去養病，到第二年，1955 年報考北大中文系也錄取了。這個年級有 100 個學生，分三個小班，一起上課，活動有分有合。入學不久，中文系黨總支叫我做這個年級的黨支部書記，其中有黨員 10 人。同學裏有好幾個是部隊復員或轉業的。我做支部書記就是無為而治，不喜歡出頭露面。中文系黨總支有什麼佈置，我就照本傳達給支委分別貫徹執行。我有個同學張毓茂，不久前剛去世。他原是遼寧大學教授，後來從政當過瀋陽市副市長、省政協副主席，凡到北京來開會時有空喜歡找我聊天。有一次聊到我當年這個支書，我問他有沒有這樣印象：我曾召開全年級大會講這講那？他說：「確實沒有，毫無此印象。」他嘲笑我是《紅樓夢》裏的「家生子」，自己不爭氣，否則進仕途應該比他還順利。我說，「依我性格，早就跌個大跟斗了！」這當然是玩笑話。事實是我從來沒有想過要進仕途。

我們進學校的時候，正是中央號召「向科學進軍」。第一副校長兼黨委書記江隆基作報告強調認真學習，批評什麼事情都要搞集體活動，連散步、看電影都要集體行動。所以那個時候學校裏讀書氣氛非常濃厚。同學間和睦相處友好，文娛體育活動也很多。我不知道是不是可以算五十年代最好的時期。我這個黨支書做的也很輕鬆。到了後兩三年，即反右開始以後，一個運動接着一個運動，有時索性停課搞勞動，搞運動……沒完沒了，直到畢業。我趕上了反右，一個年級打了十個右派。都是由各小班的黨小組報名單，通過我再報到系黨總支確定。至今我對此事心情很沉重歉疚。不管怎麼説，我都是負有重要責任的，也是我一生中最可怕的罪錯。就是在當時，我也很不滿意自己。到了反右後期，我借口肺結核復發到校醫院開了一張證明，向中文系黨總支辭去了支書的工作。前些年學長嚴家炎説我辭職：「你真聰明！」其實不是「聰明」，那時實在很煩惱鬱悶，無法忍受之故。有一陣甚至給家裏寫信説想退學回家，覺得與其在這裏天天搞運動、搞勞動，不上課讀書，我又何必在這裏混呢？

李：編《紅色文學史》這件事，是當時學生自願，還是學校為了樹一個紅色標杆而佈置的任務呢？

陳：這事確實是學生自發的。但與當時「拔白旗、插紅旗」有關。1958 年搞的「拔白旗、插紅旗」運動，就是批判老教授，批判所謂資產階級知識分子和資產階級偽科學。這也是毛澤東親自發動和領導的。尤其在高校搞得很激烈。中文系學生響應黨委號召，寫了大量批判老師的大字報。對林庚先生、王瑤先生的大字報更多些。同時，「大躍進」時許多口號諸如「敢想敢幹」、「大幹快上」、「一年零幾個月跑步進入共產主義」以及到處「放衛星」等等也激勵和蠱惑了一些同學。放暑假時，有一部分留校沒有回家的同學中，就有人提出我們不僅要拔白旗批判教授，還要插紅旗，自己為什麼不能寫書？這個主意得到系黨總支的支持就這麼幹起來了。用 35 天時間寫出了 78 萬字的《中國文學史》。人民文學出版社出版時設計的封面整個都是深紅色的。所以後來稱《紅色文學史》也有此雙關的意思。對這部書，至今同學間還有不同看法。那年暑假我回家了，沒有參加此事，但認為這不是學術成果，是政治產物，成了當時批判知識分子的工具。後來事實證明此書不過是朝生暮死的東西。儘管當時紅了一陣，我們年級作為先進集體派代表參加了全國文教群英會。黨委書記陸平作報告時說：現在學生自己也能寫書了。老教授如果繼續抱着資產階級思想不放，就不能上講壇了。將來搞個編譯所去搞搞資料。中文系黨總支書記在《文藝報》發表文章說：這部書「是社會主義文化革命的一個重大勝利」。「它告訴了廣大群眾：資產階級學術思想存在着極大的虛偽性，有害於社會主義、共產主義建設。」「這是在文化革命中黨培養出來的一支新軍，黨可以稱心如意地指揮它去作戰。」現在還有同學認為那時得到了鍛煉。我想，如果正常學習讀書，潛心研究，一定會得到更好的訓練和成果。學術研究，絕不是大哄大嗡能夠產生新的發現和創造的。55 級好像成名於此。但是真正做出成績來，還是靠 55 級同學自己刻苦奮鬥出來的，才有今天許多在社會上有影響、學術上有成就的文學史家、語言學家、近代史學家、教師、詩人、兒童文學作家、評論家……等等。

李：你的大學老師，個個名氣很大。王瑤對你有影響嗎？還有誰，印象特別深刻？

陳：當然，我們很幸運，碰上五二年院系調整後，北方幾個大學特別是北大、清華、燕京三所最有名的大學的語言、文學專業著名學者都集中到北大來了。中文系一級教授就有四位楊晦、游國恩、魏建功、王力都教過我們的課。還有蕭雷南、林庚、吳組緗、季鎮淮、王瑤、周祖謨、高名凱、朱德熙、林燾、吳小如、陳貽焮……這個名單可以拉得很長很長，都是響噹噹的著名學者，都教過我們的課。每個老師的教學都有自己的特點，講課時的風貌都很有意思，留下很深刻的印象。王瑤先生講課以外，在學校時我與他接觸不多。那時學生多，除了上課，平時與老師就沒有什麼聯繫。過年過節的時候，我們會到各個老師家問候拜年。到三年級規定要做學年論文，與導師接觸就很多了。系裏先公佈了學年論文的題目和導師名單，任由學生自選。那時最熱門的、選的最多的是吳組緗先生的《紅樓夢》，王瑤先生的魯迅等；語言類，選王力先生、周祖謨先生的也很多。我很喜歡魏晉文學，恰好有吳小如先生的《鮑照》。魏晉時期大詩人應是陶淵明、謝靈運等。《鮑照》這個題目比較冷門。吳小如先生那時還是講師，一般講師是不帶學生的。所有導師都是正副教授，唯獨吳先生是例外。我選了這個題目。但是，這一年恰好反右派，忙着搞運動。不久學校又把這個學年論文不了了之了。儘管如此，吳先生那裏我還會不時去走訪問候，直到他晚年還保持聯繫。他是我的業師，我是他的入室弟子。九十年代《文匯報》副刊要請人寫名師吳小如先生，問吳先生你認為誰最合適。吳先生點名要我寫。我寫的文章題目就叫〈老學生眼裏的吳小如〉，裏面有一句說吳先生「是最後一位訓詁學家，乾嘉學派最後一位樸學守望者」，後來得到許多吳門弟子的認同。還有季鎮淮先生是位非常仁慈忠厚的長者，原出身西南聯大，後擔任過中文系主任。我們在學校後兩年，我和另一些同學跟着季先生研究鴉片戰爭以後到辛亥革命前的近代詩歌，關係就很親近，得到親炙教誨的機會。我的第一篇古典文學論文《試論魏源的詩》就是季先生教導下寫成，他推薦給《文學遺產》主編陳翔鶴先生發表。那時我還沒有畢業。

李：你對北大老師最深刻的印象是什麼？

陳：你問這點，使我想到林庚先生上課的情形。林先生是上個世紀三十年代起就很著名的詩人。他講課就像在寫詩那樣，充滿詩人的激情和靈性，讓你也如同進入詩的意境。他講得激動時，常常會「這、這、這……」一時不知怎麼表達才好，卻讓你感到意會而毋須言傳了。他講魏晉文人的風骨，把「風」、「骨」兩個字講得詳盡而透徹，説建安時代「要求他們能夠解放思想感情，歌唱出爽朗有力的詩篇，自然也就必須要求他們要有骨氣，這『骨氣』的形象的寫出，就是建安時代從來被讚美的『風力』。」那時最重人物的風度「就是要求一個富有操守、富有鬥爭性的品格」。認為知識分子「不再是禮教俘虜下的孝廉與賢良方正……。」魏晉許多詩歌「反抗當時的權貴，這便是有力的歌唱」，「所謂『高台多悲風』，這就是建安的風力或風骨的典型語言」等等。魯迅對魏晉文學也有特殊的關注，不是偶然的。我這裏説的是林先生的講課，但也正是我看到的北大老師們特有的精神風範。「風骨」正是中國傳統文化中的精華。這種知識分子優秀傳統在老師們身上還保存體現得非常生動，使我常常懷着敬意，也是我一輩子學不到但也要警惕自己好好學，不要辜負他們的教導。我在一篇文章中曾説：北大是一塊神奇而膏腴的土壤，無論有過怎樣的氣候和風向，有過怎樣的曲折和災難，都不可能把她植根很深的獨特的歷史精神摧毀或動搖。凡在這裏學習、生活過、受過薰陶滋潤、哺育營養的人，都不能不受到那種自由的思想、民主的精神，張揚個性和獨立思考的風氣，以至寬容、大氣、追求科學創造的學術傳統的影響。在這樣特殊的歷史人文環境中呼吸成長。我和同學們一樣拜領了母校這樣的賜予和恩澤。

我愛文學，我愛思考

李：你先後在《中國文學》(英法文版)、《光明日報》文藝部、《文藝報》工作。三個平台各有特色，都是非常重要的文藝陣地。你在這三個地方作了三十年的編輯，對你意味着什麼？幸還是不幸？是歷史的機遇還是誤會？

陳：都不能這樣說。當初我上大學就是為了想做文學工作。那時很簡單，只要是與文學有關，做什麼都行。進了大學，對古典文學很癡迷，就想從事這方面的研究和教學。我在大學後期就寫了幾篇古典文學論文在報刊上發表。但是，畢業分配並沒有按自己所願。第一個工作卻是要我做政治工作，為此與領導鬧得不愉快。

最後爭取到了《中國文學》當編輯，雖非自己的初衷，畢竟是文學專業，領導也很重視我，後來還曾要我接班當頭。但是，我不安心，因為外文不是我的專長。文革後期就設法轉到了《光明日報》。這是一張很有意思的報紙，先定位為民主黨派的報紙，後改為知識分子的報紙，再後改為文教報紙，有一段時期還想改成科技為主的報紙。不管怎麼樣，我都很有興趣。但是，發現中國的新聞報紙不太像新聞。於是到了文革後，又去了《文藝報》，覺得比較符合自己的專業，又恰好遇到改革開放，氣候最好的時期，也就安定下來了。一幹十三年，到五十八歲離開工作崗位同時也遠離文壇。説不上什麼幸或不幸，機遇還是誤會。只是在那樣社會環境裏，還敢不顧利害勉強爭取一點自主選擇的權利，雖還遇到許多曲折，實在是因為執着於對文學癡迷之故。

李：《文藝報》很特殊，五十年代和八十年代都成了思想和意識形態的「主陣地」。我聽到一個說法：「出人不斷，毀（誨）人不倦。」編輯記者都能寫，個個都是筆桿子，大才子……可謂人才濟濟。當然也出了許多「右派」（1957 年的《文藝報》中層幹部絕大部分都被打成「右派」）和「自由化」，為什麼會這麼扎堆？跟上面和來自高層意識形態的要求有關嗎？還是當時比較寬鬆的環境和已經開始的文藝復興所致！

陳：很奇怪，文革前的《文藝報》在文藝界打棍子、批判毒草可謂不遺餘力，是最厲害的。可是文革後，《文藝報》又成了解放思想、破除迷信，勇於改革的先鋒，在文藝界一時聲名遠播，每有什麼言論和活動都會對各地文藝界產生影響，紛紛效仿和跟進。有的人就戲稱《文藝報》是「解放區」，敢言人之不敢言，行人之不敢行的事。1978 年 7 月我到《文藝報》報到後第二天，新任中國作協黨組書記張光年來編輯部，坐在沙發上侃侃而談。那時作協和《文藝報》領導們都是這樣的做派和風格，常常不是開什麼正式的會議，而是率性隨意的聊天。光年講話慢悠悠地，其中印象最深的是：說到 1957 年曾在毛澤東家裏做客。毛說：有些錯誤就如蒼蠅，拿起拍子打就是。有些問題可用雜文解決。所以光年就要我們多寫雜文，提倡雜文。張光年說：「回避問題，就不需要辦《文藝報》！要選擇有典型意義的，能引起讀者共鳴的，推動創作的問題。」

當時兩位主編馮牧、孔羅蓀都是非常隨和親切，民主開放，思想睿智的散文家評論家，沒有半點官僚衙門作風，上上下下都是直呼其名，遇事上情下達，商量研究，聽取大家意見。同事間聊天討論的風氣非常濃厚，平日上班，說到某個話題就會興致勃勃說個沒完，甚至午飯時間端着飯碗還在爭論不休。聊的話題都與文學界、文學創作以及時政有關。就在這些自由熱烈的聊天中，出現許多閃光的思想碎片，使編輯部內部有了很好的學術氣氛，活躍和提升了人員的思想和藝術修養。許多工作中的選題、會議活動計劃和刊物的願景設想等等往往都是在這基礎上形成的。我曾讀過「五四」學生運動領袖羅家倫的回憶。他記述說當年北大學生思想非常活躍，除了讀書以外，有一種自由討論的濃厚氛圍。不僅在寢室裏，還在國文教員休息室和圖書館主任室，經常擠得滿滿的，師生都有，不論客氣和禮節，隨意詰難辯駁，充滿學術自由的空氣，抱着一種「處士橫議」的態度。他認為：五四「文學革命可以說是從這兩個地方討論出來的，對於舊社會制度和舊思想的抨擊也產生於這兩個地方。」這個說法是否確切姑且不論，但對學術研究來說，這種風氣確實是非常可貴和重要的。我覺得當時《文藝報》內部頗有點繼承了那樣傳統的意味，培養和出現了許多人才活躍在當今文學批評界與此也是有關的。

李：你是什麼時候開始寫文藝批評的？好像你還偏重於理論性文章的寫作，是不是與《文藝報》的定位有關，需要解釋黨的文藝方針政策？你在寫作過程中有過困惑嗎？經歷過怎樣的變遷？

陳：其實依我自己的性子偏靜，最好躲在書齋裏寫自己喜歡的東西。但是我又對外面世界念念不忘，也可說風雨雞鳴，熱心關切；我又喜歡思考，這點與周圍同行又有所不同，有時忍不住還要發點聲音，不免還要招來一點麻煩。我在《中國文學》也寫了不少文字，但沒有什麼創見和新意。因為對外發行的刊物，把關領導要求每句話必定事出有「據」，這「據」就是《人民日報》等國內權威報刊有過此說，他才放心。到了《文藝報》，正是文革結束後兩三年，大家思想相當活躍，破除迷信，獨立思考。所以心情比較愉快，也敢於提出自己的想法。這時寫的一些文章大概有三類：一類是編輯部定的任務，諸如報導、政論等。一類是我自己思考的結果，主要是對文革以及前十七年流行的文藝理論的質疑。諸如寫光明與典型，寫真實與現實主義，現實主義與現代主義，人性與人道主義、文化與尋根，理性思維與形象思維……等等都有所涉及，也都是當時大家關注的熱點。我的文章談了一點自己新的看法。我比較注意講道理，多例舉事實。我很相信胡適的實證主義，即他說的有一分證據說一分話。我儘量做到這點，好像在當時還有點影響，人們就把我當理論家看待，其實我的理論底子很薄，現在看來有些意見也還是比較膚淺的。後來就寫的少了。我想起一個段子：當時《文藝報》關於現代主義問題與一些作家意見相左，關係似乎有點緊張。報社內部討論時，有的說要「批判王蒙是始作俑者，要批就先批他。」我說：「怎麼又要搞批判了？」另一位說：「對！不要搞批判。要引導。」我說「引導的說法我也不同意！」他說：「為什麼連引導你也不同意？依你說該怎麼辦？」我說：「應該對話，討論，平等地交流意見。文藝問題，尊重人們多樣探索，不能任何時候都覺得自己當然就是對的，居高臨下引導別人。」後來有一次在西苑旅社開會討論，請袁可嘉先生介紹西方現代主義文藝思潮。曾任《世界文學》主編陳冰夷前輩在會場對我說：「我很喜歡你的態度。尊重各方面的意見，平心靜氣進行研究探討。」但是，當時在某些文藝界領導思想上卻是把現實主義和現代主義當做兩條道路鬥爭看待的。

有一分證據説一分話

李：文質代易，時代和文風，時代和文體，都有着不可分割的聯繫。你對不同年代的文學，問題和方法有什麼看法？你自己的文藝觀念又是什麼？

陳：這就牽涉到我寫的第三類文字：寫了一些翻案文章和與人辯論商榷的文字。這類文字常會引起一些有趣的故事。1978年底，《文藝報》開了為被打成毒草的作品平反的大會。會後我很奇怪，中國作協自己的當年副主席、黨組書記邵荃麟冤案怎麼沒人提及要平反。我問我的頂頭上司馮牧。他笑着説：「這有點麻煩。」接着他説「你先寫吧。」這麻煩是什麼呢？原來當年發動批判邵荃麟的主要人物正是文學界現任領導。所以我寫了以後，直到發表，既受到人們的支持和讚揚，也遇到很多阻力。有的領導説邵的歷史問題應該平反，文藝思想就是錯的，不能平反。有的説，只批「四人幫」迫害邵荃麟，不要涉及六二年到六四年（即文革前）對邵的批判。其實我與別人辯論，總覺得自己像孟子講的「予豈好辯哉，不得已也。」有的問題實在是看不下去，就寫文字去辯駁，哪怕是熟悉的老友。不知是別人不屑與我辯論，還是我説對了，對方一般不作回應，也就沒有來回糾纏。有的私下接受我的意見了。這些討論與你説的時代變異，文學觀念也有差異等等有關。尤其有些問題屬於文化政策，辯論起來容易與政治掛鈎，我知道在某些人眼裏我可能是個另類。我就無法計較這些了。至於我自己的文藝觀念，我願意吸收新思想，新方法，也尊重人們的創新求異。但是我欣賞作品時堅持兩點很古老的基本觀念：一是「情動於衷而形於言。」文學作品是藝術品，一定是因情而寫的。如果作者自己不感動，沒有激情，又怎麼能感動讀者呢？不能感動讀者的作品很難被認為是成功的。二是「文以載道」。這個「道」就是指要有思想，這思想可以各異，是作者對世界、社會、自然、人生……的各種獨有的體驗、認識、理解……，特別是對人的關注和思考，使人掩卷遐思，浮想聯翩。那就看作者本身的思想是否深刻獨到而給人啟示。我總覺得現在許多新作品缺少這兩方面的藝術力量。也許是我的偏見不一定對。另外，現在一談到文學批評，大家就説要實事求是，有好説好，有差説差。這當然對。但還不夠。我覺得文藝批評不是簡單地做鑒定，還要更多的對作品進行細緻的具體的藝術鑒賞分析，要當作藝術品發現其藝術智慧和審美情趣，評述其獨特和得失之處，幫助讀者觀眾以及作者提升藝術鑒賞修養和感受美的愉悦。當然我還寫了一些關於文藝政策的文章，有的有一定影響，有的還引起麻煩。

李：這是否有外部環境的影響？過去更多關注主題思想，與意識形態掛鈎，文學性注意不夠，總是與政治捆綁在一起。九十年代後，整個學術界尤其是人文科學，開始專注於學術本身，躲開敏感問題，相對來説安全一點。

陳：你説的有道理。九十年代以後，我很少寫作品評論和理論文章。因為有些報刊邀約，有時還開了專欄，所以寫了很多隨筆性小文章。倒也寫得很有興趣，覺得可以隨時把自己的一些所思所聞所感表達出來。但是，我的主要精力還是放在對作家的研究上，還有一些當代文學史料的寫作上。在近幾十年文學歷史中，我雖只是一個打雜的，但總還是一個在場者、參與者、親歷者，見證者，我覺得有責任把我所知所見的歷史提供給公眾。寫作家與寫史實都是寫歷史原生態，儘量不添枝加葉隨意渲染。

但是，這類文字也很難寫，因為涉及的人事和環境往往很敏感，所以至今也沒有把自己想寫的內容完全寫出。譬如許多年前，北京的一些同輩評論家聚在一起，曾經商量分頭寫各自經歷的七八十年代之交以及八十年代初的文學界史實。第一次聚會是為江曉天慶賀生日，繆俊傑買單做東，就提出了這個建議。大家也都贊同。後來多數人都陸陸續續寫了。集中在一起，定了書名《破冰之旅》。劉錫誠、馮立三等幾位特別熱心先後與幾個出版社聯繫，都因各種原因至今沒能出成。我把自己寫的部分給了《上海文學》連載了六期，得到許多文友支持，要我繼續寫下去。但越往後越難寫，不是我寫不了，而是環境不適應。我把已經發表的部分收在集子裏，出版社簽了合同，迄今兩年多了，還擱在那裏出不來。對此，我的心態很平和，我覺得自己完成了我應該做的就行了。

李：從八十年代到新世紀，你一直筆耕不輟，寫了許多散文隨筆。你的文辭不偏激，不空蹈，即使干預現實的理論批評也很少套話。你的語言好像相當自覺，即使抒情也較節制。這種寫作風格在常態環境下不難做到，但對風雨中走來的一代作家來説很不容易。你有「反悔的文字」嗎？寫哪種文章、哪種文體比較適應社會需要，不管經歷多少時間，仍然能經得起推敲，站得住。

陳：說實話，我也不清楚。我無法知道別人的心思，也不想去適應別人的要求。我只能寫自己知道的、認識的。講真話，尊重歷史真相，這是我寫作的基本態度。

我想起一個故事：1979 年，中國社科院（學部）召開一個國慶三十周年科學討論會，按各個專業學科分組討論。參加的人員眾多，院內院外都有。我參加了文學組。許多天討論的結果，無論政治、經濟、歷史、哲學、文學……各組發現都有一個共同的現象，就是三十年來幾乎沒有一本社科類的書可以不經修改繼續出版。也就是說，已有的著作都因為與政治結合得太密切，為政治服務的結果是，隨着政治的變化而變化，科學失去了其本性。這個教訓是非常深刻的。所以，我在一篇與人辯駁的文章中，就曾說：從事歷史研究和寫作的人要尊重史實，又要有史識，還要有史德。有的作者並非不知道事實的真相，但他曲意掩飾和回護，這就是史德的問題了。我一直警惕自己的寫作一定不要犯這樣的錯誤。我對巴金老人絕對尊重熱愛，他是位偉大的作家，他對我個人也是愛護有加。但是寫《巴金全傳》時，我不諱言他在五六十年代的某些缺失，我寫的很細，用詞也很重。但決非是我對他不敬重。這點，河南平頂山學院趙煥亭教授看出來了，在她的《中國現代作家傳記研究》一書裏詳盡評論了我這個敍述和態度。曹禺的《雷雨》最早發表的事實一直聚訟不清，連當事人說的都不盡相同。我的文章用多方面的事實澄清和解決了這個問題。顧爾鐔的《也談「突破」》案也是眾說紛紜。因為事涉高層領導，我以自己的見聞和了解的事實釐清了此案的來龍去脈。這些不大不小的事都是涉及文學史實。我寫錢鍾書先生的系列文章，在提供我自己的親見親聞同時，我也不避諱錢先生和楊先生他們某些性格上的特點。我讀到過很多當代中國名人傳記，只是一味頌揚，一些已經為人熟知的問題都不敢涉及。我實在不敢苟同。

關注知識分子的命運

李：剛才已經談到巴金。你寫有關巴金的傳記前後有好多種，想請你談談在漫長的寫作過程中有什麼經驗心得可以與我們分享的？

陳：早在文革前，我因採訪巴金老人開始寫過他的文章。當然是很膚淺的。他的作品和為人一直是我非常敬仰的。五十年代以來，文學界有人對他早年信仰無政府主義一直持批判態度，五八年還曾掀起軒然大波圍攻他。到了文革更是把他當作上海文學界最大的敵人。這一切源於聯共和列寧視無政府主義為大敵，成了批判巴金的依據。但是當我對無政府主義思想理論稍加接觸和研究，認為對無政府主義不能完全否定。他們的社會理想如巴金說的還是很美好的。他們的倫理觀，他們的道德自律和人格完善的嚴格要求和實踐對今天的中國仍然有着重要的現實教育意義。所以我就有了一個想為巴老澄清辯白的念頭。這就是我寫巴老傳記的初衷。出版過程也很有戲劇性。南方有一家出版社老總來京時知道我正在寫此書，就當面敲定由他們出版。那時出版機構也沒有認真簽署書面合同。到交稿時，換了主事人，態度有了變化，說出傳記應排着隊，先應該出毛澤東傳，然後是周恩來……等等，也就更輪不到巴金。說巴金思想很複雜，要求我寫出巴金的世界觀與創作方法矛盾等等。這些說法，今天看來可能有點怪怪，在當時幾乎沒有出版過什麼作家傳記，有這些意見也就不足為怪。當然有點強人所難。後來換了一家出版社，在 1981 年就很熱情積極出版了《巴金評傳》。但我自己對此作也不太滿意，儘管初步梳理和評論了他的生平和創作，也對無政府主義給予了積極的評價，但全書二十萬字寫得比較粗疏，理念比較陳舊，還只寫了四九年前的經歷，對他的後半生只用了兩章簡單交代一下而已。所以一直有個心願想好好地重寫。這就是九十年代開始寫的七十多萬字的《巴金全傳》。寫的過程也有過猶豫遲疑，因為涉及環境和個人有許多敏感處，怎麼做到不遮不掩，從實寫來，很費了一番斟酌。心想如果不能忠實於歷史，不如不寫。還是巴老的話驚醒了我，他一直說他自己寫作中走過的路和生活中走過的路，「我的態度都是忠實的。」我也應該如此才不愧於寫巴老傳。後來出版關於巴老的回憶錄《明我長相憶》更是有趣。第一家已經印出了樣書，出版社自己又悔了。第二家印出校樣，自己又撤了。第三家終於出版了，卻大刪大改，連書名都改得不通，真令人啼笑皆非。前些年修訂後再出，仍然艱難曲折，幾乎可以將此書出版歷程寫成一本小書。我自己不斷反思，想來想去裏面並沒有什麼礙語，於國於人民有益無害。我只是想把書寫好，通過寫好巴金的一生命運，探索和描繪二十世紀中國知識分子的奮鬥史、心靈史、思想文化史，寫出他們為社會改造而上下求索、九死不悔的精神。

李：你是最早做巴金研究出版巴金傳的，成果也多，與巴金又有長期交往。今年是「五四運動」100 周年。作為「五四的產兒」，巴金的生命整個地融入中國現代文學全過程。巴金著作影響了一代又一代人。可以說，他是二十世紀某種理想主義的象徵。那麼在今天，巴金研究的跨世紀意義何在？有無可能在二十一世紀繼續成為一種精神和文化的路標？

陳：我想巴金早期作品中寫兩代人的代溝，寫青年反叛者、革命者的形象如覺慧，寫呼喚人的解放、人性的覺醒，批判封建禮教專制制度……這一切今天讀來仍然會給人們啟示、警醒和強烈的感染力。覺慧這個藝術典型形象在中國現代文學史畫廊中佔有一席位置。所以至今不斷有各種劇種改編演出擁有大量觀眾。他的著作也是書店裏的長銷書。晚年寫的《隨想錄》，代表了二十世紀後半期知識分子的覺醒和痛苦的反思。他的自我拷問的懺悔精神，他堅毅不屈地爭取自由和批判專制，他呼喚獨立思考、講真話不要「奴在心者」，他一直堅持探討反思文革，反反覆覆強調「我們誰都有責任讓子子孫孫、世世代代牢記十年慘痛的教訓『不讓歷史重演』……阻止『文革』的再來。」像是洞察歷史的警世明言。他認為「生命的意義在於付出，在於給予，而不是在於接受，也不是在於索取。」人的生命之花為他人所開才是美麗的。這像是虔誠的殉道者對世人熱誠的醒世良言。這一切說明巴金是二十世紀中國思想文化巨人，他的思想和文學上的貢獻仍然具有深遠的、新鮮的生命力。所以迄今為人們所關注不是偶然的。

李：你的話讓我聯想起你在九十年代至今，寫的文章中關注知識分子命運的越來越多，除了巴金，還有錢鍾書、傅雷、邵荃麟、吳小如、黃宗江……還有很多很多。你在九十年代初就寫了中外作家的自殺問題，好像是最早提出這個課題的。這與你後來的思考有什麼關係？你是否還在寫這方面的著述？

陳：是的。經歷了幾十年的社會劇變，我對知識分子的生存狀況和心理變化都有深刻的體驗和認知，自認為有所心得和發現。我一直想寫一部有關知識分子主要是作家的命運的書。早在九二年我見到巴老時就說到這個寫作計劃。巴老聽了很感興趣說：「我也很想寫這樣的書。可是我老了，寫不了了。你寫，你一定要把它寫出來。」九十年代初，我在《鍾山》發了一篇〈生命的歧路〉是寫中外作家自殺的問題，我提出一個疑問，中國傳統文化裏，較少文人作家有自殺的，因為「身體髮膚，受之父母，不敢毀傷」，也就是說生命是父母所賜，個人是沒有權利自殺的。不像外國作家自殺現象比較多。中國的士最多是隱居避世，或是殺身成仁是他殺。我以此探討近代作家自殺的現象，是想探討傳統文化迄今的變異。我也一直在收集和積累這方面的資料。但是因為各種原因，只寫了一些片斷。現在我雖已耄耋之年，如果老天給我時間的話，我希望還能把它完成，也不辜負巴老對我的囑咐。

2019 年 6/7 月

後記

很久以來有一個心願，想寫一部關於二十世紀下半期中國作家命運的書。二十八年前曾對巴金老人説起這個願望，他聽了很感興趣説：「我也很想寫這樣的書，可是我老了，寫不了了。你寫，你一定要把它寫出來。」在後來的歲月裏，此事雖然一直懸掛在心，也時時注意收集和積累資料，反思歷史，特別面對當前知識人的精神狀態變異，更引起自己的深思，卻因各種原因仍然未能完成此夙願。期間，只是斷斷續續寫了一些片斷；寫了一些札記性質的作家個案，寫了一些回憶懷念已故作家的文字，現在編纂在一起，也許能依稀看到這代作家們的某些身影和印痕，作為歷史的記錄也許還有一定的價值。這是我不揣淺陋呈現給讀者的原因。

中國作家在二十世紀下半期走過了一段曲折起伏、複雜艱難的歷程，在中外文學史上可能都是鮮有的特殊現象，很值得我們關注和研究。作家是知識分子中一個特殊的群體，他們的經歷和精神狀態與其他知識分子有共同而又不盡相同的特點。許多重要歷史事件的發生往往與作家直接有關以至產生巨大影響。隨着時間的流逝，人們對作家們的歷史印跡就有各種毀譽不同的評價和理解。因此，我更加感到反思中國作家這段歷史是一個非常有意義的、無法回避的、極其重要的研究課題。筆者因為工作關係接觸或結識了這一代有代表性的作家名人。依我目光所及，即使風雨變幻，陰霾蔽日的日子，他們的人格、風範，他們的學識、言行都是值得我們仰慕和讚譽的，是在漫漫長夜裏燦爛閃爍的星光。當然他們各有特點，在歷史的進程中也會有所缺失，那也是「君子之過也，如日月之食焉：過也，人皆見之；更也，人皆仰之。」（《論語‧子張》）因為所書寫的二十三位作家、學者或個別文化官員，除了傅雷緣慳一面，都曾是我有親炙謦欬以及交往較深的機會，所以我總堅持以敍事求實，論述有據，做到有一分證據説一分話作為寫作原則；不諛媚，不偽飾，忠實於歷史，記述了他們的點點滴滴。

我編輯此書的構想是這樣的。第一篇〈文化巨人的音容笑貌〉是一篇讀書札記，記述的是清末民初的文化巨人，以此開頭作為後來歷史的參照。錢鍾書、傅雷、巴金是我比較着重研究探討過的三位大家。他們有一些共同處是：出生年代比較近，屬於同輩，都曾留學法國，在不同的領域裏各領風騷，政治上都在不同程度上保持相對的獨立，學術創作和精神風範自有獨特貢獻和風采，是二十世紀後半期的文化巨人，所以分別編成專輯。稍後以非黨作家、共產黨作家、港台作家分別編為三輯。這樣做是考慮到他們的思想風貌和生平歷程各有特點，會給人們不同印象。最後一篇〈生存的歧路〉是綜合性專題論述作家生存問題的。類似我還曾寫過一篇〈生命的歧路〉，是九十年代初最早探討作家自殺的問題，因已收入別的書中，這裏就從略了。附錄有最近記者對我個人的訪談〈風雨畸零舊賓客〉，算是與本書的主題有關，所以一併存入；篇名是借李商隱詩句「休問梁園舊賓客，茂陵秋雨病相如」脱胎而來的。本書名《昨夜星辰昨夜風》也是借這句為人熟知的李商隱詩以示已故的作家們都像夜空中的星光燦爛在引領着我們前行。

整理編纂成此書，特別要感謝李昕兄的熱心關照提示，更要感謝香港城市大學出版社同仁們盛情支持，才有可能付梓出版。尤其在目前疫情遍佈全球的非常時期，更使筆者深深地銘感在心了。

陳丹晨

2020 年 3 月 27 日